ACTION

BAND 94

TIM TIGNER

BETRAYAL

DER VERRAT

Aus dem Amerikanischen von Markus Mäurer

FESTA

Die amerikanische Originalausgabe *Betrayal*
erschien 2013 im Verlag Vontiv Publishing.

1. Auflage Juli 2021

Titelbild: Arndt Drechsler-Zakrzewski
Lektorat: Katrin Hoppe

ISBN 978-3-86552-934-3
eBook 978-3-86552-935-0

Dieser Roman ist einem Mann gewidmet,
der nie jemanden verraten hat:
meinem Vater, Lehrer und Freund
Professor Steven S. Tigner.

1

Hauptquartier der Abteilung für Terrorismusabwehr des FBI, Quantico, Virginia

Special Agent Odysseus Carr blickte zu den gräulichen Kacheln an der Decke des Büros seines Chefs empor und begann bis zehn zu zählen. Fast wäre er bis drei gekommen. »Was soll das heißen, ich kann meine Männer nicht einweihen? Sie riskieren da ihr Leben, Commander. Das sind nicht irgendwelche Steinewerfer, die wir für Sie töten sollen. Das sind die Typen, die das World Trade Center zu Fall gebracht haben.«

Commander Potchak stand vor ihm. Zwar war er einen Kopf kleiner als Odi, besaß dafür aber die Statur eines Hydranten und war mindestens genauso hart. »Worauf wollen Sie hinaus?«

Odi beugte sich vor, die Handflächen wie ein Raubtier auf den Rand von Potchaks metallenem Schreibtisch gestützt. »Ich will darauf hinaus, Sir, dass wir einen entscheidenden Vorteil verlieren, wenn wir den Eingriff nicht im Voraus einstudieren. Ich will meinen Männern jeden nur denkbaren Vorteil verschaffen. Das bin ich ihnen schuldig.«

Potchak verzog keine Miene. Sekundenlang starrte er einfach nur mit seinem kalten, harten Blick zurück. »Wenn Sie damit überfordert sind, Agent Carr, werde ich die Leitung des Teams Echo an Waslager übertragen. Der kann es kaum abwarten, einen internationalen Einsatz durchzuführen. Sie können diesen hier dann aussitzen – in Isolation natürlich.«

Odi war drauf und dran, über den Schreibtisch zu springen, um seinen Chef bei den Ohren zu packen und ihm das Knie in das arrogante Gesicht zu rammen. Doch er wusste, dass dies seinem Team auch nichts nützen würde. Also schluckte er seine Frustration runter und versuchte, es wie ein guter Soldat zu nehmen. »Das wird nicht nötig sein, Sir.«

Potchak drehte den Kopf zum Mülleimer und spuckte einen dicken Batzen Tabaksaft hinein. Der Anblick ließ Odi voller Mitleid an Jose, den Hausmeister, denken und er vergaß seine Frustration für einen Moment. »Gut«, beschied Potchak. »Wenn Sie Ihren Kopf jetzt noch etwas weiter aus Ihrem Arsch ziehen würden und sich die Aufgabe im Detail ansehen, werden Sie feststellen, dass ich nichts anordne, was Ihnen irgendeinen Vorteil raubt. Die Umstände der Operation sind die gleichen, egal ob der Einsatz auf dem Trainingsgelände von Hogan's Alley stattfindet oder im verfickten Iran. Ein Gebäude ist ein Gebäude. Eine Granate ist eine Granate. Sie als bester Kampfmittelbeseitiger des FBI sollten das wissen. Zumindest waren Sie das mal. Das Einzige, was sich Ihr Team einbläuen sollte, sind die Grundrisse der Gebäude und die Beschaffenheit des Geländes.«

Odi spürte, wie sich sein Magen unter Zweifeln verkrampfte. Er rief sich in Erinnerung, dass Potchak normalerweise ein vernünftiger Mann war, und zwang sich zu einem ruhigeren Ton. »Darf ich fragen, warum, Sir? Warum diese ungewöhnlich hohe Geheimhaltungsstufe? Sie glauben doch sicher nicht, dass jemand aus meinem Team Verbindungen zu Al-Qaida hat?«

»Himmel, Carr. Ich dachte, dass Sie es inzwischen begriffen hätten. Haben Sie denn nicht mitbekommen, wie die Dinge seit zwei Jahren laufen? Terrorismusbekämpfung ist keine militärische Angelegenheit; sie ist Politik. Das Detailwissen auf den Einsatzleiter und mich zu beschränken gibt irgendeinem Politiker das Gefühl, seine Quelle zu schützen, oder seinen Arsch. Vermutlich sogar beides. Ich kenne diese Quelle nicht, noch nicht einmal den Politiker, aber wer immer diese Anlage ausgekundschaftet hat, hat seinen Arsch dafür riskiert. Also hege ich durchaus Sympathien für ihn.«

Odi unterdrückte den Drang, seinem Chef mitzuteilen, was er davon hielt. Stattdessen hob er die Satellitenkarte hoch, um seinen Händen eine Beschäftigung zu geben. Die fragliche Anlage bestand aus drei alten Gebäuden, gebaut mit Betonziegeln, irgendwo im Nirgendwo vom Iran. Jedes seiner Zwei-Mann-Teams würde zwei Minuten benötigen, um ihr jeweiliges Gebäude zu umrunden und die modifizierten hochexplosiven raketenbetriebenen M441-Granaten abzuschießen. Mitten in der Nacht würde es keinen Unterschied machen, ob sich die Anlage im Iran oder sonst wo befand. Da hatte der Commander durchaus recht. Aber Potchak beging einen großen Fehler. Den Fehler eines Bürokraten. Sobald etwas vom Plan abwich – und irgendwas wich immer vom Plan ab –, würde es einen verdammt großen Unterschied machen, ob sie sich im Iran befanden oder auf dem Trainingsgelände. Als kampferprobter Agent wusste Potchak das. Diese Diskrepanz störte Odi, aber er würde nicht riskieren, seine Position als Teamleiter deswegen zu verlieren. »Was hat diese geheime Quelle über Wachen gesagt?«

Potchak spuckte erneut aus, setzte sich dann hin und signalisierte einen Waffenstillstand.

Odi tat dasselbe.

»Für gewöhnlich nur zwei Männer mit Kalaschnikows. Einer am Eingang zum Zentralgebäude, der andere patrouilliert auf einer bestimmten Route. Sollte kein Problem sein, beide zeitgleich per Scharfschützen auszuschalten. Nutzen Sie diese beiden Schüsse als Signal für Ihr Team, den Angriff zu starten.«

Odi nickte. »Ein Acht-Mann-Team könnte sinnvoller sein als die üblichen sieben. Wenn Sie mir Johnson ausborgen, könnten er und ich unsere Ziele aus gegenüberliegender Position per Scharfschützengewehr ausschalten und dann dem Team während des Eingriffs Deckung geben.«

Das gezwungene Lächeln auf Potchaks Gesicht warnte Odi, dass er nicht mögen würde, was als Nächstes kam. »Sie haben zwar die richtige Strategie, aber den falschen Mann. Sie bekommen Waslager. Er wird Ihr zweiter Scharfschütze sein … und Ihr Stellvertreter.«

Odis Abneigung fuhr ihm wie siedend heißes Öl durchs Rückgrat, aber er konnte seinem Chef nicht erneut widersprechen. Diese Karte hatte er bereits ausgespielt. Also biss er sich auf die Zunge und nahm sich einen Moment, um die Lage zu analysieren. Das Hauptproblem war, dass niemand in seinem Team Waslager ausstehen konnte oder, was noch schlimmer war, ihm traute. Er war ein egozentrischer Einzelgänger und dachte wie ein Politiker. Genau deswegen mochten die hohen Tiere ihn, da war sich Odi sicher. Was er nicht wusste: Warum wollten sie Waslager unbedingt auf dieser Mission dabeihaben?

Er parkte diesen Gedanken und versuchte es stattdessen mit Verhandeln. Ein aggressives Verhalten würde ihn nicht weiterbringen, vielleicht half ja Zurückrudern. »Andererseits … Wenn ich mit dem Schuss warte, bis die patrouillierende Wache die andere erreicht, könnte ich sie beide auf einmal ausschalten – womöglich sogar mit einem einzigen Schuss, wenn ich ein Hochgeschwindigkeitsgeschoss verwende. Dann brauchen wir nur …«

»Vergessen Sie's, Carr«, unterbrach Potchak ihn. »Waslager ist dabei.«

2

Asgard Island, Chesapeake Bay

FBI-Direktor Wiley Proffitt setzte sein Weinglas etwas zu hastig ab. Ein Tropfen schwappte über, landete auf der blütenweißen Tischdecke und fraß sich wie ein düsteres Vorzeichen in den Stoff. Er war nervöser, als er geglaubt hätte. Erneut hob er das Glas und nahm einen Schluck, bevor er dem Blick seiner Geliebten begegnete. »Wie würde es dir gefallen, First Lady zu werden?«

»Der Vereinigten Staaten?«

»Ja.« Er grinste. Und während er den verwirrten Blick in Cassi Carrs bernsteinfarbenen Augen genoss, fühlte er sich augenblicklich besser.

Sie ließ sich von seiner Heiterkeit anstecken. »Weiß der Direktor des FBI etwas über Anna Beth Carver, das dem Rest von uns Sterblichen noch unbekannt ist?«

»Tatsächlich ist es Aaron Dish«, erwiderte er ausdruckslos.

Verschwörerisch beugte sie sich zu ihm rüber. »Die First Lady hat eine Affäre mit dem Vizepräsidenten?«

Wiley schüttelte den Kopf. Sechs Monate lang hatte er dieses erschütternde Geheimnis für sich behalten, ohne eine Andeutung der Zukunft, die sie erwartete, oder des Bündnisses, das er geschlossen hatte. Dieses Geheimnis endlich mit Cassi zu teilen fühlte sich großartig an. Er entschied sich, mit den Hintergründen anzufangen, um die Spannung langsam zu steigern. »Dish ist gesundheitlich angeschlagen. Er wird bei der Wiederwahl nicht an Carvers Seite stehen.«

»Verstehe«, gab Cassi zurück, die ihm eindeutig nicht glaubte, aber bereitwillig mitspielte. Ihre Augen funkelten. »Und wie macht mich das zur First Lady?«

»Tut's nicht«, antwortete er und schüttelte den Kopf, während sie Enttäuschung vorspielte. »Darauf wirst du mindestens fünf Jahre warten müssen. Aber bis dahin macht dich das zur Second Lady – ab Januar in einem Jahr.«

Wiley sah Verwirrung in Cassis Gesicht aufblitzen. Sie wirkte unsicher, ob er sie veräppelte oder es ernst meinte. »Dish ist *wirklich* krank, oder? Und Carver hat *wirklich* dich gefragt, ob du mit ihm antrittst?«

»Ja und nein«, räumte Wiley ein. »Ja, Dish ist wirklich krank. Und nein, Präsident Carver hat mich noch nicht gefragt, ob ich mit ihm kandidiere – *noch* nicht. Aber er wird.«

»Aha, und warum wird er das?«

Wiley beugte sich so weit vor, dass seine Lippen fast Cassis Ohr berührten. Bevor er ihr die Prophezeiung zuflüsterte, hielt er kurz inne, um ihr süßliches Parfüm zu inhalieren. Sie trug einen neuen Duft. »Weil Terrorismus sich bald an der Spitze der amerikanischen Agenda befinden wird.«

Von seinen Worten ernüchtert wich sie vor ihm zurück. Immerhin waren ihre Eltern am 11. September gestorben. »Du rechnest mit einem Anschlag?«

»Das tue ich. Diese ganzen Heimatschutzreden, die ich in letzter Zeit gehalten habe … Erinnerst du dich?«

Sie nickte.

»Das war nicht die typische Jag-ihnen-Angst-ein-Taktik.«

Cassi brauchte einen Moment, um das zu verdauen. Er sah, wie sich die Zahnräder hinter ihrem besorgten Gesicht drehten. »In einer bestimmten Hinsicht vielleicht nicht«, sprach sie ihren Gedanken laut aus. »Du glaubst also, dass Carver dich wegen dieser Reden mit an Bord holt. Immerhin haben sie dir den Beinamen ›Antiterror-Zar‹ eingebracht.«

Wiley hob sein Weinglas, um ihr zuzuprosten. »Auf deine deduktiven Fähigkeiten.«

Cassi erwiderte die Geste, doch er konnte sehen, dass sie immer noch über die Implikationen seiner Offenbarung nachdachte. Als sie mit weit aufgerissenen Augen zu ihm aufsah, wusste er, dass der Groschen gefallen war.

»Ich werde Second Lady?«, fragte sie mit einem gepressten Flüstern.

Wiley versuchte zu lächeln, doch seine Lippen bewegten sich nicht. Dann versuchte er zu nicken, doch auch das gelang ihm nicht. Panik hielt ihn in ihrem eisernen Griff. Er konnte sich nicht bewegen.

Während er mit sich kämpfte, fuhr Cassi ahnungslos fort. »Fragst du mich, ob ich dich heiraten will?«

Wiley bemerkte eine kalte Hand, die sich über seinen Mund gelegt hatte. Für einige Sekunden war er völlig orientierungslos, dann dämmerte es ihm. Seine Unterhaltung mit Cassi war ein Traum gewesen. Der Eindringling in ihrem Schlafzimmer und die kalte Hand auf seinem Mund waren real.

Wileys Augen weiteten sich vor Schreck, während sich der dunkle Schatten über ihm lautlos bewegte. Ein stacheliger Kloß füllte seinen Hals aus, während sich ein muskulöser Arm zurückzog. Endgültig erwacht versuchte Wiley etwas im Dunkeln zu erkennen, suchte nach dem Aufblitzen eines Messers, das das Bild vervollständigen und sein Leben beenden würde. Doch er konnte nur verschwommene Schatten erkennen. Ein Teil seines Verstandes konzentrierte sich auf die Tatsache, dass Cassi neben ihm schlief. Das Bedürfnis, sie zu warnen und zu beschützen, baute sich in seiner Brust auf, aber die schwere Decke, der Schraubstock über seinem Gesicht und die Angst in seinem Herzen nagelten ihn fest wie die Nägel Jesus ans Kreuz.

Während er sich bereit machte, sich aufzubäumen und aufzuspringen, wurde die Lampe auf seinem Nachttisch eingeschaltet und Wiley erkannte das Gesicht des Eindringlings. Seine Anspannung ließ nach. Er hätte es wissen müssen.

Sobald sich die Hand von seinem Mund löste, sah er zu Cassi rüber. Sie schlief tief und fest. Zumindest schien es so …

»Halothan«, las Wileys Gast dessen Gedanken. »Wie Chloroform, nur ungefährlicher.«

»Und aromatischer«, murmelte Wiley, während er sich an das Parfüm aus seinem Traum erinnerte. Langsam wandte er seinen Blick dem nächtlichen Besucher zu und stellte mit den Augen die offensichtliche Frage.

Stuarts Antwort war schlicht. »Wir müssen reden.«

Stuart Slider war der Unsichtbare. Kompakt und kräftig gebaut mit einem Durchschnittsgesicht. Bei jedem ihrer Treffen überraschte es Wiley erneut, wie unerwartet klein er war. Slider genoss die nervige Fähigkeit, ganz nach Belieben aufzutauchen und zu verschwinden. Zumindest wirkte es oft so. Wiley dagegen begann diese Seite an ihm zu verabscheuen.

»Was zum Teufel machen Sie hier mitten in der Nacht?«, fragte Wiley. »Wollen Sie ein weiteres Loch in Ihrem Kopf?«

Seit sechs Monaten arbeiteten sie jetzt im Geheimen zusammen, aber dies war das erste Mal, dass Stuart sein Zuhause auf Chesapeake Island betreten hatte. Zumindest war es das erste Mal, dass Wiley es mitbekam, überlegte er.

»Wir müssen reden«, wiederholte Stuart. »Ungesehen, ungestört und allein.« Er stand auf und neigte den Kopf Richtung Tür. »Lassen Sie uns in Ihr Arbeitszimmer gehen. Kein Grund, der schlafenden Schönheit hier Albträume zu bereiten.« Ohne auf eine Antwort zu warten, griff Stuart nach der Nachttischlampe und schaltete sie aus.

Wiley folgte ihm. Mehr aus Neugierde als aus Gehorsam. Lautlos gingen sie über den edlen Teppich den Flur entlang bis zu dem Zimmer an seinem Ende. Die massive Eichentür zum schalldichten Arbeitszimmer stand weit offen. Ein unheimliches Leuchten drang daraus hervor. Es stammte von dem 1000-Liter-Aquarium im Inneren. Die gespenstische Atmosphäre passte perfekt zu ihrem mit Halothan abgesicherten geheimen nächtlichen Rendezvous. Weshalb Wiley das Licht nicht einschaltete, als sie das Zimmer betraten.

Schlaflose Fische warfen ihre herumflitzenden Schatten in den Raum, während schwaches Mondlicht von Osten her hereinschimmerte. Wiley wählte seinen Lieblingssessel aus schwarzem Leder. Als er sich hinsetzte, bemerkte er den dampfenden Starbucks-Becher, der direkt neben seinem Arm auf dem Tisch stand. Unglaublich, dachte er. Stuart war noch nie zuvor auf dieser Insel gewesen, und doch stand hier ein Becher mit Low-Fat-Latte, genau das, was er jetzt brauchte, genau dort, wo er es brauchte.

So unheimlich sich das auch anfühlte, der Latte war eine fürsorgliche und entschuldigende Geste. Und doch bestand sein vorwiegender Zweck darin, Wileys Flamme anzufachen. Der unsichtbare, unerschütterliche Stuart Slider selbst trank weder Kaffee noch Tee oder Cola. Er rauchte nicht und trank keinen Alkohol. Wiley war sich nicht einmal sicher, ob er überhaupt schlief. Und doch war er immer hellwach, in Alarmbereitschaft und kontrolliert. Er war ein Mistkerl.

Wiley hob den vertrauten Becher an, mehr über sich selbst irritiert, so schwach zu sein, als vor Freude über seine übliche Dosis. Trotz des weiten Weges vom Festland war der Latte noch immer heiß. Stuart musste jedes Detail im Voraus geplant und einen Thermobehälter eingepackt haben. *Akribischer* Mistkerl. Wiley nahm einen Schluck, nickte dankend und bedeutete seinem Gast, endlich mit der Sprache rauszurücken.

»Stimmt es, was ich über dieses Zimmer gehört habe?«, fragte Stuart stattdessen.

Wiley wollte wieder ins Bett. Trotz Latte. Stuart sollte gefälligst zur Sache kommen und verschwinden. Aus Erfahrung wusste er aber, dass es zielführender war, wenn er mitspielte und keinen Widerstand leistete. »Was haben Sie gehört?«

»Ich habe gehört, dass der Secret Service Ihr Arbeitszimmer in eine Festung verwandelt hat, weil Sie sich weigern, die Proffitt-Familienresidenz Ihrer Vorfahren mit den technologischen und sicherheitstechnischen Fortschritten des letzten Jahrhunderts auszustatten.«

Wiley verdrehte die Augen. »Für eine Organisation, deren Zweck darin besteht, nationale Ikonen zu beschützen, besitzt der Secret Service erstaunlich wenig Respekt vor Geschichte und Tradition. Ich bin froh, dass ich nur ein einziges Mal mit ihm zu tun hatte. Sie bezeichnen es als Panikraum. Das war ein Kompromiss.« Er streckte den Arm aus und griff nach einer Universalfernbedienung auf dem Kaffeetisch. »Erlauben Sie mir, es Ihnen zu demonstrieren. Erst tippe ich den Code ein, um dem System mitzuteilen, dass es sich nicht um einen Notfall handelt, und dann …« Mit dem Daumen drückte er auf einen viereckigen roten Knopf. Nach drei Sekunden konstantem Druck schloss sich die Tür zum Arbeitszimmer. Verborgene Bolzen rasteten ein, während sich Jalousien aus Titan mit mechanischem Summen über die Fenster aus Panzerglas senkten. »Jetzt sind wir vor allem sicher, bis hin zu und inklusive einer abgeschossenen Rakete.«

Stuart blickte sich im Zimmer um. »Sie haben sogar eine Bar und ein Badezimmer in Ihrem Bunker. Nicht schlecht. Was liegt hinter dieser Tür?« Er zeigte auf die hintere Ecke.

»Das ist nur ein Schrank.«

»Was ist mit der Kavallerie?«

»Wenn ich dem System nicht mitgeteilt hätte, dass es sich um einen Test handelt, wäre das Geiselrettungsteam in Quantico automatisch über einen verborgenen Sender auf dem Dach benachrichtigt worden.« Wiley hielt den roten Knopf erneut gedrückt. Die Abschottungsprozedur kehrte sich um.

Stuart nickte anerkennend und legte dann einen nachdenklichen Gesichtsausdruck auf.

Im dämmrigen Licht war von seiner schwarz gekleideten Gestalt vor dem schwarzen Ledersofa kaum mehr als ein intensiv starrendes Augenpaar zu erkennen. Wiley erinnerte der Anblick an einen Alligator in einer Teergrube. *Ein Alligator in einer Teergrube,* wiederholte er in Gedanken. Das war die perfekte Definition eines einflussreichen Lobbyisten aus dem inneren Zirkel der Macht.

»Ich bringe Neuigkeiten«, kam Stuart endlich zum Punkt.

Wiley hob eine Augenbraue.

»Ich habe meine Stelle als Geschäftsführer des AADC gekündigt, um in Vollzeit bei Ihrer Wahlkampagne mitzuarbeiten. Wir haben entschieden, dass die Zeit gekommen ist, jetzt, wo sich die Dinge in Bewegung gesetzt haben.«

Der Verband der amerikanischen Rüstungsindustrie interessierte Wiley gerade herzlich wenig. Er wollte weder über den AADC reden noch über irgendwelche Dinge, die jetzt in Gang gesetzt waren. Tatsächlich hatte er »die drei Marks« gebeten, ihn da herauszuhalten. Bisher war sein einziger taktischer Beitrag gewesen, ihnen eine Liste mit nützlichen Namen zu beschaffen. Er hatte gehofft, dass es dabei bleiben würde. Doch Wiley war nicht verborgen geblieben, dass Stuarts »Wir« ihn nicht mit einschloss. »Das ist sehr großzügig von Ihnen. Haben wir uns darauf geeinigt, Ihnen Ihren alten Job nach der Wahl wiederzugeben?«

Wiley sah eine ehrliche Gefühlsregung als Reaktion auf seine Worte in Stuarts Gesicht aufblitzen. Die erste. Obwohl er seit Jahrzehnten Poker spielte, um genau diese Fähigkeit zu verfeinern, gelang es Wiley nicht, zu deuten, welche Emotion Stuart gerade offenbart hatte. War es Enttäuschung … oder Wut?

»Meinen alten Job werde ich nach der Wahl nicht mehr benötigen«, antwortete Stuart.

»Oh? Und warum nicht?«

»Weil Sie nach der Wahl Vizepräsident sein werden – und ich Ihr Stabschef.«

Stuarts Worte trafen Wiley direkt beim Trinken, weshalb er sich verschluckte und hustend den Latte über seinen scharlachroten Pyjama verteilte. Stuart zuckte nicht mal mit der Wimper angesichts dieser Entgleisung, und Wiley nahm an, dass Stuart seine Aussage genau platziert hatte. »Sind Sie nur gekommen, um mir das mitzuteilen?«, fragte Wiley, während er sich das Kinn mit dem Ärmel abwischte. »Sind Sie in mein Haus eingebrochen, haben meine Freundin betäubt und mich aus dem Bett gezerrt, nur um über Ihre Karriere zu reden?«

»Nein.«

»Nein?«

Stuart schüttelte den Kopf.

Und Wiley drehte sich der Magen um.

3

Tafriz, Iran

Während die Frau ihre Tochter hinaustrug, wischte sich Dr. Ayden Archer mit einem verschmutzten Lappen den Schweiß von der Stirn. Ein paar saubere hatte er noch vom Waschgang des letzten Abends, aber diese wollte er für die Kinder aufsparen. Er machte ein paar Schritte, um einen Blick in die Gasse zu werfen, bevor die Tür zufiel. Es war an der Zeit, das Signal zu geben.

»Bitte kommen Sie rein«, bat er auf Farsi und hielt die Tür auf. Die nächste Frau in der Schlange verbeugte sich leicht, ihr Baby fest umklammert. Auch wenn sie seinen Blick nicht erwidern würde, wusste Ayden, dass in ihren Augen Freude lag.

»Ich bin gleich zurück«, ließ er sie wissen, griff nach einer Jodflasche und trat hinaus. Den nächsten Teil seines täglichen Rituals hasste er, aber die Jahre der Erfahrung hatten ihn gelehrt, dass es nur auf diese Weise ging.

Er schritt die Gasse nach Osten entlang und zählte die Kinder, während er schweigend lächelte. Es erstaunte ihn immer wieder, wie geordnet sie warteten. Er hatte keine Regeln aufgehängt, und doch war es immer das gleiche Bild. An sechs Tagen der Woche warteten die kranken Kinder Seite an Seite entlang der nördlichen Mauer im schmalen schattigen Streifen, während ihre Mütter unter der erbarmungslosen iranischen Sonne in ihrem Tschador brieten. Wenn doch nur die Frauen das Land regieren könnten, sinnierte er.

Als er beim 30. Kind angekommen war, hielt er an. Fünf weitere Stunden mit sechs Kindern pro Stunde würden ihn bis acht Uhr auf Trab halten. Vor einem zweijährigen Mädchen ging er in die Hocke. Lily war ihr Name, wenn er sich richtig erinnerte. »Hallo, meine Schöne«, begrüßte er sie und streichelte ihr mit dem Handrücken über die heiße Wange. Dann öffnete er den Verschluss der Jodflasche und befeuchtete seinen Zeigefinger. Er zeichnete einen Halbkreis auf ihre Stirn und fügte zwei Punkte hinzu. Für ihn war das ein lächelndes Gesicht, aber wenn man ihn fragen würde, wäre seine Antwort: ein Mond mit zwei Sternen. Er wandte sich der Mutter zu. »Ihre Tochter wird die letzte Patientin für heute sein.«

Er fuhr damit fort, den weiteren Kindern Smileys auf die Stirn zu malen, ebenso mit einem Mond, ergänzte aber noch einen dritten Stern als Nase. Als er angefangen hatte, hier zu praktizieren, hatte er sie noch nummeriert, war dann aber zu einem freundlicheren System übergegangen, als er mitbekam, dass niemand versuchte zu schummeln.

Gemeinsames Leid führte zu Solidarität – solange kein Testosteron involviert war. Während er weiterzeichnete, erklärte er den wartenden Müttern dieser Kinder: »Ich bin heute leider nicht in der Lage, mir Ihre Kinder noch anzusehen, aber sie werden morgen gleich die Ersten sein. Mit diesen Markierungen müssen Sie nicht extra früh kommen, lassen Sie Ihre Kinder ausruhen. Das erste werde ich um acht Uhr morgens empfangen.« Ayden wusste, dass dies wie bei den Sicherheitsanweisungen im Flugzeug war – jeder der Anwesenden kannte die Regeln bereits, aber er wiederholte sie trotzdem. Seiner Ansicht nach hielten kleine Rituale einen bei klarem Verstand.

Während er zurück zum Eingang seiner Ein-Mann-ein-Zimmer-Klinik ging, fröstelte es Ayden trotz der Hitze. Der Tag, an dem er keine lächelnden Gesichter mit Nasen zeichnen würde, rückte näher. Seine Finanzierung schwand dahin. Bald würde seine Klinik nach fünf wundervollen, schrecklichen Jahren schließen müssen.

Er spürte, wie ihm die Tränen kamen.

Vor einigen Monaten hatte die Hoffnung an seine Wohnungstür geklopft. Er hatte durch den Türspion geschaut und ein außergewöhnlich charismatisches Gesicht erblickt, dessen hypnotische Augen ein strubbeliger Haarschopf umrahmte. »Die Kunde von Ihrer guten Arbeit hat sich weit verbreitet, mein Freund«, hatte der Mann gesagt, der sich als Arvin vorstellte. »Wenn Sie die nötigen Mittel zur Unterstützung hätten, wären Sie dann bereit, noch mehr zu tun?«

Während er auf die geduldig in der Sonne wartenden stoischen Gestalten blickte, an deren Beine sich kranke Kinder klammerten, wusste Ayden, dass er alles tun würde, um diese Klinik am Laufen zu halten. Alles. An diesem Punkt erschien ihm Arvins großzügiges Angebot als beste und einzige Chance dafür. Doch er hatte die Gelegenheit nicht ergriffen, sich diese Unterstützung zu verdienen. Noch nicht. Er betrat wieder seine Klinik und betete, dass er es bald tun würde …

4

Luftraum über der türkisch-iranischen Grenze

»Wir befinden uns 30 Minuten vom Ziel entfernt«, plärrte die Stimme des Piloten über Odis Headset, während sich das Transportflugzeug C-141 nach Norden senkte. »Potchak hat gerade bestätigt, dass die Mission grünes Licht hat.«

Odi blickte sich um. Nur Waslager hatte die Ankündigung gehört. Als stellvertretender Teamleiter war er das einzige andere Teammitglied mit Funkkontakt sowohl zum Bodenteam als auch zur Einsatzleitung. Waslager als sein Stellvertreter – daran hatte Odi noch immer zu knabbern. Es war ihm nicht leichtgefallen, seinen Ärger vor dem Team zu verbergen. Sie waren so dicht gedrängt wie in einer Sardinenbüchse und passten gerade so hinein, doch Potchak hatte trotzdem noch einen weiteren Fisch in die Dose gesteckt. Einen stinkenden. Etwas war faul im Staate Dänemark.

Odi legte den Schalter an seinem Headset um, damit das gesamte Team seine Stimme hören konnte, und verdrängte Waslager aus seinen Gedanken. »Zuhören. Letzte Erinnerung an alle, die mit den Gedanken immer noch bei der Frau der letzten Nacht sind. Mit dieser kleinen Kurve, die ihr vorhin gespürt habt, hat unser Vögelchen Kurs auf die türkisch-iranische Grenze genommen. Wir fliegen jetzt an ihr entlang Richtung Norden. In ungefähr 28 Minuten haben wir das Zielgebiet erreicht. Eure Fallschirme sind darauf eingestellt, sich in 4500 Metern Höhe automatisch zu öffnen; aber behaltet trotzdem euren Höhenmesser im Auge, diese Dinger sind für ihre Fehlfunktionen bekannt. Haben Sie das verstanden, O'Brian? Driften Sie mir jetzt nicht ab.«

»Aye, aye, Sir. Wo wir gerade beim Thema sind, könnten Sie mir noch mal sagen, ob ich die schwarze oder die silberne Lasche ziehen muss?«

»Hauptsache Sie ziehen nicht an der kleinen fleischfarbenen. Wie auch immer, Gentlemen, ich gehe als Erster durch die Tür und werde meinen Infrarotblinker tragen. Reiht euch hinter mir ein. Und denkt daran, je länger wir auf dem Wind reiten, desto weniger müssen wir ihn vögeln. Und vergesst nicht, euer Paket abzuwerfen, wenn ihr 30 Meter erreicht habt. Wenn wir richtig navigieren, wird das Gelände so blank wie Mitchs Kopf sein, dann müssen wir uns keine Sorgen darüber machen, uns in Bäumen zu verheddern. Falls ihr es vergesst, euer fünfter Eingriffspunkt werden ein Dutzend Granaten sein. Nehmt mich beim Wort, Gentlemen. Das reicht aus, um jedem den Tag zu versauen. Sobald ihr euch sicher am Boden befindet, bestätigt ihr mit eurem Codenamen und ›Okay‹. Keine echten Namen. Kein Gequatsche. Wir formieren uns dann auf meiner Position. Verstanden?«

»Verstanden«, erwiderten sechs Stimmen. Waslager nickte nur.

»Gut. Haltet euch an den Plan, und wir werden rechtzeitig zum Frühstück zurück in Incirlik sein. Falls es noch Fragen gibt, dann jetzt.«

»Was ist das Ziel?«, fragte Flint, während er sich mit der geölten Klinge seines KA-BAR-Messers gedankenverloren die Haare von seinem Oberarm rasierte.

Odi lächelte, erleichtert darüber, diese Information endlich mit seinem Team teilen zu können. »Ganz ihrer hinterhältigen, widerwärtigen Art entsprechend haben unsere Kumpels von Al-Qaida ein Trainingscamp als Krankenhaus getarnt.« Die Männer johlten, alle bis auf Waslager. *Was stimmt bloß nicht mit diesem Kerl?*, fragte sich Odi. Er wünschte, Cassi wäre hier. Seine Zwillingsschwester hätte Waslager sofort durchschaut. Sie konnte Menschen schon immer lesen – zumindest solange es nichts Persönliches betraf, dachte er schulterzuckend. Denn wenn es um ihr Privatleben ging, war Cassi so ahnungslos wie Ödipus.

»Das Al-Qaida-Camp befindet sich im Außenbezirk einer Minenstadt, die aus der Zeit stammt, als man da noch Kupfer abgebaut hat. Inzwischen ist Tafriz nicht viel mehr als ein kleines Bauerndorf, auch wenn es eine bessere Infrastruktur hat als alle anderen Orte in der Umgebung.«

»Wie sehr ähnelt das Camp der Anlage, auf der wir trainiert haben?«, unterbrach O'Brian ihn.

»Sie sind praktisch identisch. Alles wird genau so sein, wie wir es geübt haben. Größe und Beschaffenheit entsprechen unseren Attrappen. Allerdings bestehen die Gebäude aus Betonziegeln, nicht aus Holz. Aber für unsere Granaten macht das keinen Unterschied.

Ihr werdet jeder zehn modifizierte M441-Granaten in Zehn-Sekunden-Intervallen abfeuern, verteilt auf jeweils zehn Meter. Ich weiß, dass ihr das auch in der Hälfte der Zeit durchziehen könntet, aber wir werden das etwas verlangsamen, um einen kühlen Kopf zu bewahren, damit wir auch mit der Scheiße fertigwerden können, die bei so was gerne passiert. Also nicht vergessen: keine Hektik! Hast du gehört, Derek? Keine Eile. Es wäre doch zu schade, eine reibungslose Mission durch Beschuss von der eigenen Seite zu ruinieren. Waslager wird die patrouillierende Wache an der westlichen Spitze ihrer Route ausschalten. Das wird der Startschuss sein, bei dem ich den Wachposten am Zentraleingang ausschalte und ihr euren Angriff startet. Jedes Team wird die erste Salve nutzen, um den Haupteingang seines Gebäudes auszuschalten und das Stockwerk direkt darüber. Das wird das Gebäude versiegeln und Omars Chancen zu entkommen minimieren – nicht dass diese Unglücksraben aufwachen und Zeit für mehr als ein eiliges *Allahu Akbar* haben. Aber wir können absolut keine Zeugen hinterlassen, weshalb wir kein Risiko eingehen. Waslager und ich werden euch Deckung geben, falls einer dieser Turbanträger sich blicken lässt, wobei ich stark bezweifle, dass dies nötig sein wird.

Sollte irgendjemand etwas versauen, treffen wir uns an der Rückzugsposition, drei Minuten nach dem Signal. Wenn alle da sind, werde ich unser Taxi rufen. Dann bleibt uns nur noch ein Sprint von zwei Kilometern auf die andere Seite des nahen Hügels, während ein Blackhawk von der türkischen Grenze für eine rasche Exfiltration kurz zu uns rüberfliegt.«

Als Odi fertig war, zeigte Adam über seine Schulter auf die Leuchten über der Sprungtür. Odi blickte auf und sah, dass der Pilot die Anzeige von Rot zu Gelb geändert hatte. Er spürte, wie sich das Adrenalin aufbaute. »Aufstehen, Männer.«

5

Asgard Island, Chesapeake Bay

»Sie sind also nicht hier, um über Ihre Karriere zu reden?«, fragte Wiley erneut und versuchte dabei einen neutralen Tonfall zu wahren.

»Nein.«

»Was zum Teufel machen Sie dann hier, Stuart?«

»Wie schon gesagt, wir müssen reden – ungesehen, ungestört und allein. Es gibt etwas, das Sie wissen sollten. Etwas, über das wir uns unterhalten müssen.«

»Dann raus mit der Sprache«, befahl Wiley. Er hatte die Nase voll.

Stuart nickte einmal. »Also gut. Lieben Sie Cassi?«

»Wie bitte?«

»Lieben … Sie … Cassi?«

»Ja.«

Stuart nickte ein weiteres Mal. »Vor sechs Monaten haben Sie angefangen, sich mit Cassi zu treffen, kurz nachdem wir … unsere Zusammenarbeit begonnen hatten. Damals habe ich nichts gesagt. Vielleicht war das ein Fehler. Ehrlich gesagt, basierend auf Ihrer Vergangenheit und der Cassis dachte ich nicht, dass das lange hält.«

Stuarts sachlich-nüchterner Gesichtsausdruck nervte Wiley, aber er hielt die Klappe. Je schneller sein Wahlkampfmanager und zukünftiger Stabschef zum Punkt kam, desto eher würde Wiley wieder ins Bett können.

»Ich muss gestehen, dies ist Ihre erste Entscheidung, die ich nicht verstehe.« Stuart hielt inne. Er schien zu überlegen, wie er das Folgende am besten ausdrücken sollte, schüttelte dann aber resignierend den Kopf. »Es sind nur noch zwölf Monate bis zur Wahl. Carvers Team stellt heute die endgültige Liste mit den möglichen Kandidaten für den Vizepräsidentenposten fertig. Es stehen noch drei Namen drauf.« Stuart hob seine Faust mit dem Ballen zu Wiley gewandt. »Jefferson Wallace.« Sein Zeigefinger schoss in die Höhe. »Arthur Hayes.« Es folgte der Mittelfinger. »Und Sie.« Statt einen dritten Finger zu heben, ahmte er eine auf Wiley zielende Pistole nach. Dann öffnete er die Hand für einen Handschlag. »Gratulation, Direktor Proffitt. Sie sind offiziell dabei.«

Wiley konnte sich ein Lächeln nicht verkneifen. Er nahm den Latte in die andere Hand und erwiderte den kalten Handschlag seines Insiders aus Washington, erstaunt darüber, dass es Stuart gelungen war, an ein solches Geheimnis zu gelangen. Eine solche Shortlist würde nur dem Präsidenten und zwei oder drei seiner Topberater bekannt sein.

Nachdem sie sich die Hände geschüttelt hatten, fuhr Stuart fort. »Es ist allerdings kein Geheimnis, dass Mills die Nummer eins als Herausforderer ist. Und ich bin mir zu 95 Prozent sicher, dass er entweder Anders oder Metcalf als Vize auswählen wird.« Stuart breitete die Arme aus und zuckte mit den Schultern, dann setzte er sich wieder hin und deutete mit seiner Haltung an, dass Wiley sich den Rest gut allein denken konnte.

Wiley stand auf dem Schlauch, hatte aber nicht vor, diesem eingebildeten Wichser diese Genugtuung zu geben. Nicht hier. Nicht in seinem Haus. Er nahm einen ausgiebigen Schluck von seinem Latte und inhalierte den Dampf, um das nussige Aroma voll auszukosten.

Währenddessen dachte er nach. Anders war seit zwei Legislaturperioden Gouverneur von Georgia und Metcalf seit vier Wahlperioden Senator für Florida. Beide besaßen eine solide Biografie, aber keiner von ihnen konnte seine beiden Amtszeiten im Kongress übertrumpfen, die vier Jahre im Amtssitz des Gouverneurs von Virginia und seine aktuelle Stellung als Direktor des FBI. Sowohl Anders als auch Metcalf waren verheiratet … *Ist es das?*, fragte sich Wiley. Wollte Stuart, dass er sich verlobte? Kein Problem. Aber warum hatte er dafür so ein Theater inszeniert? Stuart war wohl kaum der sentimentale Typ, aber hey, jeder hat so seine Eigenarten. Neben der Macht schien diesem Mann offenbar nur die Ehe heilig zu sein. Wiley empfand das als wichtige Information und speicherte sie sich für die Zukunft ab.

Nachdem er den Schwachpunkt seines reptilienhaften Wahlkampfmanagers entdeckt hatte, veränderte Wiley seine Taktik. Er wollte hören, wie Stuart seine Gefühle in Worte fasste. »Fahren Sie fort, Mr. Slider.«

Stuart starrte ihn mit eisigem Blick an. »Anders ist 1,95 groß, Metcalf 1,98 und Cassi 1,86. Sie, wie auch immer, sind da relativ mickrig mit knapp 1,60 in Schuhen. Sie können die öffentliche Aufmerksamkeit nicht dominieren, wenn Sie im Wahlkampf wesentlich kleiner wirken als alle anderen. Wenn Sie es versuchen, werden Sie zur Witzfigur, einem politischen Chihuahua, einem Gag für die Late-Night-Shows.«

Als er diese Worte hörte, fühlte Wiley sich, als hätte man ihm in den Magen geboxt.

Stuart ließ ihm keine Zeit, Atem zu holen. »Um Anders und Metcalf kann ich mich kümmern. Sie werden nie neben einem von den beiden stehen müssen, auch wenn ich mir sicher bin, dass deren Wahlkampfmanager es schamlos versuchen werden. Aber Cassi … Da besteht keine Chance, diese Aufnahme zu vermeiden. Auf dem von uns veröffentlichten Foto von Ihnen mit ihr werden Sie längere Beine haben als sie. ›Wer hat bei den Proffitts die Hosen an?‹, ›Wer hat das Sagen?‹, ›Der winzige Wiley-Möchtegern.‹ Die Schlagzeilen in der Boulevardpresse wären der Todesstoß für Sie.« Stuart faltete die Hände über seiner Brust zusammen.

»Es läuft alles darauf hinaus, Direktor. Entweder Sie vergessen Cassi Carr oder das Oval Office. Das sind die beiden einzigen Optionen.«

Aber in Wahrheit gab es keine zwei Optionen. Das wussten sie beide.

Wiley schloss die Augen. Er würde Cassi verlassen müssen.

»Ich gebe Ihnen dafür Zeit bis Montag«, informierte ihn Stuart.

Als Wiley die Augen schließlich wieder öffnete, war Stuart verschwunden. Ausnahmsweise wusste er das magische Talent des Mannes zu schätzen. Mehrmals über die Schulter blickend ging Wiley zum Wandsafe hinüber, drehte den Knopf in die richtigen Zahlenkombinationen und entnahm eine kleine Schachtel. Sie war eierschalenblau und quadratisch, mit einer Seitenlänge von ungefähr fünf Zentimetern. Er zog das weiße Seidenband auf, öffnete den Deckel und starrte hinein. Wunderschön, dachte er, so einzigartig und makellos wie die Frau, für die er gedacht war.

Vor einem Monat hatte Wiley den perfekten Verlobungsring gefunden. Wochenlang hatte er die Erwartung eines spontanen Heiratsantrags genossen. Mit diesem freudigen Geheimnis in der Hand fühlte er sich wie ein Kind am Weihnachtsmorgen. Tatsächlich hatte er ihn zu sechs verschiedenen Anlässen in seiner Tasche getragen, immer bereit, vor ihr auf die Knie zu sinken. Doch es war nie der richtige Moment gewesen. Sein jüngster Plan bestand darin, seinen Antrag am nächsten Tag beim Abendessen zu machen. Er hatte das perfekte Restaurant ausgesucht und sogar schon Hinweise gestreut. Doch das stand jetzt natürlich nicht mehr zur Debatte. Wie für die nächsten fünf Jahre nicht mehr …

Für einen kurzen Moment fragte sich Wiley, was Stuart getan hätte, wenn er den Antrag schon gemacht hätte. Dann fiel ihm ein, wie übergriffig er sich Cassi gegenüber verhalten hatte. Er hatte sie im Schlaf betäubt, damit er seine Neuigkeiten mit großer Verve präsentieren konnte. Wiley entschied sich, diesem Gedanken nicht weiter nachzugehen.

Er schloss die Schachtel von Tiffany's, gab ihr einen endgültigen letzten Klaps, band die Schleife wieder drum und stellte sie in den Safe zurück. Er wandte sich um, die eine Zukunft gegen eine andere eintauschend, stolperte quer durchs Arbeitszimmer ins Bad … und übergab sich.

6

Alexandria, Virginia

»Was haben wir?«, fragte Cassi, die versuchte, sich auf die aktuelle Aufgabe zu konzentrieren, während die Nachwirkungen des Schocks ihr noch immer zu schaffen machten.

Officer Foster sah auf seinen Notizblock und lächelte. »Wir haben hier ein paar Fans vom King.« Er räusperte sich. »Elvis Aaron Adams ist heute von seiner Dosenfabrik entlassen worden. Kam nach Hause und erwischte seine Frau Priscilla – kein Scherz, die heißt wirklich so – mit einem anderen Mann im Bett. Dann bedrohte Elvis die beiden mit einer Schrotflinte. Zehn Minuten lang schrie er sich die Lunge aus dem Hals und schmiss mit Sachen um sich, während die Witwe von nebenan uns anrief. Dann wurde alles ruhig.«

»Wurden Schüsse abgegeben?«, fragte Cassi, der einfiel, dass sie jetzt schon zum zweiten Mal mit einem Mann verhandeln würde, der Elvis hieß, und die sich fragte, ob das ein Zufall war.

»Kein einziger.«

Sie nickte ein paarmal, während sie die Situation verarbeitete. »Erzählen Sie mir von Elvis.« An jedem anderen Tag hätte sie sich über den Humor, der in diesem Satz mitschwang, amüsiert. Aber heute war sie zu keinerlei Scherzen aufgelegt. Officer Foster schien ihre Stimmung zu spüren.

»Er ist weiß, 43 Jahre alt, 1,70 Meter groß. Vor zwei Jahren, als sein Führerschein ausgestellt wurde, wog er 65 Kilo.«

»Hat er ein Strafregister?«

»Nicht mal einen Strafzettel.«

»Haben die beiden Kinder?«

»Die Nachbarin sagt Nein. Sagt, sie würden dort nur zu zweit wohnen.«

»Wie lange ist es her, dass er nach Hause gekommen ist?«

»Das war vor 40 Minuten.«

Cassi nickte, während ihr Denkapparat den Turbo einlegte. Das war ausreichend Zeit, um sich zu beruhigen. Aber es war auch genügend Zeit, um sich in einen mörderischen Rausch zu steigern oder sich in eine Suizidspirale zu stürzen. Bei keiner der Optionen sah es gut für Priscilla und ihren Liebhaber aus. Sie entschied sich herauszufinden, wie clever Foster war.

»Ist Elvis ein Trinker?«

»Laut der Witwe ja. Aber als ich nachhakte, gab sie zu, dass es sich nur um ein paar Bier am Freitagabend handelt.«

»Gute Arbeit«, lobte Cassi und holte ihr Handy hervor. »Wie ist seine Nummer?«

»Sie haben kein Festnetz und beide Mobiltelefone sind abgeschaltet.«

Sie zuckte zusammen. Das waren keine guten Neuigkeiten. »Danke, Foster. Ich übernehme ab hier.«

Cassi wusste, dass sie laut Vorschrift außerhalb von Schrotflintenreichweite bleiben musste. Das bedeutete, über Megafon zu verhandeln. Einige ihrer Kollegen bevorzugten den autoritären Gestus dieser Methode, doch sie benutzte es nur als letzten Ausweg oder wenn Drogen involviert waren. Cassi zog es vor, eine persönliche Verbindung zum Täter herzustellen. Ohne Telefon bedeutete dies, dass sie dicht an Elvis heranmusste, damit beide die Nuancen in der Stimme des anderen hören konnten.

Sie musste eine Entscheidung treffen. Wenn ihre Analyse zutraf, wäre es sehr unwahrscheinlich, dass Elvis zuerst schießen und dann Fragen stellen würde. Gestern hätte das Cassi noch genügt. Doch heute war sie sich nicht sicher. Als sie bei Wiley aufgewacht war, hatte sie sich komisch gefühlt. Dann hatte sie mit Tränen in den

Augen gesehen, wie auf dem weißen Urin-Teststreifen eine blaue Linie erschien. Wenn sie sich heute in Gefahr brachte, würde sie gleich zwei Leben aufs Spiel setzen.

Vom Haus ertönte ein gedämpfter Schrei und sie traf ihre Entscheidung. Sie würde die Vorschriften ignorieren. Cassi lief zur Eingangstür und suchte Schutz am Türrahmen. »Guten Abend, Elvis«, begann sie mit lauter, aber freundlicher Stimme. »Mein Name ist Cassandra Carr, Cassi. Ich bin hier, um Ihnen zu helfen. Könnten Sie bitte zur Tür kommen, damit wir uns unterhalten können?« Bitte, bitte, mit zuckersüßer Stimme.

Elvis antwortete nicht umgehend. Was zu erwarten war. Er benötigte einen Moment, um sich zu entscheiden. Cassi versuchte, sich auf etwas anderes zu konzentrieren, damit sie nicht nervös wurde, während sie wartete. So wie man pfeifend über einen Friedhof ging. Das fiel ihr nicht schwer. Ihr Privatleben besaß die traurige Dramaturgie einer Seifenoper. Die Ironie der jüngsten Ereignisse wurde ihr bewusst. Während eines kürzlichen Interviews mit PoliTalk hatte Wiley die Fehlerhaftigkeit von Kondomen als Allegorie für die nationale Verteidigungsbereitschaft benutzt – reichten 99 Prozent Sicherheitsgarantie aus? –, ohne zu wissen, dass einer seiner kleinen Soldaten es selbst jüngst hinter die feindlichen Linien geschafft hatte. Wäre es keine so ernste Angelegenheit gewesen, hätte sie jetzt gelacht.

Wie wird er reagieren?, fragte sie sich. Wäre er begeistert oder entsetzt? Würde er sie fallen lassen oder ihr einen Antrag machen? Sicher würde er um ihre Hand anhalten, vermutete Cassi. Das war es doch, was er mehr als alles andere wollte. Aber wollte sie es auf diese Weise? Die Antwort kam umgehend, leise, aber entschlossen wie ein Elefant, der unter dem Zauberstab eines Magiers erschien. Nein. Nein, auf diese Weise wollte sie Wiley nicht bekommen.

Ein sich öffnendes Fenster im ersten Stock brachte sie zurück in die Wirklichkeit. Sie trat einen Schritt zurück, um eine bessere Sicht zu bekommen, und plante natürlich gleichzeitig ihren Rückzug. Beim ersten Anzeichen der Schrotflinte würde sie Fersengeld geben. Mit nachlassendem Mut stellte sie fest, dass es leider nirgendwo in Reichweite ausreichend Deckung gab – nur ein dünner Laternenpfahl und ein paar zerrupfte Büsche. Die Hausecke war ihre einzige Chance, und die befand sich sechs Meter entfernt. Das Vernünftigste wäre es, jetzt sofort loszulaufen.

Elvis kam ihr zuvor. »Sie können helfen, indem Sie alle verschwinden.«

Cassi hielt inne. Es war ein gutes Zeichen, dass Elvis nicht mit einer Drohung begann. Das deutete ihr an, dass Gewalt nicht sein erster Gedanke war. Vielmehr zeigte seine Reaktion, dass er entkommen wollte. »Das würde ich wirklich gern«, antwortete sie. »Ebenso wie meine Freunde.«

Elvis reagierte nicht direkt. Er wartete auf ihre Bedingungen. Cassi wollte, dass er die Tatsache akzeptierte, dass es Bedingungen geben würde, also wartete sie auf seine Frage. Während sie dort auf der Betontreppe vor dem kleinen, heruntergekommenen Haus stand, mit 20 kampfbereiten Augenpaaren auf sich gerichtet und im Blick des Geiselnehmers, wanderten Cassis Gedanken wieder zu ihrem eigenen Zustand.

Sie würde Wiley nichts von dem Baby erzählen. Nicht jetzt. Und nicht bevor er ihr einen Antrag gemacht hatte.

Und das bedeutete, dass sie es auch ihrem Arbeitgeber nicht mitteilen konnte. Denn das lief auf das Gleiche hinaus. Hier im Schatten eines Verbrechens wollte sie sich wegen dieser Entscheidung gut fühlen. Sie wollte beruhigt schlafen können, im Wissen, es aus den richtigen Gründen getan zu haben. Aber das konnte sie nicht. Sie fühlte sich schuldig. Schuldig, weil sie tief in ihrem Inneren froh über diese Ausrede war.

Cassi gehörte zu den potenziellen Nachfolgern von Jack Higgins, der am Ende des Jahres als Leiter der Abteilung für Geiselverhandlungen des FBI in Pension gehen würde. Seit er seine Absichten kundgetan hatte, versuchte sie, nicht so häufig daran zu denken, damit die Enttäuschung nicht umso größer sein würde. Doch das war unmöglich. Die Verhandlungseinheit zu leiten war ihr Traumjob. Und trotz der psychologischen Verteidigungsstrategien, die sie aufzubauen versuchte, wäre sie am Boden zerstört, wenn sie die Stelle nicht bekommen würde.

Cassi rechnete alles kurz durch. Sie befände sich im vierten Monat, wenn Higgins' Nachfolger bekannt gegeben würde. Da dies ihr erstes Kind war, würde sie ihren Zustand mit weiter Kleidung vermutlich noch eine Weile geheim halten können. Sie fühlte sich nicht wohl mit den ethischen Implikationen, die Neuigkeiten in jenem Monat zu verkünden, in dem sie die Beförderung erhielt. Doch ihre Chancen auf die Beförderung wären gleich null, wenn man wüsste, dass sie schwanger war. Und das war ebenso wenig fair, oder?

»Okay. Dann gehen Sie. Verschwinden Sie.«

Beim Klang von Elvis' angespannter Stimme kehrte Cassi in die Realität zurück. »So einfach ist das leider nicht, Elvis. Sie müssen mir Ihre Waffe zuwerfen.«

»Behandeln Sie mich nicht wie einen Idioten.«

»Ich halte Sie nicht für einen Idioten, Elvis. Ich halte Sie für einen guten Mann in einer schlimmen Situation. Sie wurden betrogen. Ich weiß, dass Sie ein anständiger Kerl sind. Ich möchte Sie nur davor bewahren, etwas Dummes in einem Moment des Zorns zu tun. Ich möchte nicht, dass Sie etwas tun, womit Sie sich Ihr restliches Leben ruinieren. Seien wir ehrlich. Wenn sie Sie betrogen hat, ist sie es nicht wert.«

»Werden Sie mich gehen lassen?«

»Das werde ich.«

»Ich kann einfach in mein Auto steigen und davonfahren? Und Sie werden mich nicht aufhalten?«

»Nicht wenn Sie niemanden verletzen. Nicht wenn Sie die Waffe zurücklassen. Sie haben doch niemandem etwas getan, Elvis? Oder?«

»Nicht mehr als ein paar Ohrfeigen.«

»Die sie verdient haben.«

»Verdammt richtig.«

»Dann sind Sie ein freier Mann. Na los. Verlassen Sie diese unwürdige Schlampe. Fangen Sie ein neues Leben an. Ein besseres Leben. Oder warten Sie darauf, dass sie zu Ihnen zurückgekrochen kommt, sobald ihr bewusst wird, was sie verloren hat. Sie haben die Wahl.«

Erneut herrschte Stille. Cassi bereitete der Mangel an Geräuschen aus dem Haus Sorgen. Normalerweise würden die beiden Geiseln irgendwelche Laute von sich geben, um mit der Polizei Verbindung aufzunehmen, damit man sie nicht vergaß, wenn die Kugeln anfingen zu fliegen. Sie hoffte, sie waren nur aus Angst so still.

Cassi fragte sich, was sie tun würde, wenn Wiley nicht bald um ihre Hand anhielt. Mit dem wachsenden Baby in ihrem Bauch konnte sie nicht zu lange warten. Er würde die unausweichliche Situation, in die ihn dies zwingen würde, nur noch mehr verabscheuen. Aus ihrer Zeit als Therapeutin wusste sie, dass eine solche Situation einen emotionalen Riss zwischen ihnen beiden verursachen könnte, in dem jegliche Vertrautheit für den Rest ihres Lebens verschwände.

»Ich komme raus«, verkündete Elvis. Die Stimme erklang direkt hinter der Tür.

»Kluge Entscheidung, Elvis. Kluge Entscheidung. Tun Sie mir nur einen Gefallen: Wenn Sie zu Ihrem Auto gehen, halten Sie die Hände so, dass wir sie sehen können.«

7

Tafriz, Iran

»Hier Rabbit One mit einer Notfallübertragung für Brer Bear«, sprach Odi so leise wie möglich. Er wusste, dass Geräusche gefährlich gut durch die tiefschwarze iranische Nacht getragen würden.

»Roger, Rabbit One. Stelle Sie zu Brer Bear durch.«

Odi hasste es, mit einer gesicherten Satellitenschaltzentrale zu arbeiten. Das kostete zu viel wertvolle Zeit. Sein Fuß tippte nervös vor sich hin, während er zu Adam hinübersah. Sein bester Freund erhöhte seine Anspannung noch, indem er auf die Leuchtanzeige seiner Einsatzuhr zeigte.

Odi nickte und antwortete lautlos: »Ich weiß.«

Potchak hatte ihm unmissverständlich zu verstehen gegeben, dass ein unentdecktes Verschwinden für den Erfolg ihrer Mission ebenso wichtig war wie das taktische Gelingen. Abstreitbarkeit, hatte er Odi eingebläut. »Abstreitbarkeit ist Ihre Trumpfkarte. Abstreitbarkeit ist, was zählt. Abstreitbarkeit, Abstreitbarkeit, Abstreitbarkeit.«

Odi hatte verstanden. Er musste die Zerstörung der Gebäude wie einen Unfall aussehen lassen. Wie eine tragische Explosion des instabilen Wehrmaterials, das dort versteckt wurde. Als Einsatzleiter wusste er, dass die Zusammensetzung ihrer raketengetriebenen Granaten genau für diesen Zweck modifiziert worden war. Ihre Ausrüstung und die Uniformen waren entweder asiatische Billigkopien oder russische Ausschussware. Alles davon konnte man ohne Probleme im Nahen Osten beschaffen. Sogar sein verdammtes Telefon.

»Hier Brer Bear, Rabbit One. Fahren Sie fort.«

Odi zeigte Adam und den restlichen sechs Teammitgliedern den ausgestreckten Daumen, während sie auf ihren Rucksäcken saßen, Kaugummis ausspuckten und versuchten, eher gelangweilt als ängstlich auszusehen.

»Wir haben hier ein Problem. Das Ziel sieht sauber aus. Keine Wachen. Und wir haben gerade einen Krankenwagen gesichtet.« Bei Odis grandioser Beschreibung eines Eselskarrens verdrehten seine Teamkameraden alle die Augen. Unschuldig hob er die Schultern und wandte den Blick ab. »Ein Bauernjunge wurde damit hergebracht, der einen Fuß verloren hat. Sieht aus, als wäre er auf eine Mine getreten. Er wurde von Sanitätern in Empfang genommen und eilig ins Innere getragen. Ich empfehle einen Abbruch, bis wir weitere Informationen haben.«

»Negativ, was den Abbruch angeht, Rabbit One. Sie fahren fort. Die Information ist bestätigt. Fallen Sie nicht auf solche Tarntricks rein. So halten sie das Trainingscamp seit Jahren am Laufen.«

Odi wusste, dass Potchak ein harter Hund war, aber dieser Widerstand kam unerwartet. Normalerweise gab die Führung aktuellen Informationen aus dem Feld denen von anonymen Spitzeln Vorrang. »Sir, ich bin bereit, die weitere Erkundung selbst vorzunehmen, jetzt sofort und allein.« Während er sprach, schnippte Adam mit den Fingern, bis er Odis Aufmerksamkeit hatte, und fragte mit einem Blick: *Bist du verrückt?* Odi wandte sich ab. »Wird mich nicht mehr als zehn Minuten …«

»Negativ, Rabbit One«, unterbrach Potchak ihn. »Erstens haben Sie keine zehn Minuten zu verschwenden. Sie müssen es noch vor den ersten Sonnenstrahlen zum Evakuierungspunkt schaffen. Zweitens lehne ich es ab, diesen Mistkerlen eine Geisel zu schenken. Ich werde nicht zusehen, wie die Ihnen in den Abendnachrichten den Kopf abschneiden, während ich versuche zu erklären, dass Sie da so eine Ahnung hatten, all die ausführlichen Informationen, die unsere Nahost-Abteilung gesammelt hat, könnten von vorne bis hinten falsch sein.«

»Dazu wird es nicht kommen, Sir. Ich werde meinem Team befehlen, um …«, Odi blickte auf seine Uhr, »… 0300 ohne mich wie geplant fortzufahren. Geben Sie mir nur diese zehn Minuten.«

»Sie hören sich fest entschlossen an, das zu überprüfen, Rabbit One.«

»Die Zeit wäscht einem nicht das Blut Unschuldiger von den Händen, Sir.«

Odi wartete ungeduldig die bedeutungsschwangere Pause ab.

»Geben Sie das Telefon an Rabbit Two weiter.«

Odi lächelte, reichte das Telefon Waslager und dachte dabei an das chinesische Sprichwort, man solle sich vor dem hüten, was man sich wünscht.

Während Waslager seinem Vorgesetzten zuhörte, zeigten sich auf den sonst so stoischen Mienen seines Teams besorgte Ausdrücke.

»Was haben Sie vor?«, fragte O'Brian.

Odi hatte sich mit diesen Männern schon in mehr brenzlige Situationen begeben, als er zählen konnte. Während Waslager beschäftigt war, gab es für Odi keinen Grund, mit seinen Äußerungen hinter dem Berg zu halten. »Bevor wir 69 Granaten durch diese Betonwände schießen, möchte ich verdammt sicher sein, dass die auf Möchtegernterroristen landen und nicht auf kranken Kindern.«

Alle sechs nickten stumm, während Odi fortfuhr. »Ich glaube, das ist eine dieser Situationen, in denen die nachrichtendienstlichen Berichte das berichten, wonach sie gefragt wurden, so wie bei den Massenvernichtungswaffen im Irak. Am Ende war ihre Quelle irgendein iranisches Kind, das sich für einen Hunderter alles ausgedacht hätte. Und da ich weiß, wie es bei der Rekrutierung zuletzt ablief, wurde der Bericht womöglich von irgendeinem Neuling im Pentagon analysiert, der den Job erst seit drei Wochen macht.« Bewusst ließ er aus, dass Potchak auf den operationalen Status des Krankenhauses kein bisschen überrascht reagiert hatte.

Er zog das Oberteil seines Kampfanzuges aus und löste sein T-Shirt aus dem Hosenbund, veränderte sein Erscheinungsbild, damit er nicht wie ein Soldat wirkte. Dann legte er seine chinesische M4 ab und steckte sich die Beretta hinten in die Hose. »Hoffentlich liege ich falsch. Aber ich möchte nicht für den Rest meines Lebens mit dem Wissen leben, ein Krankenhaus zerstört zu haben.«

Odi schloss seine schlichte Verwandlung ab, indem er seine Hosenbeine aus den Stiefeln zog. Dann nahm er die beiden Blendgranaten aus seinem Rucksack und schob sie in die Hosentaschen. »Wenn ihr eine von denen hier hört, stecke ich in der Scheiße. Dann wartet ihr nicht auf mich, und vor allem sucht ihr nicht nach mir. Ihr werdet mit dem ursprünglichen Plan fortfahren.« Odi blickte jedem seiner Männer in die Augen und wartete auf das bestätigende Nicken.

»Ich will gar nicht zu dramatisch klingen. Alles, was ich tue, ist die übliche Erkundungstour um die beiden flankierenden Gebäude herum. Ich halte nach Hinweisen auf ein Terrorcamp Ausschau, irgendwas Militärisches, von Stiefelabdrücken bis zu Patronenhülsen, versteckten Kameras oder Wachposten. Ohne die beiden Wachen kann Waslager mir stattdessen mit dem Scharfschützengewehr Deckung geben. Auf diese Weise können wir umgehend zum ursprünglichen Plan zurückkehren, falls ich auf Widerstand stoße.«

»Und Sie werden Ihren Arsch dann hoffentlich in die andere Richtung bewegen«, fügte Flint hinzu.

»Nichts wäre mir lieber«, entgegnete Odi und ließ ein strahlendes Lächeln aufblitzen. »Wenn ich nichts sehe, das gegen ein Krankenhaus spricht, werde ich den Kopf durch die Haupteingangstür des Zentralgebäudes stecken und …«

Waslager unterbrach Odi, indem er sich räusperte. »Zuhören«, wandte er sich mit gefährlich lauter Stimme ans Team. »Commander Potchak hat Agent Carr gerade von seinen Aufgaben entbunden. Ich bin jetzt Rabbit One. Also setzt eure Ärsche in Bewegung, sichern und laden. In 60 Sekunden geht's los.«

Alle Augen richteten sich auf Odi.

8

Horus Club, Washington, D. C.

Der gehörlose Kellner hob eine Augenbraue, als Wiley seinen Scotch hinunterstürzte.

Wiley nickte, und schon befand sich ein weiteres Glas auf dem Weg. Wenn Stuart ankäme, würde es wie das erste wirken.

Wiley war zu früh zu ihrer Verabredung erschienen. Er musste etwas Druck ablassen. Obwohl sein Herz und sein Verstand rund um die Uhr an seiner Wahlkampfkampagne arbeiteten, war er immer noch der Direktor des FBI. Er hatte also noch anderes zu tun.

Um diesen Drahtseilakt zu bewerkstelligen, hatte er gegenüber seinem Stellvertreter angedeutet, dass er nicht plane, noch lange im Amt zu bleiben. Wenn die Zeit gekommen wäre, würde er sich für Carls Fleiß und Loyalität erkenntlich zeigen, indem er seine unverzichtbare rechte Hand als seinen offensichtlichen und eindeutigen Nachfolger empfahl. Angesichts Wileys enger Beziehung zu Präsident Carver, dessen Chancen auf Wiederwahl sehr gut standen, schäumte Carl geradezu über vor Eifer, Wileys Aufgaben zu übernehmen. Wobei Wiley wusste, dass Carl – verschlagen wie er war – das meiste dieser zusätzlichen Arbeit weiterdelegiert hatte. Aber das war kein Problem. Das FBI besaß fünf Hauptabteilungen, dazu etwa ein Dutzend weiterer untergeordneter Büros und Komitees – alle geleitet von gerissenen Bürokraten mit dem Ehrgeiz, die Karriereleiter immer weiter raufzuklettern.

Der Plan funktionierte, doch Wiley stand immer noch unter enormem Stress. Zu dem auch Stuart beitrug. Auch wenn Stuart technisch gesehen für Wiley arbeitete, fühlte es sich für ihn oft andersrum an. Sein Wahlkampfmanager schien immer die Oberhand zu behalten. Außerdem strahlte Stuart eine intellektuelle Überlegenheit aus, die es unangenehm machte, ihm Anweisungen zu geben. Wiley konnte Stuart um etwas bitten, aber es war ihm nie gelungen, ihm etwas zu befehlen.

Und doch würde er es heute Abend noch einmal versuchen. Er hatte den superexklusiven Horus Club ausgewählt, damit er einen Heimvorteil besaß. Im Grunde wusste er zwar, dass ihm dieser taktische Vorteil nichts bringen würde, doch versuchen musste er es. Dem Analysten in ihm war allerdings nur allzu bewusst: Ganz gleich welche Taktik er wählen, welche Methode er anwenden würde – alles, was Stuart tun musste, war eine Aufnahme hervorzuziehen.

Vielleicht wird er genau das tun, dachte Wiley. Wie ein kommunistischer Diktator, der eine Militärparade durchführte, um allen zu zeigen, wie schlagkräftig er ist. Aber vielleicht auch nicht. Es ergab keinen Sinn, ihn an etwas zu erinnern, das er sowieso nie vergessen würde. Und Stuart tat nichts ohne einen Grund.

Augenblicklich reiste seine Erinnerung sechs Monate in die Vergangenheit. Auf die protzige Jacht des AADC. Die drei milliardenschweren CEOs. Die Anspannung. Die Arroganz. Die Anmut. Nein, er würde ihr erstes Treffen nie vergessen …

»Das muss wehgetan haben«, spottete der fette Texaner, »die Nominierung zur Wiederwahl nicht erhalten zu haben.«

Wiley zwang sich, den Blick nicht zu senken und jede Emotion aus seinem Gesicht zu verbannen. »Ich bin auf meinen Füßen gelandet.«

»In der Tat. Direktor des FBI – das ist kein schlechter Trostpreis. Trotzdem muss es geschmerzt haben, die Schlüssel zum Amtssitz diesem rotznasigen Ökospinner zu übergeben.«

»Worauf wollen Sie hinaus, Mark?«

»Entspannen Sie sich«, beschwichtigte ihn Mark Abrams, dessen Hängebacken grotesk bebten, als er Wiley auf die Schulter klopfte. »Wir sind auf Ihrer Seite. Tatsächlich haben wir Sie hierher eingeladen, um Ihnen ein Angebot zu machen.«

Statt zu fragen, klemmte sich Wiley die Zigarre in den Mund und hob das Kinn. Er konnte es nicht ausstehen, manipuliert zu werden, oder wenn irgendwer versuchte, ihn aufs Glatteis zu führen und mit ihm zu spielen. Selbst wenn es sich dabei um Milliardäre handelte. *Lass sie aus der Deckung kommen.*

Abrams sah ihm direkt in die Augen. »Wie würde es Ihnen gefallen, Präsident zu sein?«, fragte er, ohne den Blickkontakt zu lösen.

»Von den Vereinigten Staaten?«, platzte es aus Wiley heraus und die Cohiba segelte auf das Teakholzdeck.

Mark Abrams, der Chef von Armed Services Industrial Supply, einem Versorgungsunternehmen für das Militär, und gegenwärtig einer der drei mächtigsten Firmenbosse, lächelte ihm mit geschlossenen Lippen zu, sagte aber kein Wort mehr.

Wiley zuckte innerlich zusammen und tadelte sich für diesen Anfängerfehler, während er versuchte, die Fassung wiederzuerlangen. Er wandte den Blick Mark Rollins zu. Dann Mark Drake. Und schließlich wieder Mark Abrams. »Was muss ich dafür tun?«, fragte er.

»Sich ganz dieser Sache verschreiben«, antwortete Abrams, ohne zu zögern.

Wiley wusste, dass er die richtige Frage gestellt hatte. Abrams' Ton war entschlossen, verriet aber auch Genugtuung. So viel konnte Wiley sagen. Es war die Erleichterung eines Pokerspielers, dem noch eine Karte zur Straße fehlte.

»Unwiderruflich«, fügte Rollins hinzu. »Sie müssen sich dieser Sache unwiderruflich verschreiben – voll und ganz –, die Wahlkampagne bis zum Schluss durchziehen.«

Schweigend betrachtete Wiley Rollins, den Präsidenten eines gigantischen Verteidigungskonglomerats, das seinen Namen trug. Rollins war der größte seiner drei Gastgeber und wie Drake nur halb so dick wie Abrams. Keiner von ihnen war ein Schoßhündchen, bei Rollins aber spürte Wiley Grausamkeit. Seine Gesichtszüge mochten durchaus angenehm wirken, aber in den Augen dieses Mannes lag das Böse.

Mark Drake brach das Schweigen. »Folgendes Problem, Herr Direktor. Selbst mit allen technologischen Fortschritten von Firmen wie den unsren gibt es immer noch Ziele, die unerwähnt bleiben müssen.« Er senkte die Stimme. »Höchst brachiale Ziele.«

»Ich soll also einen Blankoscheck unterschreiben, bevor Sie Ihre Ziele enthüllen«, fasste Wiley zusammen.

»Exakt«, antworteten die drei Marks mit einer Stimme.

Es handelte sich eindeutig um ein einmaliges Angebot, das er in diesem Moment annehmen oder ablehnen musste. Doch Wiley war sich unsicher, welche Antwort für ihn die schlimmeren Konsequenzen hätte. Verstohlen änderte er seine Position, spähte hinter die Bar und suchte nach einem Eimer mit flüssigem Zement. Drake und die anderen Unternehmer im Verteidigungsbusiness meinten definitiv nicht Geld, wenn sie von einem Scheck sprachen. Wiley wünschte, es wäre so.

»Auf diesem Scheck stehen nur vier Worte«, fügte Abrams hinzu, als hätte er Wileys Gedanken gelesen. »Und Sie müssen sie laut und überzeugt aussprechen, bevor wir fortfahren.«

Wiley hob fragend eine Augenbraue.

Während Stuart so schweigend wie zufrieden zuschaute, stellten die drei Marks – Abrams, Drake und Rollins – lässig und in Einheit klar, was sie meinten: »Was … immer … nötig … ist.«

Wiley atmete tief ein. Er dachte an das Weiße Haus – den Ost- und den Westflügel –, daran, mit der Air Force One zu reisen. Rote Teppiche und Galadinner.

Wie er den Marines salutierte. Er dachte an die Macht. Malte sich aus, wie es wäre, wenn er jeden auf der Welt für ein Wochenende nach Camp David zitieren konnte. Das Angebot der drei Marks mochte mit einem Preis kommen, doch Wiley zweifelte, dass es auch nur irgendjemanden gab, der widerstehen konnte, diesen Blankoscheck zu unterzeichnen.

Während er die vier schicksalhaften Worte wiederholte, hätte er nicht in einer Million Jahren daran gedacht, dass das erste Opfer dieses Schwurs Cassi sein würde …

»Sie sehen blass aus«, stellte Stuart fest und holte Wiley zurück in die Gegenwart. Wie ein lautloser Schatten war der Mann auf den gegenüberliegenden Sessel geglitten.

Wiley begegnete dem Blick seines Wahlkampfmanagers, ließ dessen Worte aber unkommentiert.

»Was könnte so dringend sein«, fragte Stuart, »dass es nicht bis morgen warten kann, aber nicht so wichtig, dass Sie es bei unserem Meeting heute Morgen erwähnten?«

Wiley hätte Stuarts nächtliches Eindringen wohl kaum als Meeting bezeichnet. Doch er benötigte jetzt eine freundliche Atmosphäre, also widersprach er nicht. Er lehnte sich zurück und verschränkte seine Finger nachdenklich, bevor er zu sprechen anfing, in der Hoffnung, Stuart würde es ihm gleichtun. »Ich möchte, dass Sie Ihre Meinung zu Cassi überdenken.«

Stuart ahmte seine Haltung nicht nach, sondern lehnte sich weiter in dem burgunderroten Sessel zurück, um die Frage zu verarbeiten. Er schwieg.

»Ich gebe zu, dass ihre Größe ein Problem ist«, fuhr Wiley fort. »Doch ich glaube, sie stellt ein geringeres

Hemmnis dar, als ohne Lebensgefährtin ins Rennen zu gehen. Ich muss Ihnen ja nicht sagen, dass die Öffentlichkeit einen Familienmenschen im Oval Office sehen möchte.«

Für einen Augenblick schien Stuart über diese Worte nachzugrübeln, bevor er sich wieder an der Unterhaltung beteiligte. »Historisch gesehen haben Sie recht. Aber die Zeiten ändern sich. Immer mehr Wähler sind selbst Single. Die Scheidungsrate hat die 50 Prozent überschritten. Der durchschnittliche amerikanische Wähler ist sich des Kompromisses zwischen Arbeit und Familie persönlich bewusst. Die meisten weiblichen Führungspersonen mussten die Familie ihrer Karriere opfern. Mit solchen Veränderungen kann man leicht argumentieren, dass das Amerika des 21. Jahrhunderts die ungeteilte Aufmerksamkeit des Präsidenten benötigt. Ihr Junggesellenstatus könnte sogar von Vorteil sein. Auf jeden Fall könnte uns das etwas Auftrieb geben.«

Als Stuart Wileys besten Pfeil aus der Luft pflückte und über dem Knie zerbrach, spürte dieser die Verzweiflung zurück in die Ritzen seiner Seele kriechen, nur wenige Sekunden bevor er Hoffnung gefasst hatte. Doch er war noch nicht bereit aufzugeben. »Vielleicht haben Sie recht, vielleicht auch nicht. Sie werden mir doch sicher zustimmen, dass wir kein Risiko eingehen sollten?«

Stuart nickte, schwieg aber. Er wollte mehr.

»Ich möchte, dass Sie Cassi kennenlernen. Dass Sie ein Gefühl für sie bekommen. Ich glaube, sie könnte einiges zu der Kampagne beitragen. Sie ist Psychologin und Verhandlungsexpertin. Sie ist ungemein clever und blüht unter Druck auf. Frauen werden sie bewundern. Männer werden sie respektieren. Sie ist mutig – praktisch eine Heldin. Wenn wir schon von potenziellem Auftrieb sprechen …«

Stuart schüttelte den Kopf. »Cassis Image ist nicht so wichtig wie das, was sie mit *Ihrem* Image macht. Sie benötigen die Stimmen, nicht Cassi. Sie reduziert Sie, wo Sie doch alles überragen müssen.«

»Und ich sage, dass ich trotz der Größe neben ihr besser aussehe. Sehen Sie selbst. Kommen Sie morgen zum Brunch.«

Statt den Vorschlag direkt abzulehnen, wie Wiley es befürchtet hatte, starrte Stuart ihn für einen langen Moment schweigend an. Wiley konnte praktisch sehen, wie sich die Zahnräder hinter diesen dunklen Augen drehten. Er fühlte Hoffnung in sich aufsteigen. Die Zeit verstrich. Das Kaminfeuer knisterte und ein Holzscheit fiel um. Schließlich hatte Stuart eine Entscheidung getroffen.

»Also gut. Ich werde sie mir ansehen. Ich werde sie unvoreingenommen zum Brunch treffen. Aber wenn ich Nein sage, nachdem ich Sie beide zusammen gesehen habe, ist sie aus dem Spiel. Ohne Widerrede. Und ohne Tränen. Abgemacht?«

Wiley spürte, dass diese zaghafte Kapitulation der beste Deal war, den er bekommen würde. Er bezweifelte, dass es genügte. Wieder einmal hatte er einen Punkt erreicht, an dem es kein Zurück mehr gab. Er warf einen letzten Blick auf das Leben, wie er es bisher kannte. »Abgemacht.«

9

Alexandria, Virginia

Cassi versuchte ihre Frustration in weitere Sit-ups zu kanalisieren, obwohl sie schon weit über 100 gemacht hatte. Immerhin würde eine gute Bauchmuskulatur ihren Zustand verbergen, dachte sie auf der Suche nach Trost. Sie konnte wirklich welchen gebrauchen. Sie legte eine Pause ein, wischte sich den Schweiß von der Stirn und schüttelte dann frustriert den Kopf. Trotz aller gegenteiligen Signale hatte Wiley sie schon wieder enttäuscht.

Letzte Nacht war sie sich so sicher gewesen, dass es DIE NACHT sein würde. Absolut sicher. Das Timing wäre perfekt gewesen – genau an dem Tag, an dem sie von ihrer Schwangerschaft erfahren hatte. Dieses Gefühl war mehr als romantisches Wunschdenken einer verzweifelten Frau, war sie überzeugt. Alles hatte darauf hingedeutet. Der reservierte Premiumtisch im La Chancery, einem eleganten und gemütlichen Restaurant mit exzellenter französischer Küche. Dass er nicht einmal, sondern gleich dreimal nachgefragt hatte, ob sie Zeit habe. Und dass er sich dafür interessierte, was sie anziehen würde. Das waren alles objektive Indikatoren, oder? Außerdem hatte sie gesehen, wie er bestimmt ein Dutzend Mal mit der Hand in seiner linken Hosentasche herumgefummelt hatte, als würde er einen kleinen Schatz liebkosen. Ein Ring vielleicht? Gott, sie hasste es, sich selbst dabei zu erwischen, jede noch so kleine Geste wie ein verliebtes Schulmädchen aufzubauschen.

Sie wischte sich noch mehr Schweiß von der Stirn. Sie hatte sich bereits in Schale geworfen, als er anrief, um abzusagen. »Es tut mir leid, Schatz« war alles, was er an Entschuldigung hervorzubringen hatte. »Eine dringende Angelegenheit.«

Er hatte ihr nicht mal zu ihrer erfolgreichen Verhandlung mit Elvis gratuliert.

Mit nervösen Fingern den Hörer umklammernd wollte sie schreien: »Du hast es versprochen!« Doch stattdessen hatte sie würdevoll angeboten, ihn am nächsten Morgen zu einem Gourmet-Brunch zu empfangen. Ihrer Meinung nach hatte er eine Sekunde zu lange gezögert, bevor er die Einladung annahm. Aber er hatte Ja gesagt. Hätte er abgelehnt, gestand sie sich ein, hätte sie die Nacht damit verbracht, nach der anderen Frau zu suchen.

Obwohl ihre Unterhaltung schon zwölf Stunden zurücklag, brannte der Ärger noch immer in ihr. Sie wusste, dass der Job daran schuld war, nicht Wiley. Und sie verstand, dass dieser Ärger eine negative und destruktive Emotion war. Aber sie konnte nicht anders. Sie war eine Frau von 1,85 Meter, weit über 30 Jahre alt, mit einem Doktortitel und einer Dienstmarke. Single-Männer, die damit umgehen und diese Kombination sogar wertschätzen konnten, waren so selten wie ehrliche Politiker.

Cassi sah auf die Uhr und schimpfte mit sich selbst. Infolge ihrer Neurose war sie total verschwitzt und es blieben nur noch 15 Minuten bis zu seinem Eintreffen. Während sie aufsprang, erhaschte sie einen Blick auf ihre schnaufende Gestalt im Spiegel. Ein guter Brunch konnte viel intimer sein als ein romantisches Abendessen bei Kerzenschein – wenn die richtige Musik lief, eine gemütliche Atmosphäre herrschte und man bequeme Kleidung trug.

Sie duschte im Eiltempo, legte einen Hauch Make-up auf und einen Spritzer Parfüm, bevor sie wieder in ihren Seidenschlafanzug schlüpfte, den sie eine Stunde zuvor noch getragen hatte. Der entblößte zwar nichts im klassischen Sinne, betonte aber all die richtigen Stellen. Sie hatte herausgefunden, dass Männer aus irgendeinem Grund darauf abfuhren, wie Seide sich über weibliche Rundungen wölbte. Sich vor dem Spiegel drehend, entschied sie sich, aufs Ganze zu gehen, und ließ alle Knöpfe bis auf einen offen. Solange sie konnte, wollte sie ihren flachen Bauch noch präsentieren. Einer Eingebung folgend holte sie eine Pyjamahose aus dem Schrank, die Wiley dort deponiert, aber nie getragen hatte. Dann lief sie in die Küche. Sie würde vorschlagen, dass er sich umziehen solle.

Zu ihrer eigenen Überraschung schaffte Cassi es sogar noch, Kerzen anzuzünden und Musik von Norah Jones aufzulegen, bevor es das erste Mal an der Tür klingelte. Erstaunlich, was man mit der nötigen Motivation alles erreichen konnte. Sie wuschelte sich durchs Haar, um ihm extra Volumen zu geben; überprüfte, ob ihr Top saß, und öffnete die Tür mit einem sinnlichen »Guten Morgen«.

Wiley war nicht allein.

»Guten Morgen«, wünschte er und küsste sie auf die Wange. »Cassi, darf ich dir Stuart vorstellen?«

Das dritte Rad an diesem Vormittag streckte ihr die Hand entgegen. »Stuart Slider.«

Der Fremde wirkte auf Cassi entweder wie ein europäischer Turner oder ein Ringer, aber da er Wiley begleitete, traf wohl nichts davon zu. Er trug schwarze Slipper von Bally, schwarze Jeans und einen schwarzen Pullover, der seine kompakte Figur umschloss wie das Etikett eine Flasche Guinness. Das betont lässige Outfit wirkte jedoch alles andere als lässig, bemerkte Cassi. Dieser Mann hatte sein Outfit sorgfältig ausgewählt.

Sie mochte ihn auf den ersten Blick nicht.

Während die beiden eintraten, versteckte Cassi sich hinter der Tür, um das Oberteil ordentlich zuzuknöpfen. Als sie die Tür geschlossen hatte und sich umdrehte, präsentierte Stuart eine Magnumflasche Veuve Clicquot Yellow Label in der manikürten Hand, während er sie mit einem Blick musterte, der sie glauben ließ, er könne durch die Seide hindurchsehen.

»Oh, vielen Dank«, sagte sie. »Wie aufmerksam.«

»Stuart ist ein alter Freund, der zufällig in der Stadt ist«, erklärte Wiley. »Er hatte gestern Abend angerufen, aber wie du weißt, war ich zu beschäftigt, um ihn zu treffen. Also habe ich mir erlaubt, ihn für heute Morgen einzuladen. Ich hoffe, das kommt nicht ungelegen.« Als er fertig war, schien er erstmals ihren Pyjama zu bemerken. »Schätze, ich hätte vorher anrufen sollen.«

»Kein Problem«, wehrte sie ab. »Wir halten es hier ganz leger. Wie Sie sehen können, bin ich noch nicht ganz fertig. Könntest du bitte die Champagnergläser aus dem Schrank holen und ein weiteres Gedeck auflegen, während ich schnell ins Schlafzimmer gehe und mich umziehe?«

Einen Großteil der Unterhaltung während des Brunchs bestritten Wiley und Stuart allein. Cassi wurde das Gefühl nicht los, dass die beiden eine Show abzogen, doch sie hatte nicht den blassesten Schimmer, warum. Abgesehen von der merkwürdigen Atmosphäre bekam Cassi den Eindruck, dass Stuart sie beobachtete – aber nicht als Sexobjekt, sondern als Rivalin. Es gelang ihr nicht, ihn auf frischer Tat zu ertappen, und wenn er sie ansprach, unterhielten sie sich auch ganz nett, doch aus irgendeinem Grund wuchs in ihr trotzdem das Bedürfnis, ihm diese rahmenlose Brille aus dem straffen Gesicht zu schlagen. Was nicht fair war, wie sie wusste. Es war Wiley gewesen, der diese Einladung ausgesprochen hatte. Wenn sie auf irgendwen sauer sein sollte, dann auf ihn. Doch selbst einer Psychologin gelang es nicht immer, ihre Emotionen nach den Gesetzen der Logik zu beherrschen. Sie fragte sich, ob ihre emotionale Achterbahnfahrt der letzten zwölf Stunden schon auf Schwangerschaftshormone zurückzuführen war. Wenn ja, würden ihr acht lange Monate bevorstehen.

Ebenso seltsam war es, dass Stuart ständig Fotos von ihr mit Wiley machte. Angeblich war das ein Hobby und eine Leidenschaft von ihm, wie er erklärte. Doch Cassi konnte er damit nicht überzeugen. Stuart wirkte auf sie so gar nicht wie ein leidenschaftlicher Mann.

Cassi bemühte sich, den analytischen Teil ihres Verstandes abzuschalten und sich auf die Unterhaltung zu konzentrieren, doch es war hoffnungslos. Die Gesprächsthemen gingen plötzlich viel zu tief für einen Sonntagsbrunch, waren aber immer noch zu flach für ihre Stimmung. Was sie davon hielte, Truppen ins Ausland zu verlegen. Unterstützte sie den zweiten Verfassungszusatz? Als es plötzlich um das Recht auf Abtreibung ging, hätte sie sich fast am Champagner verschluckt, wenn sie nicht nur so getan hätte, als würde sie einen

Schluck nehmen. Statt zu antworten, gab sie vor, etwas Dringendes in der Küche erledigen zu müssen.

Da sie nicht plötzlich auf Alkohol verzichten konnte, ohne Fragen aufzuwerfen, hatte Cassi sich entschlossen, nur so zu tun, als würde sie ihn trinken. Am Tisch hob sie ihr Glas an die Lippen, ohne wirklich einen Schluck zu nehmen. Dann hatte sie heimlich eine Serviette ins Glas gesteckt und die halbe Flüssigkeit damit aufgesogen, die sie nun gegen eine neue Serviette austauschte, solange sie in der Küche war. Sie war sehr mit sich selbst zufrieden angesichts dieser cleveren List.

Als sie mit warmen Zimtrollen zum Tisch zurückkehrte, drehte Stuart sich um und beobachtete sie dabei. »Ich habe schon von solchen Lofts gehört, bin aber noch nie in einem gewesen. Wie lange wohnen Sie schon hier?«

»Ich bin direkt nach dem Graduiertenkolleg hier eingezogen. Es müssten jetzt also etwa sechs Jahre sein.«

Stuart nickte. »Hab mir gedacht, dass Sie hier schon eine Weile leben. Mir ist aufgefallen, wie Sie die spielenden Kinder in der Tagesstätte gegenüber beobachtet haben. Wegen der Gefühle, die sich dabei auf Ihrem Gesicht gespiegelt haben, nehme ich an, Sie kennen einige von denen. Habe ich recht?«

Stuart war ein Beobachter, dachte Cassi. Vielleicht war er wirklich ein versierter Fotograf. Sie nickte vage, um etwas Zeit zu schinden, da sie diesem Typen nicht zu viel von sich preisgeben wollte. Andererseits wollte sie auch nicht, dass das Gespräch wieder auf Politik zurückkam. Nachdem sie ihre Optionen abgewägt hatte, entschied sie sich, Stuart ein wenig von sich selbst zu offenbaren, um zu sehen, wie Wiley darauf reagieren würde, wenn sie über Kinder sprach. »Ich kenne tatsächlich einige von ihnen. Der Rothaarige mit den Stiefeln ist David. Er tut gern so, als wäre er stark, ist aber in Wirklichkeit ein Feigling. Das Mädchen mit der rosafarbenen Brille auf der Schaukel neben ihm heißt Rita. Sie fällt ziemlich oft hin, weint aber nie. Der süße Fratz in dem gelben Mantel, der am Klettergerüst hängt, ist Sammy. Ein Clown. Er benutzt seinen Humor, um seine Unsicherheit zu überspielen, die er verspürt, weil er noch immer in die Hose macht. Das Mädchen da ganz alleine auf der Bank ist Sara. Sie interessiert sich nicht für Spiele, da sie klüger als die anderen ist, was ironischerweise aber dazu führt, dass sie sich unzulänglich fühlt.« Cassi bemerkte, dass Wiley sie mit großen Augen ansah, und brach ab.

»Woher kennst du sie?«, fragte er.

Sie zuckte mit den Schultern. »Sie sind jedes Wochenende da. Manchmal sitze ich hier und sehe ihnen zu, während ich meinen Morgentee trinke.«

»Und woher kennen Sie ihre Namen?«, fragte Stuart.

»Ach, das sind gar nicht ihre echten Namen. Die habe ich mir nur ausgedacht.«

»Cassi war Kinderpsychologin, bevor sie in die Einheit zur Verhaltensforschung gewechselt ist«, fügte Wiley hinzu.

Cassi täuschte einen weiteren Schluck Champagner vor, um ihren Mund beschäftigt zu halten. Wenn es um ihre vorherige Karriere ging, wollten die Leute normalerweise wissen, warum sie den Beruf gewechselt hatte. Und das war eine Geschichte, die sie nicht erzählen wollte. Stuart schien dies zu spüren und fragte nicht nach. Stattdessen deutete er mit dem Kopf in Richtung Kita. »Ist schon etwas traurig, wenn man darüber nachdenkt. Die sollten ihre Wochenenden mit ihren Eltern verbringen.«

So einen sensiblen Kommentar hatte sie nicht von ihm erwartet. Vielleicht befand sich ja doch ein Herz unter Stuart Sliders dunkler Fassade. Während sie über diese unerwartete Wendung nachdachte, füllte er die Champagnergläser nach.

»Apropos Morgentee«, sagte sie. »Ich gehe und koche welchen.« Während sie aufstand, folgte sie Stuarts Blick. Er betrachtete ihre Hand, während sie nach dem Glas griff, und nickte sich selbst unmerklich zu. Plötzlich blickte er auf, um ihren Gesichtsausdruck zu erhaschen. Während sich ihre Blicke trafen, spürte sie, wie sie die Fassung verlor. Das Glas entglitt ihrem Griff, doch Cassi registrierte es nur am Rande. Stuart wusste Bescheid.

10

Tafriz, Iran

Wütend und gedemütigt sah Odi hinter einem sandigen Hügel verborgen zu, wie sein Team in der finsteren iranischen Nacht verschwand. Für eine Sekunde überlegte er, ihre Fortschritte durch sein Unertl-Zielfernrohr zu beobachten, doch der Gedanke, ihnen von außen zuzusehen wie ein Voyeur, rieb nur noch mehr Salz in seine Wunden. Er schüttelte den Kopf. Was hatte Potchak nur geritten, ihm das Kommando zu entziehen? Diese Frage stellte er sich immer wieder. Lausige zehn Minuten. Zehn Minuten, die den Unterschied hätten machen können, Terroristen auszuschalten oder Kinder zu ermorden. War es extreme Dringlichkeit, die Potchak zu dieser drastischen Reaktion getrieben hatte? Oder entging Odi hier etwas? Es wollte ihm nicht in den Kopf, was für eine unglaubliche Blödheit für eine solche Entscheidung nötig war. Das passte einfach nicht. Potchak war ein harter Hund, aber kein Idiot.

Odi wollte kein Grund einfallen, warum Potchak ihm so schnell seine Zuständigkeiten entzogen hatte. Abgesehen von gelegentlichen Meinungsverschiedenheiten – wie dem Vorenthalten von Informationen zur Mission durch Potchak vor Odis Männern – hatte ihre Zusammenarbeit gut funktioniert. Es war sicherlich keine herzliche Beziehung, aber die Bulldogge war auch nicht gerade ein sehr herzlicher Mensch. Trotzdem kam Odi wieder zu dem Schluss, dass hier Mächte am Werk waren, von denen er nichts wusste. Er hoffte, eine dieser Mächte würde ihm aus der Patsche helfen, wenn sich der Staub erst mal gelegt hätte. Aktuell wusste Odi nicht, was er erwarten konnte, während er auf jenen Schuss wartete, der den fragwürdigen Angriff einleiten würde. Er befand sich in einer Lage, aus der es keinen Ausweg gab, ob er recht hatte oder nicht.

Odi sorgte sich auch um sein Team. Sie taten, was von ihnen verlangt wurde, folgten den Befehlen. Dieser unbedingte Gehorsam wurde natürlich von ihnen erwartet. Tatsächlich hatte man sie sogar in einem der härtesten militärischen Trainings überhaupt darauf gedrillt. Doch jeder Mann musste trotzdem noch die Verantwortung für sein eigenes Handeln übernehmen, und das wussten sie. Die Schuldgefühle für das Töten Unschuldiger konnte man im Nachhinein nicht wegbefehlen – nicht nachdem man sie im Voraus gewarnt hatte.

Während Odi darüber nachdachte, erwachten seine Kopfhörer krächzend zum Leben. Waslagers ölige Stimme ertönte. »Bericht von allen Teams.«

Derek, Adam und Flint antworteten hintereinander: »Team Rot ist bereit.«

»Team Weiß ist bereit.«

»Team Blau ist bereit.«

Odi riss sich sein Headset vom Kopf und warf es zu Boden. Er redete sich ein, dass er nichts von dem hören wollte, was später seine Männer in juristische Bedrängnis bringen könnte – zum Beispiel eine Verschwörung, um Waslager abzuknallen –, aber wenn er ehrlich war, hielt er es einfach nicht aus zuzuhören. Wenn sich das Krankenhaus als echt herausstellte und eine Ermittlung folgen würde, könnte er den internen Ermittlern sagen, er habe sein Headset aus taktischen Gründen entfernt, um potenzielle Bedrohungen unter der Geräuschkulisse besser ausmachen zu können.

Es ging los.

Die Explosionen ließen das noch schlafende Land erzittern wie unter den Schritten eines Riesen. Alle zehn Sekunden ertönte eine weitere Serie von Detonationen, als die nächste Granatsalve die Gebäude dem Einsturz näher brachte. Wie ein Uhrwerk. Er war stolz auf ihre Präzision, aber nicht auf ihre Mission.

Odi sah Staubwolken durch die tiefschwarze Nacht aufsteigen, die das Sternenlicht gespenstisch reflektierten. Die vor Kurzem noch klare Luft füllte sich nun mit einem unheilvollen Korditgestank. Er wartete auf die gequälten Schreie und flehenden Bitten, doch über den ohrenbetäubenden Echos so vieler Granaten war nichts zu hören. So war es wohl besser, dachte er.

Er begann, die Salven von zehn runterzuzählen, denn so viele waren geplant. Zehn … neun … acht … Bei zwei rollte er über den Boden, während ein scharfer Schmerz durch seine Schulter jagte. Irgendwas hatte ihn getroffen. Ein Schrapnell? Eine Kugel? Göttliche Intervention? Vorsichtig bewegte er Schultern und Nacken, was zu weiteren Schmerzen führte, während er versuchte, einen Blick auf die mysteriöse Wunde zu werfen. Doch er konnte nur das Blut sehen, das unter dem Ärmel seines Shirts hervorquoll.

Er bemühte sich, mit seinem Kinn Druck auf die Wunde auszuüben, während er mit der funktionierenden Hand versuchte, den Gürtel zu lösen. *Hätte ich nur das Funkgerät nicht abgelegt,* verfluchte er sich selbst. *Dumm, dumm, dumm.* Mit einiger Anstrengung bekam er den Gürtel um seinen linken Arm gewickelt und einen Herzschlag später zog er ihn einen Zentimeter über dem pulsierenden Strom fest. Er sah den Blutfluss zu einem Tröpfeln abebben, aber nicht ganz versiegen. Mit zusammengebissenen Zähnen zog er weiter am Gürtel, bis er es vor Schmerz kaum noch aushielt. Dieser improvisierte Druckverband würde eine oder zwei Minuten halten. Er musste nur lange genug bei Bewusstsein bleiben, bis sein Team zurückkehrte. Dann würde Adam einen richtigen Druckverband anlegen und eine Blutstillung erreichen, ohne den Blutfluss in die Hand zu unterbinden. Hoffentlich würde er noch genügend Blut im System haben, um laufen zu können. Die Jungs würden ihn für den Rest seiner Karriere damit aufziehen, wenn sie ihn zum Evakuierungspunkt tragen müssten.

Trotz der ununterbrochenen Schmerzwellen musste Odi über die Ironie seiner Lage lachen. Er konnte einfach nicht anders. Doch ihm wurde klar, dass sein ausgelassenes Lachen nicht nur gefährlich war, sondern auch ein Anzeichen für den eintretenden Schock. Weshalb er sich zwang, damit aufzuhören. Da bemerkte er die seltsame Stille, die erst seit ein paar Sekunden herrschen konnte.

Er stellte sich vor, wie seine Teamkameraden wie Dämonen aus der Finsternis und dem Rauch auftauchten, und konnte es kaum erwarten. Er sah schon das schiefe Lächeln auf ihren Gesichtern und den Spott, wenn sie seine Wunde sehen würden. »Können wir dich nicht für eine Minute alleine lassen, Carr?« »Wir hätten einen Babysitter engagieren sollen.« »Ich glaube, er ist wirklich ein Marine.«

Doch niemand kam.

Merkwürdig, dachte Odi. Er fragte sich, ob der Blutverlust sein Zeitempfinden durcheinandergebracht hatte. Also blickte er auf die Stoppuhr. Vier Minuten und zehn Sekunden waren seit der ersten Salve verstrichen. Sie waren 17 Sekunden zu spät dran.

Odi wartete weitere 15 Sekunden, doch niemand tauchte auf. »Das Funkgerät«, sagte Odi fluchend zu sich selbst. Er blickte nach links, wo er das Headset hingeworfen hatte, und sah den zerbrochenen Schlamassel. Was immer seinen Arm getroffen hatte, hatte offensichtlich auch sein Headset zerstört. Der Anblick ließ ihn an die magische Kennedy-Kugel denken.

Froh über den Ersatz klopfte er sich auf die Brusttasche. Sie war leer. Leer? Dann fiel ihm wieder ein, wie Waslager nach seinem Satellitentelefon verlangt hatte. »Super. Wirklich super.«

Odi machte sich jetzt ernstlich Sorgen. Wenn die Granaten noch immer explodieren oder die Kugeln umhersurren würden, könnte er die Verspätung verstehen. Das würde bedeuten, dass sein Team auf unerwarteten Widerstand gestoßen war. Aber alles blieb ruhig. Verwundet oder nicht, Odi wusste, dass er dem nachgehen musste. Jemand könnte Hilfe benötigen.

Während er aufstand, fragte er sich, wie lange es dauern würde, bis die lokalen Sicherheitsbehörden eintrafen. Die Anlage lag recht dezentral und das Dorf selbst ziemlich abgelegen, aber erwischt zu werden war nicht seine einzige Sorge. Er rief sich den unablässigen Befehl des Commanders in Erinnerung, dass sie nicht identifiziert werden durften.

Der Protest, der von seinen linken Fingern ausging, wurde unerträglich. Also lockerte er den Sitz seines improvisierten Druckverbandes und verrenkte den Hals, um sich die Wunde anzusehen. Das Rot sickerte weiter hervor. Er verlor immer noch arterielles Blut.

Also riss er einen Druckverband aus dem Verbandskasten und presste ihn direkt auf die Wunde. Seine Körperhaltung war unnatürlich und sorgte für Nackenkrämpfe, trotzdem gelang es ihm, den Verbandsmull mit dem Kinn auf Position zu halten. Während er den Gürtel direkt über der Wunde festzog, wünschte er sich eine verbrauchte Patrone, auf die er beißen könnte. Dem Schmerz nach zu urteilen, befand sich das Schrapnell noch immer in seinem Körper. Er schrie. »Waslager, du Bastard!« Dann lief er auf die Trümmer zu.

Nach nur einer Minute hatte er O'Brian gefunden. Er lag verdreht unter einer Schicht aus grauem Schutt. Obwohl Odi die Eintrittswunde nicht erkennen konnte, deutete die massive Blutpfütze unter O'Brians Körper darauf hin, dass er am Hals oder am Kopf getroffen worden war. Odi spürte, wie der Schmerz einer Woge des Zorns wich. Die Schlussfolgerung aus dieser Tatsache jagte ihm Angst ein, gefolgt von Schuldgefühlen. Krankenhäuser beschäftigten keine Scharfschützen.

Er hatte sich geirrt.

Seine Zweifel hatten sein Team um beinahe 15 Prozent geschwächt – und O'Brian wohl das Leben gekostet.

Von Selbsthass erfüllt verfluchte Odi sich lauthals selbst, hörte aber abrupt wieder auf. Es blieb keine Zeit für egoistische Empfindungen. Er musste der Sache weiter nachgehen. Er musste wissen, ob von seinem Team noch jemand lebte.

Doch das würde mit jeder Sekunde gefährlicher werden, in der sich der Rauch legte. Noch war die Sicht praktisch null, da der Qualm die Sterne verdeckte. Aber das würde sich mit den ersten Sonnenstrahlen ändern. Bei Tagesanbruch würde er so deutlich sichtbar sein wie ein Pickel auf der Nase einer Abschlussballkönigin.

Während er in Gedanken die effizienteste Route durchging, um die Anlage unter die Lupe zu nehmen, wurde ihm bewusst, dass es einen schnelleren Weg gab. »Vergib mir, Bruder«, murmelte er hastig, während er O'Brian umdrehte, um dessen Funkgerät an sich zu nehmen. Der Anblick ließ ihn innehalten. Auch O'Brians Headset war getroffen und damit nutzlos.

Bei ihm schrillten alle Alarmglocken. Odi fragte sich, ob ein Scharfschütze von Al-Qaida mit solcher Hightechausrüstung ausgestattet war, die es ihm erlaubte, ein Ziel per Funkwellen anzupeilen. Diese Möglichkeit würde er melden müssen – falls er es je nach Hause schaffte.

Ohne weiter über seine eigene Sicherheit nachzudenken, brach Odi auf, um zwei parallel verlaufenden

Spuren zu folgen. Knapp 20 Meter weiter fand er Adam. Sein bester Freund hatte eine böse aussehende Kopfwunde, lebte aber wie durch ein Wunder noch. Adam lag einfach schweigend da und blickte mit weit aufgerissenen Augen in den Himmel, als hielte er nach Sternen Ausschau. Er grinste schwach. »Das Wiesel«, stöhnte er, als er Odi erblickte.

Odi hatte Angst, seinen Freund zu berühren, Angst, dessen Zustand noch zu verschlimmern. Doch als er genauer hinsah, erkannte er, dass es gar nicht schlimmer ging.

Das Einzige, was Adam noch am Leben hielt, war ein extremer Adrenalinschub.

»Versprich es mir, Odi. Schwöre, dass du …«, Adam machte einen langen, rasselnden Atemzug, »… das Wiesel für mich fängst.«

»Das schwör ich«, versprach Odi flüchtig, während er sich hinhockte, um Adams Kopf zu wiegen.

»Lass ihn nicht damit durchkommen«, keuchte Adam. Dann starb er.

Während Odi auf seinen Freund hinabstarrte, kam ihm eine ganz üble Erkenntnis. Sein plötzlicher Kommandoentzug, die Schulterwunde, die unerklärlichen Tode seiner Freunde, der dringliche Racheschwur – das alles stürzte nun auf einmal auf ihn ein. Irgendwas war an dieser Mission oberfaul.

Während er versuchte, die Erkenntnis, die am Rande seiner Gedanken schwebte, zu erhaschen, wurde Odi bewusst, dass sein Kopf sich nicht nur wegen der Flut an Ereignissen so drehte. Seine Sicht begann zu verschwimmen und der Boden unter ihm drehte sich. Sein Gürtel war herabgerutscht, der Verband abgefallen.

Bevor er reagieren konnte, wurde die Welt um ihn herum grau, dann – ganz langsam und still – ging sie in dichtes Schwarz über.

11

FBI-Hauptquartier, Washington, D. C.

Wiley stürzte in sein privates Badezimmer und schloss die Tür zu seinem Büro. Dann beugte er sich über das Waschbecken und spritzte sich Wasser ins Gesicht. Nach ein paar Ladungen richtete er sich auf und betrachtete sein Spiegelbild. »Du schaffst das«, ermutigte er sich laut. »Das hier ist nicht mehr als eine Aufwärmrunde. Wenn du im Oval Office sitzt, wird man von dir verlangen, Zehntausende Söhne und Töchter der Nation in die Schlacht zu schicken, wo sie Körperteile oder gar ihr Leben verlieren werden, ihre Gelassenheit und geistige Gesundheit, ihre Unschuld und den Wohlstand. Konzentrier dich auf das größere Ganze. Das hier ist nichts.«

Mit einem dicken weißen Handtuch, auf welches das Emblem des FBI gestickt war, tupfte er sich das Gesicht ab. Nachdem er es zurück auf die Stange gehängt hatte, richtete er den Knoten seiner smaragdgrünen Krawatte mit mehr Kraft als nötig. Als sie vom gestrigen Brunch aufgebrochen waren, hatte Stuart es ihm unmissverständlich klargemacht und mit Fotos untermalt: Cassi musste gehen. Wiley konnte dem Urteil seines Wahlkampfmanagers nicht zustimmen, akzeptierte aber, dass es weise war, ihm zu folgen. Stuart war ein Profi. Eiskalt und objektiv. Ob man ihn mochte oder nicht, Wiley konnte nicht leugnen, dass der Unsichtbare gut war.

Für ein, zwei Sekunden hatte Wiley mit dem Gedanken gespielt, sich Stuart zu widersetzen, doch er wusste, dass eine Rebellion nicht infrage kam. Wenn Stuart zur Überzeugung gelangte, dass Wileys Kampagne zum Scheitern verurteilt wäre, könnte er die drei Marks vermutlich immer noch überzeugen, einen der anderen beiden Kandidaten zu unterstützen. Das musste Wiley unter allen Umständen verhindern. Schon bald würde seine Kampagne einen Punkt überschritten haben, ab dem es kein Zurück mehr gab, und dann würde er Stuart abservieren. Zumindest redete sich Wiley das an diesem Morgen ein.

Die Gegensprechanlage auf seinem Schreibtisch läutete und die piepsige Stimme seiner Assistentin durchbrach die Stille. »Agent Carr ist hier, Direktor.«

Wiley langte über den Tisch, um den Antwortknopf zu drücken, dabei bemerkte er, dass der Knoten in seinem Hals so festsaß wie der seiner Krawatte. »Schicken Sie sie rein, Kate.«

Cassi strahlte, als sie durch die Tür kam, was Wiley schwer schlucken ließ. Sie konnte einen Raum wirklich erhellen. Auf halbem Weg zu seinem Schreibtisch hielt sie an und sah sich um. »Weißt du, ich bin noch nie zuvor in deinem Büro gewesen. Das sieht ja größer aus als mein Loft. Was hast du denn dahinten?« Sie nickte zu der Tür, aus der er gerade erst gekommen war. »Die Geheimakten oder ein privates Badezimmer?«

»Setz dich, bitte«, bat Wiley und zeigte auf den Stuhl vor seinem Schreibtisch statt auf die Reihe von Sesseln vor dem Fenster auf der linken Seite. Er wusste, dass es besser war, in solchen Situationen schnell auf den Punkt zu kommen. Schlechte Neuigkeiten mitzuteilen war wie ein Pflaster abreißen.

Cassis strahlendes Gesicht verdüsterte sich, aber sie setzte sich kommentarlos und faltete die Hände in ihrem Schoss.

»Cassi, ich …«

Die Gegensprechanlage unterbrach Wiley. »Entschuldigen Sie bitte, Direktor. Commander Potchak ist hier. Er sagt, es sei dringend.«

Wiley zuckte entschuldigend mit den Schultern. »Schicken Sie ihn rein.«

Als der Leiter der Antiterroreinheit ins Büro marschierte, konnte Wiley nicht anders als sich den Bullterrier von General Patton vorzustellen. Da war etwas an Potchaks stumpfen Augen und seiner langen, flachen Nase, das ihn stets an diesen bestimmten Hund erinnerte. Der sonst so unerschütterliche Potchak geriet ins Stocken, als er Cassi entdeckte.

Sie stand auf. »Ich werde Sie beide allein lassen.«

Wiley nickte, doch Potchak sagte: »Eigentlich ist es sogar ganz praktisch, dass Sie hier sind, Agent Carr. Das hier betrifft auch Sie.« Potchak griff nach ihrem Stuhl und hielt ihn ihr hin. Sie setzte sich, und er folgte ihrem Beispiel.

Wiley spürte, wie sein Mund trocken wurde. Vor dem Moment des Schlussmachens hatte er sich gefürchtet, doch jetzt, wo er da war, wollte er es auch durchziehen. Potchak schien schlimme Neuigkeiten zu bringen. Dringende Neuigkeiten waren immer schlimm. Er wollte auf weitere Förmlichkeiten verzichten und die Sache hinter sich bringen. »Was gibt es, Commander?«

Potchak wirkte, was für ihn völlig untypisch war, als fühlte er sich unwohl, nickte aber und fuhr fort. »Das Antiterrorteam Echo ist letzte Nacht während einer Erkundungsmission im Iran in einen Hinterhalt geraten.«

Wiley nickte mit seinem besten Pokerface und hielt den Blick auf Potchak gerichtet, um dem von Cassi auszuweichen. »Wissen wir, wer sie überfallen hat?«

»Die Einzelheiten kommen immer noch rein, aber da es bei der Ermittlung um ein potenzielles Al-Qaida-Ausbildungslager ging, gehen wir vorläufig davon aus, dass es sich um Terrorismus handelt.« Potchak legte eine Pause ein, während Wiley und Cassi besorgt schwiegen. Dann wandte er sich mit einem schuldbewussten Ausdruck auf seinem sonst so angriffslustigen Gesicht Cassi zu. »Wie Sie sicher wissen, war Ihr Bruder Odysseus der Leiter des Echo-Teams, Agent Carr.«

Cassi nickte.

»Ich fürchte, es gibt keine Überlebenden.«

12

Alexandria, Virginia

Selbst als sie mit Tränen in den Augen vor dem Eichensarg und den ihr vertrauten Trauergästen stand, konnte Cassi ihre Psyche nicht davon überzeugen, dass sie für immer von ihrem Zwilling getrennt war. Sie atmete tief durch. Der Geruch weißer Lilien und frisch geschaufelter Erde erinnerte sie an das Begräbnis ihrer Eltern. Es schien, als wäre es erst gestern gewesen, und war doch so lange her. Wie damals fühlte es sich auch heute weder real noch richtig an.

Ein Zittern überkam sie. Für einen Moment schloss sie die Augen, um sich zu beruhigen, bevor sie versuchte zu sprechen. Sie hielt sich die Hand an den Bauch und dachte an den Kreislauf des Lebens. Odis Wesen würde weiterleben – in Wileys Kind.

»Mein Bruder …« Cassi schluckte. Sie hielt inne und erneuerte ihren Griff um das Rednerpult. Sie versuchte, über die Menge hinwegzusehen und alle auszublenden, aber eine kleine Gruppe weiter hinten links zog immer wieder ihren Blick auf sich. Wer sie wohl waren? Sie dachte, dass sie alle von Odis Freunden kennen würde. Zu den Bombentechnikern gehörten sie nicht, auch nicht zur Antiterroreinheit. In Gedanken versuchte sie eine Liste mit all den anderen Gruppen anzulegen, die von Odis Leben berührt wurden, dann fiel ihr blitzartig ein, um wen es sich bei den mysteriösen Gästen handelte. Sie lächelte.

»Mein Bruder …« Erneut legte Cassi eine Pause ein, doch dieses Mal aus einem anderen Grund. Plötzlich fühlte sich ihre vorbereitete Rede nicht mehr richtig an. Odi hatte sein Leben ohne Plan gelebt. Da war seine Beerdigung kein Ort, um damit anzufangen. Sie griff nach dem Blatt vor sich und zerriss es. »Ich kann das nicht tun«, erklärte sie. »Ihr wisst das alles hier doch schon.« Sie winkte mit den Papierfetzen und ließ sie zu Boden flattern. »Ihr wisst, dass Odi ein landesweit bekannter Bombentechniker war und als der Beste beim FBI galt. Ihr wisst, dass er zur Eliteeinheit der Antiterrorabteilung gewechselt ist, nachdem unsere Eltern auf Flug 93 starben, weil er das Gefühl hatte, dass ein Job, bei dem er nur reagieren konnte, nicht mehr ausreichte. Wen viele von euch nicht kennen, das ist der bemerkenswerte Mann hinter all diesen Leistungen. Ich glaube, ich schulde es Odi, zu dieser letzten Stunde seine bescheidene Fassade einzureißen.« Sie holte tief Luft.

»Der wahre Odysseus Carr wird angemessen von den fünf Trauergästen zu meiner Linken repräsentiert.« Während Cassi auf die verwirrten Gesichter der Menge und vereinzeltes Nicken blickte, zeigte sie auf die fünf. »Odi war Bombentechniker und Profi bei der Antiterroreingreiftruppe, wie man ein Tellerwäscher oder Koch ist. Das war ein Job, den er ausführte. Doch tief in seinem Herzen war Odi Wissenschaftler, Friedensstifter und Humanist.« Cassi sah weitere verwirrte Gesichter und bestätigendes Nicken.

»Mein Bruder erfand Divinylpolystyren, eine Zusammensetzung, die besser unter ihrem Handelsnamen ArmoWrap bekannt ist.« Cassi sah, wie sich bei der Hälfte der Trauergäste Überraschung und Schock auf den Gesichtern zeigten. »Für jene von euch, die keine Erfahrung damit haben, Bomben zu entschärfen: ArmoWrap ist ein sich schnell ausbreitendes styroporartiges Spray, das Rohrbomben mit einem stark klebenden, die Schockwelle absorbierenden Schild umschließt. 60 Sekunden nachdem man es auf eine improvisierte Bombe gesprüht hat, hat ArmoWrap die Zerstörungskraft im Schnitt um 73 Prozent reduziert. Jeder Humvee und jedes Polizeifahrzeug, das unter der amerikanischen oder der NATO-Flagge operiert, ist jetzt mit einer Dose ArmoWrap im Kofferraum neben dem Ersatzreifen ausgestattet. Und bereits jetzt hat Odis

Erfindung nachweislich Hunderte von Leben gerettet. Odi hat ArmoWrap entwickelt, als er gerade mal 23 Jahre alt war und an der Johns-Hopkins-Universität an seiner ersten Doktorarbeit werkelte. Auch wenn er sie nie erwähnt hat – wann hat ihn jemand zuletzt Dr. Carr genannt? –, besaß er Doktortitel in Chemie und biomolekularen Ingenieurwissenschaften. Von den Tantiemen auf das Patent hätte er in Rente gehen und das Leben auf einer Jacht oder an einem Strand in Luxus und Frieden genießen können. Doch ganz der Gelehrte, der er war, entschied sich Odi, in die Fußstapfen seines großen Helden Alfred Nobel zu treten. Das Patent für ArmoWrap hat er der Internationalen Vereinigung zur Unterstützung von Landminenopfern gespendet. Dann übertraf er Nobel sogar, indem er darauf bestand, dass man seinen Namen aus den Nachrichten hielt. Der Vorstand der Vereinigung hielt sich an dieses Versprechen, aber offensichtlich haben sie ihn nicht vergessen. Heute sind sie hier.« Cassi nickte der kleinen Gruppe zu, während sich ein Murmeln unter den Trauergästen erhob.

»Ich bin froh, dass unsere Eltern Odis Triumph noch miterleben konnten. Sie waren sehr stolz auf das, was er tat. Um ehrlich zu sein, meine Reaktion darauf seinerzeit könnte man am ehesten als verwirrt bezeichnen. Um nichts in der Welt hätte ich ein Luxusleben gegen einen gefährlichen Job mit einem Regierungsgehalt eingetauscht, so wie er. Auch wenn er eine Zwillingsschwester hatte, war Odi wirklich einzigartig. Irgendwann wurde mir das klar, auch wenn es Jahre dauerte. Ihr seht, trotz seines gegenteiligen Auftretens war Odi ein außerordentlich friedlicher Mensch. Ich sehe die skeptischen Gesichter. Ihr fragt euch wohl, ob mein

Verstand von Trauer umnebelt ist. Der Schlüssel, um Odi zu verstehen, war das hier: Er war aggressiv friedfertig. Mutwillige Gewalt löste bei ihm eine solche moralische Entrüstung aus, dass er sich verpflichtet fühlte zurückzuschlagen. Das tat er nicht für die Ehre, Medaillen oder gar den Adrenalinkick. Er kämpfte für Frieden. So ähnlich wie Mutter Teresa, die sich zu einem Leben unter den Elenden von Kalkutta verurteilte, verurteilte Odi sich zu einem Leben mit der Gewalt, damit andere in Frieden leben konnten. Und er war sehr gut in dem, was er tat. Ich werde meinen Bruder auf eine Weise vermissen, die ich nur ansatzweise zum Ausdruck bringen kann. Ich weiß, ihr werdet es auch.«

Sie verließ das Rednerpult, um sich neben den Sarg zu stellen. Andere traten an sie heran, um ihre Unterstützung zu zeigen. Nach einem Moment des Schweigens legte sie eine einzelne rote Rose auf das polierte Eichenholz. »Ich liebe dich, Bruder.«

Cassi wäre gern in die Menge gegangen und Wiley in die Arme gefallen, doch eine solche öffentliche Demonstration kam nicht infrage. Statt sie einander näher zu bringen, hatte Odis Tod sie seltsamerweise weiter auseinandergetrieben. Vielleicht weil Wiley letzten Endes der oberste Verantwortliche für Odis schicksalhafte Mission war. Vielleicht fühlte er sich einfach mitschuldig.

In der Ferne hörte Cassi Hupen, während sie von Odis Grab zurücktrat. Sie blickte sich um und sah, wie sich einige ihrer Kollegen vom Geiselrettungsteam um Jack versammelten und in vertrauter Lebhaftigkeit miteinander redeten. So unangemessen es sich auch anfühlte, verspürte sie den starken Drang, zurück zur Arbeit zu gehen. Auf dem Weg zu ihren sich gerade im

Aufbruch befindlichen Kollegen ließ sich Cassi mehrmals zur wundervollen Trauerrede gratulieren und ermutigend den Arm tätscheln, sich umarmen und zunicken.

»Jack, warte. Was ist los?«

Ihr Chef hielt auf seinem direkten Weg zum Auto an und drehte sich um. »Wir haben einen Zwischenfall, Cassi. Nichts, worüber du dir Sorgen machen musst.«

»Aber ich will mir Sorgen machen. Ich glaube, die Ablenkung würde mir guttun.«

»Heute nicht«, widersprach Jack mit mitfühlendem Blick. »Geh nach Hause und ruh dich etwas aus. Wirklich, das ist momentan das Beste, was du tun kannst. Glaub mir.«

Cassi hatte gute Lust, in ihren Toyota zu steigen und ihnen zu folgen, wo immer sie hinfuhren, aber sie hatte 200 Meter entfernt bei der Kapelle geparkt. Sie würde sie nie einholen. Vor allem nicht mit dem langen Kleid und den Stöckelschuhen, die sie sonst so gut wie nie trug.

Was sollte sie also sonst tun? Weiter als bis zum Begräbnis hatte Cassi nicht geplant. Wiley hatte ihr mitgeteilt, dass er den Tag im Büro verbringen müsse. Doch das Letzte, was sie wollte, war, den Hilfsarbeitern dabei zuzusehen, wie sie Odis Sarg im Boden versenkten. Auch war sie nicht in der Stimmung für all die Phrasen wie »Ich werde ihn vermissen« und »Mein Beileid« und noch mehr kondolierende Klapse auf den Rücken. Sie sollte in Quantico anrufen, um herauszufinden, wo die aktuelle Krisensituation stattfand, doch das wäre Zeitverschwendung. Der Tatort befand sich vermutlich einen Hubschrauberflug entfernt. Also entschied sie sich, Jacks Rat zu befolgen und nach Hause zu gehen.

Nur 20 Minuten später kam Cassi in ihrem Viertel an und sah sich einer Polizeisperre gegenüber. Sie spürte einen Kloß im Hals, als sie ausstieg, ihre Dienstmarke vorzeigte und den Streifenpolizisten fragte, was los war.

»Wir haben einen anonymen Tipp erhalten, dass ein Mann versucht haben soll, in die Restaurationswerkstatt über der Kita einzusteigen. Die Zentrale hat zwei Einheiten hingeschickt, Code zwei, aber der Täter sah sie ankommen und hat Geiseln genommen. Er hat eine Bombe und einige Kinder bei sich.«

13

Urmia, Iran

Odi hörte Schreie und Stöhnen, seltsame Stimmen murmelten überall um ihn herum. Weder konnte er etwas verstehen noch sehen. Panik drohte ihn zu überwältigen, doch er kämpfte dagegen an. Befand er sich in der Hölle? Was war das Letzte, woran er sich erinnern konnte? Sein Verstand arbeitete quälend langsam, als wäre er mit Sirup verklebt. Er erinnerte sich an die bebenden Explosionen … den Treffer in seiner Schulter … und daran, wie er Adam fand. Klar und deutlich erinnerte er sich an den Blick in Adams Augen, als er in seinen Armen starb … und dann … nichts. Das war alles, woran er sich erinnern konnte.

Odi fing an zu schreien. Warum, wusste er selbst nicht. Hier in der Dunkelheit mit all den Stimmen um sich herum … musste es sich um einen Urinstinkt handeln.

Schließlich spürte er die Klaue eines Dämons an seinem Arm und die Stimmen verstummten.

»Aufwachen«, hörte Odi und spürte, wie sich etwas um seinen Kopf und sein Gesicht bewegte. »Aufwachen. Sie müssen das Krankenhaus umgehend verlassen.« Jetzt schüttelte jemand seinen Arm. War das alles nur ein Traum gewesen? O bitte, lass Adam am Leben sein.

Langsam öffnete Odi die Augen. Das Licht schmerzte, doch sobald seine Augen sich daran gewöhnt hatten, sah er, dass er sich in einem nur schwach beleuchteten Raum befand. Auf dem Rücken liegend blickte er zur Seite, wo er einen alten Raumteiler links von seinem Bett sah, ein weißes Laken, das von einem verchromten Gestänge hing. Grau verfärbt von Alter und Verschleiß. Während er es betrachtete, bewegte sich ein Gesicht über ihm und Odi dachte für einen Moment, dass Tom Selleck ihn gerettet hatte. Tom Selleck hielt ein großes Bündel mit schmutzigem Verbandsmull in den Händen.

Das Gesicht, das über ihm schwebte, war freundlich, intelligent und etwa 40 Jahre alt, mit dunklem gelocktem Haar, blauen Augen und einem dicken Schnurrbart. Die einzige Sache, die noch fehlte, um wie Thomas Magnum auszusehen, war eine Baseballmütze der Detroit Tigers. Auch wenn Odi keinen Schnurrbart trug, wurde er selbst oft mit Selleck verglichen. Sie hatten dieselbe athletische Figur, die lebhaften Augen und das verschmitzte Grinsen. Für eine verrückte Sekunde dachte Odi, dass er vielleicht in einen Spiegel schaute. Vielleicht hatte er ja über Jahre geschlafen und Cassi hatte die Schwester gebeten, ihm nicht den Schnurrbart zu rasieren. Sie hatte ihn immer ermutigt, sich einen wachsen zu lassen. Doch dieser lächerliche Gedanke verschwand so schnell, wie er gekommen war. So ähnlich sah das Gesicht über ihm dann doch nicht aus.

Es dämmerte Odi, dass der verschmutzte Verband, den Tom in den Händen hielt, von seinem eigenen Gesicht abgewickelt worden war.

»Ich weiß, dass Sie eine Menge Fragen haben«, flüsterte sein neuer Freund auf Englisch, »aber dafür fehlt jetzt die Zeit. Ich habe die Haut Ihrer Hände mit Jod gefärbt und Ihr Gesicht weiß gelassen, verborgen hinter einem Verband. Aber gestern haben Sie angefangen, auf Englisch zu schreien. Und die Anwesenheit eines Amerikaners hat sich schnell herumgesprochen. Sie werden bald kommen. Wir müssen Sie hier rausschaffen.« Aus einer Plastiktüte zog Tom ein paar Sandalen und eine gebrauchte Dischdascha hervor. »Ziehen Sie das an. Und beeilen Sie sich.«

Während Odi die Krankenhauskleidung gegen eine traditionelle arabische Robe tauschte, flüsterte er: »Sind Sie Amerikaner?«

»Kalifornien, geboren und aufgewachsen. Beeilung.«

Ein Blitz jagte durch Odis linke Schulter, als er den Arm streckte. Er wimmerte, ohne aufzuschreien. Seine Wunde hatte er ganz vergessen. Nach diesem schmerzhaften Moment würde ihm das so bald nicht noch einmal passieren.

»Ach, das hätte ich fast vergessen.« Tom zog eine Spritze aus seiner Arzttasche.

Für einen Augenblick überkam Odi Panik, bevor ihm das Offensichtliche klar wurde. Wenn Tom vorhätte, ihn zu vergiften, hätte er das längst tun können.

Tom injizierte ihm eine klare Flüssigkeit.

Ein warmes Gefühl breitete sich in Odi aus, und das schmerzhafte Pochen ebbte ab. »Danke.«

Tom ignorierte den Dank und schob ihn zur Tür am Ende von Odis Bett. Odi blickte über den Raumteiler hinweg. Er hatte am Ende eines langen Krankenhauszimmers gelegen. Da mussten mindestens zwei Dutzend weitere Betten stehen mit kaum ausreichend Platz für eine dünne Schwester, um sich zwischen sie zu quetschen. Und alle waren belegt. Odi hatte offenbar ein Einzelzimmer am Rand genossen.

Im Treppenhaus reichte Tom ihm eine Kufija, die Odi, ohne zu fragen, um seinen Kopf wickelte und sorgfältig dabei seine braunen Haare verbarg. Er wusste nicht, vor wem sie davonliefen, doch in Anbetracht der Umstände war er bereit, sich Toms Urteil anzuschließen, dass er ihnen nicht begegnen wollte.

Drei Stockwerke tiefer verließen sie das Krankenhaus im Erdgeschoss und gingen eilig eine belebte Straße entlang, die nach Urin stank. Sie wandten sich nach links und liefen einen halben Block lang eine staubige Gasse hinunter und dann 15 Minuten im Zickzackkurs durch eine Reihe von kurzen, schmalen Seitenstraßen. Odi konnte nicht sagen, ob sein Retter ein bestimmtes Ziel vor Augen hatte oder ob sie nur versuchten, ihre Spur vom Krankenhaus zu verschleiern. Er verkniff es sich, danach zu fragen.

Weitere 15 Minuten schlängelten sie sich durch staubige Wege und Abzweigungen, bis Tom wieder besonders wachsam wurde. Odi fiel auf, dass er vermehrt über die Schulter blickte und die Dächer beobachtete. Eine Minute später betraten sie ein Mehrfamilienhaus. Es war alt, aber solide. Gemessen am Zustand der anderen

Gebäude, an denen sie vorbeigekommen waren, dürfte dies zu den begehrteren Adressen der Gegend gehören. In den USA würde es als abbruchreif gelten.

Tom führte ihn in ein schummriges und mit Müll übersätes Treppenhaus, während Odi versuchte, die olfaktorischen Angriffe durch den vergammelten Abfall und den beißenden Tabakgeruch zu ignorieren. Im vierten Stock betraten sie einen Flur. Eine einzelne nackte Glühbirne, die nicht mehr als 15 Watt haben konnte, warf ein schwaches Licht auf vier unterschiedliche Türen. Tom hielt vor jener an, auf die jemand mit einem Kugelschreiber die Nummer 53 gekritzelt hatte, und zog zwei lange, zweiseitige Schlüssel aus einer tiefen Tasche hervor. Er drehte beide mehrmals in ihren Schlössern herum, bis die Tür entriegelt war. Seit ihrer Flucht aus dem Krankenhaus hatten sie kein Wort miteinander gewechselt, und auch jetzt brach Tom das Schweigen nicht. Er bedeutete Odi lediglich einzutreten. Der sprach ein stilles Gebet und begab sich ins Unbekannte.

Sobald Tom die schwere Tür wieder verschlossen hatte, stützte er sich mit den Händen auf die Knie und atmete tief durch. »Ich wohne hier jetzt seit fünf Jahren, aber das ist das erste Mal, dass ich so etwas machen musste. Ich hoffe, es war auch das letzte Mal.« Er streckte eine verschwitzte Hand aus. »Ayden Archer.«

Odi erwiderte den Handschlag, so fest es ihm möglich war. Von dem langen Marsch war er fix und fertig und wollte sich dringend hinsetzen. »Odi Carr. Schätze, ich bin hocherfreut, Sie kennenzulernen. Und ich möchte Ihnen auf keinen Fall weitere Schwierigkeiten bereiten. Falls Sie ein Telefon haben …« Odi zögerte. Er war sich nicht sicher, wie viel er über sich verraten sollte.

»Um eine verbündete Botschaft anzurufen? Ihre Einheit?«

Odi nickte vage. Tatsächlich hatte er geplant, zuerst seine Schwester anzurufen. Sie musste ganz krank vor Sorge sein.

»Bevor Sie das tun, möchte ich Ihnen etwas zeigen«, sagte Ayden. »Doch zuerst sollten wir etwas essen und trinken. Ihr Gehirn benötigt Nahrung. Bitte kommen Sie mit in die Küche.«

Odi bemerkte, dass er tatsächlich fast am Verhungern war. »Danke. Das wäre toll. Sie sind sehr freundlich, und ich weiß Ihre Bemühungen wirklich zu schätzen.«

Sie gingen einen engen Flur entlang, vorbei an einem Bad, wie Odi vermutete, und betraten eine kleine Küche mit Balkon. »Vielleicht bleiben Sie besser drinnen«, riet Ayden, während er Richtung Balkontür nickte. »Wobei Sie sich bestimmt besser als ich damit auskennen, wie man sich versteckt. Alles, was ich über Mantel-und-Degen-Sachen weiß, kenne ich aus Filmen und Büchern.« Dabei lachte er nervös.

Odi setzte sich auf einen Stuhl und sah zu, wie Ayden Tee aus einem Brita-Filtergefäß in eine Teekanne goss und mit zitternder Hand den Gasherd per Streichholz entzündete. Sobald Ayden mit der Größe der Flamme zufrieden war, setzte er sich Odi gegenüber. Seine Hände fummelten immer noch an der gelben Streichholzschachtel herum.

»Befinden wir uns hier in Gefahr?«, fragte Odi.

Ayden faltete die Hände und blickte Odi mit nervösen Augen an. »Ja.«

14

PoliTalk Studio, Washington, D. C.

Während er den Knoten seiner silberfarbenen Krawatte perfektionierte, betrachtete Wiley sein Bild im Studiospiegel.

Privat machte er sich nicht viel aus seinem Erscheinungsbild, aber im beruflichen Kontext wusste er, dass man den Einfluss des richtigen Aussehens nicht unterschätzen durfte. Er mochte, was er sah. Der Anzug von Hickey Freeman passte ihm wie angegossen und betonte die Breite seiner Schultern, während seine eisig-blauen Augen Macht ausstrahlten. Er wusste, dass diese Strahler ihm in den kommenden Monaten gute Dienste erweisen würden, wenn es darum ging zu faszinieren, zu umwerben und zu umschmeicheln. Heute unterstrich sein blaues Lieblingshemd ihre Ausstrahlung und seine Krawatte ihr Funkeln.

»Zwei Minuten, Direktor Proffitt.«

Wiley blickte über die linke Schulter und übte seinen charmantesten Blick, während ihm ein »Danke, Maxine« butterweich von der Zunge ging. Umgehend drehte er seinen Kopf wieder zum Spiegel, um ihre Reaktion aus dem Augenwinkel zu betrachten. Es spielte keine Rolle, wie alt sie waren, Wiley J. Proffitt konnte die Damen immer zum Erröten bringen.

»Wir sind zurück mit unserer Sonderausgabe von PoliTalk zum Thema Terroranschlag«, begrüßte Jim Fitzpatricks irisches Gesicht die Zuschauer. »Mit dabei ist unser Stammgast Wiley Proffitt, Direktor des FBI. Guten Morgen, Wiley.«

»Guten Morgen, Jim.«

»Vor zwei Wochen haben Sie bei uns in der Sendung über Terrorismus gesprochen und darüber, dass wir bald wieder an der Reihe sein würden. Wie jeder in Amerika weiß, war es eine Woche später so weit. Letzten Samstag wurden zum ersten Mal seit 9/11 wieder Amerikaner Opfer mehrerer gleichzeitig stattfindender Angriffe. In Belgien ging eine Bombe im Büro der US-Handelskammer hoch. An einer – zum Glück leeren – amerikanischen Schule in Frankreich kam es ebenfalls zu einer Explosion. Und im Iran wurde ein Krankenhaus bombardiert, während eine US-Delegation anwesend war. Von den zwölf getöteten Amerikanern gehörten acht Ihrer Behörde an und starben bei dem Angriff auf das Krankenhaus. Ihre Vorhersage war erstaunlich präzise, insbesondere bezüglich des Versagens der US-amerikanischen Geheimdienste. Können Sie das kommentieren?«

»Um ehrlich zu sein, Jim, habe ich alles getan, was in meiner Macht steht, um mich selbst zu widerlegen. Ich habe einen der wenigen Jobs, die einen dafür belohnen.« Wiley senkte für einen Moment den Blick, als wollte er sich sammeln. »Der Verlust dieser acht Agenten ist etwas sehr Persönliches. Das FBI ist eine große Familie, und jetzt sind acht unserer Söhne abgeschlachtet worden. Einige von ihnen kannte ich persönlich. Diese feinen jungen Männer dienten unserem Land auf einer Mission, bei der es darum ging, Fakten zu sammeln. Sie haben verdeckt ermittelt, um Anlagen zu erkunden, die wir als potenzielle Al-Qaida-Camps identifiziert haben. Offensichtlich lagen wir mit unserer Annahme richtig.

Und wie Sie und Ihre Zuschauer wissen, handelte es sich bei dieser bestimmten Anlage um ein angebliches Krankenhaus. Doch in Wahrheit war es ein Trainingscamp von Al-Qaida. Unglücklicherweise haben die Terroristen irgendwie davon Wind bekommen, dass unsere Männer kommen werden, und lagen auf der Lauer. Die Lektion daraus für das FBI ist, dass wir zukünftig mit solchen undichten Stellen rechnen müssen.« Er legte eine bedeutungsschwangere Pause ein, bevor er fortfuhr.

»Die Lektion für das amerikanische Volk ist jedoch viel härter.

In Anbetracht des kalkulierten Charakters dieses Angriffs sollte jedem heißblütigen Amerikaner bewusst sein, dass unsere Feinde bereit sind, Dutzende ihrer eigenen Kameraden zu ermorden und sogar ihre eigene Infrastruktur zu zerstören, wenn sie dafür auch nur ein paar amerikanische Leben vernichten können. Die konventionellen Regeln unseres Konflikts gelten nicht länger. Diese Terroristen wollen nicht zwangsläufig gewinnen. Sie wollen einfach, dass wir verlieren.«

Fitzpatrick setzte zu einem Kommentar an, doch Wiley hob eine Hand. »Ich sollte noch ergänzen, dass ich hoffe, dass die Mitglieder des Budgetkomitees des Kongresses dieser Tatsache besondere Beachtung schenken. Wir sehen uns einer neuen Weltanschauung gegenüber. Wenn wir den *American Way of Life* fortführen wollen, muss der Kongress die notwendigen Mittel zur Verfügung stellen. Ich weiß, dass der Preis der Sicherheit zunächst beängstigend wirkt, doch ich kann Ihnen garantieren, dass die Verteidigung ein Schnäppchen im Vergleich zur Alternative ist. Prävention kostet uns nur einen Bruchteil.«

»Wenn ich zwischen den Zeilen lese, höre ich heraus, dass Sie weitere Anschläge erwarten?«, fragte Jim.

Wiley nickte traurig. »Das haben Sie richtig gehört.«

»Bald?«

»Jederzeit, Jim. Wir müssen ständig auf der Hut sein und danach streben, noch besser vorbereitet zu sein. So tragisch die Anschläge der letzten Woche auch waren, sind sie doch weit entfernt davon, ein weiterer 11. September zu sein. Dieser Hattrick war nur ein Übungslauf.«

Nun wirkte Fitzpatrick verblüfft. »Nur um sicherzugehen, dass ich das richtig verstanden habe«, hakte er nach, »Ihrer professionellen Meinung nach hat sich Al-Qaida erst aufgewärmt?«

»Ich fürchte, ja.«

Fitzpatrick ließ diese Aussage für einen Moment im Raum stehen, um die Bedeutung der Enthüllung zu unterstreichen. »Ich schätze, wenn Sie da wieder richtigliegen, wird die Presse anfangen, Sie als Propheten zu bezeichnen.«

Wiley bemühte sich, sein Gesicht so starr wie den Bug eines Kriegsschiffes zu halten, während Fitzpatricks Bemerkung eine wahre Flut an Euphorie in ihm auslöste. Morgen würde ›Proffitt oder Prophet?‹ die Schlagzeile in vielen Zeitungen sein. »Hoffentlich liege ich falsch«, kommentierte er.

Fitzpatrick nickte und sah auf seine Notizen. »Jetzt, wo Sie sich warmgelaufen haben, lassen Sie mich Ihnen eine Steilvorlage geben. In Washingtons inneren Zirkeln geht das Gerücht um, dass Dish womöglich nicht zur Wiederwahl antritt. Ein weiteres darauf Bezug nehmendes Gerücht besagt, dass Präsident Carver Sie als

Kandidat für das Amt des Vizepräsidenten in Betracht zieht. Möchten Sie etwas dazu sagen?«

»Jim, Sie sind hier der Washington-Experte, also lassen Sie mich Ihnen eine Frage stellen. Einen Nickel für jeden Kaffee, den Sie im Gehen getrunken haben, oder einen Penny für jedes Gerücht, das Ihnen aus Washington zugeflüstert wurde: In welchem Fall wären Sie reicher?«

Fitzpatrick lächelte und ließ seinen irischen Charme beim heimischen Publikum spielen. »Da haben Sie mich erwischt, aber sagen Sie mir eines: Würde Ihnen der Job als Vizepräsident zusagen?«

Wiley drehte sich in die laufende Kamera. »Ich habe bereits meinen Traumjob. Es ist mir eine Ehre und ein Vergnügen, Amerika vom Steuer des FBI aus zu verteidigen.« Hier brach er ab, auch wenn er noch mehr zu sagen hatte. Während des Vorgesprächs hatte er Fitzpatrick angedeutet, dass dieser das Thema vertiefen solle.

In Fitzpatricks Augen funkelte es. »Das freut mich sehr für Sie, Direktor, aber bitte sagen Sie mir: Würden Sie die Vizepräsidentschaft annehmen, sollte Präsident Carver sie Ihnen anbieten?«

»Es ist nicht an Carver, mir sie anzubieten. Das können nur die Bürger Amerikas.«

»Mit 66 Prozent Zustimmungsquote würden die meisten Experten da keinen Unterschied sehen.«

»Niemand mag Hypothesen-Spielchen, Jim.«

Fitzpatrick brummte wissend.

»Aber es mag auch niemand ausweichende Antworten«, fuhr Wiley fort. »Also lassen Sie es mich so formulieren. Ich würde mich jedem Auftrag stellen, den die Bürger dieser großartigen Nation für mich bereithalten.«

Wiley traf Stuart in der Garderobe von PoliTalk an. Normalerweise stellten sich ihm beim Anblick seines Wahlkampfmanagers alle Nackenhaare auf. Doch nicht heute. Heute wirkte Stuart sogar erfreut.

»Er hat Sie als Prophet bezeichnet. Das ist Gold wert. Politisches Gold, Wiley. Und dann hat er Sie auch noch mit der Vizepräsidentschaft in Verbindung gebracht. Gratulation. Ich glaube, ich sollte ihm einen Scheck ausstellen.«

Stuarts Worte befeuerten den Adrenalinrausch, in dem Wiley sich befand, noch zusätzlich, und eine Woge der Kühnheit stieg in ihm auf. Innerhalb des Bruchteils einer Sekunde entschied er sich, das auszunutzen. »Danke. Tatsächlich habe ich auch noch eine kleine Ankündigung zu machen.«

Stuarts Gesichtsausdruck verhärtete sich wieder zu seiner üblichen Maske, Wileys Selbstsicherheit geriet ins Wanken, aber er machte keinen Rückzieher. Er wusste, wenn er Stuart jetzt nicht die Stirn bot, würde er es nie wieder tun. Seit Stuart Wiley gezwungen hatte, ihn zu seinem Stabschef zu machen, war es Wiley unmöglich gewesen, Stuart an seinen Platz zu verweisen. Jetzt zog er es durch. »Ich habe entschieden, mich nicht von Cassi zu trennen. Wenn Sie immer noch glauben, dass sie der Sache schadet, werden Sie einen Weg finden müssen, sie in einen Vorteil zu verwandeln. Verstanden?«

Wiley glaubte zu sehen, wie sich ein Schatten hinter Stuarts sowieso schon dunklen Augen senkte, doch seine Mimik blieb unverändert. Er nickte nur.

Wiley hielt Stuarts Blick für einen weiteren Moment stand. Seine Poker-Instinkte zeigten sich. So absurd es schien, hatte er doch den Eindruck, dass Stuart diese kleine Rebellion nicht nur hatte kommen sehen, sondern dass er auch auf sie vorbereitet war …

15

Alexandria, Virginia

»Jack, setz mich drauf an«, drängte Cassi mit gedämpfter Stimme. »Das ist zu wichtig, um es Ralph zu überlassen.«

Jack schürzte die Lippen und versuchte offenbar, den letzten Teil ihrer Aussage zu ignorieren. »Von allen Leuten müsstest du doch am besten wissen, dass du heute nicht in der Verfassung bist, um eine Geiselverhandlung zu führen, Cassi. Ralph wird das gut hinbekommen.«

Cassi wollte schreien, doch damit würde sie ihrem Chef nur recht geben. Stattdessen ging sie in den Verhandlungsmodus über. »Vergiss die Politik für einen Moment. Was, wenn das deine Kinder wären? Was, wenn Bobby und Becky dort oben wären? Willst du mir ehrlich sagen, dass du lieber Ralph als Kontaktperson haben möchtest?«

Jack zuckte mit den Schultern. »Ralph hat viermal so viel Erfahrung wie du, Cassi.«

»Ja, und dennoch ist seine Fehlerquote dreimal höher als meine.«

»Ich habe den Fall Ralph gegeben. Den kann ich ihm jetzt nicht wieder wegnehmen – vor allem nicht um ihn dann dir zu übertragen. Geh und ruh dich aus. Wenn du aufwachst, wird alles in Ordnung sein.«

Cassi wusste, dass Jack sein Bestes tat, um objektiv und freundlich zu sein. Und sie spürte, dass sein

Wohlwollen zu Ende ging. Sie hätte sich zurückziehen und tun sollen, was man ihr sagte, doch das Bild von zwei kleinen Särgen trieb sie weiter voran. Sie entschied sich für eine andere Taktik. »Wie wäre es dann mit einem Deal? Ich übernehme die Verhandlung und Ralph erhält die Beförderung. Lass mich einfach die beiden Kinder retten.«

Sie sah Überraschung in seinen Augen aufblitzen, und noch etwas anderes. Aber dann schüttelte er nur den Kopf. »Weder kannst du den Job als Verhandlungsmasse einsetzen noch kann ich ihn vergeben.«

Cassi zog ihren letzten Pfeil aus dem Köcher. »Bei Geiselverhandlungen, in die Kinder involviert sind, haben Frauen eine 30 Prozent höhere Erfolgschance. Du hast eine Verhandlungsführerin direkt am Einsatzort, die bittet, die Sache übernehmen zu können. Wenn du ablehnst und das hier geht in die Hose, wird irgendeine ambitionierte Journalistin diese Statistik ausgraben. Dein Urteil wird dann infrage gestellt werden, privat von den Eltern der beiden Kinder und öffentlich vom Bürgermeister, wenn der Schadensbegrenzung betreibt.«

Jack starrte sie lange mit eisigem Blick an. Cassi wusste, dass sie ihrer Beziehung zu Jack gerade einen irreparablen Schaden zugefügt hatte. Aber wie auch immer, sie war momentan emotional zu ausgelaugt, um sich darum zu kümmern.

Schließlich sagte er: »Vermassle es nicht.«

Während die anderen Agenten die Treppen hinunter verschwanden, betrachtete Cassi die Fotos, die man von den Spinden der Kinder geholt hatte. Die richtigen Namen der Geiseln lauteten Masha und Zeke, was nicht mal annähernd an Sara und Sammy erinnerte, so wie sie die beiden genannt hatte. Cassi hoffte, dass dies kein böses Omen war. Mit dem Leben der beiden Kinder, die hier auf dem Spiel standen, sowie dem ihres Ungeborenen handelte es sich um die wichtigste Geiselverhandlung, die sie in ihrem Leben geführt hatte.

Cassi ließ ihren Blick über die Ziegelwände des leeren Flurs schweifen und konzentrierte ihn schließlich auf die Metalltür. Sie schloss die Augen, atmete langsam aus und zwang ihre Gedanken dazu, sich hinab in die Zone zu bewegen. Die Zone war ein mentaler Raum mit einem Schachbrettboden und schwarzen Wänden. Dort studierte sie ihren Gegner und berechnete ihre Züge. Befand sie sich einmal in der Zone, blendete sie jedes Geräusch, jeden Geruch und jeden irrelevanten Mucks aus. Nur sie bestimmte die Spieler in der Zone: sie selbst, der Täter und die Geiseln. Die Geiseln. Sie hasste es, diese beiden kleinen Figuren auf dem Schachbrett zu sehen. Man musste schon ein ganz besonderes Arschloch sein, um zwei Kinder als Bauern einzusetzen.

Zurück in der wirklichen Welt drückte Cassi sich gegen die Ziegelsteinwand. Sie sprach laut genug, dass man sie durch die Metalltür hören konnte, aber in einem Tonfall, der immer noch höflich und entspannt klang. »Guten Morgen. Hier ist nur noch die Verhandlungsführerin, wie Sie verlangt haben. Alle anderen sind fort. Ich habe hier zwei Becher mit Kaffee für den Fall, dass Sie einen möchten. Mein Name ist übrigens Cassandra. Cassi in der Kurzform. Wie darf ich Sie nennen?«

»Sie können mir einen verfickten Hubschrauber rufen, wenn Sie diese beiden Kinder hier nicht verlieren wollen.«

Er redete, dachte Cassi. Das war ein gutes Zeichen. Sie ging ihre mentale Strichliste durch. Der Mann hatte direkt seine Hauptforderung gestellt und seine ultimative Drohung ausgestoßen. Was bedeutete, dass er ungeduldig und verängstigt war. Beides könnte zu ihrem Vorteil sein, wenn sie es richtig einsetzte. Es konnte aber auch alle das Leben kosten, wenn sie es falsch anging. So oder so taugte seine Verfassung nicht für die übliche Ermüdungsstrategie.

Ihr oberstes Ziel war, sich selbst als Freundin zu etablieren. Die konstante Wiederholung seines Namens würde auf dem Gebiet Wunder wirken, doch sie spürte, dass er ihn nicht herausrücken wollte. Vielleicht konnte sie ihn erraten. Seine Stimme klang nach einem Mittdreißiger italienischer Abstammung mit Brooklyn-Akzent. Sie entschied sich, ihr Glück zu versuchen. »Haben Sie einen schlechten Tag, Nick?«

Es folgte langes Schweigen.

Cassi konzentrierte sich auf ihr Schachbrett, wo sie verschiedene Gegenzüge für seine möglichen Reaktionen vorbereitete.

»Netter Versuch, Lady. In dem Viertel, in dem ich aufgewachsen bin, gab es drei Nicks, ich bin keiner davon. Aber ich respektiere eine Frau, die keine Angst davor hat, ein Risiko einzugehen. Sie können mich Sal nennen.«

Ja! Cassi spürte ihren Puls ansteigen. Sie fand in ihren Rhythmus. Alles fügte sich zusammen. Das konnte sie spüren. »Haben Sie einen schlechten Tag, Sal?«

»Sie sollten sich keine Sorgen um meinen Tag machen. Ich kann gut auf mich selbst aufpassen. Sie sollten sich Sorgen um die Kinder machen, die hier mit einer Bombe eingesperrt sind.«

Die Kinder waren alles, was sie kümmerte, aber sie wusste, dass es ihnen im Moment noch gut ging. Sie konnte die gedämpften Schluchzer hören. Nun musste sie dafür sorgen, dass es so blieb. Sie würde all ihr Können und all ihre Erfahrung nutzen, um Masha und Zeke so lange aus dem Spiel zu halten, wie Sal sich noch im Spiel befand. Ihr Hauptziel war es, die Verhandlung so lange auf Sal zu konzentrieren, bis sie zu einer Einigung kamen oder es an der Zeit war, das Sondereinsatzkommando der Geiselrettungstruppe reinzuschicken. »Aber ich mache mir Sorgen um Sie, Sal. Sie wollen doch sicher nicht, dass es zum Schlimmsten kommt, oder?«

»Da haben Sie recht. Das hier sollte ein schneller Rein-raus-Job werden.«

»Was ging schief?«

»Hm. Sie sind aufgetaucht.« Er hielt inne.

Cassi wartete.

Schließlich fragte er: »Woher wussten Sie davon?«

»Jemand hat Sie gesehen. Wir haben einen Anruf erhalten. Das passiert ständig. Es gibt zu viele Augen in dieser Stadt. Sagen Sie mir, Sal, was glauben Sie, wie das hier ablaufen wird?«

»Ich werde Ihnen genau sagen, wie das hier ablaufen wird: Sie werden einen Hubschrauber auf dem Schulhof landen lassen. Ich werde an Bord gehen – nur ich, der Pilot und die beiden Kinder. Wir werden starten. Sobald die Luft rein ist, werde ich den Piloten anweisen, mich irgendwo abzusetzen, wo ich verduften kann. Dann bringt er die Kinder zurück, und alles ist, als wäre nichts geschehen. Niemand wird verletzt.«

»Hört sich gut an«, bestärkte ihn Cassi. Sie legte Überzeugung in ihren Tonfall, wusste aber, dass Sals

Forderung reine Fantasie war. In ihrem Geschäft wurde immer jemand verletzt.

16

Urmia, Iran

»Von wem droht uns Gefahr?«, fragte Odi Ayden.

»Das weiß ich nicht.«

»Woher wissen Sie dann, dass wir uns in Gefahr befinden?«

»Das ist eine lange Geschichte.«

Odi verstand nicht, warum sein Retter so ausweichend reagierte. Offensichtlich war er nervös und fühlte sich unwohl. Vielleicht gehörte die Ausweichtaktik zu seinem Verteidigungsmechanismus. Odi entschied sich für eine andere Taktik. »Weiß irgendjemand, dass wir hier sind?«

»Ich glaube es nicht, bin mir aber nicht sicher. Ich habe diese Wohnung von einer alten Frau gemietet, die nicht einmal meinen Namen kennt. Trotzdem wird man mich leicht als den großen Amerikaner identifizieren können. Es wäre einfach, mich zu finden, sobald man sich ein wenig umhört.«

»Und wer würde sich umhören?«

»Das weiß ich nicht.«

Odi dachte einen Moment darüber nach, versuchte einen Halt in diese Argumentation zu bekommen, die sich im Kreis drehte. Er wusste nicht, was hier vor sich ging, weshalb er auch keine Hypothese formulieren konnte. Also entschied er sich, Ayden zu beruhigen, während er in Gedanken alles durchging, was er als improvisierte Waffe verwenden könnte: ein Küchenmesser, einen Besenstiel, eine mit Sand gefüllte Weinflasche. »Wie bin ich in dem Krankenhaus gelandet? Das Letzte, woran ich mich erinnere, war, auf dem Schlachtfeld zu verbluten.«

»Schlachtfeld, hm?«

Sobald die Worte seinen Mund verlassen hatten, begriff Odi, dass ihm ein Fauxpas unterlaufen war. Entschuldigend hob er die Schultern.

Ayden fuhr fort. »Vergessen Sie es. Um Ihre Frage zu beantworten: Ich habe Sie ins Krankenhaus gebracht. Wir sind hier übrigens in Urmia. Das liegt 20 Kilometer südlich von Tafriz – wo der Angriff stattfand.«

»Sie sind also Arzt?«, fragte Odi, um die Unterhaltung wieder in weniger kontroverse Bahnen zu lenken.

»Ja. Ich habe in Berkeley studiert.«

»Wirklich, Berkeley. Tolle Uni. Was ist Ihre Verbindung zum Iran?«

»Mein Vater war Iraner.«

Odi musste seine Überraschung auf seinem Gesicht gezeigt haben, denn Ayden fuhr fort. »Ich weiß, ich sehe nicht so aus. Ich komme mehr nach dem Vater meiner Mutter, und meine Eltern haben mir ihren Nachnamen gegeben.«

Odi nickte. »Sind Sie beim Roten Halbmond oder bei Ärzte ohne Grenzen?«

»Nicht ganz. Ich bin mit dem Friedenskorps hergekommen. Vor ein paar Jahren haben sie sich zurückgezogen, aber ich wollte nicht gehen. Zu viel Arbeit. Zu viele Kinder, die es zu retten galt. Also arbeite ich jetzt auf eigene Faust.«

»Wer zahlt die Rechnungen?«

Ayden errötete.

»Tut mir leid«, versicherte Odi sofort. »Das ist mir so rausgerutscht. Geht mich nichts an. Müssen die Schmerzmittel sein.«

»Nein. Ist schon okay. Ich schlage mich mit einer Erbschaft durch.«

Der Kessel pfiff. Ayden schenkte Tee ein. Dann holte er eine Packung Kekse von dem weißen Spanplattenregal, das über der Spüle hing, und stellte sie auf den Tisch. »Normalerweise esse ich nicht hier. Ich hoffe, das reicht.«

»Danke«, sagte Odi, bevor er zulangte. Nachdem er drei Kekse verschlungen hatte, fragte er weiter: »Wie bin ich in diesem Krankenhaus gelandet, in …?«

»Urmia«, wiederholte Ayden. »Letzte Woche hatte ich in Tafriz zu tun, als mich ein Paar, dem ich zuvor schon gelegentlich geholfen hatte, mitten in der Nacht weckte. Ihr Sohn war auf eine Landmine getreten und hatte seinen Fuß verloren. Ich habe die Wunde stabilisiert und seine Eltern zur örtlichen Klinik geschickt, die Sie ja gut kennen. 20 Minuten nachdem sie gegangen waren, fiel mir ein, dass der Junge, Bahir, gegen Penizillin allergisch ist. Also bin ich ihnen nach. Den Rest können Sie sich denken.«

»Was hat der Junge denn gemacht, dass ihm mitten in der Nacht der Fuß weggesprengt wurde?«

»Viele der Kinder arbeiten nachts auf den Feldern, um ihre Familien zu unterstützen. Da ist es kühler und sie versäumen keine Schule. Bahir hatte eine Abkürzung durch den Wald genommen.«

Odi nickte. Noch ein Leben, für dessen Verlust sein Team verantwortlich war. »Also haben Sie mich in der Nähe der Klinik gefunden, während Sie nach dem Jungen gesucht haben?«

»Genau. Ich habe Sie zur Hütte getragen, von wo aus ich arbeite, und Sie zusammengeflickt. Die Wunde selbst war nicht lebensbedrohlich, aber Sie hatten eine Menge Blut verloren. Und ich hatte welches übrig.«

Odi neigte fragend den Kopf.

»Ich habe Blutgruppe 0 negativ, ein Universalspender.«

Odis Kopf fing an sich zu drehen, bei all den Implikationen, die mit seiner misslichen Lage einhergingen. Wenn irgendjemand aus der örtlichen Bevölkerung mitbekam, dass er dem Team angehörte, das die Klinik in die Luft gejagt und … wie viele Iraner getötet hatte? Er traute sich nicht zu fragen. Ihm lagen andere Fragen auf der Zunge, von denen er wollte, dass Ayden sie beantwortete. Viele Fragen. Doch er befürchtete, dass ihnen die Zeit fehlte.

Da die USA keine Botschaft im Iran unterhielten, blieben ihm seiner Meinung nach nur zwei Optionen. Er könnte mit einer befreundeten Botschaft Kontakt aufnehmen, wie Ayden zuvor vorgeschlagen hatte, vermutlich die britische oder die kanadische. Vielleicht auch die australische. Unglücklicherweise lag Teheran fast 1000 Kilometer entfernt. Er könnte anrufen und darum bitten, dass sie ihm einen Wagen schicken würden. Vielleicht gab es auch ein großes westliches Unternehmen, das ein Büro hier in der Nähe betrieb. Eine Botschaft würde das wissen. Doch wie könnte er das bewerkstelligen, ohne die Mission zu kompromittieren? So naiv zu glauben, dass die Telefonverbindungen zu westlichen Institutionen nicht überwacht wurden, war er nicht. Und jetzt, wo die Mission völlig schiefgegangen war, würde das Abstreiten jeglicher Verbindungen auf amerikanischer Seite oberste Priorität haben. Potchak bekäme einen Anfall, wenn er über eine ungesicherte Leitung anrufen würde.

Die Alternative war, bis zum Einbruch der Nacht zu warten und zu versuchen, zu Fuß bis in die Türkei zu gelangen. Da Urmia 20 Kilometer von Tafriz entfernt lag und Tafriz sich 20 Kilometer vor der Grenze befand, konnte die Türkei nicht mehr als 40 Kilometer entfernt sein. Nur eine Marathonlänge.

»Ich kann Ihnen gar nicht sagen, wie dankbar ich Ihnen bin«, sagte Odi. »Bitte verzeihen Sie mir, wenn ich etwas unhöflich bin, aber ich würde es hassen, wenn uns jemand unterbricht und Ihre Arbeit zunichtemacht.« Er ließ seinen Blick über seinen bandagierten Arm schweifen. »Was wollten Sie mir zeigen?«

»Ja, natürlich.« Ayden verschwand in einem Zimmer gegenüber dem Eingang und kehrte einen Augenblick später mit einem Leinensack zurück, auf dem ›Brauner Reis‹ stand. Er räumte die Tassen und die Kekse vom Tisch und kippte den Sack aus. Die Überreste von acht militärischen Headsets fielen klappernd auf den Resopaltisch. Offensichtlich stammten sie von Odis Team. Das war das Letzte, was Odi hier erwartet hätte.

»Wissen Sie, wie Ihre Teamkameraden gestorben sind?«, fragte Ayden.

»Ich habe nur zwei von ihnen gesehen. Beiden wurde in den Kopf geschossen.«

»Ich bin kein Forensikexperte, Odi, aber ich habe mir die Leichen angesehen und einen Freund konsultiert. Ihre Kameraden wurden nicht erschossen. Alle sieben wurden durch winzige Bomben getötet. Untersuchen Sie die Headsets.« Ayden hielt ihm die Überreste eines

Kopfhörers hin. »In allen sieben Kopfwunden habe ich Reste des gleichen Plastiks entdeckt.«

Odi spürte, wie seine Skepsis einsetzte. »Wie sind Sie an die Headsets gelangt?«

»Ich habe sie von dem Jungen, der sie aufgesammelt hat. Er hat mit einem gespielt, während ich ihn behandelt habe. Da hatte ich die Leichen bereits untersucht und die merkwürdigen Splitter gesehen. Als ich das blutige Headset sah, habe ich zwei und zwei zusammengezählt.«

Odi wollte nicht über die Konsequenzen dieser Enthüllung nachdenken. Stattdessen begann er die Bruchstücke nacheinander zu untersuchen. Man hatte sie nicht manipuliert, so viel stand fest. Blut und Körperreste klebten noch immer an ihnen. Man musste kein Experte sein, um zu sehen, dass Ayden mit seiner Schlussfolgerung recht hatte – auch wenn es ihm selbst auf dem Schlachtfeld entgangen war. Jedes Headset war von innen heraus explodiert. Eine winzige Ladung war über die Lautsprecher direkt im Ohr des Trägers platziert worden.

Odi roch an einem der Reste und erkannte den charakteristischen Geruch von RDX. Er wusste, dass RDX von der Größe eines Bleistiftradiergummis reichte, um einen kompletten menschlichen Kopf zu zerstören. In Anbetracht der Position, nur Millimeter vom Ohr entfernt, musste die Ladung nicht größer als ein Streichholzkopf sein, um zu töten.

Odi legte das Beweisstück wieder auf den Tisch, während sein Kopf anfing sich zu drehen.

Sie waren einem Anschlag zum Opfer gefallen.

Über ihm schien alles einzustürzen.

Ayden wippte nervös auf seinem Stuhl, während Odi sich einen Moment nachdenklicher Ruhe gönnte. Dann wischte Odi die zerbrochenen Teile mit seinem gesunden Arm in einem Rutsch vom Tisch und blickte zu seinem neuen Freund auf. »Warum würde jemand unsere Headsets so präparieren, dass sie explodieren? Warum würde jemand aus Quantico mein Team töten wollen?«

»Wenn Ihrer der einzige Vorfall gewesen wäre«, warf Ayden ein, »würde ich sagen, dass Ihr Team eine erhebliche Bedrohung für die Person hinter dieser Sache darstellte – als würden Sie etwas wissen, das ihn hinter Gitter bringen könnte –, weshalb er alle umbringt, um seine Spuren zu verwischen. Aber …«

»Warten Sie«, unterbrach Odi ihn. »Es gab noch weitere Vorfälle? Andere Angriffe?«

»O ja. Zwei weitere. In Belgien gab es einen Bombenanschlag auf die amerikanische Handelskammer und in Paris auf eine amerikanische Schule.«

»Wann?«

»Beide Anschläge fanden in derselben Nacht statt, in der Ihr Team angegriffen wurde.«

Odi lehnte sich zurück und atmete tief durch. Sein Leben wurde mit jeder Minute komplizierter. Jetzt verstand er, warum Ayden ihm von einem Anruf abgeraten hatte, doch das war auch das Einzige, was er verstand.

Er benötigte mehr Informationen.

»Ich habe Sie unterbrochen«, sagte Odi. »Sie wollten mir von Ihrer Vermutung erzählen, warum jemand das gemacht hat.«

»Tja, also ich glaube, der Hauptgrund ist offensichtlich. Warum machen Menschen irgendwas?«

»Geld?«

Ayden nickte.

»Wie bringt es irgendjemandem Geld ein, mein Team zu töten?«

Ayden antwortete mit einer Frage. Einer überraschenden Frage. »Wissen Sie, was die größte Industrie der Welt ist?«

»Öl?«

Ayden schüttelte den Kopf.

Odi hob eine Augenbraue.

»Angst«, antwortete Ayden für ihn.

»Angst?«

»Ja, Angst. Auf einer individuellen Ebene wird Angst in vielen Formen verkauft, die bekannteste davon als Versicherung: Krankenversicherung, Lebensversicherung, gegen Unfall, gegen Diebstahl. Die Menschen haben Angst davor, dass etwas gewaltig schiefgehen könnte, also sichern sie sich mit Geld ab. Auf einer kollektiven Ebene wird Angst in Form von Verteidigung verkauft, gegen Feuer, Flut, Hungersnöte und Verbrechen. Der Urvater davon ist natürlich die nationale Verteidigung. Kaum wird das Wort ›Terrorismus‹ erwähnt, überstürzen sich die Leute damit, Schecks auszustellen.«

»Ich kann Ihnen nicht ganz folgen. Was hat das …?« Odi unterbrach sich selbst. »Ich fange an zu verstehen, worauf Sie hinauswollen, aber noch nicht so ganz. Reden Sie weiter.«

»Der amerikanische Krieg gegen den Terror hat der Rüstungsindustrie drei Milliarden Dollar pro Woche eingebracht. Stellen Sie sich das vor: drei Milliarden Dollar pro Woche. Das ist mehr als das Bruttosozialprodukt der meisten Länder. Sie glauben doch nicht, dass die Typen, die die ganze Kohle gescheffelt haben, sich darüber gefreut haben, als die Quellen so langsam versiegten.

Glauben Sie, die haben sich einfach zur Ruhe gesetzt, nachdem die Anschläge nachgelassen haben?«

Dieser Logik konnte Odi nicht widersprechen, trotzdem störte ihn noch etwas. Es dauerte nur einen Moment, bis er darauf kam. »Ayden, bei allem Respekt. Wenn die Rüstungsindustrie im Geheimen Anschläge finanzieren würde, um die Nachfrage anzukurbeln, wären Sie doch sicher nicht der Einzige, der dahinterkommen würde.«

Ayden schüttelte weise den Kopf. »Niemand sonst weiß davon, dass jemand innerhalb des FBI geplant hat, Ihr gesamtes Team zu ermorden. Die Welt glaubt, dass Ihr Team getötet wurde, als es ein geheimes Ausbildungslager von Al-Qaida aufgedeckt hat. Und selbst wenn jemand die Wahrheit vermutet … Er hätte keinen Beweis. Wenn er was sagen würde, würde niemand zuhören. Wenn er trotz aller Skepsis lautstark auf seinen Behauptungen bestehen würde, täte man ihn einfach als Spinner ab.«

»Aber wir haben Beweise, Ayden. Diese Headsets, meine Aussage als Bundesagent, das sind Beweise.«

»Stimmt«, räumte Ayden ein und sah zu Boden. »Verstehen Sie jetzt, warum ich solche Angst habe? Begreifen Sie jetzt, warum wir in solcher Gefahr schweben?«

17

Alexandria, Virginia

Stuart lauschte konzentriert den gleichzeitig erklingenden Stimmen aus den beiden Lautsprechern. Bei einer solchen Operation war Timing alles, weshalb er froh war, Wanzen im Büro des Kita-Büros und draußen im Flur zu haben.

Beide schwiegen jetzt. Cassi hatte sich gerade Sals Namen herbeigetrickst. Sie war wirklich clever. Das musste Stuart ihr lassen. Wenn sie nur acht Zentimeter kleiner wäre, würde sie einen wirklichen Gewinn darstellen und kein Risiko. Da hatte Wiley durchaus recht. Unglücklicherweise bedeuteten diese acht Zentimeter alles. Das war nur eine weitere Facette, bei der Washingtons Politik dem Profisport glich. Der Unterschied zwischen Sieg und Niederlage wurde oft durch Kleinigkeiten und Millisekunden entschieden. In diesem Fall bedeuteten acht Zentimeter, dass er Cassi aus dem Team werfen musste – auf die einzige Weise, die ihm möglich war.

Stuart wünschte, es gäbe einen anderen Weg. Aber Wiley würde nicht kooperieren. Gewalt war nie seine erste Wahl. Das war ihm zu primitiv. Doch er hatte keine andere. Cassi hätte sich nicht schwängern lassen sollen. Sie hatte ihn in eine Ecke gedrängt, und das hier war sein Ausweg.

Wiley würde natürlich durchdrehen, könnte aber nichts ändern. Kein Funke der Rache konnte den Kronleuchter des Oval Office überstrahlen. Tatsächlich war Stuart sogar froh, dass Wiley ein wenig Rückgrat gezeigt und sich für Cassi gegen ihn aufgelehnt hatte. Die damit bewiesene Schärfe würde ihnen im Wahlkampf noch nützlich sein. Natürlich würde Stuart dafür sorgen müssen, dass Wiley nicht noch einmal vergaß, wo sein Platz war. Heute würde er beide Probleme mit einem einfachen Knopfdruck lösen.

18

Alexandria, Virginia

Cassi spürte, wie die Aufregung in ihr aufbrandete, als sie Sals Niemand-wird-verletzt-Angebot berücksichtigte. Eine Geiselsituation zu lösen ähnelte durchaus dem Knacken einer Safe-Kombination. Man musste einfach die richtigen Zahlen kombinieren. Sobald er das Wort ›Hubschrauber‹ gesagt hatte, spürte sie den ersten Stift einrasten. »Sie scheinen das Ganze gut durchdacht zu haben«, setzte sie wieder an, drehte das Rädchen weiter.

»Verdammt richtig«, rief Sal.

Einem Geiselnehmer einen Hubschrauber zu geben, kam natürlich gar nicht infrage, aber das durfte sie Sal nicht wissen lassen. »Wenn Sie wollen, dass ich darüber nachdenke, Sie gehen zu lassen, Sal, müssen Sie mich davon überzeugen, dass Sie nur ein kleiner Fisch sind. Und keine Bedrohung für die Gesellschaft.«

»Sie wollen Referenzen? Ein Empfehlungsschreiben von meinem Berufsberater?«

Cassi war froh, dass Sal seinen Sinn für Humor zeigte. Das bedeutete, dass er zum einen ihre Zustimmung suchte, und zum anderen, dass er nicht durchdrehte. »Erzählen Sie mir von diesem Job. Der war ja offensichtlich gut durchgeplant und sehr anspruchsvoll. Wer hat ihn sich ausgedacht? Was war der Plan? Solche Sachen. Wir haben Sie bereits auf frischer Tat ertappt, Sie haben also nichts zu verlieren – außer dieser letzten Chance, in Freiheit zu bleiben. Und versuchen Sie nicht, mich zu verarschen. Wenn ich glaube, dass Sie mich anlügen, werde ich Ihnen garantiert keinen Hubschrauber mit Piloten und zwei Kindern anvertrauen.«

Sal begegnete ihrer Forderung mit Schweigen. Entweder dachte er nach oder sie war zu offensiv vorgegangen. »Ich werfe Ihnen hier eine Rettungsleine zu, Sal. Sie werden es 20 Jahre lang bis lebenslänglich bereuen, wenn Sie sie nicht mit beiden Händen ergreifen.«

Schließlich antwortete Sal in sanfterem Tonfall als zuvor. »Ich bin nur ein Schraubenschlüssel.«

»Ein Schraubenschlüssel?«

»Ein Werkzeug. Ein Handlanger. Das war nicht meine Idee. Jemand hat mich angerufen.«

»Was hat er gesagt?«

»Er sagte, dass er mir eine Million in bar gibt, wenn ich ihm diesen Vermeer besorge.«

»Welchen Vermeer?«

»Den, der gerade auf der anderen Seite dieser Ziegelsteinwand restauriert wird.«

»Was hat er Ihnen noch gesagt?«

»Alles. Er hat alles genau für mich geplant. Hat mir von einer Lücke im Sicherheitssystem erzählt, die ich ausnutzen könnte.«

»Und was für eine Lücke war das?«

»Ist doch egal! Hat nicht funktioniert.«

»Ich versuche, hier mit Ihnen zu arbeiten, Sal. Das funktioniert aber nur, wenn Sie mitmachen. Geben Sie mir Details.«

Sal seufzte laut genug, dass Cassi es durch die Tür hören konnte. »Der Kunstrestaurator benutzt ein supermodernes Sicherheitssystem. Das erkennt Vibrationen, Körperwärme und so 'n Scheiß. Ich konnte es nicht vor Ort ausschalten, weil es nach einer Funkzeitschaltuhr an- und ausgeschaltet wird. An um acht Uhr abends. Aus jeden Morgen um acht. Jeden Morgen. Und da sie sonntags später öffnen, besteht ein Zeitfenster von 90 Minuten, bevor jemand auftaucht. Also nichts, worüber man sich zwischen acht und 9:30 Uhr Sorgen machen müsste, außer um die normalen Türen und die Fenster. Die Ziegelwand, die das Studio von der Kita trennt, hat mir einen idiotensicheren Weg geboten, sie zu umgehen.«

»Fahren Sie fort.«

»Ich bin also letzte Nacht in die Kita eingestiegen und habe mich im Lagerraum versteckt. Dort grenzt die Wand an das Studio. Um 8:15 Uhr habe ich angefangen, die Ziegel aufzubohren, im Wissen, dass all die schreienden und rennenden Kinder ein Stockwerk tiefer den Lärm übertönen würden. Ich hatte schon fast ein Loch, das groß genug war, um mich hindurchzuzwängen, als ich die Reflexionen der farbigen Lichter an der Wand sah. Ich konnte sehen, wie die Schweine in den Hof gefahren sind. Da es keinen Fluchtweg gab, habe ich mir ein paar der Kinder geschnappt. Den Rest kennen Sie.«

Den kannte Cassi. Man hatte Sal reingelegt. Es gab keinen Vermeer. Es gab kein hochmodernes Alarmsystem. Hinter der Sache steckte mehr, als es den

Anschein hatte, und sie wollte wissen, was. »Und jetzt zur wichtigsten Frage, Sal. Der einen, von der Ihre Zukunft abhängt. Wer hat Ihnen den Auftrag gegeben?«

»Ich wusste, dass Sie das fragen würden. Aber ich weiß es nicht.«

»Sie wissen mehr, als Sie glauben«, bestärkte ihn Cassi. »Wie hat er sich genannt?«

»X.«

»X?«

»Jep.«

»Was können Sie mir noch über X erzählen? War er ein Insider?«

»Ich würde sagen, ja. Er hatte alles, die Baupläne, alle Einzelheiten zur Alarmanlage, und er wusste alles über das Gemälde.«

Vor Cassis innerem Auge nahm ein Bild rasch Gestalt an. »Hat er die Kinder erwähnt?«

»Yeah. Er sagte, ihr Geschrei würde den Lärm überdecken. Hat auch vorgeschlagen, dass sie eine gute Versicherung abgeben würden, wenn die Kacke am Dampfen wäre.«

»Das hat er gesagt?«, fragte Cassi und fügte die letzten Puzzleteile zusammen.

»Yeah. Sehen Sie? Geiseln zu nehmen war gar nicht meine Idee. Ich bin für niemanden eine Bedrohung.«

»Und wie hat er Ihnen die Baupläne zukommen lassen?«

»Per Post.«

»Und wie sollten Sie ihm das Gemälde zukommen lassen und die Bezahlung erhalten?«

»Sobald der Job erledigt wäre, wollte er mich anrufen, um das zu besprechen.«

Das Ergebnis ihrer Befragung war nicht perfekt, dachte Cassi, doch die Polizei würde trotzdem erfreut sein. Und, viel wichtiger, Sal war jetzt überzeugt, dass man seinem Fluchtplan zustimmen würde. Es war an der Zeit für sie, die Kinder zu retten.

Von seiner Jobbeschreibung her wusste sie, dass Sal schnell zu Fuß war. Ausgehend von seinem Vokabular und seiner Syntax wusste sie, dass er intelligent war, aber ohne weitreichende formelle Bildung. Seinem Fluchtplan nach wirkte er sorgfältig. Sie musste davon ausgehen, dass Sal sich mit Verhandlungstechniken bei Geiselnahmen beschäftigt hatte. Das verkomplizierte ihren Job nicht nur, sondern erschwerte ihn womöglich auch.

Aufgrund seiner aktuellen geistigen Verfassung wusste Cassi, dass Sal gewalttätig reagieren könnte, wenn er sie dabei erwischte, ihn mit Standardprozeduren zu manipulieren. Weshalb sie dieses Mal nicht nach den Vorschriften vorgehen konnte. Trotzdem konnte sie die Grundsätze der Verhandlungsführung nicht außen vor lassen. Sie musste ihn immer noch aus dem Rhythmus bringen, aber auf unorthodoxe Weise.

»Sie wissen, was ich jetzt eigentlich tun sollte, nicht wahr, Sal? Sie haben die ganzen Polizeiserien gesehen. Ich sollte Ihnen jetzt sagen, dass Sie die Kinder nicht mitnehmen können. Ich sollte Sie dazu bringen, sie jetzt gehen zu lassen. Sollte Sie ermüden. Aber ich weiß, dass Sie dafür zu schlau sind. Was ich also tun werde, ist … Oh, warten Sie einen Moment, das hätte ich fast vergessen. Sie haben gesagt, Sie hätten eine Bombe, richtig? Was für eine?«

»Was spielt das schon für eine Rolle?«

Ich will sichergehen, dass sie nicht hochgeht, wenn wir dich erschießen, dachte Cassi. »Ich möchte sichergehen, dass sich keine elektronischen Geräte in der Nähe befinden, die sie versehentlich auslösen könnten.«

»Es ist Plastiksprengstoff, aber nicht in der militärischen Ausführung, nur selbst gebastelt. X hat ihn mir geschickt, für den Fall, dass der Bohrer für die Wand nicht ausreicht. Oder damit ich den Safe des Restaurators knacken könnte.«

»Wie viel?«

»Genug, um die Kinder zu erwischen. Mehr müssen Sie nicht wissen.«

»Sagen Sie nicht so was, Sal. Vermasseln Sie es jetzt nicht. Ich merke doch, dass Sie im Herzen ein vernünftiger Mann sind und nicht so ein brutaler Psychopath. Ich bin bereit, Ihnen zu geben, was Sie verlangen. Ich werde Ihnen jetzt einen Hubschrauber rufen. Alles, was Sie dafür tun müssen, ist, die Kinder ins Badezimmer zu bringen und sich darum zu kümmern, dass sie ruhig bleiben und nicht im Weg stehen, solange wir warten.«

»Diese Kinder bleiben direkt neben mir. Wenn Sie sich Sorgen um sie machen, sollten Sie den Hubschrauber schneller besorgen. So lange sind die Kinder meine Garantie, dass Sie nicht auf dumme Ideen kommen. Aber mir gefällt der Gedanke, sie ruhigzustellen. Warten Sie eine Minute.«

Cassi wurde kalt ums Herz, als sie das Reißen von Klebeband hörte. Einmal. Zweimal. Dann erklang das Schluchzen ein letztes Mal und lauter, bevor es aufhörte. Ihre Nerven machten sich bemerkbar, zogen sie aus der Zone. Plötzlich wurde ihr bewusst, dass zwei wundervolle

Kinder, ihr Ungeborenes und ihre Karriere von ihrer Leistung in den nächsten 60 Sekunden abhingen.

»Okay, Sal. Ich habe die Anfrage für den Hubschrauber rausgeschickt. Es wird nicht lange dauern. Jetzt überzeugen Sie mich bitte davon, dass Sie den beiden Kindern nichts tun werden.«

»Was soll ich sagen? Ich wollte nur ein Gemälde stehlen. Das ist nur Diebstahl, kein Gewaltverbrechen. Es ist keine große Sache, wenn ich weiter auf freiem Fuß bleibe. Ich bin ein Knuddelbär. Und wie ein richtiger Bär stelle ich für niemanden eine Bedrohung dar, solange man mich nicht erschreckt oder bedroht.«

Cassi hatte einen neuen, verzweifelten Klang in Sals Stimme bemerkt. Sie blieb still und setzte ihn so unter Druck, weiterzureden.

Was er tat. »Ich möchte diesen Kindern nichts tun. Aber wenn Sie mir drohen, werde ich genau das tun. Sie stimmen mir sicher zu, dass es besser ist, mich auszufliegen, als es so weit kommen zu lassen.«

»Absolut. Ich verstehe Sie. Oh, warten Sie … Er ist hier, Sal. Ihr Hubschrauber ist da.«

»Im Hof?«

»Nein, durch die Telefonleitungen und die Klettergerüste ist dort kein Platz. Er ist auf dem Dach. Sie müssen die Feuerleiter nehmen.« Das war natürlich Blödsinn. Sobald Sal seinen Kopf oberhalb des Daches blicken ließ, würde er eine Kugel zwischen die Augen verpasst bekommen. Cassi wollte aber nicht daran denken. Sie wollte keinen verräterischen Klang in ihrer Stimme haben.

»Okay, so wird es laufen«, befahl Sal. »Es werden alle verschwinden. Alle bis auf Sie. Niemand im Hof.

Niemand außer dem Piloten auf dem Dach. Wenn Sie dafür gesorgt haben, geben Sie mir Bescheid.«

Cassi fühlte sich schon siegesgewiss, als ihre Ohren plötzlich von innen zu bersten schienen. Bevor ihr Gehirn das Geräusch registrierte, flog sie schon rückwärts durch die Luft und geradewegs auf die Wand zu, angetrieben durch eine große Hitzewelle.

19

Lake Maroo, Virginia

Odi schreckte aus dem Bett hoch, geweckt von zwitschernden Vögeln. Obwohl seine Ohren so wachsam wie die eines Deutschen Schäferhundes waren, hatte er tief und gut geschlafen.

Zwei Wochen waren nach seinem verheißungsvollen Erwachen in dem iranischen Krankenhaus vergangen, und in dieser Zeit hatte sich sein Leben um 180 Grad gedreht. Verrat verändert einen Menschen. Verrat lässt ihn sich Sorgen über Sachen machen, über die er sich nie zuvor gesorgt hatte. Er lässt ihn über Sachen wie Selbsterhaltung nachdenken. Über Motive nachgrübeln. Und seine Rache planen.

Nachdem ihnen klar geworden war, dass sie mit ihrem Wissen nicht an die Öffentlichkeit gehen konnten, da dies sie zur Zielscheibe der Attentäter gemacht hätte, hatten er und Ayden sich auf einen unvermeidlichen Kurs begeben, der so ehrbar wie zielführend war. Sie hatten sich entschieden, die Killer zu jagen. Wobei

»sie« etwas weit gegriffen war. Odi war der Soldat. Er jagte allein.

Um seinen größten taktischen Vorteil zu bewahren, war er mit Aydens Pass in die USA eingereist, denn alle Welt glaubte, er selbst wäre tot. Also hatte er sich verkleidet und im Verborgenen gehalten, damit es so blieb, und würde das so lange durchziehen, bis er die Leute ausgeschaltet hatte, die sich verschworen hatten, sein Team zu ermorden. Sobald die Mission abgeschlossen war, würde er einfach im Iran aufwachen. Ein Koma war ein wasserdichtes Alibi. Und er hatte einen glaubwürdigen Arzt, der dies bestätigen würde.

Schon komplett bekleidet verließ er das Bett, zog seine Wanderstiefel an und blickte aus dem Schlafzimmerfenster. Die Dämmerung sandte ihre ersten Strahlen über den See. Das Wasser begann golden zu leuchten und schien sämtliche Lebewesen für ein kurzes Bad herbeizurufen. Lake Maroo war ein unberührtes Paradies. Er konnte verstehen, warum Commander Potchak praktisch jedes Wochenende hier in seiner Hütte verbrachte. Es war genau das, was man brauchte, um sich von einer Arbeitswoche in Quantico zu erholen. Zumindest wäre es das für Odi. Doch offensichtlich hatte Maroos Charme nicht ausgereicht, um Potchaks unbändige Gier zu stillen.

Odi trat aus dem einzigen Schlafzimmer der Hütte, um den Status seines Projekts zu checken. Potchak befand sich natürlich immer noch hier. Er stand noch immer dort, wo Odi ihn vor acht Stunden zurückgelassen hatte – gefesselt, auf seinen Zehenspitzen, mit einer Schlinge um den Hals.

Odi ging in die Mitte des Zimmers, um den verfluchten Mann zu taxieren. Die Tatsache, dass dies die traditionelle Zeit für militärische Hinrichtungen durch den Strang war, war dem Gefangenen durchaus bewusst. Trotz der kühlen Morgenluft bedeckte Schweiß jede Pore von Potchaks Gesicht und dunkle Ringe hingen unter seinen geröteten Augen. Vom physischen Zustand her, dachte Odi, sah er jetzt genau richtig aus.

Die Arme über seinem Kopf ausstreckend gähnte Odi demonstrativ, während er Potchaks Augen beobachtete. Das war eine taktische List, um den Kontrast ihrer so gegensätzlichen Lage zu unterstreichen und Odi Zeit zu geben, seinen Gegenspieler einzuschätzen. Odi gefiel, was er sah. Er könnte jetzt loslegen – tat es aber nicht. Noch nicht.

Bisher hatte Odi noch kein Wort zu seinem ehemaligen Vorgesetzten gesagt, seit er ihn gefangen genommen hatte. Und auch jetzt würde er noch nichts sagen. Er ließ ihn lieber noch ein wenig schmoren. Für einen Moment dachte er über die vergangenen Ereignisse nach, um die Anspannung weiter zu steigern.

Potchak zu schnappen war erstaunlich einfach gewesen. Als der Commander von der Bogenjagd zu seiner rustikalen Hütte zurückkehrte, hatte Odi ihn bereits erwartet, versteckt unter einer Tarnplane. In dem Moment, als sein Chef ihm den Rücken zuwandte, um den Bock von der Motorhaube seines Jeeps loszubinden, hatte Odi ihn von hinten mit einem Taser betäubt. *Ein Kinderspiel,* wie Adam gesagt hätte.

Als Potchak mit dem Gefühl, erwürgt zu werden, erwachte, dachte er zunächst verrückterweise, der Hirsch hätte irgendwie den Spieß umgedreht, da er jetzt selbst festgebunden war. Er hatte keine Ahnung, wie er in diese

Lage geraten war, aber hier hing er jetzt mit einem Seil um den Hals im Wohnzimmer seiner Hütte. Während seine Füße den Boden suchten, wollte er nach der Schlinge um seinen Hals greifen, musste aber feststellen, dass seine Arme stramm hinter seinem Rücken gefesselt waren. Seine Zehen nahmen zum Glück Kontakt mit dem Boden auf, und er drückte sie entschlossen nach unten, um die Spannung im Seil um seinen Hals ein wenig zu lockern. Potchak rang nach Atem und versuchte, das Gleichgewicht zu halten. Nach einigen Sekunden in dieser Haltung wurde ihm bewusst, dass der Spielraum, der ihm blieb, um Luft zu bekommen, einen konstanten psychischen und physischen Druck auf ihn ausübte.

Er erkannte es sofort als typische Belastungsposition. Die Art, die häufig in Verhören verwendet wurde. Doch seine Gedanken verweilten nicht dabei. So überraschend seine neue Situation war, das, was er als Nächstes sah, übertraf es noch bei Weitem. Er sah ein Gespenst vor sich.

Odysseus Carr war tot. Und doch saß Odi hier neben ihm auf einem Sessel und las beiläufig ein Buch. Befand er sich in der Hölle? War das hier eine ganz besondere Bestrafung? War er für alle Ewigkeit dazu verdammt, nach Atem zu ringen, während sein Opfer friedlich danebensaß?

Potchak stöhnte durch das Klebeband, das seinen Mund verschloss.

Odi aber las einfach weiter, ohne aufzublicken.

Nachdem er Ken Folletts aktuellen Thriller beendet und eine Mahlzeit zu sich genommen hatte – frisches

Hirschsteak –, zog sich Odi wortlos in Potchaks Schlafzimmer zurück. Er konnte es kaum abwarten loszulegen, wusste aber, dass ein Verhör erfolgreicher verlaufen würde, wenn man dem Gefangenen Zeit gab, seine Angst zu nähren. Er wollte, dass Potchak die Umkehrung ihrer Positionen in vollem Umfang bewusst wurde, während seine physischen Kräfte weiter schwanden und der Schrecken sich vertiefte.

An diesem Morgen hatte Odi die Situation neu abgeschätzt und war fasziniert von den Gedanken, die Potchak jetzt durch den Kopf gehen mussten. Er vermutete, dass sein Chef die meiste Zeit auf seinen Zehenspitzen damit verbracht hatte, sich eine Möglichkeit zu überlegen, wie er den eigenen Hals noch aus der Schlinge ziehen konnte – dabei betend, dass Odi ihm noch eine Chance geben würde, sich zu erklären, bevor er ihn den letzten tödlichen Zentimeter hinaufzog. Odi war neugierig darauf zu erfahren, welche Strategie er wählen, welchen Trick er anwenden würde. Potchaks Wahl würde ihm viel darüber sagen, wie dieser ihn einschätzte.

Würde Potchak versuchen, ihn durch Mitleid, Angst oder Gier zu beeinflussen? Würde er Odi Geld anbieten? Entschuldigungen? Informationen? Sex? Würde er Machtspielchen treiben und Drohungen ausstoßen? Würde er behaupten, selbst ein Opfer zu sein? Oder würde er betteln?

Während er seinen Gefangenen taxierte, entschied Odi, dass es an der Zeit war, es herauszufinden. Er griff nach dem Seil, das von Potchaks Hals aufwärts über den zentralen Balken und hinab zur Klemme lief, die Odi an die gegenüberliegende Wand geschraubt hatte. Er zupfte daran wie an einer riesigen Gitarrensaite. Potchaks

Fersen hoben sich weiter vom Boden. Zwölf Stunden in dieser gestreckten Haltung hatten für das Seil keinen Unterschied gemacht. Es saß noch immer so stramm wie der Lendenschurz eines Sumoringers.

Odi ging zur Klemme rüber und löste das Ende – gerade weit genug, um ein winziges Stück weiterzurutschen. So gab er dem Seil genügend Spielraum, damit Potchak sich von den Zehenspitzen auf die Fußballen stellen konnte, dann band er das Seil wieder fest. Zufrieden, dass Potchak weiterhin hilflos blieb, sich jetzt aber auf etwas anderes als sein Gleichgewicht konzentrieren konnte, sprach Odi zum ersten Mal seit der Gefangennahme. »Nicht dass du auf dumme Gedanken kommst, die Schlinge ist so geknüpft, dass sie nicht gelockert oder gelöst werden kann.«

Potchak grunzte, was Odi als Zeichen der Unterwerfung deutete. Er löste Potchaks linke Hand und benutzte ein zweites Seil, um die rechte an der Rückseite seines Ledergürtels festzubinden. Dann riss er das Klebeband in einer fließenden Bewegung von Potchaks Mund. Zurück blieb eine fiese Rötung, doch Potchak wirkte trotzdem erleichtert. Odi lächelte zufrieden. Ohne ein weiteres Wort zu verlieren, ging er in die Küche hinter Potchak und ließ seinen Gefangenen zweifellos verwirrt zurück.

Durch den Türrahmen beobachtete er, dass Potchak vor sich hin kochte, wie eine Kanne starker Kaffee. Potchak versuchte nicht, sich umzudrehen oder zu sprechen. Ersteres überraschte Odi nicht. Sein Gefangener hatte in der Nacht sicher unter dem einen oder anderen Fehltritt gelitten und gelernt, nichts zu versuchen, auch wenn er jetzt auf den Fußballen stand. Was Letzteres anging, das Schweigen, war sich Odi sicher, dass es sich bald ändern würde.

Als er mit zwei dampfenden Kaffeebechern zurückkehrte, fand Odi, dass Potchak schon deutlich besser aussah. Der Geruch frischen Kaffees, der Funke Hoffnung, die neue Position mit der freien Hand, all das zeigte Wirkung – genau wie geplant. Er reichte Potchak die Tasse und sagte: »Viel Milch, viel Zucker.«

Odis Wissen über die Kaffeevorlieben seines Commanders war nach dem Ehrenkodex der Soldaten eine schmerzliche Erinnerung daran, dass Potchak sich etwas Schlimmerem als nur des Mordes schuldig gemacht hatte. Er war des Verrats schuldig.

Odi glaubte einen Schimmer des Schuldgefühls über Potchaks Gesicht flackern zu sehen, während dieser »Danke« murmelte. Doch bevor er sich sicher sein konnte, nahm Potchak einen tiefen Schluck aus seiner Tasse. Odi stellte einen abgenutzten Ledersessel links von Potchak hin und ließ sich draufplumpsen, woraufhin ein Teil der Füllung aus der Seite quoll wie Haare aus den Ohren eines alten Mannes.

Nachdem er es sich bequem gemacht hatte, trank er selbst einen Schluck aus seiner Tasse und begann. »Nach 18 Jahren beim FBI kündigst du so ganz plötzlich, um in der Rüstungsindustrie bei Armed Services Industrial Supply anzuheuern. Was habe ich da in der Zeitung gelesen, du fängst schon am Montag als Vizepräsident der Abteilung für Regierungsbeziehungen an? Diese Traumstelle muss doch für eine ordentliche Gehaltssteigerung sorgen. Da bin ich doch neugierig, was das Leben unseres Teams wert war. 300.000? Eine halbe Million?«

»Ich wusste nicht, dass dabei jemand getötet werden würde«, versicherte Potchak.

Als Eröffnung war das gar nicht so schlecht, dachte Odi. Gar nicht schlecht, aber er hatte trotzdem eine Erwiderung parat. »Außer den Ärzten, Schwestern und Patienten in dem Krankenhaus natürlich. Aber das sind ja nur iranische Zivilisten. Schätze, die zählen nicht. Wir haben mehr Menschen bei der Befreiung des Irak getötet, als wir in Vietnam verloren haben, und niemandem scheint das aufzufallen. Also hast du dir gedacht: Ach, was soll's …?«

Für einen langen Moment schloss Potchak die Augen, ehe er wieder sprach: »Als sie mir die Headsets gegeben haben, sagten sie, das sei nur, damit sie mithören könnten und es mitbekämen, sollte jemand was merken. Damit sie rechtzeitig die Notbremse ziehen könnten.«

»Und als wir dann alle tot waren, hast du schon viel zu tief in der Sache gesteckt.«

»Genau«, stimmte Potchak zu und trank dann seinen restlichen Kaffee, als wäre das Meeting hiermit beendet.

Odi betrachtete ihn, während er aufstand und dachte: *Wenn du wüsstest.* Er nahm ihm die Tasse ab und setzte ein breites Lächeln auf, das völlig willkürlich erscheinen musste. Potchak lächelte zurück, versuchte, kumpelhaft rüberzukommen – zum ersten Mal in zwei Jahren. Er leistete nicht einmal Widerstand, als Odi seine Hand wieder festband.

»Weißt du noch, was ich gemacht habe, bevor ich zur Antiterroreinheit kam?«, fragte Odi.

Auf Potchaks Gesicht zeigte sich eine seltsame Mischung aus Panik und Erleichterung. Er war sich nicht sicher, ob er wirklich schon vom Haken war. Als erfahrener Angler wusste er, dass dies oft geschah, bevor der Mann, der den Brocken gefangen hatte, ihm den Kopf abschnitt. »Ja, natürlich. Du warst bei den Jungs von der Kampfmittelbeseitigung. Hast uns alle überrascht, als du die Versetzung zum CRT beantragt hast, immerhin warst du bei denen der Star.«

Odi kommentierte das nicht sofort. Stattdessen ging er zum Schrank und holte ein Stativ mit einer Videokamera hervor. Beides baute er in aller Ruhe auf, bevor er weitersprach. »Sprengstoffe haben mich schon fasziniert, seit ich als Kind den ersten Böller bekommen habe. Da wir nicht viel Zeit haben, lange Rede, kurzer Sinn: Bevor ich an der Johns Hopkins fertig war, hat mich diese Faszination zu einem Doktor in Chemie und einem in biomolekularen Ingenieurwissenschaften geführt. Aber das weißt du ja.

Was du nicht weißt: Ich habe während des Graduiertenstudiums eine Menge Forschung betrieben und viel im Labor herumgebastelt. Ich habe sogar einige bahnbrechende Erfindungen gemacht.« Odi sprach ganz ruhig, in leidenschaftslosem Ton, sehr sachbezogen. »Von der ersten Erfindung hast du vielleicht gehört. Der Handelsname lautet ArmoWrap. Das ist ein Verteidigungswerkzeug, eine Art Feuerlöscher für Bomben. Die zweite Erfindung ist genau gegenteiliger Natur. Das ist eine hinterhältige Waffe. Ich nenne sie Sahne, wobei der Name keine Rolle spielt, da ich der einzige Mensch auf dem Planeten bin, der von ihr weiß. Wie auch immer. Um dir das Technogebabbel zu ersparen, die Sahne ist ein bioreaktiver Sprengstoff.« Odi legte eine Pause ein, um Potchaks Gesicht zu studieren. Sein Ausdruck hatte sich nicht verändert. Die Erwähnung des bioreaktiven

Sprengstoffs hatte bei ihm keine Reaktion ausgelöst. *Auch gut,* dachte Odi. Er wollte Potchaks unmittelbares Begreifen auf Band festhalten.

Jetzt, nachdem er damit fertig war, seine persönlichen Hintergründe zu offenbaren, stand Odi auf und schaltete die Kamera ein. Er richtete sie direkt auf Potchaks Kopf in der Schlinge, während er sicherging, dass sein eigener Sessel nicht im Bild war. Dann testete er das Mikrofon und prüfte, ob der oszillierende Stimmverzerrer, den er darauf angebracht hatte, seine Stimme auch ausreichend verstellte. Zufrieden mit dem Arrangement startete Odi die Aufzeichnung und fuhr fort, wo sie aufgehört hatten. »Abgesehen von einem leicht öligen Schimmer sieht meine Sahne wie ganz normale Kaffeesahne aus. Daher auch der Name. Wenn man sie zur Hälfte mit normaler Sahne mischt und etwas künstlichen Geschmacksverstärker hinzufügt, schmeckt sie auch so.«

Odi leckte sich über die Lippen, während er zusah, wie sich Potchaks Gesicht zu einer Maske des Schreckens verzerrte. Dann fuhr er in dem gleichen sanften pädagogischen Tonfall fort: »Die Sahne ist stabil und flüssig, bis sie sich in einer Umgebung mit niedrigem pH-Wert befindet, wie deinem Magen zum Beispiel. Einmal verschluckt, wirkt die Magensäure als Katalysator für eine hämophile Adhäsion. Mit anderen Worten, der Flüssigsprengstoff zieht sich wie magnetisiert zusammen, um eine immer dichter werdende Masse zu bilden. Ein bisschen wie gerinnende Milch, nur viel extremer.«

Odi stand auf, sorgfältig darauf bedacht, nicht ins Bild zu treten, und fing an, hin und her zu laufen, während er die Lehrstunde mithilfe seiner Hände fortsetzte. »Sobald sich die Sahne ausreichend zusammengezogen hat, fängt sie an, ein Polymer auszuschwitzen. Dieses Polymer reagiert weiter mit der Magenflüssigkeit und umschließt den Sprengstoff mit einer harten Schale. Stell dir ein backendes Brot vor, nur mit einer Kruste so hart wie Eisen. Und das ist nur die erste Hälfte. Um die Analogie fortzuführen: Noch lange nachdem die Kruste schon hart ist, steigt die Hefe im Teig weiter an und erhöht den Druck auf die Schale. Während der Druck in diesem begrenzten Gefäß zunimmt, tut dies auch die Hitze – das erste Gesetz der Thermodynamik, wie du dich vielleicht erinnerst. Der Druck und die Hitze steigen so lange weiter an, bis die Temperatur 110 Grad Celsius erreicht. Das ist der Kipppunkt, an dem der innere Druck zu groß für die Schale wird. Rate mal, was dann passiert.«

»Sie explodiert«, formte Potchak mit den Lippen, brachte jedoch keinen Ton heraus.

Odi lächelte. »Die gesamte Reaktion benötigt ungefähr 30 Minuten – bei Schweinen. Was Menschen angeht, wirst du der Erste sein, der es herausfindet.«

Was immer für eine psychologische List sich Potchak in seiner Nacht auf Zehenspitzen überlegt haben musste, eine solche Offenbarung hatte er nicht in seinen Kalkulationen berücksichtigt. Er begann zu zittern.

»Wenn deine Atmung hektisch und flach wird und deine Fingernägel und Lippen blau anlaufen, wissen wir, dass dir noch etwa zehn Minuten bleiben. Das ist dem Polymer zu verdanken, das der Sprengstoff ausschwitzt – das richtet erheblichen Schaden am Hämoglobin an.«

Potchak wand sich wie ein Wurm am Haken, wie Odi zufrieden feststellte. Als Odi zu Ende gesprochen hatte, unternahm Potchak eine sichtliche Anstrengung, seinen Körper unter Kontrolle zu bringen.

Odi wartete.

Als der verurteilte Mann schließlich wieder den Mund öffnete, klang seine Stimme erstaunlich gefasst. »Gibt es ein Gegenmittel?«

Odi legte den Kopf zur Seite und zwinkerte. »Wer hat dich beauftragt?«

20

The Mall, Washington, D. C.

Während er das Vietnam Memorial der Länge nach abschritt, betrachtete Wiley im vom Regen benetzten Granit sein Spiegelbild. Die Miene, mit der es zurückstarrte, stellte ihn nicht zufrieden. Sie sah nicht hart genug aus für das Treffen, das ihm bevorstand. Auch strahlte es nicht sein übliches Feuer aus. Er streckte seinen rechten Arm aus und ließ die Finger über die kalte gemeißelte Oberfläche gleiten, im Versuch, noch etwas Courage aus dem heiligen Stein zu ziehen.

»Sie wollten mich sprechen.« Stuart war direkt unter Wileys Regenschirm erschienen, als hätte der Wind ihn dorthin getragen.

Wiley hielt an und neigte sich so weit zu seinem Wahlkampfmanager vor, dass Stuart gezwungen war, sein Gesicht in den windgepeitschten Nieselregen zu halten. »Ich weiß, dass Sie es waren. Das mit Cassis Unfall. Ich weiß nicht, wie Sie es getan haben – und werde es womöglich auch nie wissen –, aber ich weiß, dass Sie es waren.«

Kaum hatte Wiley den Satz beendet, riss sich Stuart seine vom Regen besprenkelte silberne Brille vom Gesicht. Mit seinen reptilienhaften Augen starrte er ihm direkt ins Gesicht. »Wenn Sie so viel wissen, müsste Ihnen auch bewusst sein, dass Cassis Unglück für Sie ein Segen ist. Dieser Mühlstein wurde Ihnen vom Hals genommen. Ohne Cassi hat Carver keine Vorbehalte, Sie als seinen Kandidaten für das Vizeamt zu nominieren. Ich weiß es. Denn ich habe nachgefragt. Fitzpatricks Propheten-Zitat hat auch für einigen Rückenwind gesorgt. Die Medien lieben es. Alles wendet sich zugunsten des Antiterror-Zaren. Und ich bin froh, dass Sie wissen, wem Sie dafür zu danken haben.«

Widersprüchliche Emotionen ergriffen Wiley. Die Neuigkeiten zu seiner Karriere begeisterten ihn, doch er hatte noch nicht fertig ausgeteilt. »Was, wenn ich Ihnen sage, dass ich mit Cassi zusammenbleibe?«

Stuart spöttelte. »Dann würde ich sagen, dass Sie schön weiter geradeaus gehen können, am Lincoln Memorial vorbei direkt in den Potomac River. Seit sie ihren Vorgesetzten erpresst, gegen die Vorschriften verstoßen und das Leben zweier Kinder auf dem Gewissen hat, ist Ihre Freundin politisches Gift.«

Während der halben Sekunde, die Wiley benötigte, um seine spitzzüngige Erwiderung zu formulieren, klingelte sein Handy. Der Klingelton verriet ihm, dass es Carl Jenkins war, der stellvertretende Direktor für Einsätze und Operationen und Zweiter in der Hierarchie. Er hasste es, dass Stuart noch mal davongekommen war, aber er musste den Anruf annehmen. »Guten Abend, Carl.«

»Ich habe schlechte Nachrichten, Direktor Wiley. Der ehemalige CRT-Commander Potchak ist tot.«

Wileys Magen zog sich auf Walnussgröße zusammen. »Potchak ist tot?« Während er Carls Worte wiederholte, aktivierte er den Lautsprecher, damit Stuart mithören konnte. »Erst letzten Freitag hat er gekündigt, um für ASIS zu arbeiten. Das kann doch kein Zufall sein. Was wissen Sie?«

»ASIS hat uns angerufen, als Potchak heute Morgen nicht zu seinem ersten Arbeitstag erschienen ist. Sie dachten, er wäre vielleicht aus alter Gewohnheit versehentlich wieder nach Quantico gefahren. War er aber natürlich nicht. Er war weder zu Hause noch auf dem Handy zu erreichen. Also ist Agent Dobrinovitch raus zu Potchaks Jagdhütte gefahren. Die liegt im ländlichen Virginia am Lake Maroo.«

»Ich kenne sie.«

»Ja, also, Potchak war in seiner Hütte. Zumindest glauben wir das.«

»Ich verstehe nicht ganz.«

»Die Überreste, die wir gefunden haben, waren bis zur Unkenntlichkeit zerfetzt. Das Opfer, bei dem wir davon ausgehen, dass es sich um Potchak handelt, wurde entweder volles Rohr von einer Art Panzerabwehrgranate getroffen oder jemand hat ihn gezwungen, so etwas wie eine Handgranate zu schlucken.«

Wiley starrte verblüfft in die bleifarbenen Wolken, die sich über den Himmel erstreckten, und versuchte, die Konsequenzen zu begreifen. Schließlich brach er sein Schweigen. »Gab es so was wie ein Markenzeichen der Mafia in dem Zimmer? Ein toter Fisch, ein Pferdekopf, das Zeichen einer schwarzen Hand oder eine weiße Rose …?«

»Wenn sich dort so etwas befand, dann nicht gut sichtbar platziert. Zum Zeitpunkt der Explosion hatte Potchak allerdings eine Schlinge um den Hals. Vielleicht ist das so was. Ich werde Edwards vom Organisierten Verbrechen den Modus Operandi prüfen lassen.«

»Ich nehme an, es gibt noch keine Spur zum Killer?«

»Tatsächlich haben wir eine. Von den Lücken in den Blut- und Gewebespritzern an der Wand und den Fußabdrücken wissen wir, dass sich ein etwa 1,80 Meter großer, athletisch gebauter Mann mit Schuhgröße 44 mit Potchak im Raum aufgehalten haben muss. Er hat den Tatort auf einem Motocross-Motorrad verlassen. Unsere vorläufige Analyse zeigt, dass er bei der Explosion nicht verwundet wurde, auch wenn er über und über mit Potchaks Resten bedeckt gewesen sein muss. Genau wissen wir es aber erst, wenn die Ergebnisse der Blutanalysen da sind.«

»Sonst keine Hinweise auf die Identität des Mörders?«

»Nein. Alle Fenster und Türen wurden offen gelassen, und es war ein windiger, verregneter Tag, weshalb wir es mit einem stark verunreinigten Tatort zu tun haben. Alle möglichen Fingerabdrücke hat man weggewischt. Osborn meint, der Typ sei ein Profi, weshalb nicht viel von den forensischen Untersuchungen zu erwarten ist.«

»Danke für die klaren Worte.«

»Da ist noch eine Sache«, sprach Jenkins weiter. »Für irgendwas hat der Mörder ein Stativ benutzt. Wir vermuten, entweder um die Waffe zu stützen oder um die

Explosion auf Video aufzuzeichnen. Winslow von der Verhaltensforschung wettet bei Letzterem darauf, dass uns der Killer eine Kopie als eine Art Fehdehandschuh schicken wird – entweder per Post oder per E-Mail.«

Wiley dachte darüber nach. »Solange wir es nicht zuerst in den Nachrichten sehen.«

»Kein öffentlicher Nachrichtensender würde das zeigen können.«

Wiley zuckte zusammen. »Halten Sie mich über alle wesentlichen Entwicklungen umgehend auf dem Laufenden, Tag und Nacht. Die Botschaft an die Öffentlichkeit muss eindeutig sein: Das FBI kümmert sich um seine Leute.«

»Natürlich.«

Mit zitternder Hand schloss Wiley sein Klapphandy und betrachtete Stuart. Offensichtlich dachten sie beide das Gleiche. Auf irgendeine Weise hatte das mit Wileys Wahlkampf zu tun. Nicht nur wusste jemand über ihre Verschwörung Bescheid, sondern hatte auch die Absicht, sie aufzuhalten. Ihn aufzuhalten. Potchaks Tod war vermutlich erst der Anfang.

21

Alexandria, Virginia

Cassi öffnete die Augen und blickte in ein fremdes Gesicht. Mitte 40, weiblich, beinahe magersüchtig dünn, zotteliges schwarzes Haar, langweilig braune Augen, weißer Kittel. Sie sah aus wie die Assistentin eines

Leichenbestatters oder eine unglückliche Krankenschwester. »Was ist passiert?«

Die Schwester beugte sich über sie und benutzte eiskalte Finger, um ihr linkes Auge weiter zu öffnen. »Folgen Sie dem Licht«, bat sie und bewegte eine kleine Taschenlampe nach links und rechts und nach oben und unten.

»Was ist passiert, Gretchen?«, wiederholte Cassi, nachdem ihre Augen sich ausreichend erholt hatten, um das Namensschild der Pflegerin zu lesen.

»Sie waren in einer Explosion. Sie haben mehrere Schürfwunden und einen ernsten Schlag auf den Hinterkopf davongetragen, aber ...«

In dem Moment, in dem Gretchen die Explosion erwähnte, fiel ihr die Situation auf dem Flur wieder blitzartig ein. »Was ist mit den Kindern?«, unterbrach Cassi und versuchte sich aufzusetzen.

Gretchen drückte sie entschieden zurück und schüttelte den Zeigefinger in einer stummen Warnung. Sie durfte sich nicht bewegen. »Über andere Patienten darf ich keine Auskunft erteilen.«

Cassi wollte gerade mit ihrer dienstlichen Befugnis eine offizielle Anfrage stellen, als sie ein anderer Gedanke durchfuhr und ihr ganzer Körper kalt wurde. »Was ist mit meinem Baby?«

Gretchen setzte einen mitfühlenden Gesichtsausdruck auf und schüttelte den Kopf. »Es tut mir leid, meine Liebe. Sie hatten eine Fehlgeburt.«

In Cassis Kopf drehte sich alles. Gretchen legte ihr eine kalte Hand auf den Arm und griff mit der anderen nach der Infusion. Mit dem Daumen drehte sie den Verschluss weiter auf, sodass mehr Beruhigungsmittel durch den Schlauch tropfte. »Sie müssen sich ausruhen.«

Cassi kam wieder zu Bewusstsein, als eine Schwester einen lauten Patienten an ihrem Zimmer vorbeischob. Ihr Hals fühlte sich wie Schmirgelpapier an und sie hätte schwören können, dass jemand ihren Kopf benutzt hatte, um Ziegel zu zerhauen, während sie geschlafen hatte. Sie öffnete die Augen und sah, dass Gretchen da war, positioniert wie eine Wächterin. Als Reaktion auf Cassis Bewegungen schob sie ihr einen Strohhalm in den Mund. Cassi trank einen Schluck warmes Wasser und ihr Hals fühlte sich sofort besser an. Die nächsten 30 Sekunden verbrachte sie damit, einen klaren Kopf zu bekommen und den Becher leer zu trinken.

»Stimmt es? Ist mein Baby wirklich fort?«

»Ich fürchte, ja, Liebes. Aber es gibt keinen Grund, warum Sie kein weiteres haben könnten. Sie sind gesund und jung.«

Cassi war sich da nicht so sicher.

Wo ist Wiley?, fragte sie sich. Momentan brauchte sie ihn mehr als alles andere. Überall standen Blumen im Zimmer, und zweifellos stammten einige von ihm, aber das bot ihr wenig Trost. Sie benötigte Haut und Muskeln, die sie umarmen und drücken konnte. Sie benötigte Beruhigung, Unterstützung und Trost. Sie verstand, dass er es sich nicht leisten konnte, hier rund um die Uhr an ihrem Bett zu wachen, aber sie fühlte sich, als hätte er sie im Stich gelassen. Sie und das Baby.

»Wie fühlen Sie sich?«, fragte Gretchen und lenkte das Gespräch in andere Bahnen.

Cassi entschied, dass ein Themenwechsel wohl das Beste war. »Wie vom Lkw überfahren.«

Gretchen nickte. »Im newtonschen Sinne wurden Sie das auch.«

Cassi war sich nicht sicher, was das heißen sollte. Es hörte sich wie etwas an, das Odi sagen würde. »Wie spät ist es?«

»Sechs Uhr, Montagabend. Sie haben fast 24 Stunden lang geschlafen. Haben Sie Hunger? Ich habe hier Wackelpudding und geschmackvolle Apfelsoße, was beides gut zu schlucken ist.«

Cassi war nicht in der Stimmung, etwas zu essen, wusste aber, dass sie Energie benötigte. »Das wäre schön. Ich wüsste es auch sehr zu schätzen, wenn Sie mir etwas gegen die Kopfschmerzen geben könnten.«

Gretchen murmelte etwas, während sie zur Tür hinausging.

Cassi wollte unbedingt wissen, was mit Masha und Zeke war. Während des Essens würde sie die Nachrichten schauen. Falls sie dort keinen Bericht über die Explosion finden würde, könnte sie ein Telefon suchen und in der Pädiatrie anrufen. Währenddessen versuchte sie, sich an die Details der Geschehnisse zu erinnern.

Sie wusste noch, dass sie Higgins erpresst hatte, um ihr die Verhandlung in der Kindertagesstätte zu übertragen. Sie erinnerte sich an Sals Erklärungen für seinen Einbruchsjob und ihre Schlussfolgerung, dass man ihn reingelegt hatte. Sie wusste noch, dass sie Sal überzeugt hatte, dass auf dem Dach ein Hubschrauber warten würde. Und sie erinnerte sich daran, dass Sal sich ins Schussfeld eines Scharfschützen vom Geiselrettungsteam begeben hätte, sobald er über die Feuerleiter aufs Dach klettern würde.

Sie hatte die Kinder effektiv gerettet. Doch dann, aus irgendeinem unvorhersehbaren Grund, war der Sprengstoff, den er für den Safe mitgebracht hatte, explodiert. Eines der Kinder oder gar Sal selbst musste den Zünder versehentlich ausgelöst haben.

Gretchen kehrte mit einem Plastiktablett zurück und stellte es auf dem Tisch neben dem Bett ab. Cassi blickte auf eine matschige Mahlzeit und einen kleinen Plastikbecher mit zwei Schmerztabletten. Gretchen füllte Wasser aus einem Plastikkrug nach und reichte Cassi den Becher. Nachdem Cassi ihre Tabletten geschluckt hatte, sagte Gretchen: »Ihr Vorgesetzter ist da.«

Cassi blickte auf. Jack war hier. Das waren gute Neuigkeiten. Er würde sie über die Kinder informieren. Sie spürte eine Welle der Nervosität über ihr Rückgrat branden. Was würde sie tun, wenn es den Kindern nicht gut ging? Sie verspürte plötzlich das Bedürfnis, in einen Spiegel zu schauen, doch ihr wurde bewusst, wie albern das war. Sie hatte einen dicken Verband um den Kopf. Außerdem gehörte ihr Aussehen noch zu ihren geringsten Problemen. »Wartet er schon lange?«

»Nein. Er hat vorhin angerufen und wir haben ihm mitgeteilt, wann die Wirkung der Medikation vermutlich nachlassen wird. Sie müssen ihn jetzt nicht empfangen, wenn Sie nicht wollen.«

Cassi gewann den Eindruck, dass es Gretchen Spaß machte, Leute abzuweisen. »Nein, ist okay. Schicken Sie ihn rein.«

Es war nicht Jack Higgins, der durch die Tür kam. Sondern Wiley. Wiley war hier!

»Es ist so schön, dich zu sehen«, begrüßte sie ihn und nahm ein Bouquet gemischter Rosen an sowie einen Kuss auf die Wange. Die Wange. Das war enttäuschend. Vielleicht sahen ihre Lippen wie die einer alten Henne aus.

»Ich freue mich auch, dich zu sehen.«

»Als die Schwester meinte, mein Vorgesetzter sei da, hatte ich mit Jack Higgins gerechnet.«

»Das ist allerdings Teil von dem, worüber ich mit dir reden muss«, erwiderte Wiley und zog einen Stuhl ans Bett.

»Ich muss mich bei ihm entschuldigen. Das weiß ich. Aber …«

»Jack ist nicht mehr dein Vorgesetzter«, unterbrach Wiley sie. »Er musste seine Kündigung einreichen. Ralph Unger ist jetzt Leiter der Abteilung für Geiselverhandlungen.«

Cassi wich alles Blut aus dem Gesicht. »Ist … Ist das meine Schuld?«

Wiley nickte. »Jack hat für dich die Verantwortung übernommen. Aber wie du ja weißt, wollte er sowieso in den Ruhestand gehen.«

»Und dank mir muss er jetzt nach 30 Jahren vorbildlichem Dienst in Schande gehen.« Cassi neigte den Kopf, während ihr Tränen in die Augen stiegen. Sie brauchte dringend gute Neuigkeiten. »Was ist mit den Kindern, mit Masha und Zeke?«

Als Wiley den Kopf schüttelte, dachte Cassi, sie würde ohnmächtig. Sie fühlte sich schon wie betäubt, als er die gefürchteten Worte aussprach. »Sie haben es nicht geschafft.«

Sie klammerte sich an die Seitengitter ihres Bettes wie an eine Rettungsleine, während Wiley fortfuhr. »Wie du dir sicher vorstellen kannst, wurde in allen Nachrichten über ihren Tod berichtet.«

Cassi griff nach einem Strohhalm. »Wissen wir schon, was passiert ist? Warum die Bombe hochging?«

»Noch nicht. Die Spurensicherung glaubt, dass es sich um einen Unfall handelt – selbst gemachter Plastiksprengstoff ist ziemlich instabil –, aber das spielt kaum eine Rolle. Das hier ist jetzt eine politische Angelegenheit, da interessiert sich niemand für die Fakten.« Er räusperte sich.

»Hör mal, Cassi, es tut mir leid, dass dies gleich das Erste ist, was ich dir nach dem Aufwachen mitteilen musste. Aber ich hielt es für wichtig, dass du weißt, was hier momentan los ist. Sobald rauskommt, dass du wach bist, wird die Presse versuchen, zu dir zu gelangen, und die können da ziemlich penetrant sein. Ich wollte sichergehen, dass du vorgewarnt bist.«

»Danke«, murmelte Cassi. »Was passiert jetzt mit mir?«

»Ralphs erste Amtshandlung war, dich für 30 Tage krankheitsbedingt frei- und deinen Verhandlerstatus auf unbestimmte Zeit zurückzustellen.«

Die Welt schien über Cassi zusammenzubrechen. Die Ungerechtigkeit des Ganzen überwältigte sie. Sie trug keine Schuld daran, dass eine instabile Bombe explodiert war. Sie hatte mit Sal erfolgreich verhandelt, um die Kinder unverletzt aus dem Raum zu bekommen. Ralph hingegen hatte schon ein Dutzend Fälle vermasselt. Das war so unfair. Sie hatte …

»Cassi, da ist noch mehr.«

»Noch mehr?«

»Ich weiß nicht, wie ich es dir anders sagen soll als jetzt und ganz direkt.« Wiley stand auf und fing an, auf und ab zu gehen. »Vizepräsident Dish hat ein inoperables

Aneurysma. Damit kann er nicht zusammen mit Carver zur Wiederwahl antreten. Und wie es aussieht, habe ich gute Chancen, seinen Platz einnehmen zu können.« Wiley beugte sich vor und sprach mit leiser Stimme. »Das ist eine Gelegenheit, die ich mir nicht entgehen lassen kann.«

Cassi zog es den Boden unter den Füßen weg, doch es gelang ihr, die Fassung zu wahren. Sie wusste, dass diese Diskussion, dieses ganze Kapitel ihres Lebens nur noch wenige Sekunden überdauern würde. Wiley würde für das Weiße Haus kandidieren, und sie würde jetzt eine zu große Belastung für ihn darstellen. Ein Teil von ihr wollte ihn anschreien, damit er sich schlecht fühlte, aber nach kurzem Überlegen wurde ihr bewusst, dass dies nur ein kleiner Teil von ihr war. Tief im Herzen hoffte sie, dass er erfolgreich sein würde. Sie entschied sich, es ihm leichter zu machen. »Ich verstehe. Air Force Two ist wie die Concorde, man muss sein Gepäck an der Tür abgeben.«

22

Wilmington, Delaware

Im Schutz des Regenschirms, den ihm sein Chauffeur hinhielt, verließ der Defcon4-Geschäftsführer Mark Drake rasch die Veranda seiner Villa in Delaware und glitt in seine Bentley-Limousine. An diesem Morgen würde er sich mit dem italienischen Botschafter treffen und wollte nicht, dass auch nur ein Tropfen des Oktoberregens seinen taubengrauen Anzug von Versace befleckte.

Während er es sich auf dem butterweichen schwarzen Ledersitz bequem machte, lenkte der Chauffeur die Limousine um den Kreisel herum und fuhr die Kieseinfahrt hinunter. Das Knirschen unter den kugelsicheren Reifen war Musik in Marks Ohren. Der Klang des Wohlstands. Die Fahrt zur Arbeit war oft der ihm liebste Teil des Tages. Ganze 45 Minuten veredelter Luxus und produktive Ruhe.

Er hob seinen dampfenden Latte aus dem erhitzten Becher in seiner Armlehne und genoss den ersten Schluck des Tages. Er liebte diese nussige Wärme und den darauffolgenden Rausch, vor allem an einem so trüben Morgen wie diesem. Er schnalzte mit der Zunge. Das Getränk besaß heute einen komischen Nachgeschmack. Hat William etwa seinen eigenen Vorrat benutzt statt der üblichen Blue-Mountain-Bohnen, fragte sich Drake. Gerade wollte er William dafür zurechtweisen, da fiel sein Blick auf die Schlagzeile des *Wall Street Journal:* ›Budget des Pentagons gekürzt‹. Er entfaltete die raschelnde Zeitung, nahm einen weiteren Schluck und fing an zu lesen.

Etwa 20 Minuten später hörte Mark das Knistern eines Bildschirms, der zum Leben erwachte, und blickte zum blau aufleuchtenden Zentralmonitor der Limousine vor sich. Er suchte nach der Fernbedienung, fand deren Halterung jedoch leer vor. Verärgert drückte er den edlen Holzknopf für die Gegensprechanlage. »William, der TV-Bildschirm ist gerade angegangen, aber die Fernbedienung ist nicht da.«

William antwortete nicht. *Das ist das Problem bei diesen Hightech-Fahrzeugen,* dachte Mark. Eine stinknormale Sicherung für 25 Cent konnte sie lahmlegen.

Für 300.000 Dollar konnte man ja wohl mehr erwarten. Der Gedanke ließ ihn stolz lächeln. Für genau diesen Betrag erhielt die Regierung absolute Zuverlässigkeit in Form einer seiner FreedomSeeker-Raketen.

Erst als er aus dem Fenster schaute und eine ihm unbekannte Straße erblickte, dämmerte ihm langsam, dass hier mehr als nur ein kleiner technischer Defekt im Gange war. Wie zur Antwort auf seine unausgesprochene Frage startete ein Video. Wäre noch etwas vom Latte übrig, er hätte sich daran verschluckt. Auf dem Bildschirm war ein Mann mit dem Körper einer Bulldogge zu sehen, dessen Leben an einem einzigen Seil hing. Seine Zehenspitzen berührten kaum den Boden und seine Hände schienen hinter dem Rücken gefesselt zu sein. Der Mann blickte auf jemanden, der offenbar unterhalb der Kamera saß, ohne dass dabei auch nur ein Teil von ihm im Bild auftauchte.

Doch hören konnte man ihn: »Abgesehen von einem leicht öligen Schimmer sieht meine Sahne wie ganz normale Kaffeesahne aus. Daher auch der Name. Wenn man sie zur Hälfte mit normaler Sahne mischt und etwas künstlichen Geschmacksverstärker hinzufügt, schmeckt sie auch so.«

Mark sah zu, wie sich das Gesicht des halb hängenden Mannes in Reaktion auf die Worte verzerrte. Daraufhin fuhr die Stimme fort und beschrieb die chemischen Eigenheiten eines Sprengstoffes namens Sahne. Als die Erklärung vorbei war, hielt das Video an. Mark fragte sich, ob es sich vielleicht um eine seltsame Art von Werbevideo handelte. Ein neuer Sprengstoff, für die Produktion durch Defcon4. Es in den DVD-Spieler der Limousine zu schmuggeln war natürlich ein etwas aggressives Vorgehen, aber das hier war ja auch ein aggressives Business.

Beeindruckt von der morbiden Show und Erklärung bemerkte Mark erst jetzt, dass die Limo angehalten hatte. Er blickte aus dem Fenster und war überrascht, das Delaware Valley unter sich zu sehen. Sie hatten an einem der berühmten Aussichtspunkte entlang der Bergstraße gehalten. Auch wenn das Bild durch den Regen gerade wenig malerisch wirkte.

Mark versuchte die Tür zu öffnen, doch sie war verschlossen. Er drückte den Knopf für die Entriegelung, doch es geschah nichts.

Panik erfasste ihn.

Verzweifelt drückte er auf die Gegensprechanlage, schrie Williams Namen. Nichts. Die unausweichliche Schlussfolgerung traf ihn wie ein Schlag in den Magen. Man hatte ihn entführt, in einem Gefängnis aus Maserholz und Lederbezügen.

Der Videomonitor erwachte wieder zum Leben, und Mark konzentrierte seine Aufmerksamkeit auf das Häufchen Elend mit der Schlinge um den Hals. »Wer hat dich beauftragt?«, wollte der unsichtbare Wortführer wissen.

Der Unglückliche schüttelte mehrfach den Kopf, als würde er sein Schicksal akzeptieren. Die Bewegung musste ihm erhebliche Schmerzen verursacht haben, sein Hals war ganz wund und blutig gerieben. Doch er schien es gar nicht mehr wahrzunehmen. Schließlich verzog der Mann resignierend das Gesicht und blickte direkt in die Kamera.

Das Bild zoomte auf ihn.

Mark begann zu zittern.

Das Zittern fing tief in seinen Knochen an, arbeitete sich durch all seine Extremitäten und wurde ein unkontrollierbares Zucken. Er erkannte das Gesicht.

Die Totenmaske vor ihm gehörte dem FBI-Commander, den er im Rahmen von Stuart Sliders Plan angeheuert hatte. Es war der Mann, den Wiley ihnen als Insider zur Seite gestellt hatte. Potchak.

»Wer hat dich beauftragt?«, wiederholte der Unbekannte.

Potchak sagte nur zwei Worte, aber die waren laut und deutlich zu verstehen. »Mark Drake.«

Odi hielt das Video an und wünschte sich, er hätte Drakes Gesichtsausdruck sehen können, als Potchak dessen Namen aussprach. Doch seine versteckte Kamera bot nur eine Ansicht von Drakes Profil. Odi drehte den Kopf zur Rückbank des Fahrzeugs und ließ die Trennscheibe runterfahren. Der bleiche Geschäftsführer von Defcon4 starrte ihn mit absolutem Schrecken auf dem hageren Gesicht an.

»Sie sind nicht William.«

Odi fand, in Anbetracht der Umstände war das doch eine ziemlich alberne Feststellung.

»Nein, bin ich nicht. Möchten Sie raten, wer ich bin?«

»Nein, ich möchte nicht raten. Und jetzt lassen Sie mich aussteigen.«

»Sie aussteigen lassen? Wissen Sie, wie viele Leben geopfert wurden, damit Sie in diesem opulenten Gefährt sitzen können? Das Mindeste, was Sie tun können, um deren Andenken zu würdigen, ist die Fahrt zu genießen.«

»Verdammt noch mal, ich habe gesagt, dass Sie mich rauslassen sollen – sofort.«

»Wenn Sie sich nicht benehmen, Drake, werden Sie nie wieder hier aussteigen.« Er ließ die Trennscheibe erneut hochfahren, um jeglichen weiteren Protest zu ersticken.

Odi spulte die DVD bis zur entscheidenden Szene vor und drückte PLAY. Die Explosion geschah so schnell, dass man sie verpasste, wenn man blinzelte. In der einen Sekunde war Potchak noch da, dann hörte man ein Übelkeit erregendes Kawumm, und in der nächsten Sekunde blickte man durch eine rot benetzte Linse auf ein Paar leere Stiefel. Es dauerte einige Augenblicke, bis der Verstand registrierte, was die Augen nicht hatten sehen können. Ein Lappen reinigte die Linse und bot klare Sicht auf die grausigen Überreste und das mit Blut und Körperteilen bespritzte Zimmer. Das Video zeigte das mittelalterlich anmutende Bild für ganze 30 Sekunden, bevor es endete.

Odi gab Drake eine Minute der Stille, bevor er die Gegensprechanlage mit seiner Hand im Lederhandschuh einschaltete. »Potchak war auch gereizt. Aber er hatte nicht Ihren Vorteil. Er konnte nicht sehen, was mit Leuten passiert, die nicht kooperieren. Sagen Sie mir, Drake, laufen Ihre Fingernägel blau an?«

Wieder wünschte Odi sich, Drakes Gesichtsausdruck sehen zu können, wagte es aber nicht, die Trennscheibe ein zweites Mal runterzufahren.

»O mein Gott. Sie müssen mir das Gegenmittel geben.« Der arrogante Tonfall eines britischen Möchtegern-Aristokraten war aus seiner Stimme gewichen. Jetzt war da nur noch ein nasales Wimmern, geboren aus entsetzter Verzweiflung.

Odi ließ ihn noch einen Moment länger am Ende seines metaphorischen Seils zappeln, bevor er fortfuhr. »Bedeutet das, Sie sind bereit, voll und ganz zu kooperieren?«

»Jaja, natürlich. Ich bin bereit zu kooperieren. Beeilen Sie sich. Meine Finger. Meine Finger sind schon blau.«

Odi lächelte. Er genoss die Gewalt nicht. War kein Sadist. Doch er liebte es, wenn alles ganz genau nach Plan verlief.

»Mit wem arbeiten Sie zusammen?«

»Mark Abrams, Mark Rollins und Wiley Proffitt.« Drake spie diese Worte aus, als wären sie Gift.

Die ersten beiden Namen hatte Odi erwartet. Zusammen mit Drake stellten sie die Wall-Street-Lieblinge dar, die allgemein als die drei Marks bekannt waren. Der dritte Name raubte Odi den Atem. Er war froh, dass die Trennscheibe oben war und Drake nicht sehen konnte, wie er zitterte. Wiley Proffitt befand sich in einer ernsthaften Beziehung mit seiner Schwester. Wenn seine Vermutung zutraf, waren sie inzwischen sogar verlobt. Was könnte Wiley nur dazu getrieben haben, mit der Rüstungsindustrie in die Kiste zu steigen? Er besaß verdammt noch mal seine eigene Insel und war Direktor des FBI. Was konnten die drei Marks ihm nur angeboten haben, das er nicht schon hatte? »Sagen Sie mir, warum«, befahl Odi.

Odi lauschte den von Panik erfüllten Schilderungen Drakes von der Misere der Rüstungsindustrie, dass der Geldfluss aus dem Krieg gegen den Terror versiegte und sie verzweifelt einen weiteren Irak herbeisehnten. Es war genau so, wie Ayden es vermutet hatte, doch Odi war trotzdem verblüfft von der Unverfrorenheit ihres Plans und dem Ausmaß ihrer Gier. Auch die persönlichen Verbindungen machten ihn sprachlos. Die Tatsache, dass das Konsortium Wiley als Marionette für das Weiße Haus ausgesucht hatte, war ein erstaunlicher Zufall, und Odi glaubte nicht an Zufälle. Drake hingegen wusste nichts über Cassi. Und kannte weder Odis Gesicht noch seinen Namen. Die Ermittlung bezüglich dieser Zufälligkeit musste warten.

»Jetzt geben Sie mir das Gegenmittel«, flehte Drake, der inzwischen wie im Stimmbruch klang.

»Kommt sofort.«

Odis Blick schweifte über die malerische Haltebucht, um sicherzugehen, dass sie auch wirklich so allein waren, wie man es um sieben Uhr morgens im Regen vermuten würde. Sie waren es. Er öffnete die Fahrertür und ging zum Kofferraum, zog sich wetterfeste Kleidung über den Chauffeurs-Anzug und holte einen kleinen Motorroller hervor, während Drake an die Scheiben hämmerte.

Bevor er mit dem Roller davonfuhr, den Schlüssel zur Limo in der Tasche und Drake eingesperrt, sprach er noch einmal über die Gegensprechanlage.

»Drake?«

»Ja!«

»Adam Brazer, Flint Mulder, Jeremy Jones, Mitch O'Brian, Derek Doogan, Tony Oritz und William Waslager.«

»Was?!«

»Das sind die Namen meiner Teamkameraden. Das sind die Namen der Männer, die Sie getötet haben.«

Noch bleicher konnte Drakes Gesicht nicht werden. Mit flehenden Augen blickte er auf. »Das Gegenmittel … Sie haben es versprochen.«

»Es gibt nur ein Gegenmittel für die Sahne … und das ist der Tod.«

23

Horus Club, Washington, D. C.

Als der grausige Anblick von Potchaks Stiefeln einem schwarzen Bild wich, starrten die vier Männer schweigend auf den leeren Monitor. Potchak hatten sie nicht persönlich gekannt, dafür aber Drake. Und nun kannten sie auch die Details des grausigen Endes ihres Freundes. Und sie erkannten den wahren Schrecken dieser Bedrohung. Also saßen sie einfach nur da, bewegungslos, schweigend. Niemand wollte dem anderen in die Augen schauen. Niemand wollte bestätigt haben, dass dieser Albtraum real war.

Es überraschte Wiley nicht, dass Stuart schließlich das Schweigen brach, doch seine Worte brachten Wiley dazu, sich an seinem Dalwhinnie zu verschlucken.

»Es muss Odi Carr sein«, war sich Stuart sicher.

Jedes Mal, dachte Wiley und wischte sich das Kinn ab. *Das macht er jedes Mal mit mir.* »Warum sagen Sie das?«

»Ja, warum?«, wiederholte Abrams mit ungläubiger Stimme. »Carr ist tot.«

Inmitten eines Ozeans aus Botschaften in Dumbarton Oaks bot der exklusive Club, den Wiley für ihr Treffen gewählt hatte, eine Reise zurück in eine Vergangenheit, in der Männer mit außergewöhnlichen Privilegien und Ressourcen sich am Ende eines Tages trafen, und zwar bei unanständig teurem Brandy, den besten importierten Zigarren und allem, was darüber hinaus Männer mit unbegrenzten Mitteln begehrten, zusammentrafen, um Neuigkeiten auszutauschen und sich über Geschäfte zu unterhalten. Die einzige Annehmlichkeit, die der Horus Club nicht anbot, waren Huren. Dieses Defizit stellte allerdings kein moralisches Statement dar, sondern ein stures Festhalten an einem 200 Jahre alten Grundsatz. Horus war nur für Gentlemen gedacht. Daher habe man selbst die Bewerbung der Richterin des Obersten Bundesgerichts Sandra Day O'Conner abgelehnt, wie der leitende Manager Oliver Appleton gern in aller Diskretion betonte, wann immer sich ihm die Gelegenheit bot.

Abrams wandte sich Wiley zu. »Sind Sie sicher, dass wir hier reden können?«

Wiley zog lange und grüblerisch an seiner Zigarre. Er wollte sich als besonnen und gefasst präsentieren, während seine Freunde immer noch unter dem Schock des Videos taumelten. »Absolut«, antwortete er und stieß eine dichte Rauchwolke aus. »Sie müssen wissen, die Kellner sind alle taub.«

»Das ist lächerlich«, motzte Rollins.

»Überhaupt nicht«, entgegnete Wiley, der den Moment hinauszögerte, indem er so tat, als würde er seine Zigarre studieren. »Sie können Lippen lesen.«

Rollins und Abrams hoben beide eine Augenbraue und nickten.

Wiley genoss den Moment, bevor er fortfuhr. »Doch angesichts des Zeitalters, in dem wir leben, habe ich eines Abends mal den besten Techniker des FBI mitgebracht, damit er den Raum nach elektronischen Lauschvorrichtungen scannen konnte. Rives hat den Club für so sauber erklärt wie das Bettlaken einer Jungfrau.« Die Männer nickten anerkennend und legten ihm damit den Ball für seinen Elfmeter in Position. »An dem Abend hat mich Oliver Appleton auf dem Weg nach draußen zur Seite genommen. Trotz Rives' Expertise war seine Aktion nicht unbemerkt geblieben. Oliver teilte mir mit, dass er bemerkt hatte, was mein Gast da tat, weil er es selbst auch tat – zweimal am Tag.«

Wiley nahm eine weitere Runde Respektbekundungen an und bemerkte, dass sogar Stuart ausnahmsweise beeindruckt aussah. »Also ja, ich bin mir sicher, dass wir hier reden können. Stuart, Sie wollten uns gerade erklären, warum ein toter Mann unser Störenfried ist.«

Stuart nahm einen Schluck von seiner Zwölf-Dollar-Club-Soda. »Wer immer Potchak und Drake umgebracht hat, kennt sich sehr gut mit Sprengstoffen aus. Ich bin kein Experte, arbeite aber in der Rüstungsindustrie und habe noch nie von einer Vorrichtung gehört, wie sie hier verwendet wurde. Und doch kannte sich unser Killer mit dem Sprengstoff ausreichend aus, um im Zimmer zu bleiben. Das erfordert besonderes Wissen und enorme Eier.«

»Wie die Eier des Leiters einer Antiterroreinheit«, stimmte Abrams ihm zu.

Stuart nickte und fuhr fort. »Odi hat nicht nur einen guten Grund, diese beiden Männer zu töten, er ist auch einer der weltbesten Sprengstoffexperten. Außerdem kamen nur sieben Leichen aus dem Iran zurück. Potchak hatte vermutet, dass Carrs Körper durch die Explosion eingeäschert worden war, da es keine Berichte von Überlebenden gab. Im Nachhinein muss ich eingestehen, dass da wohl der Wunsch Vater des Gedankens war. In diesem Moment scheint es mir die vernünftigste Schlussfolgerung zu sein.«

»Dennoch wirkt es weit hergeholt«, warf Abrams ein.

»Möglich«, räumte Stuart ein. »Aber da ist noch mehr. Ich habe das noch nicht erwähnt, aber Potchak musste Carr die Einsatzleitung mitten im Einsatz entziehen.«

»Warum?«, fragte Wiley.

»Anscheinend hat Carr herausgefunden, dass es sich wirklich um ein Krankenhaus handelte und nicht um ein Ausbildungslager. Als wir den Angriff geplant haben, gingen wir davon aus, dass es dort mitten in der Nacht keine Aktivitäten geben würde. Doch da hatten wir Pech. Einem Bauernjungen wurde während der nächtlichen Ernte der Fuß weggesprengt. Er tauchte in einem Krankenwagen genau in dem Moment auf, in dem das Echo-Team sich auf den Angriff vorbereitet hatte. Wie auch immer, Carrs Leiche befand sich nicht bei den anderen, und man hat auch nichts von ihm gehört, weshalb Potchak davon ausging, dass er versucht hatte, die Einheimischen zu retten, und entweder an einer Rauchvergiftung starb oder von der Explosion erfasst wurde.«

»Das sind eine Menge Vermutungen«, fand Rollins.

»Er hat für seinen Fehler bezahlt«, erwiderte Wiley.

Alle nickten mit finsteren Mienen.

»Was ist mit dem Brief?«, fragte Abrams nach einem langen Moment des Schweigens.

»Lesen Sie ihn noch einmal vor«, forderte Stuart. »Laut.«

Abrams nahm den Zettel in die Hand, den er und Rollins mit einer Kopie von Potchaks Hinrichtungsvideo erhalten hatten, und las ihn erneut Wort für Wort. »Kommt hervor, gesteht alles und tretet innerhalb von 24 Stunden nach Erhalt dieser Botschaft zurück, oder erleidet das gleiche Schicksal wie Potchak und Drake.« Abrams legte den Zettel zurück, während die anderen das Bild der qualmenden Stümpfe vor Augen hatten. Dann sagte er: »Ich kann keine Hinweise auf die Identität des Autors erkennen.«

Die interessierte auch Wiley brennend.

Stuart ergriff wieder das Wort: »Carr war der Leiter des Antiterrorteams Echo. Bedenken Sie, was Ihnen das in Bezug auf sein Charakterprofil verrät. Er ist ein Mann der Tat, der Gewalt und der Extreme. Sie arbeiten alle in der Rüstungsindustrie. Sie wissen, dass Soldaten der Special Forces Männer weniger Worte sind. Ich bin mir sicher, dass dies genau die Art von Brief ist, die ein FBI-Profiler von Odi Carr erwarten würde.«

Wiley nickte als Antwort auf die fragenden Blicke der anderen.

»Also, was machen wir?«, fragte Abrams. »Ich werde nämlich todsicher nicht zurücktreten und mich nicht den Behörden stellen.«

»Ich auch nicht«, schloss sich Rollins an. »Aber ich werde das auch nicht auf die leichte Schulter nehmen. Wenn er an Potchak und Drake rankam, müssen wir davon ausgehen, dass er auch an uns rankommt.«

»Sie haben mehrere Vorteile, die diese beiden nicht hatten«, gab Stuart zu bedenken. »Erstens wissen Sie alle, dass jemand hinter Ihnen her ist. Potchak und Drake dagegen waren vollkommen ahnungslos. Zweitens kennen Sie die Identität Ihres Jägers. Das bedeutet, wir können sowohl offensive als auch defensive Gegenmaßnahmen starten.«

»Damit habe ich kein Problem«, versicherte Rollins. »Verteidigung ist mein Metier. Aber ich möchte mich auch nicht für immer verstecken. Bunker sind langweilig.«

»Dem stimme ich zu«, sagte Abrams. »Ich weiß nicht, ob Hitler aufgegeben hat oder einfach einen Ortswechsel brauchte.«

»Was schlagen Sie vor?«, fragte Wiley Stuart.

Stuart erzählte es ihnen.

Als er fertig war, meinte Abrams: »Ich mag Ihren Ansatz, Stuart, vor allem Ihren cleveren Einsatz dieser Geheimwaffe. Wenn Sie sich sicher sind, dass es funktioniert, werden wir mitspielen – aber nur wenn Rollins und ich nicht die Einzigen sind, die ihren Kopf riskieren.«

Wiley begegnete Abrams' Blick mit ruhiger Miene, auch wenn er wusste, dass die folgenden Worte ihn bis ins Mark erschüttern würden.

Abrams fuhr fort. »Bis Sie Odi Carr aus dem Verkehr gezogen haben, werden wir keine weiteren Terroranschläge organisieren. Ihre Wahlkampagne liegt damit bis auf Weiteres auf Eis.«

24

Alexandria, Virginia

Das Klingeln an der Tür bescherte Cassi einen heftigen Adrenalinstoß, der sie eine seltsame Mischung aus Verlangen und Angst fühlen ließ. Trotz seiner Entscheidung, ihre Beziehung für seine politischen Ambitionen zu opfern, vermisste sie Wiley. Sie stand vom Sofa auf, legte die aktuelle Ausgabe vom Journal für Kinderpsychologie beiseite und ging zur Tür.

Zuletzt hatte Wiley sie im Krankenhaus gesehen, bettlägerig und mit einem zentimeterdicken Verband um den Kopf. Er hatte sie verlassen, da er meinte, die Lage müsse sich erst einmal beruhigen, bevor er versuchen könne, ihre Karriere zu retten, und seitdem hatte sie ihn nicht mehr gesehen. Doch dann hatte er sie aus heiterem Himmel vor einer Stunde angerufen und ihr mitgeteilt, dass er mit Neuigkeiten vorbeikommen werde. Bedeutete das, für sie käme alles in Ordnung? Oder saß sie jetzt erst richtig in der Scheiße?

Cassi war es schwergefallen, ihre Beurlaubung ohne psychischen Knacks zu überstehen. Ohne Wiley oder Arbeit, die sie ablenken konnte, war sie ganz allein mit den Dämonen ihrer Gedanken – und den Gespenstern zweier toter Kinder. Jedes Mal wenn sie aus dem Fenster blickte, sah sie nur, was nicht mehr dort war. Sie liebte ihr Loft, aber sie würde umziehen müssen. Ihre Familie, ihre Karriere und ihr Zuhause, all das hatte sie verloren. Doch wenn sie an Masha und Zeke dachte, wusste Cassi, dass sie noch besser davongekommen war, als sie es verdient hatte.

Sie öffnete die Tür und fand Wiley mit einer Miene vor, die sie als sein Politikergesicht erkannte. Kein gutes Zeichen. Da sie nichts anderes zu tun hatte als auszuschlafen, Bücher zu lesen und die Nachrichten zu schauen, hatte sie die Gerüchte über seine bevorstehende Wahlkampagne verfolgt – Gerüchte, die zutrafen, wie sie wusste. Noch immer hatte sie gemischte Gefühle dabei.

Im Herzen hoffte Cassi, dass Wiley den Job nicht bekommen würde. Sie wollte ihn ganz für sich haben.

Sie erkannte an, wie egoistisch das war, wusste es aber besser, als ihre Gefühle zu verleugnen. Es sah sowieso nicht danach aus, als würde sie ihn kriegen. Nach der letzten Welle von Terroranschlägen – die Cassi ihren Bruder gekostet hatte – erhielt Wileys Name verstärkt Beachtung und seine offiziellen Umfragewerte waren nach oben geschossen. Sie versuchte, sich für Wiley zu freuen, was ihr aber nicht gelang. Für eine Frau mit ihrem abschreckenden Profil stellte die Suche nach einem passenden Partner ein Ding der Unmöglichkeit dar. Für Wiley war es eine einmalige Gelegenheit, da gab es keinen Zweifel, doch es könnte auch eine für sie sein. »Bist du allein, oder hast du den Secret Service mitgebracht?«

Wiley gluckste, als er durch den Türrahmen trat. Dann gab er ihr einen einzelnen sanften Kuss auf die Wange. Als sie noch miteinander ausgegangen waren, hatte er das nie gemacht – sie zu küssen, während sie standen –, bemerkte sie. Sie vermutete, dass es sich um eine unterbewusste Abneigung dagegen handelte, den Kopf nach oben strecken zu müssen.

Cassi zögerte die Neuigkeiten über ihr Schicksal hinaus, indem sie präventiv nach Wileys fragte. »Und wird es passieren? Wird Präsident Carver dir den Job anbieten?«

»Ich habe keine Ahnung, was die Absichten des Präsidenten sind«, wich Wiley aus. »Kann ich mich setzen?«

»Natürlich.« Sie führte ihn zu den Sesseln, die sie vor dem kleinen künstlichen Wasserfall positioniert hatte. Das war ihr neuer Lieblingsplatz im Haus, nachdem die Aussicht auf den Spielplatz nicht mehr infrage kam.

In einem Eiskübel hatte sie eine Flasche Chablis kühl gestellt. Während sie damit zwei Gläser füllte, wünschte sie sich, sie hätte daran gedacht, Musik einzuschalten. »Prost.«

»Ich habe gute Nachrichten«, begann Wiley und trank einen Schluck. »Das FBI wird dich nicht zwingen zu kündigen. Tatsächlich habe ich sogar schon eine neue Aufgabe für dich.«

Wileys Worte schienen einen Vorhang zu öffnen, und Sonnenschein erhellte Cassis dunkle Welt. »O Wiley, das ist ja wunderbar. Danke. Vielen Dank.«

Wiley breitete die Arme aus und verbeugte sich. »Für dich würde ich alles tun.«

Ach, wenn das nur wahr wäre, dachte Cassi. »Worum handelt es sich bei der Aufgabe?«

»Also, das ist – aus politischen Gründen – eine etwas unkonventionelle Rolle, aber du wirst sie sicher mögen.«

»Eine unkonventionelle Rolle«, wiederholte Cassi. Der Klang gefiel ihr nicht. »Was heißt das genau?«

»Zwei Kinder sind gestorben, Cassi. Es muss also so aussehen, als würdest du bestraft werden. Offiziell wirst du in ein Recherchebüro im Keller verbannt.«

Beinahe hätte Cassi protestiert, weil es so unfair war. Masha und Zekes Tod war nicht ihre Schuld. Doch letztlich konnte sie sich nicht einmal selbst davon überzeugen. Sie konnte von Glück sagen, überhaupt etwas zu bekommen, statt gefeuert zu werden. Wobei Glück wohl nicht das angemessene Wort war, wurde ihr bewusst. Wiley musste sich schwer für sie eingesetzt haben. »Und inoffiziell?«

Wileys Miene erhellte sich. »Ich weiß, dass deine Leidenschaft in der Antiterrorbekämpfung liegt, also wirst du das machen. Du wirst sogar für einen sehr wichtigen Fall verantwortlich sein.«

Cassi spürte, wie sich Wärme in ihrem Bauch ausbreitete. Das klang wundervoll – zu gut, um wahr zu sein. Alarmglocken läuteten in ihrem Kopf, doch sie unterdrückte sie. »Ein Terrorfall?«

Wiley nickte. »Ein Terrorfall. Und dazu noch einer mit hoher Geheimhaltungsstufe.«

»Und ich werde ihn leiten?«

»Das wirst du, obwohl es sich dabei nur um ein Eine-Frau-Team handeln wird.«

Cassi biss sich auf die Unterlippe und dachte darüber nach. Auch wenn sie physisch immer von anderen umgeben gewesen war, hatte sie ihre Verhandlungen immer allein gemanagt. »Damit bin ich einverstanden. Erzähl mir mehr.«

»Kurz gefasst: Ein Terrorist hat angefangen, Attentate auf Mitarbeiter der Rüstungsindustrie zu verüben. Dein Job ist es, ihn zu fangen.«

»Wie kann das eine Einpersonenaufgabe sein? Ist das nur eine Theorie, die ich beweisen soll?«

Mit ernster Miene schüttelte Wiley den Kopf. »Letzten Freitag wurde Mark Drake, der Geschäftsführer von Defcon4, ermordet.«

Cassi nickte. »Das habe ich in den Nachrichten gesehen. Jemand hat eine Bombe unter seinem Auto platziert. Eine groß angelegte Ermittlung durch die lokale Polizei und das FBI soll angelaufen sein, da er ein prominenter britischer Staatsbürger war.« Cassi las Wileys Gesichtsausdruck und ihre Gedanken rasten. »Aber das ist es nicht, was in Wahrheit hier vor sich geht, oder?«

»Doch. Soweit es die Öffentlichkeit, die Polizei und sogar das FBI betrifft. Aber nein, ist es nicht. Auch wenn du es nicht glaubst, ich habe einen Anruf vom Direktor der CIA erhalten. Wie es scheint, haben sie einen Maulwurf weit oben in der Kommandostruktur von Al-Qaida platziert, der meint, dass Drakes Tod ein Al-Qaida-Anschlag sei. Diesem Maulwurf zufolge ist Drake nur der Erste von vielen. Anscheinend hat Al-Qaida einen Profikiller angeheuert und ihm eine Liste gegeben.«

»Ein Auftragskiller«, unterbrach Cassi ihn. »Warum sollte Al-Qaida einen Auftragskiller engagieren?«

»Du bist die Profilerin. Zumindest warst du das mal. Stell dir das Profil eines durchschnittlichen Auftragsmörders vor und vergleich ihn mit einem durchschnittlichen Al-Qaida-Handlanger. Du verstehst doch sicher, dass es da einen gewaltigen Unterschied gibt.«

»Einen Unterschied, der die Hälfte unserer Sicherheitsmaßnahmen umgeht«, dachte Cassi laut und nickte zustimmend.

»Der CIA-Maulwurf hat keine Ahnung, wer der Auftragsmörder ist, konnte uns aber die Namen seiner beiden nächsten Opfer geben.«

Cassis Adrenalinpegel stieg weiter an, und ihr kam sofort eine ganze Reihe von Ideen. Das alles nahm rasant Form an.

»Hier ist der Haken an der Sache«, fuhr Wiley fort. »Die CIA möchte unbedingt geheim halten, dass sie einen Maulwurf haben. Dafür sind sie sogar bereit, die nächsten beiden Ziele zu opfern. Sie benötigen ihre Quelle vor Ort, um Hinweise auf den nächsten größeren Anschlag zu erhalten, das nächste 9/11.«

Cassi begann zu verstehen. »Ihr könnt also die Öffentlichkeit nicht wissen lassen, dass Drakes Tod der Anfang einer ganzen Reihe von geplanten Attentaten durch Terrorristen war.«

»Korrekt. Und es wird sogar noch komplizierter. Der Maulwurf der CIA sagt, Al-Qaida habe ihrerseits eine hochrangige Quelle im FBI, wobei er aber nicht weiß, wer das ist. Diese undichte Stelle hat zu dem Hinterhalt geführt, in dem dein Bruder getötet wurde. Dass Team Echo kam, wusste Al-Qaida.« Er machte eine Pause, um seinen Worten Nachdruck zu verleihen.

»Ich brauche ja nicht zu erwähnen, dass niemand in der Behörde von all dem erfahren darf, was ich dir hier erzählt habe. Wer auch immer der Maulwurf ist, ist bereit zu töten, um seine Identität zu schützen. Commander Potchak wurde mit der gleichen Methode getötet wie Drake, vermutlich weil er etwas gesehen oder gehört hat, durch das der Maulwurf nervös wurde.« Wiley beendete seine Ansprache und hob abwartend eine Augenbraue.

Cassi fiel es schwer, die vielen Informationen, die auf sie einprasselten, einzeln zu betrachten. Sie musste die Fakten später verarbeiten. Fürs Erste reichte es ihr, ihre neue Rolle zu verstehen. »Aus diesem Grund brauchst du jemanden, der nicht auffällt, ein Einpersonenteam. Jemanden, dem du vertrauen kannst. Jemanden, den du versetzen kannst, ohne dass man misstrauisch wird.«

»Exakt.«

»Und was genau ist meine Aufgabe?«

»Zuerst musst du dich mit den nächsten beiden Zielpersonen auf der Liste treffen und dafür sorgen, dass der Attentäter kein leichtes Spiel hat. Wie Drake sind sie beide Geschäftsführer von Rüstungsunternehmen. Der eine ist Mark Rollins von der gleichnamigen Firma. Der andere ist Mark Abrams von ASIS. An der Wall Street sind sie als die drei Marks bekannt.«

Die Ironie des Spitznamens im Englischen – die drei Ziele – entging Cassi nicht. Sie nickte. Ihre Aufgabe klang ganz simpel.

Wiley schien ihre Gedanken zu lesen. »Das wird keine so einfache Nummer. Ich kann nur dich schicken, was denen aber suggeriert, dass das FBI sich nicht übermäßig Sorgen macht. Und natürlich kannst du sie nicht wissen lassen, dass sie auf einer Liste stehen oder dass wir überhaupt Insiderwissen besitzen. Die Gründe dafür kennst du ja bereits. Aber gleichzeitig musst du dafür sorgen, dass sie es ernst genug nehmen, um einige höchst unbequeme Änderungen an ihrem Lebensstil vorzunehmen.«

»Im Prinzip legst du also ihr Leben in meine Hände, was sie aber nicht wissen dürfen.«

»Genau.«

Cassi dachte darüber nach, was dies praktisch bedeuten würde. Sie wusste nichts über Rollins und Abrams, vermutete jedoch, dass geschäftsführende Milliardäre arrogant und großspurig sein würden und an einem Unsterblichkeitskomplex litten. Ihre Aufgabe würde nicht einfach werden. Doch dann dachte sie an Masha und Zeke und entschied sich, dass diese beiden zu retten die beste Chance auf eine Art Wiedergutmachung wäre. Sie wandte den Blick vom Wasserfall ab und sah zu Wiley. »Ich werde das schaffen.«

»Das weiß ich, Cassi. Deshalb freut es mich so, dir diesen Job geben zu können. Ich glaube, du bist dafür in Anbetracht der aktuellen Umstände perfekt geeignet.«

»Irgendeine Idee, wo ich anfangen kann?«

Wiley öffnete seine Aktentasche und holte fünf dicke Ordner hervor. »Das ist alles, was wir zu den Morden an Potchak und Drake haben, dazu Hintergrundinformationen zu Drake, Rollins und Abrams – ohne dabei die Tatsache zu verraten, dass wir eine Quelle haben.«

Cassi nickte. Sie verstand. »Danke, Wiley. Ich bin deine Agentin. Wie sieht der Zeitrahmen für das Profil und den Plan aus?«

Wiley warf ihr einen schuldbewussten Blick zu. »Ich hoffe, deine Beurlaubung hat dir ausreichend Zeit zum Ausschlafen gegeben, denn bis du den Attentäter gefasst hast, könnte es daran mangeln. Du stellst die Sache Rollins und Abrams morgen Nachmittag in Wilmington vor.«

Cassi zog eine Grimasse. Normalerweise benötigte man zwei Wochen, um ein Profil zu erstellen und rauszugeben. Doch sie musste jetzt innerhalb von 24 Stunden in ein Flugzeug steigen, um ihres zu präsentieren. »Morgen Nachmittag. Großartig.«

»Das ist noch nicht alles. Sobald du Rollins und Abrams aus dem Schussfeld genommen hast, beginnt erst die richtige Arbeit …«

Cassi hob ihr Kinn.

»Du musst dieses Profil benutzen, um die nächsten Aktionen des Attentäters vorherzusehen … und ihn damit in eine Falle locken.«

25

Chesapeake Beach, Maryland

Auf einer dunklen Veranda mit einem Bier in der Hand saß Odi in einem weißen Schaukelstuhl und starrte auf seinen leuchtenden Laptopbildschirm. Er hoffte, Ayden würde sich online melden, wie sie vereinbart hatten. Er musste einiges loswerden.

Odi hatte sich in Tante Charlottes Sommerhaus zurückgezogen. Das war der perfekte Ort, um seine Aktionen zu planen und sich zwischen seinen Einsätzen zu verstecken. Zu dieser Jahreszeit wohnten an diesem Abschnitt der Küste von Chesapeake nur wenige Menschen. Die meisten hatten sich ein wärmeres Klima gesucht, darunter auch Tante Charlotte selbst. Sie hielt sich gerade in Phoenix auf.

Die Umgebung bot ihm Trost. Die Vertrautheit beruhigte ihn, während sich alles andere in seinem Leben drastisch verändert hatte. Als er und Cassi noch Kinder gewesen waren, hatte ihre Familie viele wundervolle Sommer hier bei Charlotte verbracht. Ihr Ferienhaus war ein bescheidenes Holzgebäude, das sein Onkel in den 1960ern gebaut hatte. Damals war Odi nicht bewusst gewesen, wie schlicht es war. Er sinnierte darüber, wie toll es doch war, kein verhätscheltes Kind gewesen zu sein. Er schloss die Augen, lehnte sich im Schaukelstuhl zurück und lauschte dem rhythmischen Klang der nahen Warnboje. Als Kind war er unzählige Male zu diesem Klang eingeschlafen.

Ein ganz anderes Geräusch durchbrach seine Tagträumerei. Sein Computer gab ein elektronisches

Bimmeln von sich; Ayden war online gegangen. Odi beugte sich vor und drückte auf SENDEN, um die Nachricht abzuschicken, die er vorbereitet hatte.

Zwei Minuten später teilte ihm ein freundliches ›Zing‹ die Ankunft einer Direktmitteilung mit. Er blickte hinab und las Aydens Antwort. »Hab das Video gesehen. Unglaublich. Diese Sahne von dir ist ganz schön starkes Zeug!«

Odi schloss daraus, dass die blutigen Aufnahmen seinen Freund nicht abgestoßen hatten. Kein Wunder, arbeitete er doch als Arzt in einer gewalttätigen Region. Dennoch war er erleichtert. Ayden hatte dabei geholfen, den allgemeinen Plan zu entwickeln, doch bis er den Iran verlassen hatte, war Odi über seine genaue Taktik noch unschlüssig gewesen. Seine E-Mail an Ayden enthielt eine knappe Erklärung zur Sahne, zusammen mit zehn Sekunden Highlights aus Potchaks Video. »Du bist also einverstanden?«, tippte er.

»Sicher. Wo hast du den Sprengstoff her?«

»Den habe ich selbst hergestellt«, schrieb Odi ein wenig stolz. »Bin zurück zur Johns Hopkins und habe das gleiche Labor benutzt, in dem ich das Zeug erfunden habe – nachts natürlich.«

»Bestand kein Risiko, entdeckt zu werden?«

»Nee, sollte mich jemand sehen, bin ich immer noch jung genug, um als Doktorand durchzugehen, und das Chemielabor hat noch immer die gleiche Formel als Türcode wie damals.«

»Formel?«

»Es ist die Quadratzahl des numerischen Werts des Monats, umgewandelt von Grad Celsius zu Fahrenheit.«

»Wie bitte?«

»Es ist Oktober, der zehnte Monat. Also ist der Code 212. Das ist 100 mal 9 durch 5 plus 32.«

»Okay … Ähm, wie auch immer, dein Sprengstoff ist brillant. Brillant und gruselig.«

»Danke. Hoffen wir, dass er gruselig genug ist, um die erhoffte Reaktion hervorzurufen.« Odi lehnte sich von der Tastatur zurück. Nachdem er seine Erlebnisse mit jemandem hatte teilen können, fühlte er sich erheblich besser. Sein neu entdeckter Sinn für Entspannung und Erleichterung ließ Aydens nächste Mitteilung nur noch verstörender wirken.

»Du musst sie alle töten. Es ist naiv zu glauben, dass diese Könige einfach so ihren Thron aufgeben. So funktioniert die Welt nicht. Das hat sie nie. Und das wird sie nie.«

Odi dachte über eine clevere Erwiderung nach. Dafür benötigte er nur eine Sekunde. »Jeden Tag machen Anwälte Deals, die für ihre Klienten lebenslänglich hinter Gittern bedeuten statt den elektrischen Stuhl oder die Nadel.«

»Nette Analogie«, entgegnete Ayden. »Aber das trifft nur auf Leute zu, die geschnappt wurden. Diese Typen betrachten sich momentan noch nicht als geschnappt. Dein Angebot ist für die nur eine Einladung zu einem Katz-und-Maus-Spiel.«

»Ich habe Krallen.«

»Mag sein. Aber für Könige wie die bist du nicht mehr als eine Maus.«

Odis Begeisterung schwand. Er hatte gedacht, er hätte einen Weg zu echter Gerechtigkeit gefunden, um die Wahrheit ans Licht und die Schurken hinter Gitter zu bringen. Basierend auf den jüngsten Fällen, die reiche und berühmte Personen betrafen und vor Gericht verhandelt wurden, hatte er dies als die einzige Möglichkeit betrachtet, bei der sich amerikanische Milliardäre gegenüber der Justiz verantworten würden. Das schuldete er seinen gefallenen Kameraden. Er tippte seine Antwort. »Auf die eine oder andere Weise werde ich diese Könige von ihrem Thron stoßen – und zwar ab heute Nacht.«

26

Das Weiße Haus

»Vielen Dank, Gentlemen«, verabschiedete sich Präsident Carver und erhob sich.

Während Wiley den Roosevelt Room mit den anderen Mitgliedern des Komitees verließ, griff ein Assistent des Präsidenten nach seinem Ellbogen. Normalerweise wäre Jerome Murphy einer dieser Typen gewesen, die zu hassen man liebte. Er hatte einen brillanten Verstand, die Statur eines Herkules und ein außergewöhnlich gutes Aussehen. Aber er war so bescheiden und nett, dass man gar nicht anders konnte als ihn zu mögen. Trotzdem hegte Wiley keinen Zweifel, dass Murphy ein Auge auf das Büro seines Chefs geworfen hatte. Unter Männern mit Ambitionen blieb Wachsamkeit Wileys Devise.

Er erlaubte Murphy, ihn schweigend durch eine Reihe von bewachten Türen und das Büro des Stabschefs bis ins private Arbeitszimmer des Präsidenten zu eskortieren. »Bitte setzen Sie sich«, bat Murphy. Dann ging er hinaus und schloss die Tür.

Aufgewachsen in wohlhabenden Verhältnissen und umgeben von mächtigen Männern konnten Wiley Titel und Architektur nur mäßig beeindrucken. Er wusste, dass die Scheiße des Präsidenten genauso stank wie die von allen anderen, und im Oval Office sah er nichts anderes als ein berühmtes Arrangement aus Ziegeln und Zement. Trotzdem versetzte sein erster Besuch im privaten Arbeitszimmer des Präsidenten ihn in helle Aufregung. Gerüchten zufolge erledigten die Präsidenten hier die meisten Geschäfte, die nicht in öffentlichen Aufzeichnungen auftauchen sollten. Hatte Marilyn Monroe hier so gewartet wie er jetzt? Nackt?

Während er sich hinsetzte, um zu warten, spürte Wiley Schmetterlinge im Bauch. Sein Unterbewusstsein formte Worte, die sein Bewusstsein nicht hören wollte. Was auch immer als Nächstes passieren würde, wäre entweder richtig gut oder richtig schlecht.

Präsident Carver betrat das Büro fast umgehend durch eine andere Tür.

Wiley konnte einen kurzen Blick aufs Oval Office erhaschen, bevor sich die Tür wieder schloss. »Vielen Dank, dass Sie geblieben sind, Wiley. Bitte bleiben Sie sitzen.«

Der fensterlose Raum hatte einen königsblauen Teppich und weißen Putz an den Wänden. Die Möbel waren handgefertigt mit goldener Polsterung und prächtigem Mahagoniholz. Wiley war freudig überrascht, eine Spur von Zigarrengeruch zu erhaschen, auch wenn das Reinigungspersonal eindeutig versucht hatte, ihn mit Geruchsentferner und Möbelpolitur zu überdecken. Er empfand stets tiefe Befriedigung darin, die Kavaliersdelikte eines anderen Mannes zu entdecken.

Während Carver sich ihm gegenüber auf einen identisch aussehenden Stuhl setzte, trat Murphy mit zwei Gläsern frisch gepresstem Orangensaft ein. Wiley hätte eine weitere Tasse Kaffee dem Lieblingsgetränk des Präsidenten vorgezogen – Koffein war Wileys einziges Rauschmittel –, akzeptierte den Saft aber mit einem dankbaren Lächeln. »Perfekt«, sagte er nach einem Schluck. Dann setzte er das Glas ab, lächelte Carver an und versuchte sich zu entspannen.

»Eines der Privilegien dieses Amtes«, erwiderte Carver. Dann verhärteten sich seine Gesichtszüge und er kam zur Sache.

»Wir haben weder den Fall der Berliner Mauer vorhergesagt noch den Zusammenbruch der Sowjetunion. Auch nicht den 11. September oder die Hamas. Doch trotz all dieser Präzedenzfälle werde ich wie der größte Idiot der Geschichte aussehen, wenn Al-Qaida etwas Großes auf US-Boden durchzieht, nachdem mein FBI-Direktor das ganze Jahr damit verbracht hat, auf allen Kanälen zu verkünden, dass ein massiver Angriff bevorsteht.«

»Bei allem Respekt, Mr. President, das stimmt so nicht unbedingt«, unterbrach ihn Wiley. »Man muss nur wahrnehmen, dass Sie eine aktive und entschlossene Position einnehmen.«

Carver schwieg, um Wileys Worte zu überdenken, fuhr dann aber auf seinem vorbereiteten Kurs fort. »Ich gehe davon aus, dass Sie in der Lagebesprechung eben nichts zurückgehalten haben. Sie haben also wirklich keine Idee, wo der nächste Anschlag stattfinden könnte?«

»Ich könnte Ihnen die aufgebauschten Mitteilungen geben, die wir an die Presse weiterleiten, über verstärkte Kommunikationsaktivitäten und die Hauptziele für solche Anschläge, aber das würde auch nicht hilfreicher sein als ein wenig gesunder Menschenverstand.«

»Und doch sind Sie der Überzeugung, dass der nächste Anschlag kurz bevorsteht, innerhalb weniger Monate?«

»Das tue ich, Mr. President.«

»Führen Sie das bitte aus.«

Wiley wusste, dass er sich auf dünnem Eis bewegte. Er musste vage, aber doch glaubhaft bleiben. »Ich wünschte, das könnte ich. Aber alles, was ich habe, ist Intuition – entstanden aus Tausenden unterschwelligen Hinweisen aus der Flut an Berichten, die auf meinem Schreibtisch landen.« Jemand anderem hätte Wiley diese Aussage anders präsentiert. Keine Fakten hinzuzufügen ließ seine Antwort vollständiger erscheinen. Doch er wusste, dass diese Taktik Carver nicht täuschen würde, also hörte er auf.

Carver starrte ihn an und schien dann eine Entscheidung zu treffen. Sein entschlossener Gesichtsausdruck ging in dem Lächeln auf, das sein Markenzeichen war. »Tja, es ist gut, einen Propheten in meinem Team zu haben.«

»Danke, Mr. President«, antwortete Wiley und versuchte die Euphorie zu unterdrücken, die Carvers Wortwahl in ihm auslöste.

Wiley dachte, dass das Meeting zu Ende sei, doch dann fuhr Carver fort. »Wenn es eine Sache gibt, die die Basis mag, eine Sache, die sie im nächsten November an die Wahlurne treibt, dann ein Untergangsprophet – vorausgesetzt dass Terrorismus immer noch ihr Interesse weckt.«

Bei diesen wiederholten Andeutungen fühlte Wiley eine heiße Woge Adrenalin in sich aufsteigen, vom

Herzen bis in jede Faser seines Körpers. Carver hatte es gesagt. Er hatte es tatsächlich gesagt. Nur dank lebenslanger Übung konnte Wiley sein Pokerface aufrechterhalten.

Carver schien seinen Gesichtsausdruck trotzdem zu lesen. Der Präsident warf ihm ein rasches amüsiertes Lächeln zu. »Wie ich hörte, berät Stuart Slider Sie jetzt.«

Wiley war schockiert. Carver legte alle Subtilität ab. Das war unglaublich.

»Sie sind nicht meine einzige Informationsquelle«, scherzte der Präsident. »Wie auch immer, die Nachricht hat mich erfreut. Stuart ist sehr, sehr gut.«

»Danke« war alles, was Wiley dazu einfiel. Er schwebte praktisch auf Wolke sieben, bis sein Blick auf den Türbogen des Stabschefs fiel und er sich wieder an den Preis erinnerte, den er dafür zu zahlen hatte.

27

Annapolis, Maryland

Während sie hier im Vorstandszimmer von ASIS stand, wurde Cassi das Gefühl nicht los, dass die beiden Geschäftsführer irgendetwas Zwielichtiges zu verbergen hatten – vor allem Rollins. Er sah eindeutig böse aus. Beide Männer hatten viel mehr Angst, als sie zeigten, so viel konnte Cassi sagen. Und ihr Instinkt schrie förmlich, dass dieser Fakt sehr wichtig war. Doch sie konnte noch nicht sagen, warum. Verhielten sie sich nur so zurückhaltend, weil sie die mächtigen Kapitäne der

Rüstungsindustrie waren – und sie nur eine Frau? Möglich, doch Cassi hielt es für wenig wahrscheinlich. In Anbetracht der Umstände spürte sie, dass die beiden so angestrengt versuchten, ihre Angst zu verbergen, weil in ihr auch eine Art Schuldgefühl mitschwang. Trotzdem war Cassi nicht dort, um wegen irgendwelcher Geschäftsintrigen zu ermitteln, die mit Drake oder gegen ihn liefen. Sie war dort, um ihre Karriere und zwei Leben zu retten.

Bisher hatte Cassi nicht den Eindruck gewonnen, dass sie diesbezüglich einen guten Job machte. Doch das würde sie schon früh genug erfahren. Sie schloss den formalen Teil ihrer improvisierten Präsentation mit einem, wie sie hoffte, provokanten Satz ab. »Was wir aber eindeutig wissen: Mark Drake wurde von einem Profi getötet.«

Als sie fertig war, lehnten Abrams und Rollins weiter betont entspannt in ihren Ledersesseln. Cassi war enttäuscht. Ihre Botschaft hatte die beiden nicht hinter dem Ofen hervorgelockt. »Aber Sie wissen nicht, welcher Profi«, schloss Abrams nach einem kurzen Moment des unangenehmen Schweigens. »Und auch nicht, für wen er arbeitet.«

»Oder warum er es tut«, fügte Rollins hinzu. »Und doch warnen Sie uns. Das ist doch ziemlich weit hergeholt.«

»Grenzt schon fast an Belästigung«, fügte Abrams hinzu.

Cassi biss sich auf die Zunge und ermahnte sich, auf Kurs zu bleiben, auch wenn sie fühlte, wie ihr die Karriere beim FBI zwischen den Fingern zerrann. Die Skepsis der beiden mochte nicht persönlich gemeint sein.

Vielleicht hatten sie erst kürzlich eine proktologische Untersuchung durch eine andere Bundesbehörde über sich ergehen lassen müssen, vielleicht durch das Finanzamt. Auf jeden Fall musste Cassi sich eingestehen, dass ihr Präsentier-ihnen-die-Fakten-Ansatz nicht die notwendigen Reaktionen hervorrufen konnte. Dass sie nur wenige Stunden zur Vorbereitung gehabt hatte, würde ihr keinen Bonus in Quantico einbringen. Welches Wohlwollen sie zuvor auch besessen hatte, der Vorfall in der Kindertagesstätte hatte es zerstört.

Sie wog ihre Optionen ab und entschied sich, ihren Ansatz neu zu strukturieren, um eine zweite Offensive von vertrauterem Boden aus zu starten. Für ein paar Sekunden schloss sie die Augen, gerade lange genug, um in die Zone zu gleiten. Sie stellte sich Rollins und Abrams auf einem Schachbrett vor, in Gestalt von Laurel und Hardy. Mit neu erwachtem Feuer in den Augen beugte sie sich schließlich zum fettleibigen Abrams vor. »Sie haben recht«, lenkte sie scheinbar ein. »Es gibt Dutzende Gründe, Ihren Kollegen zu töten, die nichts mit Ihnen zu tun haben müssen. Es könnten sogar Hunderte sein. Folgen wir also dieser Argumentation und gehen davon aus, dass die Chancen nur eins zu 100 stehen, dass Drakes Killer plant, auch Ihnen eine Granate in den Hintern zu schieben. Sind Sie bereit, dieses Risiko einzugehen, meine Herren? Sind Sie bereit, alles auf eine Karte zu setzen? Oder würden Sie lieber mit mir zusammenarbeiten, um Ihren Proktologen glücklich zu halten?«

Rollins' hagere Wangen kräuselten sich wie eine Zitrone. Er wandte sich Abrams zu, der seine dicklichen Schultern hob. »Was wissen Sie über den Attentäter, Agent Carr?«

Schon besser, dachte sie. Sie entschied sich, die üblichen Statistiken zu überspringen und direkt auf den Punkt zu kommen. Sie musste die Bedrohung durch den Attentäter nachvollziehbar machen. Und falls sie bei etwas falschlag, würde es niemand merken, bis sie ihn schnappte, und dann wäre es auch egal. Dieses Mal beugte sie sich zu Rollins hinüber.

»Wir suchen einen weißen Mann in den Dreißigern. Er ist groß, ungefähr 1,80 Meter, athletische Statur. Sein Haar trägt er kurz, keine Brille. Er ist ein begabter Schauspieler und in der Lage, sein Äußeres und seine Stimme überzeugend zu verändern. Er ist höchst diszipliniert, hochgebildet und außergewöhnlich kreativ. Ein Technikexperte, vertraut mit Digitalkameras und Laptops. Und er ist Chemiker, in der Lage, ausgeklügeltes Originalmaterial herzustellen. Er kennt sich mit Ermittlungsmethoden und Forensik aus. Bei seiner Arbeit ist er leidenschaftlich und doch kühl distanziert. In der Kurzfassung, meine Herren, ist er so ernst zu nehmen wie der Tod, den er bringt. Von allen Profilen, an denen ich über die Jahre gearbeitet habe, ist dies der Mann, den ich am meisten fürchten würde, wäre er hinter mir her.«

Während ihrer Rede freute es Cassi zu sehen, wie den beiden die Gesichtszüge entglitten. Jetzt lehnte sie sich in ihren Plüschsessel zurück und hoffte auf einen Ansatzpunkt.

Abrams bot ihr einen. »Was verlangen Sie von uns?«

»Ich möchte freie Hand bei der Zusammenarbeit mit den Sicherheitschefs Ihrer Unternehmen, um Ihren persönlichen Schutz zu übernehmen. Ich möchte, dass Sie und alle, die für Sie arbeiten, meine Anweisungen ohne Widerrede befolgen.«

»Wir sind ein Rüstungsunternehmen«, widersprach Rollins. »Unsere Sicherheit ist auf dem neusten Stand. Das muss Ihnen klar sein.« Und dann lief er schnurstracks in ihre Falle. Einem netteren Menschen wäre das nicht passiert. »Ich bin mir sicher, dass nicht einmal Sie mit Ihrer goldenen Marke Ihre Waffe an unseren Männern vorbeischmuggeln konnten.«

Cassi lächelte und öffnete ihre Handtasche. »Da haben Sie recht. Man hat mich gebeten, meine Handfeuerwaffe an der Tür zurückzulassen.« Sie zog drei Lippenstifte aus einer Reißverschlusstasche an der Seite. »Hexamin, Salpetersäure und Ammoniumnitrat«, erklärte sie, während sie jeden Stift wie eine Rakete auf Rollins' kostbaren Tisch stellte. »Ich könnte genauso gut eine Rektalgranate dabeihaben.«

Rollins wurde etwas blasser, war aber noch nicht fertig. »Gehe ich recht in der Annahme, dass Sie mehr um unsere persönliche Sicherheit besorgt sind als um die unserer Firmen?«

»So ist es.«

»Tja, dann brauchen Sie sich keine Sorgen um mich zu machen. Ab Montag steht mein zweiwöchiger Jahresurlaub an. Es gibt keinen Grund, warum ich den nicht ein paar Tage früher antreten könnte. Ich werde ihn in meinem Strandhaus in Florida verbringen, was so gut wie Fort Knox ist. Es wurde gebaut, um einem Hurrikan der Kategorie fünf standzuhalten, und das Sicherheitssystem ist das beste seiner Art.«

»Das hört sich nach einem vielversprechenden Anfang an«, erwiderte Cassi. »Das Wichtigste ist, Sie aus Ihrer üblichen Routine zu nehmen. Gibt es in Ihrem Strandhaus auch Räumlichkeiten für zusätzliche Wachen?«

»So viele, wie Sie möchten.«

»Erzählen Sie mir von dem Ort.«

»Ich besitze ein knapp ein Hektar großes Anwesen an einem halb privaten Strand.«

»Halb privat?«

»Velveteen Beach ist eine drei Meilen lange Halbinsel, die durch eine Küstenwasserstraße vom Festland getrennt ist. Dort gibt es nur wenige Häuser, 18 insgesamt.«

Cassi nickte. »Sehr schön. Ich denke, sechs Wachleute sollten in der Lage sein, ein solches Anwesen rund um die Uhr zu sichern. Mit Ihrer Erlaubnis werde ich Ihren Sicherheitschef bitten, dies in die Wege zu leiten.«

Rollins nickte.

Cassi wandte sich dem beleibteren der beiden Geschäftsführer zu. »Was ist mit Ihnen, Mr. Abrams? Steht bei Ihnen auch ein Urlaub an?«

»Nein, und ich fürchte, mir freizunehmen steht momentan nicht zur Debatte. Aber ich kann mich auf mein Zuhause und mein Büro beschränken, mit kurzen Hubschrauberflügen zwischen beiden.«

»Ich muss beide Orte inspizieren. Fliegen Sie heute Abend nach Hause?«

»Ja.«

»Darf ich Sie begleiten?«

Abrams strich sich mit seinem dicken Daumen und zwei Wurstfingern über das Kinn.

»Ich benötige nur ein paar Stunden, wenn Ihr Hausverwalter kooperiert«, fügte Cassi hinzu.

»Also gut.«

»Dann sind wir uns einig«, schloss Rollins. »Ich werde sofort in den Urlaub fahren, in Begleitung eines dreckigen halben Dutzends. Und Miss Carr wird Abrams heute Abend begleiten, um ihn dabei zu unterstützen.«

Als Cassi ihm beipflichtete, fragte Abrams: »Agent Carr, ich gehe davon aus, dass Sie das innerhalb einer Woche oder so erledigt bekommen. Ist das korrekt?«

Cassi versuchte es mit einem Nicken, das mehr Zuversicht besaß als sie selbst.

»Dann werde ich vollumfänglich mit Ihnen kooperieren – bis in einer Woche vom heutigen Freitag an«, willigte Abrams ein. »Wenn Sie mir bis dahin nicht versichern konnten, dass die Luft rein ist, werde ich mich mit Ihren Vorgesetzten in Verbindung setzen.«

Während er diese Abschlussworte sprach, tauschten Abrams und Rollins einen merkwürdigen Blick aus. Cassi wusste nicht, was er bedeutete, doch sie verließ das Treffen mit einem unguten Gefühl. Es war fast, als würde man sie benutzen …

28

Velveteen Beach, Florida

Odi hielt mit dem Finger am Abzug inne. Etwas fühlte sich nicht richtig an. Er drehte sich ein wenig, um den Sandhaufen unter seiner Brust in die richtige Form zu bringen, und schaufelte dann noch etwas dazu. Er wollte seine Ellbogen mehr entlasten, damit seine Arme vollkommen entspannt waren.

Zufrieden mit der neuen Position schloss er die Augen und konzentrierte sich auf das Tosen des Ozeans, während er langsam die salzige Luft ein- und ausatmete. Es war Zeit.

Er fokussierte seinen Blick wieder auf den Laptop vor sich und drückte den Knopf des Joysticks. Knapp vier Meter rechts von ihm begannen sich die Rotoren eines ferngesteuerten Hubschraubers zu drehen und wirbelten eine Wolke weißen Sandes auf. Odi drückte stärker drauf. Das Gefährt erhob sich in die Luft, bis der Höhenmesser auf seinem Laptop zwölf Meter anzeigte. Genau die Höhe, die er benötigte, um die benachbarten Dächer in sicherem Abstand überfliegen zu können.

Er schaute wieder auf die Hauptanzeige des Bildschirms und sah sich selbst dort liegen, ehe der Hubschrauber losflog. Dort, zwischen den geschwungenen Dünen von Velveteen Beach, sah er wie ein einzelner Hotdog in einem Meer von Brötchen aus. Er lächelte und war froh, dass der Verkäufer aus dem Hobbyladen ihm die zusätzlichen 400 Dollar nicht ausgeredet hatte. Selbst bei Nacht war die Bildqualität von oben erstaunlich gut. Er konnte jeden einzelnen Tarnfleck auf seinem Wüstentarnanzug erkennen.

Mit dem Daumenhebel des Joysticks richtete er den Hubschrauber nach Süden aus und drückte den Joystick nach vorn. Der Vogel reagierte traumhaft. Schnell und beweglich.

Odi hatte sich drei Häuser von Rollins' Anwesen entfernt in Position gebracht, wo er im Schutze einer von Plattährengras bedeckten Düne direkte Sicht auf das zweite Stockwerk des Geschäftsführers hatte. Den Strand hatte er mit Google Earth von Charlottes Anwesen aus erkundet und mit diesen Aufnahmen nur zehn Minuten gebraucht, um einen Platz zu finden, der von oben perfekt erschien und ihn auch von unten in der Realität nicht enttäuschte.

Er hatte sich Velveteen mit äußerster Vorsicht genähert, vor allem auf den letzten Meilen. Wäre Odi für Rollins' Sicherheit zuständig, hätte er einen Mann abgestellt, um die Brücke mit einem Fernglas zu beobachten. Also hatte er seinen Mietwagen bei einem Motel auf dem Festland abgestellt und den Fluss über das Gerüst der Brücke bei Sonnenuntergang überquert. Zu dieser Zeit des Tages spielten einem die Augen alle möglichen Streiche, und der Boden war noch immer heiß von der Sonne Floridas, was Infrarotlinsen unbrauchbar machte.

Auf der Insel angekommen kroch er den größten Teil der Strecke von der Brücke bis zu seiner aktuellen Position im Scharfschützenstil von Strauch zu Strauch, wenn niemand in der Nähe war. Die Größe seines Gepäcks hätte ihm von jedem Drill Sergeant, den er kannte, einen Tritt in den Hintern eingebracht, doch für diese Mission benötigte er jedes Fitzelchen der sperrigen Ausrüstung, weshalb er das Risiko eingegangen war. Sollte man ihn entdecken, würde er behaupten, der Neffe eines Einwohners zu sein, ein Soldat, der sich auf die kommende Ausbildung bei den Special Forces vorbereitete. Doch er schaffte es ohne Zwischenfälle oder Hindernisse bis zum Strand. Sobald er sich an seinem ausgewählten Platz in Stellung gebracht hatte, verbrachte er die folgenden sechs Stunden praktisch bewegungslos damit, sein Ziel durch ein Fernrohr zu beobachten, während er versuchte, die ständigen Bisse der Sandflöhe zu ignorieren.

Die Anwesenheit aufmerksamer Wächter, die in Drei-Mann-Schichten arbeiteten, störte Odi. Nicht dass sie eine große Bedrohung oder Herausforderung dargestellt hätten. Schließlich hatte er einen Plan ausgearbeitet, um sie zu umgehen. Doch ihre Anwesenheit bestätigte ihm, dass weder Rollins noch Abrams die Absicht hatten, ein Geständnis abzulegen. Das war eine Enttäuschung, wenn auch keine Überraschung. Ayden hatte das vorhergesehen, doch Odi kam immer noch nicht darüber hinweg. Wie konnten diese verdammten Männer ihn ignorieren, nachdem sie das explosive Video mit ihrem Lakaien und der Zugabe mit ihrem Kollegen gesehen hatten? Odi blieb hoffnungsvoll, dass Abrams sich am ersten Tag nach Rollins' Tod stellen würde, seine Hand würde er dafür allerdings nicht ins Feuer legen.

Odi verfolgte die Position des Hubschraubers, indem er das, was er auf dem Bildschirm sah, mit seinem Ausdruck von Google Earth verglich. Als das Schwimmbecken des Nachbarn vom Bildschirm verschwand, spürte er, wie das Adrenalin des Endspiels einsetzte. Einen Moment später befand sich der Hubschrauber über dem Ziel.

Rollins' Strandhaus war ein wunderschönes zweistöckiges weißes Gebäude mit mehreren Balkons und jeder Menge Fenster, die vom Boden bis zur Decke reichten. Während er es von seinem flohverseuchten Unterstand aus betrachtete, musste Odi daran denken, dass er die Chance hatte verstreichen lassen, sein eigenes Leben in einem solchen Haus zu verbringen. Er hatte den Strand für die Arbeit mit Potchak sausen lassen. Der Gedanke ließ sein Blut kochen. Nur mit großer Mühe gelang es ihm, das Gefühl des Verrats zu unterdrücken und sich wieder auf den Abschluss der aktuellen Mission zu konzentrieren.

Er konnte die komplette dem Meer zugewandte Hausseite von seiner Position in den Dünen sehen. Sobald sich die Wachleute außer Sicht befanden, wirkte es mehr wie aus einem Liebesroman als aus einem Thriller. »Mit Ausnahme der verfluchten Flöhe«, fügte er laut hinzu, während er zum x-ten Mal nach ihnen schlug. Nachdem die Sonne untergegangen war, hatte er nicht lange gebraucht, um herauszufinden, welcher Balkon zum Schlafzimmer gehörte. Jetzt, da die Lichter ausgeschaltet waren, steuerte er den Hubschrauber dorthin, wo es zuvor noch beleuchtet gewesen war.

Er versuchte, den Hubschrauber genau über dem Hauptbalkon zu positionieren, doch die Windböen machten das zu einer großen Herausforderung. Damit dies funktionierte, musste er das Fluggerät auf halber Strecke zwischen Dach und Brüstung halten, senkrecht zur Glasschiebetür des Schlafzimmers. Er verfluchte sich selbst dafür, nicht an den Wind gedacht zu haben, als er die Landung durchgeplant hatte. Wenn er jetzt, nach allem, was er durchgemacht hatte, um hierherzugelangen, seinen wunderbaren Plan wegen etwas so Profanem wie Wind abbrechen musste, würde er ausrasten. Das wäre wie wegen eines platten Reifens eine Mondmission zu verpassen.

Drei Minuten und fünf gescheiterte Versuche später rann ihm trotz der kühlen Abendluft der Schweiß über das Gesicht. Nach dem sechsten ergriff ihn die Sorge, der Treibstoff könnte ausgehen. Nach dem siebten dachte er über die Risiken eines Frontalangriffs nach. Beim achten gelang es ihm, den Vogel lange genug an Ort und Stelle zu halten. In dem Moment, in dem er die richtige Position hatte, brachte er den Vogel schnurgerade nach unten. Weil die Kamera am Unterbauch des Hubschraubers saß, sah Odi auf den letzten Zentimetern nur noch den sich nähernden Boden und dann eine Nahaufnahme der Fugen. Taktisch gesehen eine perfekte Landung. Er hoffte, dass sie nicht zu laut gewesen war. Da wurde Odi ein weiterer Aspekt, den er übersehen hatte, bewusst – er hatte kein Mikrofon installiert. Gut möglich, dass gerade in diesem Augenblick ein Wachmann den Hubschrauber untersuchte und seinen Boss per Funkgerät fragte, was er tun solle. Man lernt eben nie aus.

Er drückte den silbernen Knopf an der Basis des Joysticks und schaltete damit die Frachtklammern an der Unterseite des Hubschraubers aus. Die Kamera rüttelte ein wenig und Odi seufzte erleichtert. Er hatte die Fracht erfolgreich von dem Vogel getrennt, der sie geliefert hatte.

Odi hob sein Nachtsichtfernglas, suchte die Veranda und verspürte Erleichterung. Keine Wachen. Keine Lichter. Zeit für Phase zwei.

Er justierte den Fokus des Fernglases und hielt es weiter fest in der linken Hand, während er mit der rechten den Joystick betätigte. Zufrieden sah er zu, wie sich der Hubschrauber wieder senkrecht in die Luft erhob und hoch über das Dach stieg, während das auf seinen Computer übertragene Bild unverändert blieb.

Nun ließ er den unbeladenen Hubschrauber mithilfe seines Fernglases und des Joysticks bis zu einer Höhe von 15 Metern steigen. Dann drückte er den Knüppel bis zum Anschlag nach vorn und schickte den Hubschrauber weit hinaus aufs Wasser. Ohne seine Ladung schoss er wie eine Rakete durch den Himmel. Er ließ ihn weiterfliegen, bis er nicht mehr als ein winziger Punkt am Horizont war. Dann ließ er den Startknopf los. Die Rotoren hörten auf, sich zu drehen, und der Hubschrauber fiel wie ein nasser Sack nach unten in die Wellen. Zu niemandem außer der See sagte Odi: »Phase zwei abgeschlossen.«

Odi holte eine weitere Fernbedienung aus seinem Rucksack und legte sie neben sich auf die Düne. Dann wandte er seine Aufmerksamkeit wieder dem Computerbildschirm zu. Den Roboter, der nun Rollins' Balkon beehrte, hatte er eigens für diese Mission angefertigt. Die Basis war ein ferngesteuerter Spielzeugjeep, dessen Räder mit Saugknöpfen ummantelt waren und der einiges an ausgeklügelter Robotertechnik an Bord hatte. Er schaltete die Fernbedienung ein und ließ den Jeep kurz vorwärtsfahren, um zu prüfen, ob er funktionierte. Als die Kamera sich bewegte, seufzte er zufrieden auf. So weit, so gut, dachte Odi, wohl wissend, dass die wahre Herausforderung für seine Ingenieurskunst erst noch bevorstand.

Er nutzte den Verlauf der Fugen, um den Roboter lotrecht neben der Schiebetür zu positionieren. Dann fuhr er vorwärts. Nach einigen Zentimetern wackelte das Bild vor und zurück, dann zeigte es das reflektierende Mondlicht auf der schweren Scheibe. Odi spürte Jagdlust durch seine Venen pochen. Er hatte es fast geschafft.

Er steuerte den Roboter die Glasscheibe der Schiebetür hinauf bis zu einer Höhe von 1,80 Meter, dann ließ er den Joystick mit einem stillen Gebet los. Von seiner Übungsrunde an Charlottes Tür wusste er, dass dies ein heikler Moment war, doch die Technologie ließ ihn nicht im Stich. Der Roboter blieb kleben.

Er spielte mit dem Fokus und versuchte, einen besseren Blick ins Innere des Schlafzimmers zu bekommen. Sollte der Roboter sich an der falschen Stelle befinden, konnte er ohne den Hubschrauber nicht viel dagegen tun.

Odi war sich sicher, dass es sich hierbei um das Hauptschlafzimmer handelte, doch es bestand die Möglichkeit, dass Rollins aus Sicherheitsgründen das Zimmer mit einem seiner Wachleute getauscht hatte. Er konnte nur hoffen, dass er dafür zu stur war oder sein Personal nicht gut genug, um auf diese Idee zu kommen.

Er justierte den Fokus und filmte erst in die falsche Richtung, bevor es klappte. Sobald das Bild scharf wurde, breitete sich Erleichterung in ihm aus. Mark Rollins schlief unter einer weißen Bettdecke auf einem erhöhten Plattformbett. Odi benutzte seinen Computer, um das Gesicht heranzuzoomen, weil er sichergehen wollte. Das sorgfältig gekämmte dunkle Haar und die lange Patriziernase vom Herrn des Hauses begrüßten ihn. »Bingo.«

Er drückte einen schwarzen Knopf auf dem Joystick, woraufhin sich die zusätzlichen Saugknöpfe festsaugten. Selbst bei dem, was jetzt folgte, würde der Roboter nun nicht mehr abrutschen.

Odi zoomte wieder heraus und etwas, das er dabei sah, ließ sein Herz einen Sprung machen. Da lag ein Büstenhalter auf dem Boden. Wenn Rollins nicht gelegentlicher Cross-Dresser war, musste sich noch jemand bei ihm im Bett befinden.

Kollateralschäden kamen für ihn nicht infrage, da sie das gefährden würden, was Ayden scherzhaft als Operation Gerechte Rache bezeichnet hatte. Danach könnte Odi nicht mehr mit sich selbst leben. Er spürte auch, dass seine gefallenen Kameraden nicht damit einverstanden wären, würde ihre Rache einen solchen Preis fordern. Wenn die Frau unter der großen Decke in den nächsten Minuten nicht bewegungslos blieb, würde Odi abbrechen müssen. Um die Chancen dafür zu verringern, entschied er sich, Vorsicht gegen Geschwindigkeit einzutauschen.

Er drückte einen gelben Knopf auf der Fernbedienung und sprühte einige Zentimeter unterhalb der Saugknöpfe konzentrierte Flusssäure auf das Glas. Flusssäure wirkt bei Glas besonders stark. Selbst in die gegen Hurrikans gewappneten Scheiben von Rollins würde sie in weniger als einer Minute ein Loch von der Größe eines Baseballs fressen. Dieses Loch würde helfen, die Explosion zu lenken und das gesamte Fenster zu schwächen.

Während er daran arbeitete, beobachtete Odi die Bettdecke. Niemand rührte sich. Weiter im Programm. Exakt 60 Sekunden nach dem gelben Knopf betätigte er den orangefarbenen und hielt ihn gedrückt. Zufrieden lächelte er, als die Kamera mit einem leicht rhythmischen Wackeln reagierte. Der orangefarbene Knopf kontrollierte eine pickende Vorrichtung, die jetzt alle zwei Sekunden zweimal kurz hintereinander gegen die Scheibe klopfte. Tap-tap … tap-tap … tap-tap … Nachdem sie ein halbes Dutzend Mal gegen die Scheibe geklopft hatte, regte sich etwas unter der Bettdecke.

»So ist's brav.«

Nach einigen weiteren Klopfern rollte Rollins sich vorsichtig aus dem Bett.

Odi ließ den Knopf los und das Klopfen hörte auf.

Als Mark Rollins aufstand und sich umsah, wurde Odis Blick von der Pistole in dessen Hand gefesselt. »Ausgezeichnet«, murmelte er. »Mit einer 9-Millimeter-Beretta in der Hand wirst du es nicht für nötig halten, Hilfe zu rufen.«

Odis Blick klebte am Bildschirm, während Mark sich im Zimmer umsah. Jedes Mal wenn sein Kopf sich dem

Balkon zuwandte, drückte Odi erneut kurz auf den Knopf. Nach dem dritten Durchgang hob Mark die Waffe und ging direkt auf die Kamera zu, den Kopf dabei von einer Seite zur anderen neigend, als versuchte er, bessere Sicht zu bekommen. Er fragte sich vermutlich, ob eine Möwe zu schnell gegen die verstärkte Scheibe geflogen war.

Odi hätte den verwirrten Blick des verdammten Mannes gern genossen, doch er zwang sich, weiterhin die Bettdecke im Auge zu behalten. Er betete, dass die Besitzerin des BHs für zwei weitere Sekunden vollständig unter der Decke bleiben würde. Sie tat es.

Bilder von Odis gefallenen Freunden schossen ihm durch den Kopf: Adam, Derek, Flint, Jeremy, Mitch und Tony. Schließlich kam Rollins' fragendes Gesicht so nahe, dass Odi nichts anderes mehr sehen konnte. Er sagte: »Du hättest ein Geständnis ablegen sollen.« Dann drückte er den roten Knopf.

29

FBI-Hauptquartier, Washington, D. C.

Wiley sah zu Stuart rüber und war ausnahmsweise froh über die Gesellschaft seines Wahlkampfmanagers. Stuart schien Wileys Blick zu spüren, obwohl er ihm den Rücken zugewandt hatte. Als er über die Schulter blickte, sagte Wiley: »Mit London Heathrow bin ich fertig. Ein Dutzend war dicht dran, aber keiner dicht genug. Ich habe nichts.«

Nachdem Drake und Rollins jetzt tot waren, verblieb ihnen Abrams als der letzte lebende Rüstungsmanager. Das machte Wiley nervös. Auch wenn Stuart es niemals zeigen würde, war Wiley doch überzeugt, dass auch sein Wahlkampfmanager langsam nervös wurde. Zwar würden die Geschäftsführer, die Drake und Rollins ersetzten, Wileys Kampagne weiterhin finanziell unterstützen, doch sich auf die Inszenierung weiterer Terroranschläge zu einigen, war etwas ganz anderes. Abrams bestand darauf, dass er die neuen Geschäftsführer dazu bringen würde, dem Plan zuzustimmen, doch er weigerte sich, etwas zu unternehmen, solange Odi Carr nicht auf dem Tisch des Leichenbeschauers lag. Der Mann war unnachgiebig. »Kein Leichenzettel, keine Chance.«

Wiley verfluchte seinen Komplizen im Stillen, auch wenn er Abrams deswegen kaum Vorwürfe machen konnte. Der Mann hatte das Fadenkreuz eines Profikillers quer auf den fetten Hintern gemalt. Natürlich wollte Abrams, dass sich der Direktor des FBI jetzt voll darauf konzentrierte, den Mistkerl zu schnappen. Wer würde das nicht wollen? Als Teil dieser konzentrierten Arbeit hatte Wiley die Diskretion aufgegeben und Stuart ins Hoover Building gebracht, damit der ihm dabei helfen konnte, die Videos vom Einreisebereich der Flughäfen durchzugehen. Ein Unglück kommt selten allein, und Wiley konnte sich kaum ein größeres Unglück vorstellen als von Mitternacht bis Sonnenaufgang endlose Ströme von Gesichtern zu betrachten.

Die Videoaufnahmen sämtlicher Passagiere, die während der vier Wochen zwischen der Iran-Mission und dem Tod Potchaks von Europa und dem Nahen Osten in die USA eingereist waren, reihten sich zu einer endlosen

Parade müder Augen. Es war eine monströse Aufgabe. Selbst mithilfe der modernsten FBI-Software, die Wiley so programmiert hatte, dass sie das Video bei Frauen, Kindern und Männern, die zu klein waren, vorspulte, hatten sie immer noch Zehntausende Gesichter zu studieren. Als würden sie in einem Korallenriff voller Meeresgras nach einem bestimmten Fisch suchen. Und die Uhr zur Wahl tickte.

Angesichts des Zeitdrucks durch den Wahlzyklus war Wiley froh, einen zweigleisigen Prozess in Gang gesetzt zu haben, der Odi töten sollte. Während Stuart Odi aus dem Hintergrund suchte, befand sich Cassi an der Front, bereit einzugreifen. So viel zu seiner Geheimwaffe. Was für eine Tarnung Odi auch verwendet hatte, um nahe an Abrams ranzukommen, es bestand doch kaum eine Chance, dass Cassi ihn nicht erkennen würde – auch wenn sie nicht wusste, dass es Odi war, nach dem sie suchte. Ja, dachte Wiley, so könnten wir ihn kriegen. Doch die Frage war, ob sie ihn auch rechtzeitig schnappen würden.

»Welches Land kommt als nächstes?«, fragte Stuart.

»Ich glaube, Deutschland. Wie viel Türkei haben Sie noch vor sich?«

»Noch 16 weitere Flüge«, antwortete er und streckte die Arme über dem Kopf.

»Können Sie sich vorstellen, dass es Menschen gibt, die das hier täglich von morgens bis abends machen? Die müssen dabei doch verrückt werden.«

»Oder blind.«

»Was, wenn wir Odi nicht finden können, bevor er Abrams erwischt?«, fragte Wiley, dem die Verwendung von »wir« einen bitteren Beigeschmack im Mund hinterließ. »Sie haben doch dabei geholfen, die erste

Anschlagsserie zu planen. Könnten wir das noch einmal hinbekommen, auch ohne Hilfe der Firmenbosse?«

Stuart schüttelte den Kopf. »Ich war nur in der Lage, das zu organisieren, weil ich unseren Mitverschwörern lukrative Jobs anbieten konnte. Ohne die Rüstungsindustrie im Rücken habe ich nichts, das ich anbieten könnte, außer ein paar Kabinettsposten, was aber zu riskant wäre.«

»Aber wir sind so dicht dran. Sie hätten den Präsidenten hören sollen. Es war, als hätte Carver Ihnen das Wort aus dem Mund genommen. Er sagte, es sei gut, einen Untergangspropheten im Team zu haben – vorausgesetzt dass Terrorismus am Wahltag noch das Interesse der Wähler weckt.«

»Dann lassen Sie uns hoffen, dass Ihre Ex es schafft«, sagte Stuart. »Bei diesem Wiedersehen würde ich gerne Mäuschen spielen.«

Wiley stellte sich die Szene vor: Cassi, die erfährt, dass ihr Zwillingsbruder noch lebt, aber ein terroristischer Attentäter ist. So viel zu einem zweischneidigen Schwert. Er fragte sich, ob es möglich war, sich noch beschissener zu fühlen.

»Ich habe ihn!«, rief Stuart und sprang aus seinem Stuhl auf.

»Odi?«

»Odi!«

»Welchen Namen hat er benutzt?«

»Moment. Das dauert einen Augenblick, die Suchanfrage mit dem Zeit- und Stationscode zu stellen.«

»Er ist von der Türkei aus geflogen?«

»Jep. Und der Name auf dem Reisepass, den er benutzt hat, lautet … Ayden Archer.«

30

Annapolis, Maryland

Cassi war zurück im Vorstandsraum von ASIS und wappnete sich für einen weiteren Kampf. Während sie dort wie auf Eierschalen saß, fühlte sie sich wie benommen. Seit Wiley sie vor zwei Tagen in ihrer Wohnung besucht hatte, hatte sie nicht mehr geschlafen, doch sie wusste, dass der Schlafmangel nur am Rande für ihr Ungleichgewicht verantwortlich war. Das eigentliche Problem war ihre Inkompetenz. Schon wieder hatte sie ein ihr anvertrautes Leben verloren. Wiley und das FBI hatten ihr eine zweite Chance gegeben, ihre Gelegenheit, sich zu rehabilitieren – und jetzt war Rollins tot. Die Tatsache, dass sie nur eine Person war, die zwei Personen schützen sollte, würde nur eine Fußnote neben dieser leuchtenden Schlagzeile sein. All ihre Ausreden, so berechtigt sie auch sein mochten, würden Rollins' Leiche nicht aus ihrer Personalakte streichen. Ihre einzige Chance auf Erlösung würde es sein, den Attentäter zu schnappen – und zwar bevor er Abrams töten konnte.

Während sie versuchte, ihr neuestes Versagen aus ihren Gedanken zu verbannen, betraten Wilbanks und Abrams den Raum und setzten sich wortlos hin. Seit dem letzten Meeting hatte sie jede Minute damit verbracht, einen Plan auszuarbeiten, um die Sicherheitsmaßnahmen für Abrams zu verstärken. Jetzt war die Zeit für ihren Bericht gekommen.

Wilbanks, der Sicherheitschef von ASIS, eröffnete den Dialog, die Arme dabei abweisend vor der Brust verschränkt. »Also haben Sie Ihre Bewertung abgeschlossen? Ich gehe mal davon aus, dass meine Leute dabei hilfreich waren.«

»Das habe ich, und das waren sie«, entgegnete Cassi, der bewusst wurde, dass man Rollins am heutigen Tage nicht erwähnen würde. Sein Tod war noch zu frisch, die Gefühle zu roh.

Cassi studierte die reservierte Miene ihres Gegenübers. Er hatte dichtes weißes Haar, das er kurz geschoren wie ein General trug. Normalerweise würde ihn dies grimmig aussehen lassen, aber heute stellte es einfach einen starken Kontrast zu den dunklen Ringen unter seinen Augen dar. Obwohl er auf sie wie ein eingebildetes Arschloch wirkte, konnte sie ihn gut verstehen. Niemand mochte es, wenn Außenseiter in den eigenen Angelegenheiten herumwühlten, vor allem wenn es der Job des Außenseiters war, deinem Chef zu erzählen, was man alles falsch machte. Nein, das würde sie auf gar keinen Fall mögen.

Während sie letzte Nacht, nach dem wohl furchtbarsten ersten Tag in der Geschichte des FBI, ihre Optionen abgewogen hatte, war Cassi klar geworden, dass die möglicherweise längerfristig anhaltende berufliche Beziehung zu Wilbanks zu einer ganzen Reihe weiterer Komplikationen führte. Sie würde so lange mit ihm zusammenarbeiten müssen, bis sie den Attentäter gefasst hatte. Weshalb sie es vermeiden musste, ihn vor den Kopf zu stoßen, indem sie seine Organisation in der Luft zerriss. Zwar wusste sie, dass die meisten Menschen unter ähnlichen Umständen »Scheiß drauf« sagen und den Kerl dann in seine Einzelteile zerlegen würden. Doch die psychologischen Nuancen dieser beängstigenden

Situation heizten ihr ein. Und sie förderten auch ihre Stärken zutage. Also hatte sie einen Plan zum Abriss und Wiederaufbau ausgearbeitet.

»Also sagen Sie schon, Agent Carr«, ergriff Abrams nun das Wort, »was genau haben Sie herausgefunden?«

»Ihr Komplex ist eine Festung«, begann sie und beobachtete aus dem Augenwinkel, ob Wilbanks Abrams einen Hab-ich-doch-gesagt-Blick zuwarf. Er enttäuschte sie nicht.

»Wunderbar«, erwiderte Abrams.

»Nein, ist es nicht. Nicht wirklich.«

Wie aufs Stichwort feuerte Wilbanks gereizt zurück. »Was ist falsch an einer Festung?«

Cassi stand auf und beugte sich vor, die Handflächen auf den glänzenden Tisch gestützt. »Festungen sind im Prinzip Mauern, die Menschen draußen halten sollen. Sie schüchtern ein, doch sobald jemand reingefunden hat, sind sie nutzlos.«

Wilbanks winkte ab, doch seine Körpersprache zeigte, dass er besorgt war. »Das ist, als würde man sagen, ein Safe sei nicht so gut, wenn jemand die Tür öffnet.«

»Vielleicht. Nur dass in Ihrem Fall Zehntausende von Leuten die Kombination besitzen.« Cassi hob ihre temporäre Identifikationskarte hoch. Dann zog sie zwei Dutzend duplizierte Karten hervor und schob sie auf den Tisch, wo sie sich über die polierte Oberfläche wie eine Plage verteilten. »Die habe ich während des Mittagessens angefertigt.«

Wilbanks entglitten die Gesichtszüge, doch seine Antwort blieb aggressiv. »Wir können kein Unternehmen führen, wenn niemand zur Arbeit kommt.«

Für den besseren Effekt setzte sie sich wieder hin.

»Nein, können Sie nicht. Aus diesem Grund gleichen die Sicherheitsmaßnahmen bei ASIS denen der meisten größeren Firmen. Tatsächlich haben Sie sogar einen besseren Job gemacht als die meisten.«

Wilbanks' Haltung entspannte sich um wenige Millimeter.

»Sagen Sie mir, was Sie benötigen, um es zu verbessern«, drängte Abrams.

»Um die Analogie von eben weiterzuführen: Was Sie hier momentan mit dem Schlüsselkartensystem haben, ist eine Art digitale Mauer. Sie ist gut, um einen Frontalangriff abzuwehren, aber wie bei einer Mauer aus Ziegeln und Zement ist die digitale nutzlos, wenn der Feind einen Weg finden kann, die Tore zu öffnen oder sie zu umgehen.«

»Oder zu untertunneln«, fügte Abrams hinzu. »Ja, ich sehe, worauf Sie hinauswollen. Erzählen Sie mir von unseren Lücken.«

»Jede Schlüsselkarte ist ein Loch, und es gibt nur wenig, was man tun kann, es einem Attentäter zu erschweren, sich eine solche zu besorgen. Er muss nur eine Brieftasche stehlen oder in ein Haus einbrechen. Wenn er clever ist, dupliziert er eine der Karten und gibt sie dem Besitzer zurück, ohne dass der etwas davon merkt.«

Abrams seufzte.

Cassi fuhr fort. »Und natürlich gibt es da noch Hackerangriffe. Jemand könnte in Ihr System eindringen und seine eigene Karte authentifizieren. Datendiebstahl und Hackerangriffe sind nur zwei von vielen verfügbaren elektronischen Möglichkeiten. Ein weniger versierter Attentäter könnte sich einfach auf eine Stelle bei der

Instandhaltung oder der Sicherheitsabteilung bewerben oder bei einem Ihrer Subunternehmen.«

Cassi legte eine Pause ein, um Abrams zu studieren. »An Ihrem Gesichtsausdruck sehe ich, dass Sie anfangen, das Problem zu verstehen.«

»Was soll ich tun?«, fragte er. »Ich kann ja schlecht die Zugbrücke hochziehen.«

»Als Erstes müssen Sie Wachen an alle Eingänge setzen, die die Fotos mit den Gesichtern abgleichen.«

Abrams blickte zu Wilbanks, der nickte. »Erledigt.«

»Als Nächstes benötigen Sie eine zusätzliche Prozedur am Eingang zum Turm der Geschäftsleitung. Der Wachmann dort muss sich von jedem bestätigen lassen, was er dort zu suchen hat. Des Weiteren müssen Sie den Turm für alle Subunternehmen sperren und für jeden, der seit weniger als einem Jahr für Sie arbeitet, inklusive der Gebäudewartung. Erlauben Sie keinem Servicepersonal den Zugang zum Turm, eingeschlossen Lieferboten, Schädlingsbekämpfer und Gärtner. Lassen Sie diese Aufgaben von Ihren eigenen Mitarbeitern übernehmen. Auch Notfallpersonal wie Polizei, Feuerwehr oder Sanitäter müssen so lange draußen gehalten werden, bis ihre Identität bestätigt ist. Zusammengefasst sollten Sie nur Leute, die Sie kennen, durch diese Tür lassen.«

»Die Personalabteilung wird einen Anfall bekommen, aber damit kann ich leben. Noch was?«

»Ja«, drängte Cassi. »Ich weiß, dass Sie sich gerne unters Volk mischen, aber das muss jetzt aufhören. Bis wir diesen Typen gefasst haben, muss jeder, der Sie sprechen will, hier hinauf in den zwölften Stock kommen. Wir stellen Wachen an allen Aufzügen auf und lassen nur Leute rein, die einen Termin haben.«

Nachdem sie fertig war, sah sie, wie Abrams sich bereit machte zu widersprechen, als plötzlich ein Schatten über sein Gesicht fiel und er einfach nickte. Offensichtlich war ihm Rollins wieder eingefallen. Cassi fuhr fort. »Gibt es neben den beiden gläsernen Fahrstühlen, dem Lastenaufzug, dem Treppenhaus und dem Hubschrauberlandeplatz auf dem Dach noch weitere Zugänge zur zwölften Etage?«

Abrams und Wilbanks schüttelten den Kopf.

»Ich werde das Treppenhaus und den Lastenaufzug sperren lassen«, fügte Wilbanks hinzu. »Scheiß auf den Brandinspektor. Und ich werde meinen Männern mitteilen, dass wir keine Fensterreiniger erwarten.«

»Ausgezeichnete Idee«, lobte Cassi. »Und vielleicht sollten Sie auch Stahlstäbe über den Öffnungen zu den Lüftungsschächten befestigen.«

»Agent Carr?«

»Ja, Mr. Abrams.«

»All Ihre Vorschläge ergeben durchaus Sinn, dennoch frage ich mich, ob irgendeine dieser Maßnahmen auch Mark Rollins geholfen hätte.«

Cassis Magen verkrampfte sich. »Ich weiß es nicht«, antwortete sie ehrlich. »Wir wissen immer noch nicht genau, was für ein Gerät es war, das ihn getötet hat. Die aktuelle Theorie lautet, dass der Attentäter auf einem Boot vor der Küste gewartet hat, bis Rollins an sein Schlafzimmerfenster trat, und dann eine leichte Panzerabwehrwaffe abgefeuert hat, aber das ist nur eine vorläufige Analyse. Die Wachleute schwören, dass sie das Meer im Auge behalten und nichts gesehen haben. Tatsache ist aber, dass Mark Rollins tot ist. Und Sie haben recht, nichts, was ich vorgeschlagen habe, würde Sie vor einer Panzerabwehrwaffe schützen. Wollen Sie es sich nicht doch noch mal überlegen und sich von uns an einen sicheren Ort bringen lassen?«

Abrams schüttelte den Kopf. »Ich arbeite in der Rüstungsindustrie, und wie in allen Geschäftsfeldern ist hier das Image von entscheidender Bedeutung. Ich kann mich nicht dabei erwischen lassen, mit eingekniffenem Schwanz davonzulaufen.«

»Tja, dann werde ich mit Wilbanks zusammenarbeiten, um Späher an beiden Hubschrauberlandeplätzen zu positionieren; und ich werde mit Ihrem Piloten darüber sprechen, dass er die Route variiert.«

»Was hält den Attentäter davon ab, ein Dutzend Panzerabwehrwaffen in mein Büro zu schießen?«

Cassi neigte den Kopf. »Mir fallen da zwei Dinge ein. Erstens die Praxis. Die Chancen, dass er so viele Panzerabwehrwaffen hat, sind doch ziemlich gering. Aber noch wichtiger ist sein Modus Operandi. Alle bisherigen Tötungen haben mit chirurgischer Präzision stattgefunden, ganz ohne Kollateralschäden. Er hat Drakes Chauffeur nicht getötet, um ihn zu ersetzen. Er hat ihn einfach bewusstlos geschlagen. Und trotz seiner Vorgehensweise hat er Rollins' Freundin ebenfalls nicht getötet. Das deutet ein besonders charakteristisches Verhalten an.«

»Mit anderen Worten, ich sollte meine Assistentin nah bei mir behalten.«

»Solange Sie mich zu Ihrer Assistentin machen«, gab Cassi zurück.

Abrams lächelte schwach und wandte sich dann an Wilbanks. »Warum führen Sie Agent Carr nicht für ein Mittagessen runter in die Cafeteria? Da können Sie beide die Einzelheiten ihrer Empfehlungen durchgehen und den Nachmittag damit verbringen, sie umzusetzen. Wir können uns dann um vier Uhr für den Rückflug zu mir nach Hause wiedertreffen. Ich kann es kaum erwarten, die Veränderungen zu sehen, die mich dort erwarten werden.«

Vier Stunden später fühlte sich Cassi besser. Wilbanks hatte sich als kooperativ herausgestellt, und die meisten ihrer vorgeschlagenen Sicherheitsmaßnahmen waren bereits umgesetzt. Den Rest würde man bis zum Morgen installieren. Sie bezweifelte, dass der Attentäter bereits 24 Stunden nach dem Rollins-Job in der Lage sein würde, seinen nächsten Anschlag zu planen und auszuführen. Weshalb sie Abrams noch relativ sicher wähnte.

Während sie in einem der gläsernen Aufzüge nach oben fuhr und auf die mit Blumen und Brunnen geschmückten Innenhöfe von ASIS herabschaute, war Cassi erleichtert, dass Abrams nicht mehr mit einem von ihnen fahren würde. Wenn sie eine Attentäterin wäre, würde sie sie durch das Zielfernrohr eines Scharfschützengewehrs beobachten und auf Abrams warten. Ihn dort zu töten wäre wie einen großen Wels in einer kleinen Glasschüssel zu erschießen. Bei diesem Gedanken wurde Cassi klar, dass dies der perfekte Ort sein könnte, um eine Falle zu stellen. Ihr Verstand schaltete den Turbo ein.

Sie blickte zu dem anderen Glaslift hinauf, der sich einige Meter entfernt nach unten bewegte. Eine einsame Gestalt befand sich an Bord. Wenn sie die Attentäterin wäre, wäre er jetzt Toast. Sicher könnte sie das auch umkehren – wenn sie wüsste, wie der Killer aussah. Cassi war sich sicher, dass ihr Profil zutreffend war, doch um einen finalen Schuss zu rechtfertigen, reichte es nicht aus. Statistisch gesehen hatte sie die gesamte amerikanische Bevölkerung einfach nur auf ungefähr 10.000 Personen reduziert.

Als könnte er ihren Blick spüren, drehte sich der Mann im anderen Aufzug zu ihr um. Ihre Blicke begegneten sich – ungläubig. Eine Sekunde später durchtrennte die entgegengesetzte Bewegung der Aufzüge ihr Blickfeld wie eine Nabelschnur. Cassis Herz pochte so stark wie nie zuvor. Ungläubig starrte sie weiter nach unten, während widersprüchliche Emotionen ihr die Knie schwach werden ließen. Mit einem pathetischen Plumpsen sank sie zu Boden. Sie hatte gerade einen Geist gesehen.

31

Chesapeake Beach, Maryland

Als sich die Zeiger auf Charlottes antiker Uhr bei zwölf trafen, hörte Odi einen freundlichen Piepton von seinem Computer. Er lächelte. Mitternacht in Chesapeake Bay bedeutete 7:30 Uhr am Morgen in Tafriz. Ayden war jetzt online. Odi nahm die Füße vom Küchentisch, beugte sich vor und tippte: »Ich bin am Arsch.«

Eine Sekunde später hörte er das *zing*, das Aydens Antwort ankündigte. »Was ist passiert?«

»Abrams muss seine Sicherheitsvorkehrungen aufgepimpt haben. Heute Morgen hatte noch eine ganz normale Mitarbeiterkarte ausgereicht, um bei ASIS reinzukommen. Heute Nachmittag hatten sie Wachen am Eingang, die die Fotos abgeglichen haben. Ich bin gerade noch rausgekommen, als sie den Turm der Geschäftsführung versiegelt haben.«

»Also hat Abrams Angst, aber nicht genug, um sich zu stellen«, fasste Ayden zusammen.

»Er versteckt sich hinter einer Privatarmee aus Sicherheitspersonal.«

»Dir wird was einfallen.«

Mit ausreichend Zeit war sich Odi sicher, dass ihm was einfallen würde. Strikte Prozeduren taugten für die schwächsten Glieder in der Kette, aber sie konditionierten hellere Köpfe darauf, ihren Denkapparat auszuschalten. Das erzeugte Möglichkeiten und neue Lücken. Lange würde er nicht brauchen, um diese zu identifizieren und auszunutzen.

Wenn es nur so einfach wäre.

»Ich bin entdeckt worden«, tippte er.

»Kennst du jemanden bei ASIS?«, fragte Ayden.

»Es war meine Schwester. Wiley muss sie dort ins Spiel gebracht haben. Der Mistkerl. Das bedeutet, er weiß, dass ich es bin.«

»Hast du mit ihr gesprochen?«

»Nein, aber das spielt keine Rolle. Sie hat meine Augen gesehen. Für sie ist das eindeutig. Damit hat mein wasserdichtes Alibi ein Leck.«

»Nur wenn sie jemandem davon erzählt.«

Stimmt, dachte Odi. Er war sich nicht sicher, was Cassi mit der Information tun würde. Sie würde sich sicher hin- und hergerissen fühlen. »Ich habe auch *ihre* Augen gesehen, Ayden. Ich habe gesehen, wie ihre Gefühle innerhalb einer Sekunde von Schock über

Jubel zu Schrecken wechselten. Sie glaubt, dass ich ein kaltblütiger Killer bin.« Seine Finger zitterten beim Tippen.

Aydens Antwort kam barmherzig schnell. »Nur weil sie es nicht besser weiß. Sie weiß nichts über den Iran, über Adam und Flint und die anderen, Odi. Hör mal, ich sehe Kinder, die ihre Eltern jedes Mal, wenn ich eine Nadel heraushole, anstarren, als wären sie Benedict Arnold selbst. Die Kinder schreien wegen des Verrats ihrer Eltern, doch die Eltern ziehen die Impfung trotzdem immer durch. Sie akzeptieren den vorübergehenden emotionalen Rückschlag, weil sie wissen, dass der Schmerz den Kindern hilft.«

Odi starrte auf die Tastatur und dachte darüber nach. Ayden hatte wohl recht. Trotzdem war er sich nicht sicher, ob er mit der Hinrichtung Abrams' fortfahren sollte, von Wileys ganz zu schweigen. Die Gefahr hatte nun ein ganz neues Level erreicht; mit seiner Schwester, die Bescheid wusste und aufpasste, fühlte es sich einfach nicht richtig an. Darüber grübelte er eine Weile nach, bis sich seine Finger wieder über die Tastatur bewegten. Schließlich schrieb er: »Ich glaube, ich bin fertig.«

Ayden brauchte lange für eine Antwort. Als sie kam, stand da: »Schmeiß nicht hin, nur weil es jetzt schwerer geworden ist. Du schuldest es deinen Männern, es voll durchzuziehen.«

Aydens Ermunterung half, doch Odi benötigte mehr. »Abrams befindet sich jetzt in einem Tresor und weiß, dass ich komme. Die Chancen stehen gut, dass ich erwischt werde, was gleichbedeutend mit getötet werden ist. Vergiss nicht, ich bin schon tot, also können sie mich ohne Konsequenzen umbringen. Außerdem wird der

Druck für Abrams vielleicht doch zu viel, und er wird sich jetzt stellen, da auch Rollins fort ist.« Odi erwartete eine Erwiderung Aydens, der ihn wegen seiner wiederholten Naivität schalt. Die tatsächliche Antwort aber schockierte ihn.

»Ich kann mich um Abrams kümmern.«

»Was?«

»Wie sich herausstellt, habe ich eine Freundin, die nahe an ihn herankommt, dicht genug, um ihm etwas von der Sahne zu verpassen. Du musst ihr nur etwas davon besorgen.«

Odi starrte auf den Computerbildschirm. Taktisch gesehen wäre das perfekt. Strategisch aber sehr fragwürdig. Aydens Plan bedeutete, dass sie noch jemanden involvieren würden. Aber eine dritte Person in ihren Plan einzubeziehen würde das Risiko exponentiell vergrößern. Wie lautete dieser alte Spruch? Drei Menschen können ein Geheimnis bewahren, solange zwei davon tot sind. Mit nervösen Fingern tippte er: »Erzähl mir mehr.«

»Ich glaube nicht, dass das eine gute Idee ist. Je weniger du weißt, desto besser. Am besten hinterlässt du einfach eine Dosis von der Sahne an einem Ablagepunkt und gehst zum nächsten Ziel über.«

Odi verspürte Erleichterung darüber, dass Ayden ihm einen halben Schritt voraus war. Er fragte sich, was er zu verlieren hatte – doch ihm fiel nichts ein. Außerdem konnte er es kaum erwarten, in den Iran zurückzukehren und offiziell aufzuwachen. Andererseits hatte er sich geschworen, die Sahne niemandem sonst zu überlassen. Es wäre eine Katastrophe, wenn seine Erfindung auf die Welt losgelassen würde.

Er starrte lange auf den Cursor, wog schweren Herzens und mit schlechtem Gewissen das Für und Wider ab. Schließlich schrieb er: »Einverstanden.«

32

Horus Club, Washington, D. C.

Wiley wartete darauf, dass der taube Kellner des Horus Clubs ihre Drinks abstellte und ihnen den Rücken zuwandte, bevor er Stuart die Neuigkeiten mitteilte. »Ayden Archer gibt es wirklich.«

Stuart hob seine Augenbrauen, als wollte er fragen: *Ist das alles, was der Direktor des FBI in 24 Stunden herausfinden konnte?* »Was ist daran überraschend?«, fragte er stattdessen. »Ich hatte schon angenommen, dass Odi einfach einen Reisepass gestohlen oder gekauft hat. Das wäre beides viel einfacher als einen zu fälschen.«

Wiley genoss es, wie Stuart auf den Köder ansprang. Jetzt musste er ihn nur noch dazu bringen, ihn zu schlucken. »Ach ja? Selbst in Übersee? Im Iran? Vergessen Sie nicht, dass es in Reisepässen ein Foto gibt.«

»Das dürfte kaum ein Hindernis darstellen. Wenn ich Odi wäre, würde ich einen Ort suchen, der Alkohol serviert – ein Fünfsternehotel oder eine Veranstaltung von Expats –, und nach jemandem Ausschau halten, der mir ähnlich sieht. Dann würde ich ihn betrunken machen, während wir Kriegsgeschichten austauschen, und in seine Tasche greifen.«

Wiley hatte schon oft feststellen müssen, wie inkompetent Genies außerhalb ihres Fachgebiets waren. Darum freute es ihn, dass sich Stuarts Talente über die Politik hinaus offenbar auch auf die dunklen Künste erstreckten – nicht dass es da einen großen Unterschied gab. Sein Wahlkampfmanager würde diese zusätzlichen Fähigkeiten benötigen.

Wiley zog ein ausgedrucktes Foto aus der Brusttasche seines Blazers hervor und gab es Stuart. »Das ist Ayden Archer.«

Stuart nahm das Foto entgegen und betrachtete es unter dem weichen Licht einer Leselampe. »Ich sehe, worauf Sie hinauswollen. Er sieht wie Odi aus, wenn der versuchen würde, als Tom Selleck durchzugehen.«

Wiley nahm den Ausdruck zurück, zerknüllte ihn und warf ihn ins Feuer des nahen Kamins. »Ich habe mir Aydens FBI- und CIA-Akten angesehen.«

»Schießen Sie los.«

Wiley nahm einen Schluck von seinem Dalwhinnie und fing an. Er benötigte keine Notizen, um sich an alles zu erinnern. »Ayden wurde als Sohn einer amerikanischen Mutter und eines iranischen Vaters 1968 in Kalifornien geboren. Da er den Teint seiner Mutter besaß und sie sich bewusst waren, welchen Vorteil ein anglikanischer Name mit sich bringt, gaben sie ihm den Nachnamen seiner Mutter. Ayden Archer lebte bis zu seinem sechsten Lebensjahr in Kalifornien, bis seine Mutter an Krebs starb. Dann zog er mit seinem Vater Tigran Taronish in den Iran zurück. Tigran arbeitete als königlicher Ingenieur für den Schah. Als der Schah 1979 gestürzt wurde, nahm Tigran seinen Sohn und floh in die Türkei, wo er eine Stelle beim Ausbau unseres

Luftwaffenstützpunkts in Incirlik bekam. Er und Ayden lebten dort für zwei Jahre, bis Tigran bei einem Unfall auf der Baustelle schwer verletzt wurde und starb. Sind Sie noch bei mir?«, fragte Wiley, der bemerkte, wie Stuart ins Feuer starrte.

»Aydens iranischer Vater starb, als Ayden 13 war, und ließ ihn als Waise zurück«, entgegnete Stuart, den Blick weiter in die Flammen gerichtet.

Wiley rechnete Stuarts Kalkulation im Kopf nach und befand sie für korrekt. Er war beeindruckt, zeigte es aber nicht. »Hier kommt die Komplikation. Tigrans Unfall hätte nicht tödlich enden dürfen. Ein Betonbrocken fiel auf ihn, brach einige Rippen und verletzte seine Lunge, aber mit einem Routineeingriff hätte man ihn retten können. Doch da er kein Amerikaner war, verweigerte man ihm die Behandlung im modernen Krankenhaus der Luftwaffenbasis – jener Basis, die er zwei Jahre lang zu bauen geholfen hatte. Er starb an inneren Blutungen, während er in einem türkischen Krankenhaus auf eine Operation wartete.«

Stuart blickte mit interessierten Augen vom Feuer auf. »So werden Terroristen geschaffen.«

Wiley nickte. »Ayden wurde am Tag der Beerdigung seines Vaters verhaftet, weil er Steine auf den Jeep des Stützpunktkommandanten warf. Nachdem er von einem 13-jährigen amerikanischen Jungen mit Tränen in den Augen angegriffen worden war, schaute sich der General Aydens Geschichte genauer an und erkannte einen potenziellen PR-Albtraum. Eiligst verschiffte er Ayden zurück nach Kalifornien zu seinen Großeltern.

Zurück in den USA benahm sich Ayden. Das FBI hörte vier Jahre später auf, ihn zu überwachen, als er sich in Berkeley einschrieb. Beide Großeltern starben während seiner Zeit am College und hinterließen ihm ein Anwesen, das mehrere 100.000 Dollar wert war. 1989 machte er seinen Abschluss in Philosophie und nutzte seine Erbschaft, um an der UCLA Medizin zu studieren. Doch statt die übliche Assistenzzeit zu absolvieren, ging er direkt zum Friedenskorps. Dort arbeitete er acht Jahre lang im Nahen Osten. Als der Ajatollah repressiver wurde und das Friedenskorps aus dem Iran abzog, kündigte er, um zurückzubleiben. Seitdem lebt er im Iran und praktiziert auf eigene Faust. Wegen niedriger Priorität steht nicht viel mehr in seiner Akte, außer dass er internationale Hilfslieferungen organisiert und eine mobile Klinik betreibt.«

»Wer bezahlt ihn?«, fragte Stuart.

»Gute Frage. Soweit wir wissen, lebt er von seiner Erbschaft, oder besser gesagt von den Zinsen darauf. Die belaufen sich nur auf 500 Dollar im Monat, aber nach allem, was wir herausfinden konnten, gelang es ihm jahrelang, mit diesem Betrag im Iran über die Runden zu kommen.«

»Sie sprechen in der Vergangenheit«, bemerkte Stuart.

Wiley schüttelte seine Eiswürfel. »Aydens Situation hat sich verändert. Vor einem Jahr hat er angefangen, sein Kapital aus der eigentlichen Erbschaft aufzubrauchen. Seitdem hob er immer höhere Beträge ab. Es sieht so aus, als würde er immer verzweifelter. Gestern betrug sein Kontostand nur noch 41.000 Dollar.«

»Aber Sie wissen nicht, was sich geändert hat?«

Wiley schüttelte den Kopf.

»Das Problem des einen Mannes ist die Gelegenheit des anderen«, überlegte Stuart laut.

»Das habe ich auch gedacht.«

»Glauben Sie, dass er Odi seinen Reisepass verkauft hat?«

»Vielleicht«, meinte Wiley. »Aber ich vermute, dass ihre Beziehung tiefer reicht als nur bis auf die finanzielle Ebene. Da alle anderen in Odis Team getötet wurden, kann man davon ausgehen, dass er ernsthaft verwundet wurde. Nach allem, was wir wissen, kann man durchaus vermuten, dass Ayden sich um ihn gekümmert hat.«

»Ich glaube, ich weiß, worauf Sie hinauswollen«, meinte Stuart. »Ganz plötzlich ist Odi zurück in den USA auf einer Mission mit mehreren Attentaten. Er benutzt Aydens Reisepass. Während wir wissen, dass Ayden Grund hat, Amerika zu hassen, mit dem Iran sympathisiert und dass sein Leben kürzlich aus der Bahn geraten ist. Sie glauben, Ayden hat sich in einen terroristischen Strippenzieher verwandelt, und Odi – motiviert durch den Verrat und seinen Zorn – ist seine Waffe.« Stuart nickte unbewusst, während er laut nachdachte und überzeugt wirkte. Womöglich sogar beeindruckt.

Wiley verspürte einen unwillkürlichen Stolz, als er Stuarts Reaktion bemerkte. »Ich bin mir nicht sicher, ob Ayden selbst der Strippenzieher ist oder ob er benutzt wird. Es wäre nicht ungewöhnlich für einen Anwerber von Terroristen, Amerikaner in ihrer Mitte im Auge zu behalten und auf eine Gelegenheit zu warten, Einfluss auf sie auszuüben. Wenn eine solche Person Aydens Finanzen überwacht hat, könnte sie zugeschlagen haben. In beiden Fällen, gleich ob Ayden Spieler oder Bauer ist, können wir von einer Zusammenarbeit eventuell profitieren.«

Wiley konnte sehen, wie sich die Zahnräder hinter Stuarts dunklen Augen in Bewegung setzten. Er tat, was er am besten konnte: einen produktiven Weg finden, einen Mann zu benutzen.

»Wo ist Ayden jetzt?«, fragte Stuart.

»Da sein Reisepass sich hier befindet, nehme ich an, dass er sich im Iran aufhält …« Wileys Satz lief ins Leere.

In Stuarts Augen blitzte etwas auf. »Sie wollen, dass ich ihn finde, nicht wahr? Sie wollen ihn finden und für unsere Ziele rekrutieren. Ihm darlegen, dass ein gemeinsamer Zweck gemeinsame Mittel erfordert.«

Wiley schüttelte den Kopf und lächelte in sich hinein. Es fühlte sich wunderbar an, die strategische Kontrolle zu haben. »Nicht ganz. Ich möchte, dass Sie Ayden finden und bei ihm vorfühlen. Wenn er all das ist, was wir vermuten, erzählen Sie ihm, dass der Direktor des FBI sich mit ihm treffen möchte. Halten Sie es ganz allgemein. Erzählen Sie ihm nur, dass ich an einer Zusammenarbeit mit ihm interessiert bin, um gemeinsame Ziele zu erreichen.«

33

Alexandria, Virginia

»Vergib mir, Vater, denn ich habe gesündigt. Das ist meine erste Beichte«, sprach Cassi in das Gitter. Nach der ersten Bemerkung hatte sie damit gerechnet, erklären zu müssen, dass sie vom Glauben her Presbyterianerin war. Doch der Priester sagte nur: »Fahre fort.« Sie schloss daraus, dass sie wohl nicht die erste Nichtkatholikin war, die die heilige Absolution suchte.

»Ich weiß nicht wirklich, wie das hier funktioniert.«

»Warum erzählst du mir nicht einfach, was dich hierhergeführt hat?«

»Ich habe Sie einmal predigen gehört. Das war mit meinem Freund. Er ist nicht bei mir geblieben, die Weisheit Ihrer Predigt schon. Das und die freundlichen Falten um Ihre Augen.«

»Ich verstehe. Was ich meinte, ist, was hast du getan? Was musst du deinem Herrn und Erlöser beichten?«

Sie lehnte sich zurück und blickte zur Tür. »Es ist nicht wirklich das, was ich getan habe, sondern das, von dem ich fürchte, dass ich es tun muss.«

»Verstehe«, antwortete der Priester. »Der Beichtstuhl ist nicht wirklich der richtige Ort, um Ratschläge zu erteilen. Ich würde mich freuen, wenn wir uns dafür in mein Büro setzen.«

»Danke, Vater. Das ist ein sehr freundliches Angebot. Aber ich benötige die Heiligkeit des Beichtgeheimnisses.«

Cassi hörte es hinter dem Gitter rascheln. Der Priester fühlte sich durch sie unwohl. Sie begann an ihrer Entscheidung, hierhergekommen zu sein, zu zweifeln. Ein Teil von ihr wollte flüchten, doch sie konnte nirgendwohin. Und sie musste das hier jemandem erzählen.

Schließlich sagte der Priester: »Fahre fort.«

Cassi hatte die letzten 18 Stunden unter Qualen verbracht, hin- und hergerissen zwischen zwei Herren. Sie kam schnell zu dem Schluss, dass sie ihre schockierende Entdeckung mit niemandem teilen konnte. Sie könnte sich nie vergeben, wenn Odi aufgrund eines Anrufs von ihr getötet würde. Gleichzeitig war die Entscheidung, vor der sie nun stand, zu bedeutsam, um sie ganz alleine zu treffen. Ungefähr um zwei Uhr morgens kam ihr der brillante Einfall, einen Priester aufzusuchen. Allein der Gedanke, die Bürde, die ihr auf der Seele lastete, mit einem weisen Mann straffrei zu teilen, sorgte dafür, dass sie sich besser fühlte, und brachte sie durch die Nacht. Doch jetzt, wo sie im Beichtstuhl saß, wusste sie nicht, was sie sagen sollte. Es war wohl doch nicht so brillant.

»Du kannst fortfahren«, ermunterte sie der Priester.

Als sie versuchte ihre ersten Worte zu formulieren, wurde Cassi bewusst, dass es nicht so einfach sein würde, ihre Situation auf Umwegen zu schildern. Aber sie konnte dem Priester wohl kaum erzählen, dass ihr Bruder Attentate auf Menschen verübte, während er für tot erklärt worden war. Der Priester würde sich verpflichtet fühlen, entweder eine Irrenanstalt anzurufen oder die Polizei.

Der Priester raschelte erneut. Sie schloss, dass es auf Folgendes hinauslaufen würde: Entweder würde jemand Odi Handschellen verpassen oder eine Kugel. So schmerzvoll dieser Moment auch sein würde, und auch wenn er ihr für den Rest ihres Lebens Albträume bereiten würde, konnte Cassi verdammt noch mal nicht zulassen, dass es jemand anderes sein würde als sie. Schließlich sprach sie doch. »Ich muss vielleicht jemanden verraten, den ich liebe, ihn … ernsthaft verletzen.«

»Kannst du mir mehr erzählen?«, fragte der Priester.

»Ich weiß nicht, wie viel mehr ich sagen kann.«

»Ich bin nicht hier, um ein Urteil zu fällen.«

»Ich liege mit zwei widersprüchlichen Loyalitäten im Konflikt. Ich würde alles tun, um dieser Person zu helfen, aber sie tut etwas … etwas furchtbar Falsches. Und es ist meine Pflicht, sowohl beruflich als auch moralisch, sie aufzuhalten.«

»Mit anderen Worten musst du entweder diese Person oder dich selbst verraten, und jetzt möchtest du wissen, was Jesus tun würde.«

»Genau.«

»Bist du dir sicher, dass es keinen Weg gibt, beiden treu zu bleiben?«

»Ich fürchte, nicht.«

»Verstehe … Dann lautet mein Ratschlag: Was immer du tust, tue es aus Liebe. Denn die Rache ist mein, spricht der Herr.«

34

Chesapeake Beach, Maryland

Odi hatte sich in Charlottes Landhaus zurückgezogen, wo er sein fünftes und letztes Attentat plante. »Fünftes und letztes Attentat«, sprach er laut aus, die Füße auf dem Computertisch, eine Tasse starken Kaffee in der einen Hand, ein Notizheft in der anderen. »Commander Potchak, Mark Drake, Mark Rollins, Mark Abrams und bald … Wiley Proffitt.« Seine Worte kamen als Gähnen hervor. Er legte alles ab und rieb sich mit den freien Händen die Augen.

Für ihn war es eine Liste der Ehre, doch er konnte sich nur allzu leicht vorstellen, wie ein Staatsanwalt die Namen als Anklagepunkte vorlas. Dieser Gedanke quälte momentan zweifellos Cassi. Nichts hätte er lieber getan als sie anzurufen, um alles zu erklären und sie von ihrem Leiden zu erlösen, doch diesen Luxus konnte er sich nicht gestatten. Allein ihre Stimme könnte ihn schwach werden lassen. Er musste stark bleiben, erinnerte er sich selbst. Nur ein paar weitere Tage musste er stark bleiben.

Odi wusste, dass die Sicherheitsmaßnahmen für Wiley ihn zu einem noch schwierigeren Ziel als Abrams machten, doch das schreckte Odi nicht ab. Indem er seine eigene Schwester gegen ihn einsetzte, war Wiley so tief gesunken, dass er Odi damit nur doppelt anspornte. Doch da sie ihm auf den Fersen waren, hatte er sich entschlossen, sein bisheriges Muster zu durchbrechen. Er würde weder seine Fingerfertigkeit noch irgendwelche ferngezündeten Bomben verwenden. Bevor er Wiley Proffitt zu seinem Schöpfer schickte, würden sie beide ein langes Gespräch führen – von Mann zu Mann.

Er stand auf, drehte den Ton vom Fernseher lauter und ging hinaus auf die Veranda. Dort unter den geweißten Dachsparren und einem verrosteten Deckenventilator ging er in der kühlen Seeluft auf und ab, ein Ohr lauschte den Nachrichten, das andere den Wellen.

Jede Sekunde rechnete er mit einer Eilmeldung zum Attentat auf Abrams, und das Warten machte ihn wahnsinnig. Er hasste es, wenn Operationen völlig außerhalb seiner Kontrolle lagen. Und doch war es nicht das Loslassen dieser Mission, das ihn nervös machte. Die Tatsache, dass er eine Portion seiner Sahne am Übergabepunkt für Aydens Freundin zurückgelassen hatte, zerrte an seinen Nerven. Irgendeine ihm unbekannte Frau besaß nun 60 Gramm seines geheimen Sprengstoffs, dieselbe Menge, die er bei Potchak und Drake benutzt hatte. Die perfekte Menge für eine dramatische, blutgetränkte und Eingeweide zerfetzende Explosion. Doch es war deutlich mehr, als man eigentlich benötigte, um jemanden zu töten. Schon ein halber Kubikzentimeter hätte einen Menschen vielleicht nicht so ausgeweidet, als hätte er eine Handgranate verschluckt, doch es hätte auf jeden Fall seine inneren Organe püriert und zu einem tödlichen Ergebnis geführt.

Während er die Veranda entlanglief, machte sich Odi Sorgen, dass Aydens Kontakt dies vielleicht herausgefunden hatte und die Dosis wie ein Kokaindealer verschnitt. Der Gedanke, was eine solche Person mit dem Rest der Sahne anstellen könnte, quälte ihn. Bestenfalls würde sie damit nur einen weiteren Menschen töten. Doch wenn sie unternehmerischer dachte, könnte sie sie in ein Labor bringen. Dann wäre die Welt nicht mehr dieselbe. Einmal entfesselt könnte ein Geheimnis wie die Sahne nicht mehr zurück in die Büchse gesteckt werden. Die Büchse der Pandora. Ein eisiger Schauer erfasste Odi.

Er hatte Maßnahmen ergriffen, um genau dies zu verhindern. Hatte Ayden klargemacht, dass die Sahne nach zwölf Stunden inaktiv wurde. Zwölf Stunden ließen einem Labor nicht viel Zeit. Um Aydens Freundin davon abzuhalten, die Dosis aufzuteilen, hatte er erklärt, dass das Opfer die kompletten 60 Gramm trinken musste, damit die Reaktion in Gang gesetzt wurde. Odi fand, dieser Bluff klang plausibel genug, um sowohl einen Laien als auch einen Chemiker zu täuschen – aber sicher konnte er sich nicht sein.

Denn auch wenn er diese beiden Eventualitäten ausschließen könnte, bestünde immer noch die Möglichkeit, dass Aydens Freundin einfach mit der Sahne verschwand, um sie gegen einen ehemaligen Liebhaber oder Chef einzusetzen. Doch Odi hielt das für eher unwahrscheinlich. Ab einem gewissen Punkt musste er dem Urteil seines

Freundes vertrauen. Und Odi vertraute Ayden. Er würde den Schmerz auf mehr als nur eine Weise spüren, wenn Abrams nicht heute Nacht starb.

Er lief weiter auf und ab, immer wieder »Komm schon!« murmelnd. Nach einigen Minuten wurde Odi bewusst, dass er seine Runden zum Takt der nahen Warnbojen drehte und jede seiner Wendungen von einem »Bong« eingeläutet wurde. Seine Konformität erinnerte ihn an eine Szene aus dem Film *Der Club der toten Dichter*. Das war seltsam, dachte er – dieser innere Drang, sich anzupassen. Er veränderte seine Geschwindigkeit.

Trotz all seiner Sorgen genoss es Odi hier draußen auf der Veranda. Wenn er das hier überleben und nicht im Gefängnis landen würde, so nahm er sich vor, würde er hier einen langen Urlaub machen, um viel zu lesen und Reparaturen vorzunehmen – vorausgesetzt dass das Landhaus dann noch stand. Er hatte einige ausgeklügelte Fallen aufgestellt, die mit Eindringlingen kurzen Prozess machen würden und die er jedes Mal scharf machte, wenn er sich auf eine neue Mission begab. Er hatte schon genug um die Ohren, da wollte er sich nicht auch noch sorgen müssen, in einen Hinterhalt zurückzukehren oder belastende Beweise dazulassen. Er fühlte sich nicht wohl dabei, Charlottes Landhaus in Gefahr zu bringen, aber wie bei der Sahne reichte sein Einfluss nur bis zu einem gewissen Grad. Vielleicht war das der Grund, warum er für einen Urlaub zurückkehren und Reparaturen vornehmen wollte. Das würde sein Karma wieder in eine Balance bringen. Er …

»Gerade erreicht uns eine Meldung«, verkündete der Nachrichtensprecher. Odis Blick schnellte zu dem roten Banner mit den ›Breaking News‹ am unteren

Bildschirmrand. Ohne die Augen vom Fernseher zu nehmen, lehnte er sich durchs offene Fenster. »Während die Details noch unklar sind, haben wir gerade erfahren, dass eine Explosion in einem Vorort von Annapolis heute Abend zwei Menschenleben gekostet hat. Wir schalten jetzt live zu Bob Kenny, der sich am Tatort befindet.«

»Bob.« Das Bild eines Mannes erschien, direkt vor einem Übertragungswagen, der neben einem protzigen Eisentor vor einem gewaltigen Anwesen stand. Rote und weiße Lichter flackerten über die steinerne Villa am Ende einer langen Auffahrt. Odi erkannte sofort Abrams' Haus. »Danke, Rita. Mark Ezekiel Abrams III, Milliardär und Geschäftsführer von ASIS, dessen Annapolis-Anwesen Sie hier im Hintergrund sehen, wurde vor wenigen Augenblicken durch eine Explosion in seinem Schlafzimmer getötet. Die Polizei hat noch keine offizielle Stellungnahme abgegeben, doch Quellen berichten, dass er sich in Begleitung einer jungen Frau befand, deren Identität noch unbekannt ist. Auch wenn die Möglichkeit eines Unfalls noch nicht ausgeschlossen wurde, ist Mark Abrams, wie unsere Zuschauer sicher wissen, bereits der dritte Leiter eines Rüstungsunternehmens, der in diesem Monat ein grausames Ende fand. Weshalb die Behörden in Bezug auf einen Doppelmord ermitteln. Wir schalten jetzt zu …«

Odi spürte, wie ihm der Magen bis zu den Knien sackte, die zu zittern anfingen. In Begleitung einer jungen Frau. »Cassi! O Gott, nein.« Er zog das Wegwerfhandy aus seiner Hosentasche und wählte mit zitternder Hand Cassis Mobilfunknummer.

35

Washington, D. C.

Wiley blickte ungeduldig auf seine Armbanduhr von Patek Philippe und fluchte leise, bevor er einen letzten Schluck von seinem Dalwhinnie 1981 nahm. Auch ohne wie auf heißen Kohlen warten zu müssen, war er schon angespannt genug. Aus dem Augenwinkel bemerkte er eine Bewegung und drehte den Kopf, erfreut, endlich einmal Stuart beim Anschleichen zu erwischen. Doch da setzte die Enttäuschung ein. Es war nur einer der aufmerksamen Kellner des Horus Clubs. Wiley nickte. *Ja, schenken Sie mir bitte nach.* Er sah wieder ins Feuer.

Eine Stimme durchbrach die Stille. »Tut mir leid, dass ich Sie habe warten lassen. Ich bin gerade aus der Limousine vom Dulles Airport gestiegen, als die Geschichte bei Headline News erschien, weshalb ich im Auto blieb und sie mir ganz ansah.«

Stuart musste mit Houdini verwandt sein, schloss Wiley, verärgert, dass er wieder so überrumpelt wurde. »Welche Geschichte?«

Stuart hob die Augenbrauen hinter seiner rahmenlosen, silberfarbenen Brille. »Abrams ist tot.«

Die Neuigkeit traf Wiley wie ein Baseballschläger vor die Brust. Dieses Mal hatte er keinen Drink, den er verschütten konnte, wäre aber fast froh über eine solche Ablenkung gewesen. Abrams' Tod könnte das Ende seiner Oval-Office-Ambitionen bedeuten. *Teufel auch,* dachte er, *es könnte noch etwas viel Schlimmeres bedeuten. Viel, viel schlimmer.* Auch wenn er kein Video mit Ultimatum wie Rollins und Abrams erhalten hatte, konnte Wiley die Möglichkeit nicht ausschließen, von einem der Opfer erwähnt worden zu sein. Er wusste, dass es weise war, davon auszugehen. Er schluckte unfreiwillig. Jetzt, wo Abrams tot war, standen die Chancen fifty-fifty, dass sein Name der nächste auf der Liste war. Mit trockenem Hals fragte er: »Wieder eine Bombe?«

Stuart nickte. »Da ist noch mehr. Eine bisher nicht identifizierte Frau starb auch bei der Explosion.«

Wiley verspürte einen arktischen Wind durch die Wüste in seinem Mund wehen. »Cassi?«

»Könnte sein. Ich weiß es nicht.«

Wiley studierte Stuarts Gesicht und entschied, dass er die Wahrheit sagte. Er wusste es wirklich nicht. »Ich glaube nicht, dass sie es ist«, sagte Wiley. »Odi würde nicht seine eigene Schwester umbringen. Da bin ich mir absolut sicher. Trotzdem, Unfälle passieren. Besser ich rufe an und finde es raus.«

Während Wiley nach dem Handy in seiner Brusttasche griff, schoss Stuarts Arm wie eine Kobra vor und packte sein Handgelenk. »Nicht jetzt. Sie erhalten gleich einen sehr wichtigen Anruf.« Er starrte Wiley so lange an, bis dieser begriff.

»Ihr Treffen ist erfolgreich verlaufen?«

»Ausgezeichnet.«

»Erzählen Sie.«

»Auf den Punkt gebracht, er ist perfekt.«

Wiley hob die Augenbrauen in froher Erwartung. Stuart machte so gut wie nie überschwängliche Komplimente.

»Ayden hat Hirn und Charisma und einen tief sitzenden Hass, der in ihm schwelt. Er könnte gut der nächste bin Laden sein – mit ein wenig Anleitung und ausreichender finanzieller Unterstützung.«

»Und er wird mich anrufen?«

»In genau zwei Minuten. Wie Sie verlangt haben, habe ich ein Treffen zwischen Ihnen beiden arrangiert. Der Anruf soll die Einzelheiten klären.«

Wiley fühlte sich schwindelig, als hätte sich der Luftdruck im Zimmer verändert. Das war es, mit großem E und großem S. Er hatte sich zwar schon zuvor voll und ganz der Kampagne verschrieben, doch das hier würde sie auf eine ganz neue Ebene heben. Persönlich mit einem Terroristen zu konspirieren würde eine ganz andere Art von Linie überschreiten und ein ganz neues politisches Spiel eröffnen. Am Ende dieser Straße warteten nur zwei mögliche Türen. Eine führte ins Oval Office, die andere auf den elektrischen Stuhl.

»Das ist die einzige verbliebene Möglichkeit, jetzt, nachdem Abrams tot ist«, drängte Stuart, der Wileys Miene richtig gedeutet hatte.

Wiley wäre nicht überrascht gewesen, hätte Stuart in diesem Moment ein Aufnahmegerät aus der Tasche gezogen, um sein Was-immer-nötig-ist-Zitat abzuspielen. Doch das tat er nicht. Er sagte schlicht: »Stellen Sie sich das Flugzeug vor.«

Sofort erschien die Air Force One vor Wileys Augen. Er hasste es, dass Stuart ihn so gut kannte. Die Air Force One war das Bild, zu dem er jede Nacht einschlief – diese offene Tür, die Treppe mit dem roten Teppich, das große Siegel der Vereinigten Staaten. Trotzdem führte er schon ein verdammt gutes Leben. Und in Anbetracht der gestiegenen Chancen für Tür Nummer zwei reichte die Air Force One nicht mehr aus.

Bevor er etwas sagen konnte, fuhr Stuart fort. »Ayden ist nicht nur die einzige Möglichkeit, Odi zu schnappen. Er ist auch der perfekte Mann, um zukünftige Terroranschläge zu koordinieren. Wir brauchen jemanden wie ihn, jetzt, nachdem Abrams tot ist.«

Wiley wollte ihm gerade beipflichten, als das Telefon klingelte. Er blickte auf das Display, dann zu Stuart. »Eine Tür schließt sich, eine andere öffnet sich …«

36

Annapolis, Maryland

Cassi schüttete die letzten Tropfen des Barolo in das übergroße Weinglas des Hotels. Dann zündete sie eine neue Kerze mit dem Stummel der letzten an und ließ sich wieder in die Wanne gleiten. Gegen den Stress hätte sie lieber trainieren statt sich betrinken sollen, aber in einem schwachen Moment ohne Willenskraft hatte sie plötzlich das Menü des Zimmerservice in der Hand gehalten.

Zu den Klängen von Andrea Bocellis *Viaggio Italiano,* das in der dritten Wiederholung lief, nippte sie an ihrem Wein und ließ heißes Wasser ins abkühlende Bad nachlaufen. Zwar konnte der Genuss-Marathon ihr bisher weder Erholung noch Frieden bieten, und die Aussicht, die Haut ihrer Hände schrumpelig zu sehen, gefiel ihr überhaupt nicht, doch sie verspürte keinerlei Verlangen, sich von der Stelle zu bewegen.

Ihre beiden Schützlinge waren jetzt fort. Tot. Kaputt. Rollins und Abrams waren buchstäblich in Fetzen gerissen worden – wie ihre Karriere. Vor einer Woche hätte sie das noch als das Schlimmste angesehen, was hätte passieren können. Doch jetzt ließ sie die Vorstellung, gefeuert zu werden, ziemlich kalt. Odis Bombe hatte mehr getan als nur Knochen gebrochen und Fleisch gekocht, sie hatte ihr den Glauben genommen.

Das Klingeln ihres Handys verdrängte Bocellis schwindende Stimme und Cassi sah über die Schulter, um diesem störenden Gerät einen bösen Blick zuzuwerfen. Das wird Wiley sein, dachte sie, der anrief, um ihr mitzuteilen, dass sie gefeuert war. Er würde sich dafür entschuldigen, die Nachricht per Telefon zu überbringen, aber die Leute von der PR-Abteilung hätten nicht warten können. Zum Wohle des Bureaus mussten sie eine rasche und konsequente und bla, bla, bla. Die Voicemail konnte den Anruf übernehmen. Sollte Cassi je wieder aus der Wanne steigen, würde sie eine Textnachricht mit ihrer Kündigung schreiben.

Sie nahm den letzten Schluck aus ihrem Glas und wartete darauf, dass die Voicemail ansprang. Es war das erste Mal in ihrem Leben, dass sie eine ganze Flasche Wein getrunken hatte. Doch während sie auf den Boden des Glases starrte, wurde ihr bewusst, dass sie am Arsch war, wenn Wiley keine Nachricht hinterließ. Dann wäre trotz des schweren Schleiers vom Barolo an Schlaf nicht zu denken. Sie würde einfach daliegen und das Telefon anstarren, im Versuch, es mit ihrem Willen erneut zum Läuten zu zwingen. Also entschied sie, es hinter sich zu bringen, solange sie noch unter dem betäubenden Schutz des Weins stand.

»Hallo.«

»Cassi?«

Die Stimme klang ungewöhnlich schwach, aber sofort vertraut. Fast wäre ihr das Handy in die Wanne gefallen. »Odi! O mein Gott.«

»Gott sei Dank, du lebst. Ich hatte solche Angst.«

»Odi, was machst du …? Warum …? Wie konntest du das tun? Warum tust du ihnen das an, mir? Ich …«

»Ich kann das jetzt nicht erklären. Das werde ich später tun. Du musst mir hierbei vertrauen. Ich bin ein Patriot, Schwesterherz. Daran darfst du nicht zweifeln. Ganz gleich, wie es wirkt, ich habe mich nicht verändert.«

Cassi stieg aus der Wanne, ohne sich ein Handtuch zu greifen. Sie wollte die ernüchternde Wirkung der kühlen Luft nutzen, und sie wollte umherlaufen. »Ich liebe dich, Odi. Du bist ein guter Mensch. Kämpfst gegen das Böse. Aber du bist krank. Du brauchst Hilfe. Lass mich dir helfen. Sag mir nur, wo wir uns treffen können. Unter vier Augen. Ich werde …«

»Das kann ich nicht tun. Nicht jetzt. Ich muss erst noch etwas anderes erledigen.«

»Odi, du muss…«

»Ich liebe dich, Schwesterherz.«

37

Chesapeake Beach, Maryland

Odi tigerte vor dem Computerbildschirm auf und ab und wartete darauf, dass Ayden endlich online ging. Er hatte es eilig, ins Labor zu kommen, musste aber erst das hier erledigen. Die Sahne sicher zu brauen erforderte absolute

Konzentration, und er wusste, dass dies unmöglich war, solange sie nicht miteinander gesprochen hatten.

Während eines nachdenklichen Spaziergangs hatte er einen rosafarbenen Gummiball am Strand gefunden. Wohl zum tausendsten Mal ließ er ihn jetzt vom Linoleumboden der Küche abprallen. Er hatte keine Panik mehr, nicht jetzt, nachdem er wusste, dass Cassi lebte. Aber er war noch immer sauer, dass Aydens Freundin einen Kollateralschaden verursacht hatte. Er musste wissen, wer die tote Frau war – oder eher, wer sie *gewesen* war.

Sobald das vertraute Läuten vom Computer erklang, als Ayden online ging, flogen seine Finger vom Ball zur Tastatur. »Deine Freundin hat es geschafft, aber eine Frau wurde dabei getötet. Hat sie dir erzählt, was passiert ist?«

»Abrams hatte für den Abend die Gesellschaft einer Escort-Dame bei seinem üblichen Dienst angefordert.«

»Also war die tote Frau eine Prostituierte«, dachte er laut nach, während seine Finger bewegungslos über der Tastatur verharrten. Ein verzweifeltes Leben hatte ein unglückliches Ende gefunden. Der Gedanke machte Odi traurig, bis er darüber nachdachte, welche Sorte Frau ein Milliardär kaufen würde. Das würde keine bettelarme Drogensüchtige sein oder eine Zwangsprostituierte. Sie würde jemand sein, bei der Abrams vorgeben konnte, ein Date zu haben. Sie würde eine elegant aussehende, gebildete junge Frau sein, kultiviert und sehr gut bezahlt. Prostitution würde ihre freie Entscheidung sein.

Diese Schlussfolgerung linderte Odis Schmerz jedoch nur wenig, er fühlte sich immer noch schrecklich, weil jemand Unbeteiligtes jetzt tot war. Die Antwort, die Ayden schickte, raubte Odi den Atem.

»Meine Freundin hat die Frau bezahlt, um ihren Platz einzunehmen.«

Odi starrte auf den letzten Satz. Die Sache geriet von mies zu noch schlimmer – mit einer sehr unerwarteten Wendung. Er schrieb: »Eine Selbstmordattentäterin?«

»Es ist nicht das, was du denkst. Sie war eine alte Freundin vom Friedenskorps, eine wunderschöne, intelligente Frau – mit einem inoperablen Tumor.«

Ayden fügte keine weiteren Einzelheiten hinzu. Offenbar dachte er – und zwar zu Recht –, dass Odi den Rest erahnen konnte. Als ein Mann, der sein Leben Hunderte Male für andere riskiert hatte, verstand Odi die widersprüchliche Abgeklärtheit, die jemand besaß, der bereit war, für seine Ziele zu sterben. Er wollte gerade fragen, woher Ayden von Abrams Faible für Escort-Damen wusste, als dieser ihn erneut überraschte. »Wie fühlst du dich?«

Die Frage schlug eine Saite in ihm an, und Odi tippte, ohne nachzudenken, eine ehrliche Antwort. »Ich dachte, ich würde irgendwie Befriedigung verspüren, Erleichterung, das Gefühl, etwas erreicht zu haben, sobald die Firmenbosse tot sind. Doch in Wahrheit tue ich das nicht. Ich fühle mich schmutzig.«

Aydens Antwort kam erstaunlich schnell. »Weil du noch keine dauerhaften Veränderungen erreicht hast.«

Odi starrte auf Aydens Worte, nicht sicher, wie er darauf reagieren sollte. Schließlich tippte er: »Wie kannst du so was schreiben?«

»Es gibt einen endlosen Nachschub an Leuten mit ähnlich jämmerlicher Moral, die schon Schlange stehen, um diese Geschäftsführer zu ersetzen. Übermorgen wird bei Defcon4, Rollins und ASIS wieder alles wie gehabt laufen. Um dauerhaft etwas zu verändern, musst du kreativer sein. Du musst größer denken …«

38

Washington, D. C.

»Wo ist das verdammte orangefarbene Telefon?« Wiley fluchte, während er das zischende Labyrinth inspizierte. So peinlich es auch war, das zuzugeben, er war noch nie mit der Washingtoner Metro gefahren. War das orangefarbene Telefon vielleicht etwas, das nur alle regelmäßigen Metronutzer kannten, so wie das Grüne Monster vom Fenway Park? Einen Versuch war es wert. »Entschuldigen Sie bitte«, wandte er sich an einen gut gekleideten jungen Mann, der mit der Aktentasche eines Anwalts vorbeiging. »Wissen Sie, wo ich das orangefarbene Telefon finden kann?«

»Versuchen Sie es bei Toys „R" Us«, maulte der Mann und ging weiter.

Wiley hob einen Arm. »Danke.«

Die drei Münzfernsprecher, die man am Fuß der Aufzüge der F Street sehen konnte, wirkten wie die üblichen Standardausgaben in Schwarz mit Edelstahl. Entging ihm hier etwas? Er ging Aydens Anweisungen noch einmal gedanklich durch. »Benutzen Sie den Metroeingang an der F Street. Um genau sechs Uhr gehen Sie zum orangefarbenen Telefon. Ich werde Ihnen weitere Anweisungen zu unserem Treffpunkt geben.«

Zum orangefarbenen Telefon gehen, wiederholte Wiley. Das schien unmissverständlich zu sein.

In Anbetracht der Herausforderung, die so ein banales Treffen für ihn darstellte, begann er, die Belastungen einer ausgeklügelten Undercoveraktion gleich doppelt zu schätzen, die seine Leute durchzogen. Er stand kurz vorm Ausrasten, und er war der verdammte Direktor des FBI. Andererseits musste Ayden ein Wrack sein.

Während er sich umblickte, kam Wiley zu dem Schluss, dass sich Ayden bei der Inszenierung des Treffens sorgfältig Gedanken gemacht haben musste. Vielleicht hatte er einige Romane von John Le Carré gelesen und einige James-Bond-Filme gesehen und sich davon inspirieren lassen. Oder jemand hatte ihn unterstützt. In beiden Fällen hätte sich Ayden viel entspannter gefühlt, würde er die Wahrheit kennen. Trotz Wileys Titel war es das erste Mal, dass er sich den operativen Mantel übergezogen hatte, und ein Degen war auch nicht darin versteckt.

Wiley umkreiste die Station und wurde immer nervöser, während er nach einem weniger offensichtlichen Bild suchte – einem Spielzeug vielleicht? Zwei orangefarbene Konservendosen, die durch einen Faden verbunden waren? Doch bei seinem Streifzug durch die Metrostation fand er nichts, das der Beschreibung eines orangefarbenen Telefons auch nur annähernd ähnelte. Also kehrte er zu den Aufzügen zurück, und plötzlich sah er es. Während er unterwegs gewesen war, hatte jemand einen orangefarbenen Aufkleber an den ersten Münzfernsprecher geheftet, den er gesehen hatte. »Natürlich.«

Ayden musste früher eingetroffen sein, um zu sehen, ob Wiley allein kam oder in seinen Ärmel sprach oder so was in der Art, während er frustriert umherlief. Als Ayden sich sicher war, dass Wiley wirklich allein war, hatte er den Aufkleber an das Telefon geheftet. Vermutlich war er daraufhin direkt in den Aufzug gestiegen und tätigte jetzt den Anruf von den Münzfernsprechern weiter oben. Wiley blickte hinauf in den Tunnel, nur um sicherzugehen, doch sah er nichts außer einem Dutzend Regenmäntel von hinten. Ayden hatte einen guten Treffpunkt gewählt, ideal für jemanden, der allein arbeitete.

Wiley bewachte das Telefon und wartete auf das Klingeln. Lange musste er nicht warten. »Hallo.«

»Was ist Ihre Lieblingsfarbe?«

»Orange.«

»Geben Sie dem Jungen die Batterie Ihres Handys und stecken Sie sich die rosa Nelke an.« Ayden legte auf.

Wiley blickte sich nach einem Jungen um und entdeckte einen etwa Zwölfjährigen in einem schmutzigen grünen Mantel, der den Aufzug herunterfuhr und eine Blume in der Hand hielt. Der kleine grüne Mantel ging zu Wiley und hielt ihm die leere Hand hin. Wiley nahm die Batterie aus seinem Handy und übergab sie. »Danke«, sagte der Junge und gab ihm die rosa Ansteckblume. Während Wiley sie befestigte, zog der Junge einen Papierstreifen hervor und las vor. »Fahren Sie mit dem letzten Wagen der blauen Linie bis Capital South, steigen Sie dort aus und warten Sie am Ende des Bahnsteigs.«

»Kann ich den Zettel haben?«

»Nein«, meinte der Junge und schob ihn sich in den Mund.

Wiley beruhigte es zu sehen, dass Ayden Vorsichtsmaßnahmen getroffen hatte. Ironischerweise sorgte Aydens Paranoia dafür, dass sich Wileys Nervosität legte. Trotzdem war er froh, einen der Spezialanzüge des Secret Service zu tragen, geschneidert aus einem

Material, das von kleinen Handfeuerwaffen nicht durchdrungen werden konnte. Eine auf ihn abgefeuerte Kugel könnte immer noch sein Fleisch punktieren, doch das Material würde sie aufhalten, bevor sie tiefer eindringen konnte. Außerdem trug er noch seine obligatorische kugelsichere Weste. Wiley lächelte den Jungen an und fragte: »Schmeckt's?«, bevor er sich umdrehte und den Anweisungen folgte.

Niemand erwartete ihn an der Metrostation Capital South, also stand er dort am Ende des Bahnsteigs und wartete auf weitere Instruktionen. Er war es leid, die abgestandene ozonhaltige Luft einzuatmen, die bei der Ankunft eines weiteren Zugs dafür sorgte, dass er den Atem anhielt. Als letzte Person stieg ein weiterer Junge aus dem Zug aus. Dieser trug eine verblasste Baseballkappe der Mighty Ducks und hielt eine gelbe Rose in der Hand.

Mighty Duck entdeckte Wileys rosa Ansteckblume und ging auf ihn zu. »Ich tausche mit Ihnen, Mister.«

»Okay.«

Wiley gab dem Jungen seine Blume und steckte sich die Rose an. Sobald sie richtig saß, sagte der Junge: »Ich habe eine Nachricht zu verkaufen. Macht 20 Mäuse.«

»Hat der Mann dir aufgetragen, das zu sagen?«

Der Junge nickte.

Wiley hasste es, seine Brieftasche an einem solchen Ort herauszuholen, aber er und der Junge waren die einzigen Menschen am Ende des Bahnsteigs. Er gab Mighty Duck die 20 Dollar und erhielt im Gegenzug ein pferdeartiges Grinsen mit weißen Zähnen. Der Junge räusperte sich, doch statt einen Zettel aus der Tasche zu ziehen, las er die Nachricht von seiner Handfläche vor. »Verlassen

Sie die U-Bahn über die First Street und gehen Sie nach Norden bis zur Union Station. Dort betreten Sie die Metro wieder, suchen das Telefon und heben beim zweiten Klingeln ab.«

Wiley nickte.

Der Junge leckte sich die Hand und rieb sie an seiner Jeans.

Wiley benötigte 20 Minuten, um die Union Station zu Fuß auf einer Route zu erreichen, die ihn zwischen dem Kapitol und dem obersten Bundesgerichtshof entlangführte. Selbst im Oktober war es eine wunderschöne Stadt, wie er bemerkte. Er nahm sich vor, ab jetzt öfter zu Fuß zu gehen.

Dieses Mal wartete das orangefarbene Telefon bereits auf ihn. Zwei Minuten später läutete es. »Hallo.«

»Was befindet sich an Ihrem Revers?«

»Eine gelbe Rose.«

»Nehmen Sie die Rote Linie nach Rockville – und setzen Sie sich in den letzten Wagen«, wies ihn Ayden an und legte auf.

Wiley reichte es langsam, aber er konzentrierte sich auf die positiven Aspekte. Die Erfahrung würde ihm helfen, sich in seine Agenten im Außeneinsatz hineinzuversetzen. Ironischerweise würde es ihm auch helfen, sich in die Männer hineinzuversetzen, die sie zu fangen versuchten. Wiley fürchtete um sein Leben, dabei ging er nur zu einer Unterhaltung. Diebe und Drogendealer absolvierten diese Routine regelmäßig, um ihre Reisetaschen mit heißer Ware gegen Aktentaschen voller Bargeld auszutauschen. Beide Seiten einer solchen Transaktion mussten entweder das Gehirn einer Stechmücke haben, die Nerven eines Hais oder die Eier eines Stiers.

Kein Wunder, wenn da jemand durchdrehte und seine Waffen in seinen Sitznachbarn entleerte.

Drei Haltestellen weiter verkündete eine mechanische Stimme: »Nächster Halt, Metro Center.« Erst da merkte Wiley, dass er ein Dreieck vervollständigt hatte. Jetzt schickte man ihn in die Vorstadt, nachdem man ihn als sauber erachtete.

Rockville war noch immer 13 Haltestellen entfernt, weshalb er sich zurücklehnte und wartete. Alle, die nicht standen, lasen entweder, schliefen oder hörten Musik. Da er weder ein Buch noch ein Radio bei sich hatte, versuchte er sich anzupassen, indem er die Augen schloss. Dadurch wirkte es auch weniger verdächtig, dass er eine Hand in der Tasche seines Wollmantels ließ – fest um den Walnussholzgriff seines Colts geschlossen.

Wiley fragte sich, warum man ihn bisher noch nicht entwaffnet hatte. Er kam zu dem Schluss, dass Ayden vermutete, der Direktor des FBI hätte genügend technische Spielereien zur Verfügung, um etwas an ihm vorbeizuschmuggeln. Und da hatte er recht. Wiley vermutete, dass Ayden im Gegenzug ebenfalls bewaffnet erscheinen würde, um die Chancen auszugleichen. Er könnte sie sogar zu seinen Gunsten beeinflussen, indem er einen Freund mitbrachte …

Bei diesem letzten Gedanken öffnete Wiley die Augen. Tappte er einfach an den Ort von Odis nächstem Anschlag? Er hatte sich so auf die eigenen Züge konzentriert, dass er diejenigen Aydens völlig vernachlässigt hatte. Ein Anfängerfehler, den er beim Schach immer wieder beging.

Wiley erwog gerade, das Treffen abzusagen, einfach aufzustehen und die Metro beim nächsten Halt zu verlassen, als der Rastafari gegenüber die Hand nach ihm ausstreckte und auf sein Knie legte. Schockiert drückte Wiley den Abzug. Er hörte ein leeres Klicken. *Ein Glück, dass es den Sicherheitshebel gibt,* dachte er. Er spähte durch die Verkleidung des Mannes, den er fast getötet hätte, und erkannte ein vertrautes Gesicht.

»Was sind denn die gemeinsamen Interessen, über die Sie sich laut Ihrem Assistenten so begierig unterhalten möchten?«

39

Annapolis, Maryland

Cassi sah zum Wecker rüber. Zwei Uhr morgens. Verstand und Körper waren erschöpft, doch ihre Nerven verweigerten ihr den Schlaf. Ein paarmal wäre sie fast weggedöst, nur um von dem nervigen Klingeln der Aufzugsglocke gestört zu werden. Beim nächsten Mal würde sie ein Zimmer den Flur weiter runter verlangen. Dem ständigen Gebimmel nach zu urteilen lief irgendwo auf dem Stockwerk eine Party. Sie schloss die Augen und wartete auf die nächste Runde der chinesischen Wasserfolter in der Version für Handlungsreisende: dem verfluchten Läuten des Aufzugs.

Schließlich döste sie wieder weg und träumte von endlos dunklen Fluren und hell erleuchteten Aufzugstüren. Dann zuckte ein Blitz auf, als sich eine Tür öffnete, und sie fuhr senkrecht aus dem Bett. Sie wusste, wo Odi sich versteckte! Der Hinweis lag in den

Hintergrundgeräuschen ihres Telefonats verborgen. Das Läuten einer ganz anderen Glocke.

Zwei Stunden später parkte Cassi ihren Mietwagen am Haus der Levers, im Wissen, dass sich Thelma und Morton zu dieser Jahreszeit immer in Fort Meyers aufhielten. Die letzte Viertelmeile war sie ohne Scheinwerferlicht gefahren, trotzdem gab sie ihren Augen einige Minuten Zeit, um sich an die Dunkelheit zu gewöhnen, nachdem sie lautlos aus dem Auto geglitten war. Die Meeresbrise, der Pinienduft, das Rascheln des Schilfs – alles an diesem Ort wirkte so beruhigend vertraut auf sie. Nur der Mann, der in Tante Charlottes Bett schlief, hatte sich verändert.

Sie blieb im Schatten des Mondes, während sie drei dazwischenliegende Gärten durchquerte und sich lautlos an Charlottes lange Veranda anschlich. Sie hatte Angst, Odi könnte sich davonstehlen, wenn er hören würde, wie sich jemand näherte, ohne zu merken, dass sie es war. Ihm standen ein Boot, ein Truck und sogar ein Flugdrachen als Fluchtmittel zur Verfügung. Odi würde sicher mehrere verschiedene Fluchtrouten geplant haben.

Während sie lautlos näher kam, behielt sie die beiden sichtbaren Seiten des Landhauses genau im Auge. Kein Licht, die Fensterläden geschlossen und kein Fahrzeug in der Einfahrt. Cassi fragte sich allmählich, ob sie das Bojengeräusch nur geträumt hatte. Es war nicht eben wenig Wein gewesen. Was würde sie tun, wenn Charlottes Landhaus verlassen war? Sie hatte keine Ahnung, vermutete aber, dass es einige Tränen beinhalten würde.

Mit schwindender Zuversicht wurde Cassi bewusst, wie verzweifelt sie ihren Bruder sehen wollte. Sie brauchte ihn genauso sehr, wie er sie brauchte. In den letzten Monaten hatte sie mehr Schocks und Enttäuschungen durchgestanden, als ein einzelner Mensch je ertragen sollte. Sie benötigte diesen Erfolg, diese Bestätigung, diese Erleichterung. Und sie musste sich in Odis Problemen vergraben, damit sie ihre eigenen vergessen konnte.

An der Treppe angelangt ließ Cassi die zweite Stufe aus, weil sie wusste, dass sie quietschte, und trat leise auf die Holzveranda. Dort stand sie schweigend für einige Augenblicke und lauschte der Nacht. Sie atmete tief ein und versuchte, ihre Nerven zu beruhigen. So weit, so gut. Dann griff sie hinter die rot gestreifte Boje, die in einem Dekonetz an der Wand hing, und tastete nach dem Riss im Kork, der einen Schlüssel zur Eingangstür verbarg. Gefunden. Die Anwesenheit des Schlüssels bedeutete gute Neuigkeiten, war aber ein schlechtes Zeichen.

Sie küsste den Schlüssel, bevor sie ihn ins Schlüsselloch schob. In der Stille des frühen Morgens konnte sie jedes einzelne Klicken hören, während die fünf federgespannten Bolzen einrasteten. Langsam drehte sie den Griff und drückte sanft gegen die Tür, während die alten Scharniere protestierten. Die Tür öffnete sich und sofort verriet ihr eine Duftwolke, dass sie richtiggelegen hatte. Der Geruch von Knoblauch und gebratenen Würstchen von Odis berühmtem Spaghettigericht begrüßte ihre Nase. Ein weiterer Adrenalinschub fuhr ihr durchs Blut. Trotz ihrer Anspannung und Erschöpfung begann sie zu lächeln. Manche Dinge änderten sich nie.

Als sich die Tür einen Spaltbreit geöffnet hatte, schlüpfte sie hindurch und schloss sie leise wieder. Im Inneren des Landhauses war es dunkler als draußen, die geschlossenen Hurrikan-Rollläden sperrten das

Mondlicht aus. Bewegungslos, mit pochendem Herzen und gespitzten Ohren stand sie dort und wartete darauf, dass sich ihre Augen an das tiefe Schwarz gewöhnten.

Im Bewusstsein, dass der Informationsfluss immer noch nur in eine Richtung floss, bewegte sich Cassi mit äußerster Vorsicht. »Odi? Odi, ich bin es, Cassi. Ich bin allein.« Zunächst sprach sie mit leiser Stimme, dann wurde sie lauter, da sie ihn nicht im Schlaf überraschen wollte. »Odi, ich bin es, Cassi. Ich bin nur gekommen, um zu reden. Ich bin allein.« Ihre Ohren bemühten sich, auch nur das kleinste Geräusch oder die kleinste Druckveränderung aus dem Flur zu erkennen, der zum Schlafzimmer führte. Nichts. Nur zu gut wusste sie, dass ihr Bruder schon immer Fallen aufgestellt hatte, weshalb es närrisch wäre, blind im Dunkeln herumzustolpern. Langsam griff sie mit ihrer rechten Hand nach hinten und schaltete das Licht ein.

Da hörte Cassi hinter sich ein kratzendes Geräusch. Sie wirbelte herum, doch da war nichts. Das Geräusch musste von der anderen Seite der Tür kommen. Instinktiv zuckte ihre Hand zum Holster an ihrer Hüfte, griff jedoch ins Leere. Sie hatte die Waffe absichtlich im Wagen gelassen, wie ihr wieder einfiel.

Sie versuchte die Tür zu öffnen, um die Quelle des Geräuschs zu finden, doch sie gab nicht nach. Das Geräusch war ein Bolzen gewesen, ein Bolzen, der sie einsperrte. Plötzlich fühlte sich Cassi wie eine Ratte in einem luftdichten Käfig gefangen. Sie musste hier raus.

Es würde nicht einfach werden zu entkommen, realisierte sie in ihrer Panik. Als Antwort auf die wilden Hurrikansaisons der vergangenen Jahre hatte Charlotte sturmfeste Metallrollläden anbringen lassen. Sie waren darauf ausgerichtet, selbst Winde mit einer Stärke von 320 Stundenkilometer abzuhalten, konnten aber auch Menschen effektiv einsperren. Ohne die Augen vom Flur abzuwenden, der zum Schlafzimmer führte, ging sie zum Fenster neben der Tür und tastete nach dem Rollladenschalter. Cassi fand den Schalter und betätigte ihn. Nichts passierte.

Was hast du erwartet?, fragte sie sich.

Während sie dort stand und ihr Pech verfluchte, zog das Geräusch eines startenden Computers ihren Blick zurück in die Küche. Auf Zehenspitzen ging sie in diese Richtung. »Odi, was geht hier vor sich?«, fragte sie in ihrer Nervosität halb schreiend.

Ein nerviges »Piep, Piep« vom Computer war die einzige Antwort.

Cassi entdeckte einen Laptop auf dem Küchentisch. Aus irgendeinem Grund jagte ihr der Anblick einen Schauer über den Rücken. Sie hoffte, dass dieses beklemmende Gefühl nur Paranoia war, ausgelöst durch zu viele Fernsehfilme im Nachtprogramm – bis sie den Tresen umrundet hatte und auf den Bildschirm blickte. Da wusste sie: Es war keine Paranoia, sondern Intuition.

Der Computer zeigte das Bild einer Antenne, die grüne Wellen aussandte. Ein drahtloses Netzwerk befand sich also in Betrieb. Ein anderes Bild offenbarte den Grund dafür. Rechts vom Icon befanden sich die ablaufenden Zahlen einer großen digitalen Uhr, gefolgt von den Worten: Sekunden bis zum großen Knall.

Cassis Eingeweide verflüssigten sich, während sie schockiert und ungläubig auf die hinterhältige Arbeit ihres Bruders starrte. 00:53 … 00:52 … 00:51 …

40

Baltimore, Maryland

»25. Fünf … und 20.« Odi wiederholte die Zahl immer wieder und schüttelte den Kopf, während er arbeitete. Das waren eine Menge Senatoren.

Ohne seine gelben Schutzhandschuhe auszuziehen, riss er ein Papiertuch von der Rolle und wischte sich den Schweiß von der Stirn. Die Zeit wurde knapp. Der Morgen dämmerte schon und er musste beim ersten Licht verschwunden sein. Es wäre ihm lieber gewesen, kein zweites Mal zur Johns Hopkins gekommen zu sein. Wenn er nicht die Salpetersäure schockfrosten müsste, hätte er auch Charlottes Küche anstelle des Chemielabors benutzen können.

Während seiner Vorbereitungen für die Potchak-Operation hatte er die Formel der Sahne perfektioniert. Die Chemie beherrschte er inzwischen im Schlaf. Doch abgesehen von der Möglichkeit, in kleine Stücke gesprengt zu werden, hielt sich sein Nervenkitzel dabei in Grenzen.

Auch wenn das fertige Produkt etwas Magisches hatte, die Zubereitung der Sahne selbst war so banal wie die eines Hühnerfrikassees. Es lief alles auf das richtige Abwiegen und Mischen hinaus, erhitzen und kühlen, filtern und trennen – stundenlang. Da er genug Probleme hatte, über die er sich den Kopf zerbrach – 25, um genau zu sein –, störten ihn weder die Langeweile noch die physische Gefahr. Trotzdem hatte er Angst. Er hatte Angst, erwischt zu werden. Auch wenn der Einbruch in sein eigenes Labor kein schweres Verbrechen darstellte, konnte er, wenn er geschnappt wurde, identifiziert werden.

Dann würde sich sein iranisches Alibi schneller als der Zucker auflösen, den er gerade ausschüttete, und er würde wegen Mordes im Gefängnis landen.

Odi versuchte sich auf die positiven Aspekte zu konzentrieren. Das Chemielabor besaß die modernste Ausrüstung, weshalb er die Sahne hier schneller und einfacher herstellen konnte. Es besaß einen temperaturgesteuerten Schnellmischer, elektronisch kalibrierte Pipetten und programmierbare Zentrifugen – alles, was er für den zwölfstufigen Prozess benötigte. In einem Labor zu arbeiten war auch sicherer als in einem Keller, was nicht ganz unbedeutend war. Der Verrat durch die eigene Regierung mochte seine Sichtweise gründlich verändert haben, trotzdem wusste er sein Augenlicht und seine Daumen weiterhin zu schätzen.

Hier zu arbeiten bot aber noch einen weiteren Vorteil. Das Labor der Universität hatte viele Zutaten auf Lager, die er benötigte, inklusive destilliertes Wasser, konzentrierte Salpetersäure und Azeton. Den Rest hatte er bar in lokalen Drogerie-, Bau- und Supermärkten in einer simplen Verkleidung gekauft. Es waren Hexamin, Urotropin, Methenamin, Kalzium-Magnesium-Pulver, Sahnepulver, Zucker und die allgegenwärtigen künstlichen Geschmacksverstärker.

Zufrieden sah er zu, wie die dickflüssige Masse blubbernd in den dicken Zehnlitermessbecher floss. Es wirkte wie eine gebleichte Lavalampe und war definitiv vulkanisch.

Wie Aydens Plan, dachte Odi.

Sein Kampfgefährte hatte eine verständnisvolle Freundin, die als Assistentin für ein Senatsmitglied vom Ausschuss für die US-Streitkräfte arbeitete. Laut Ayden war sich Sheila sicher, sie könnte die Sahne in eine der Ausschusssitzungen schmuggeln.

»Wie bald wird sie das tun können?«, hatte Odi ihn gefragt.

»Der Senatsausschuss hält morgen Abend eine Marathonsitzung ab, um das Budget für die Seestreitkräfte vor der Unterbrechung zu beschließen. Alle werden da sein, und wenn sich nichts ändert, werden sie im Gebäude ganz allein sein. Das ist perfekt.«

Odi dachte, dass sich das zu gut anhörte, um wahr zu sein. Während er die blubbernde Masse betrachtete, fragte er sich, ob es in den Konferenzräumen des Kongresses Kameras gab. Er hatte vergessen, Ayden danach zu fragen, auch wenn der es vermutlich nicht wissen würde. Odi bezweifelte jedoch, dass dort welche waren. Kaum jemand schätzte Geheimniskrämerei mehr als gewählte Amtsträger. Doch Politiker liebten auch ihre Sicherheit. Er kam zum Schluss, dass es vermutlich Videoüberwachung geben würde, aber keinen Ton.

Auf die Fermentierung von Stufe elf wartend, versuchte Odi sich vorzustellen, was sich an diesem Abend abspielen würde. Die Erfahrung aus unzähligen Überwachungsjobs gestattete ihm, sich in die Perspektive eines Wachmanns hineinzuversetzen. Der Wachmann, der am ersten Abend der Sitzung Dienst haben würde, säße, die schwarzen Schuhe hochgelegt, an einem grauen Metalltisch, auf dem Styroporbecher mit dem kalten Bodensatz schlechten Kaffees standen. Irgendwo an der Seite würde eine Schachtel Donuts stehen. Er würde sie noch drei- oder viermal überprüfen, auch wenn der letzte Krapfen schon längst verschwunden wäre. Die meisten Bildschirme vor ihm würden nur Stillleben zeigen, bis auf das drohnenartige Reinigungspersonal, das Teppiche saugte und Böden polierte. Die Ausnahme würde der Konferenzraum mit 25 bekannten Gesichtern bilden. Darauf würde der Wächter seinen Blick konzentrieren, wenn er sich nicht gerade mit dem Kreuzworträtsel der Washington Post beschäftigte. Wäre er neu, würde er vielleicht sogar mit Interesse zuschauen, wie die berühmten Gesichter Milliarden im Namen der nationalen Verteidigung an ihre Großspender verteilten.

Etwa 25 Minuten nach Beginn des Meetings sähe der Wachmann einen blassen Senator, der mitten in seiner Ansprache innehalten und sich den Bauch reiben würde. Wenn das interessant genug wäre, um seine volle Aufmerksamkeit zu erregen, könnte er vielleicht sogar bemerken, dass die Fingerspitzen des Bauchreibers blau angelaufen waren. Dann würde der Senator im Bruchteil einer Sekunde verschwinden. Für den aufmerksamen Wächter würde es wie ein verblüffender Zaubertrick wirken.

Eine Sekunde später würde der Alarm losplärren, nämlich sobald die Explosion die Fenster zerschmettert hätte. Schockiert würde er mit seinen Füßen den Kaffeebecher auf dem Tisch umstoßen, während die Senatoren, die am nächsten beim Opfer saßen, auf dem Boden kauerten, die Körper von zersplitterten Rippenbruchstücken wie von Schrapnellteilen durchbohrt. Jene, die keine Veteranen waren, würden sich vom Boden aufraffen, nicht in der Lage zu begreifen, welches Chaos sie heimgesucht hatte. Dann würde ein zweiter Senator in ihrer

Mitte explodieren und ein riesiger Tumult losbrechen. Mit offenem Mund, aber auf seinen Füßen würde der Wachmann gelähmt vor Schock auf das surreal wirkende Drama starren, das sich dort direkt vor seinen Augen abspielte.

Sekunden später würden die Türen des Konferenzzimmers aufgerissen werden und weitere Wächter hineinstürmen, nur um von den zu Tode verängstigten Senatoren beiseitegeschoben zu werden, die hinausrannten. Während die Wachleute einander fassungslos und unschlüssig anstarrten, würden die Explosionen der weißen kaffeesüchtigen Senatoren in den polierten Mahagoniaufzügen und auf den imposanten Marmortreppen weitergehen.

Innerhalb von Stunden würde die Welt anfangen zu untersuchen, wie sich dieser Ausschuss für das US-Militär den Löwenanteil des nationalen Budgets unter den Nagel gerissen hatte. Würde das etwas ändern? Odi war sich nicht sicher.

Auch wenn mit dem Ausschalten der drei Marks der Gerechtigkeit Genüge getan und die Schuld gegenüber Odis gefallenen Kameraden eingelöst wurde, würde das keinen permanenten Wandel anstoßen. Da behielt Ayden recht. Aber die Öffentlichkeit darauf aufmerksam zu machen, wie sie getäuscht worden war und warum … das könnte einen dauerhaften Unterschied machen.

Gerade bei diesem Gedanken hörte der große Behälter auf zu blubbern und verriet so, dass die vorletzte Reaktion jetzt abgeschlossen war. Für die letzte Herstellungsstufe musste er einen Liter der supergekühlten Salpetersäure langsam hinzumischen. Ganz langsam. Das war bei Weitem der gefährlichste Schritt. Auf diese

Weise waren schon viele Anarchisten ihrem Schöpfer gegenübergetreten. Mit einer schweren Zange griff er nach einer gewaltigen Flasche, bereit, den ätzenden Inhalt in den Behälter auf der heißen Platte zu kippen. Sobald die beiden Inhalte miteinander vermischt und abgekühlt waren, würde er mehr als zwei Gallonen Sahne besitzen. Acht Liter.

»Warum benötigt sie acht Liter?«, hatte Odi gefragt. »Ein Viertel davon würde mehr als ausreichen. 25 Senatoren werden ja wohl kaum so viel Sahne in ihren Kaffee schütten?«

»Sie kann nicht kontrollieren, welche Kartons der Kaffeesahne der Cateringservice des Senats aus dem Kühlschrank holen wird«, hatte Ayden geantwortet. »Also muss sie alle ersetzen.«

»Sag ihr, sie soll einen anderen Weg finden. Ich kann nicht zulassen, dass da sechs oder sieben unbenutzte Kartons rumliegen. Ich möchte nicht, dass Unschuldige versehentlich getötet werden.«

»Wir können von Glück sagen, dass wir Sheila haben, Odi. Das sollten wir nicht aufs Spiel setzen. Ich werde sie dazu bringen, noch mal in die Küche zu gehen, um die Sahne wieder gegen die Originalkartons auszutauschen, sobald der Konferenzraum vorbereitet ist. Das muss reichen.«

Odi verstand, was Ayden meinte, doch er mochte es nicht. »Kann sie die Kaffeesahne nicht einfach austauschen, nachdem sie sich schon im Zimmer befindet?«

»Das habe ich sie auch gefragt. Sie sagt, das sei zu riskant. Im Vergleich zur Küche ist der Konferenzraum viel stärker gesichert.«

Odi schüttelte den Kopf. »Okay. Aber sie muss versprechen, die verbliebene Sahne direkt dort in der Küche in den Ausguss zu schütten.«

»Kein Problem.«

»Und Ayden, ich muss darauf bestehen, die Sahne Sheila persönlich zu übergeben, damit ich das noch mal betonen kann.«

Es gab eine Pause, die länger als gewöhnlich dauerte, bevor Ayden antwortete. »Wie du willst.«

Während Odi die große Flasche mit der supergekühlten Salpetersäure in den Behälter goss, vibrierte der Pager in der vorderen Hosentasche seiner Jeans. Vielleicht lag es daran, dass er die ganze Nacht wach gewesen war. Vielleicht waren auch seine Nerven am Ende. Aus welchem Grund auch immer, der Schreck durch den Pager war zu viel. Odis Hände zitterten und der Liter supergekühlte Salpetersäure rutschte aus der Zange.

41

Baltimore, Maryland

Ayden wippte auf seinen Fußballen und lauschte einer Sinfonie aus elektronischen Tönen, die andeuteten, dass sein internationaler Anruf durchging.

»Royal Falafel.«

»Haben Sie frisches Tabbouleh?«

»Einen Moment bitte. Wie ist Ihr Name?«

»Dr. Jones.«

Ayden hörte auf zu wippen und atmete tief durch, um seine Nerven zu beruhigen. Das war wirklich intensiv.

»Dr. Jones, wie schön, von Ihnen zu hören. Von wo rufen Sie an?«

»Ich bin an der Johns-Hopkins-Universität. Ich … Ich bin mir nicht sicher, ob ich das durchziehen kann.« Da, er hatte es gesagt.

Als Arvins Stimme einen Herzschlag später wieder in der Leitung ertönte, klang sie so ruhig wie immer. »Natürlich können Sie das, Ayden. Sehen Sie nur, was Sie bereits erreicht haben. Vor nur sechs Monaten waren Sie ein verzweifelter Arzt, der sein Privatvermögen im Dienste einer guten Sache verbrannte, aber ohne eine Chance, das Meer aus Armut mit einem löchrigen Fingerhut auszutrocknen. Heute Abend hatten Sie ein privates Treffen mit dem Direktor des FBI, um über die Zukunft des Planeten zu sprechen. In den nächsten 24 Stunden werden Sie mehr tun, um das Leid der Welt zu lindern, als Sie in Ihrem gesamten Leben im Iran geschafft hätten. Und das bringt uns zu einem entscheidenden Punkt, Ayden, den Sie nicht vergessen sollten: Sie sind nicht länger allein. Sie haben jetzt Freunde, Waffenbrüder, die Sie unterstützen.«

Ayden fand Arvin überzeugend, doch es reichte noch nicht ganz. Er entschied sich, alle Karten auf den Tisch zu legen, in der Hoffnung, sein Sponsor könnte alle Zweifel auslöschen. »Ich habe Odi in den letzten Monaten gut kennengelernt. Er ist ein Freund geworden.«

»Freunde kommen in Kriegen ums Leben, Ayden. Das ist traurig, aber wahr. Ich habe viele verloren. Solange Sie Odi nicht überzeugen können, sich doch nicht mit dieser Frau zu treffen – Sheila war ihr Name, wenn ich mich recht entsinne –, müssen Sie das durchziehen. Er würde eine Betrügerin sofort durchschauen, und seine Sahne ist für unsere Pläne entscheidend. Es tut mir leid, aber es gibt keine Alternative, ich wünschte wirklich, es gäbe sie.«

»Ich weiß nicht. Ich bin immerhin noch Arzt. Ich habe einen Eid abgelegt.«

»Die Männer, deren Korruption Sie bekämpfen, haben auch einen Eid abgelegt. Weil sie ihren vor Jahren aufgegeben haben, müssen Sie Ihren jetzt für ein paar Tage zur Seite legen.«

»Ich weiß nicht, ob ich das kann.«

»Hören Sie, Ayden, ich weiß, die Bürde wiegt schwer. Aber lassen Sie sie jetzt nicht von Ihren Schultern rutschen. Beim Versuch, unter ihr wegzukommen, werden Sie sich nur selbst zerquetschen. Denken Sie darüber nach. Sie sind einer der wenigen westlichen Ärzte, die die bemitleidenswerten und flehenden Blicke der Kinder in der Dritten Welt gesehen haben, die dort so weitverbreitet sind. Wenn Sie sich jetzt von ihnen abwenden, werden Sie sich das nie verzeihen können. Und Sie werden auch nicht mehr in Ihr altes Leben zurückkehren können. Wenn Sie es versuchen, würde die Schuld Sie lähmen. Jedes Mal wenn Ihnen ein Kind mit einer vermeidbaren Krankheit begegnet, dem so aber nur ein kurzes Leben in bitterer Armut vergönnt ist, würden Sie sich verantwortlich fühlen. Nein, mein Freund, Ihre einzige Option besteht darin, jetzt weiterzumachen.«

Während Ayden über die Weisheit in Arvins Worten nachdachte, kehrte sein Zielbewusstsein wie eine neu entfachte Fackel zurück. »Wird das einen …?«

»Natürlich wird das einen Unterschied machen, Ayden. Natürlich wird es das«, unterbrach Arvin ihn.

»Wenn es eine Sache gibt, in der Amerikaner gut sind, dann ist es auf einem Sockel stehen und Lärm machen. Sobald Sie die Aufmerksamkeit der Welt auf das Verteidigungsbudget des Kongresses gelenkt haben, wird es keinen gebildeten Mann auf der Welt geben, keine Frau und kein Kind, denen die Armut und das Leid nicht bekannt sein werden, welche die Vereinigten Staaten mit den Ressourcen lindern könnten, die gerade für Kriege verwendet werden. Die öffentliche Meinung wird sie zwingen, ihre Schwerter zu Pflugscharen zu schmieden. Unglücklicherweise ist dies der einzige Weg, der uns in eine friedliche neue Welt führt. Das sind ihre Regeln, nicht unsere.«

»Aber es ist so gewalttätig, so … kontraintuitiv«, beharrte Ayden.

»Stellen Sie es sich als Chemotherapie vor. Allein betrachtet ist sie ätzend. Aber der Krebs, den Ihre Therapie schließlich heilt, würde zahllose Leben fordern. Das ist der Tag, an dem Sie Hundertmillionen von Smileys zeichnen.«

»Sie wissen davon?«, fragte Ayden.

»Natürlich.«

Ayden wurde bewusst, was für einen guten Job der Mann, den er als Arvin kannte, gemacht hatte, um bei ihm die richtigen Knöpfe zu drücken, doch das spielte keine Rolle. Arvin hatte genau das gesagt, was er hören wollte. Er wollte nicht wirklich aussteigen. Er hatte nur weiche Knie bekommen, sagte er sich selbst. Wie eine Braut an ihrem Hochzeitstag.

Er dachte zurück an den Tag, an dem Arvin an seine Tür geklopft hatte. Arvin hatte ihn gefragt: »Wenn Sie die Ressourcen dafür hätten, würden Sie mehr tun?«

Mit diesen Worten hatte Arvin ihm Hoffnung gegeben, Hoffnung, die ihn weitermachen ließ, während seine Ressourcen schwanden. Und Glauben. Einen Glauben, der bestätigt wurde, als Agent Odysseus Carr in seinem Schoß landete. Er erinnerte sich an den Stolz und die Beklemmung, die er verspürt hatte, als er den codierten Austausch mit Royal Falafel das erste Mal durchgeführt hatte.

Das war nur Sekunden, nachdem er Odis Schulterwunde behandelt und ihn stabilisiert hatte. Seine Initiative hatte sich ausgezahlt. Arvins anschließende Befragung hatte Umstände aufgedeckt, die für ihre Sache nicht besser hätten sein können. Keine 18 Stunden nachdem Ayden das Telefon in die Hand genommen hatte, lieferte Arvin die verräterischen Headsets an seiner Tür ab, und die Rekrutierung von Odi Carr konnte beginnen.

Wegen seiner Courage an diesem Tag befanden sich drei Geschäftsführer aus der Rüstungsindustrie, Männer, die grausame und ausbeuterische Unternehmen wie jenes leiteten, das seinen Vater getötet hatte, nicht mehr auf dieser Welt. Mit seinem Beitrag zu ihrem Ableben hatte Ayden sich seinem Vater gegenüber richtig verhalten. Er hatte Tigran Taronish gerächt. Während er darüber nachdachte, wurde Ayden bewusst, dass er sich seit 20 Jahren nicht mehr so gut gefühlt hatte. Indem er seinen Vater ehrte, hatte er sich selbst von einer chronischen Krankheit geheilt. Wie ein Blitz traf ihn die Erkenntnis mit verblüffender Klarheit, dass er jetzt keinen Rückzieher machen konnte – von der Chance, die Arvin ihm hier bot. Das war seine Bestimmung.

»Erzählen Sie mir von Ihrem Treffen mit Direktor Proffitt«, fuhr Arvin fort und holte Ayden ins Gespräch zurück. »War es erfolgreich? Hat er Ihnen die Liste besorgt?«

»Mit Ihrer Vermutung lagen Sie richtig. Proffitts Ansatz gleicht dem eines Pharmakonzerns. Er baut seine Karriere darauf auf, eine Krankheit namens Terrorismus zu behandeln. Aber trotz seiner Rhetorik ist das Letzte, was der Direktor des FBI will, eine Heilung. Ja, er hat mir die Liste besorgt.«

»Ausgezeichnet. Rufen Sie mich zurück, wenn Sie die Sahne haben. Ich gebe Ihnen dann die Instruktionen für ein Treffen mit meinen 25 Freiwilligen.«

»24«, verbesserte Ayden ihn.

»Es gibt 25 Senatoren im Senatsausschuss für Verteidigung, mein Freund«, beharrte Arvin.

»Ich weiß, aber Sie müssen mir nur 24 Freiwillige zur Verfügung stellen. Ich würde es als Ehre betrachten, die Nr. 25 zu sein. Ich werde den Vorsitz übernehmen.«

42

Chesapeake Bay, Maryland

00:53 … 00:52 … 00:51 … Cassi starrte auf den Bildschirm, während die letzten Sekunden ihres Lebens im Äther verschwanden. Eine Überlast an Gefühlen brach über sie herein und zermalmte ihre Fähigkeit zu denken. Sie fragte sich, wie Odi es geschafft hatte, unter solchen Bedingungen zu arbeiten. Als Psychologin wusste sie, wie anpassungsfähig die menschliche Spezies ist, doch 53 Sekunden ließen einem kaum Zeit, sich an die neue

Situation anzupassen. Die Erkenntnis traf sie wie ein Schlag. Vielleicht hatte Odi sich gar nicht angepasst. Die jahrelange Belastung könnte erklären, warum er im Iran durchgedreht war. Es brauchte nur einen letzten Strohhalm, um den Rücken eines Kamels zu brechen.

00:50 … 00:49 … 00:48 … Aus ihren Diskussionen mit Odi und dem gelegentlichen Blick, den sie über seine Schulter werfen konnte, wusste Cassi mehr als die meisten über das Entschärfen von Bomben. Aber das hier war keine Bombe. Das war nur ein Computer. Die Bombe könnte sich überall in Reichweite des WLANs befinden. 48 Sekunden würden niemals reichen, um sie zu finden und zu entschärfen.

00:47 … 00:46 … 00:45 … Noch immer vom Bildschirm gebannt blitzten in Cassis Gedanken Alternativen auf. Ihre beste Option war es, aus dem Landhaus auszubrechen, doch Odi hatte dies durch das Lahmlegen des Rollladenmechanismus verhindert. Dafür hatte er vermutlich einfach eine Sicherung entfernt, oder – was noch cleverer wäre, und damit wahrscheinlicher – eine funktionierende Sicherung gegen eine ausgetauscht, die zwar in Ordnung aussah, aber nicht funktionierte. Wie auch immer, in den verbleibenden 45 Sekunden fehlte Cassi die Zeit, einer bloßen Ahnung nachzugehen.

00:44 … 00:43 … 00:42 … Cassi erinnerte sich, dass die Rollläden auch mit einer Kurbel betätigt werden konnten. Eine Sicherheitsmaßnahme für den Fall eines Stromausfalls. Cassi jagte durch das Haus, suchte jedes einzelne Fenster nach der Kurbel ab und drückte, um sicherzugehen, alle anderen Knöpfe. Erfolglos kehrte sie zum Computer zurück, sich selbst verfluchend für die Annahme, dass Odi sich so leicht überlisten ließe.

Diese Extratour hatte sie kostbare zwölf Sekunden gekostet.

00:30 … 00:29 … 00:28 … Als ihr klar wurde, dass Flucht keine Option mehr war, rannte Cassi ins Schlafzimmer und zog Charlottes Quilt zusammen mit drei dicken Dekokissen vom Bett. Sie schleppte sie ins Badezimmer, sprang in die Wanne und grub sich wie ein Maulwurf ein. Dann fiel ihr die Tür ein. Die bestand zwar nicht aus solidem Holz oder Ähnlichem – nur zwei Spanplatten –, doch jedes winzige Stück half. Während sie wieder aus der Wanne stieg, kam ihr ein anderer Gedanke. Sie sollte die Matratze vom Bett holen, ins Badezimmer ziehen und über die Wanne legen. Wie viel Zeit blieb ihr noch?

Als würde er ihre Frage mit »nicht viel« beantworten, begann der Computer in steigender Frequenz zu piepen. War das der finale Countdown oder etwas anderes? Cassi blieb keine Zeit zum Nachdenken, sie konnte nur reagieren. Flüchtig blickte sie zur Matratze, als würde Brad Pitt dort nackt liegen, dann rannte sie in die Küche.

00:08 … 00:07 … Cassi sah sofort, dass sich etwas geändert hatte. Das wahnsinnig machende Piepen brachte eine neue Nachricht mit sich. ›Sekunden bis zum großen Knall‹ war durch eine Fangfrage ersetzt worden. Sie las sie laut vor. »Was ist die optimale Größe?«

43

Baltimore, Maryland

Selbst während ihm die frostige Flasche voller Säure entglitt, dachte Odi über die Pager-Nachricht nach. Jemand hatte Charlottes Landhaus betreten. Die Bombe war scharf. In einer Minute würde die Zuflucht seiner Jugend eine Wolke Streichhölzer und seine Recherchearbeit Staub sein – zusammen mit jedem, der sich darin aufhielt.

Obwohl Odi versuchte, sie mit behandschuhten Händen aufzufangen, knallte die schwere Pyrex-Flasche auf das Gasventil des Arbeitstisches. Als sie zerbrach, hechtete er nach rechts und warf sich zu Boden. Der Reflex rettete sein Gesicht, doch die Säure landete auf seiner rechten Körperhälfte.

Odi hörte, wie seine Kleidung zischte, und spürte ein Brennen an seiner rechten Schulter. Er rappelte sich auf und eilte schreiend auf kürzestem Weg zur chemischen Dusche neben der Tür. Dort zog er an der Kette wie einst Quasimodo und betete, dass er nicht als Doppelgänger des Glöckners aus dieser Sache hervorging.

Er hatte schon Verätzungen gesehen. Viele Male. Ein Freund von ihm hier aus dem Labor bezeichnete die wie löchriger Käse aussehende Narbe auf seiner Wange als »sicherste Verhütungsmethode«.

Nach 50 oder 100 Litern des durchnässenden Schwalls nahm Odi die Schutzbrille ab und zog die schweren Handschuhe aus. Nach einer kurzen Inspektion seiner Hände riss er sich das T-Shirt vom Leib.

Seine rechte Schulter hatte den Hauptteil der Säurespritzer abbekommen, aber er hatte schon Schlimmeres gesehen. Die blutigen Flecken erinnerten ihn an die Schürfwunde, die er sich zugezogen hatte, als er als Kind von seinem BMX-Fahrrad gefallen war. Wenn die Säure nicht supergekühlt gewesen wäre oder die Dusche nur zwei Sekunden weiter entfernt, hätte sie sich bis auf den Knochen durchfressen können. Dennoch, mit seiner Schrapnellwunde in der linken und den Verätzungen auf der rechten Schulter würde er in absehbarer Zeit keine Türen aufbrechen. Aber bei seinem Glück und wie die Dinge sich entwickelten, würde sich diese Fähigkeit vermutlich bald als wichtig herausstellen.

Er zog den Rest seiner Kleidung aus und stand weitere zwei Minuten da, in denen er seine Socken als Waschlappen benutzte. Er würde sich verkühlen, wenn er völlig durchnässt und ohne Hemd mitten im Oktober über den Campus liefe. Aber immer noch besser als für den Rest seines Lebens wie ein Freak auszusehen – vorausgesetzt der Rest seines Lebens würde noch länger als ein paar Stunden dauern.

So gut er konnte, wrang Odi seine Kleidung aus und zog sich an. Er versuchte sauer auf sich zu sein, weil er es vermasselt hatte, doch fühlte er sich stattdessen dankbar für sein Glück. »Zehn Finger und zwei Augen«, wiederholte er laut. Sein altes Mantra.

Während er über den grün qualmenden Boden blickte, erinnerte Odi sich an die Vibration, die für diese Reaktion verantwortlich war, und ihm rutschte das Herz in die Hose. Mit nervösen Fingern kramte er in der durchnässten Hosentasche seiner Jeans und zog ein kleines schwarzes, quadratisches Gerät hervor. Der

Pager war ausschließlich für den Einbruchsalarm von Charlottes Landhaus gedacht, weshalb die Vibration nur eine Botschaft mit sich brachte: den großen Knall.

»Es sei denn, jemand hat die falsche Nummer gewählt«, dachte Odi laut. Das Display zerschlug diese Hoffnung. Dort stand 843-7448, das numerische Äquivalent zu THE SHIT, wie seine britischen Kollegen Situationen wie diese eloquent zu umschreiben pflegten. Odi hätte es nicht treffender formulieren können. Sollte es sich nicht um einen klassischen Einbruch oder einen anderen unwahrscheinlichen Zufall handeln, befand sich jemand auf seiner Spur. Der offensichtliche Schluss lautete, dass Cassi jemandem davon erzählt hatte.

Der Verlust seiner Kindheitszuflucht war ein schwerer emotionaler Schlag für Odi, doch in praktischer Hinsicht spielte es keine Rolle. Zumindest nicht kurzfristig gesehen. In 24 Stunden wäre er auf seinem Weg in den Iran, wo er auf wundersame Weise aus dem Koma erwachen würde. Seine nur den Bruchteil einer Sekunde andauernde Sichtung durch Cassi würde man als geistige Täuschung abhaken, die der Trauer geschuldet war. Keine Jury der Welt würde noch berechtigte Zweifel daran hegen. Doch das lag alles in ferner Zukunft, rief Odi sich in Erinnerung. Heute musste er noch einen letzten, aber entscheidenden Besuch abstatten.

Auch wenn die Arbeitsplatte und der Boden jetzt durch Salpetersäure verätzt waren, der Behälter mit der Sahne-Basis hatte keinen Schaden genommen. Er konnte noch immer seine Fuhre herstellen. Und das war alles, was im Moment zählte. Er hatte ein Rendezvous mit Sheila.

Nur 32 Minuten später war die Zubereitung vollendet. Nach einer Stunde Aushärten würde die Sahne fertig sein. Er goss die acht Liter Sahne in zwei Kannen zu je einer Gallone und hatte ungefähr einen halben Liter Sahne übrig. Statt sie wegzuschütten, leerte er seine kleine Wasserflasche aus Plastik und füllte den Rest dort hinein. Dann steckte er sie in die Jackentasche, ehe er die beiden Kannen in seinem Rucksack verstaute und ihn schloss. Das finale Geräusch des Reißverschlusses ließ ihn aufatmen. Heute Abend hätte es beinahe eine Katastrophe gegeben, doch am Ende hatte er es geschafft.

Mit beschwingtem Schritt öffnete Odi die Labortür und wäre fast in den Mann gelaufen, der lautlos in der Dunkelheit wartete.

»Hallo, Odi.«

Odi zuckte zusammen. »Ayden?«

Das Gesicht seines Freundes lag im Schatten, doch die Notfallbeleuchtung des Flurs erhellte die Pistole in seiner Hand. Odis müder Verstand brauchte zu lange, um diesen überraschenden Anblick zu verarbeiten. Als er die Bedrohung schließlich realisierte, flog er bereits rückwärts durch den Raum, während von seiner Brust ein explosiver Schmerz ausstrahlte. Die Qual packte ihn beinahe mit einem physischen Griff und die ganze Welt reduzierte sich auf ein blendendes weißes Licht. Dann wurde alles schwarz.

44

Washington, D. C.

»Ich habe Ihnen doch gesagt, dass Sie mich hier nie anrufen sollen«, fauchte Wiley, die Stimme ganz heiser vom Schlafmangel. »Das ist zu gefährlich.«

»Sie sind um fünf Uhr morgens im Büro. Damit haben Sie mir keine Wahl gelassen«, erwiderte Stuart. »Checken Sie Ihren Hotmail-Account. Ich schicke Ihnen eine Datei.«

Wiley biss sich auf die Unterlippe und tat, wie ihm geheißen. In der Betreffzeile der Nachricht von SSSlick1@hotmail.com stand ›FBI-Liste der meistgesuchten Flüchtigen‹. Es gab keinen Text, aber einen Anhang. Wiley klickte darauf. Eine Sekunde später blickte er auf ein zusammengesetztes Bild von Odis Gesicht. »Wo haben Sie das her?«

Stuart schnaubte. »Die entscheidende Frage ist, warum ich es habe. Die Antwort lautet, dass es Zeit ist, den Druck zu erhöhen.«

Wiley sah zurück auf die Schlagzeile der Nachricht. »Sie wollen, dass ich Odysseus Carr zu einer der meistgesuchten Personen des FBI mache?«

»Seien Sie nicht dumm. Odi Carr ist tot. Ich möchte, dass Sie jemanden, der wie Odysseus Carr aussieht – jemand, der sich als ein in Ungnade gefallener Bundesagent ausgibt –, zur meistgesuchten Person des FBI machen.«

Wiley sträubte sich, schaffte es aber, sein Temperament zu zügeln. Er wusste, dass Stuart etwas im Schilde führte, und musste herausfinden, was es war. »Sich als

Bundesagent auszugeben reicht für eine solche Fahndung nicht aus.«

»Nein, aber die Attentate auf die Geschäftsführer der drei größten amerikanischen Rüstungsunternehmen.«

»Stimmt, aber was wird uns das nützen?«, fragte Wiley.

»Zunächst einmal wird es Odi dadurch schwerer haben, an uns ranzukommen.«

Wiley lächelte, zufrieden damit, dass Mr. Slider wegen etwas nervös sein konnte. Sie hatten nicht darüber gesprochen, wussten jedoch beide, dass sie zu den Hauptkandidaten von Odis nächsten Angriffen zählen könnten – und der Mann hatte einen echten Lauf.

»Des Weiteren«, fuhr Stuart fort, »indem Sie diese Morde einem ausländischen Doppelgänger zuschreiben – jemand, dessen Arbeitgeber die Absicht hegt, die US-Rüstungsindustrie zu schwächen –, lenken Sie die Behörden davon ab, den echten Odi Carr wiederauferstehen zu lassen und nach seinen Motiven zu suchen.«

»Aber was, wenn sie ihn schnappen?«

»Denken Sie nach, Wiley. Sie wollen nicht einfach passiv abwarten. Sie wollen die Karten zu Odis Ungunsten so zinken, dass dies nicht passiert. Stellen Sie ihn als derart verräterischen Mistkerl dar, dass die Beamten erst schießen und dann fragen. Teilen Sie ihnen mit, wie gerne er sich selbst mit Bomben verkabelt und dass er geschworen hat, sich nicht lebend erwischen zu lassen. Ordnen Sie an, kein Risiko einzugehen.«

»Das könnte mit der Polizei funktionieren, aber was mache ich mit meinen eigenen Leuten?«

»Sie denken nicht nach«, wiederholte Stuart die Worte einzeln betonend.

Wiley stand immer noch schmerzhaft auf dem Schlauch.

Stuart spornte ihn an. »Wie viele Abteilungen haben Sie?«

Natürlich, dachte Wiley. Er konnte die Klassifizierung der Informationsquelle auf bestimmte Abteilungen beschränken. Bob würde glauben, die Information käme von Bill und umgekehrt. Ihm würde eine Ausrede einfallen, um die Fahndungsmeldung ein paar Stufen weiter unten in der Befehlskette ausschreiben zu lassen, damit niemand ihn nach Einzelheiten fragte. Plötzlich jagte eine Idee die andere – nur 30 Sekunden zu spät. Leo Tufts wäre perfekt, um den Doppelgängerattentäter-Fall zu leiten. Er würde sich voll reinhängen, im Glauben, es wäre ein Test für eine potenzielle Beförderung.

Wiley verstärkte seinen Griff um den Hörer. »Bestens, Stuart. Wird erledigt.«

45

Chesapeake Beach, Maryland

00:08 … 00:07 … »Was ist die optimale Größe?«

Die Fangfrage traf Cassi wie eine milde hawaiianische Brise in einer bitterkalten Winternacht. Sie sprach die Antwort laut aus. »Ein Kubikzentimeter.« Sie tippte die englische Abkürzung ›CC‹ in den Computer ein. Der Countdown hielt vier Sekunden vor Schluss an.

In einer Familie von Wissenschaftlern aufgewachsen, hatten ihre Initialen ihr einen Spitznamen und einen langlebigen Familienwitz eingebracht. Wie konnte jemand von ihrem Format so winzig sein? Odi hatte eine Frage gestellt, die sie und Charlotte umgehend beantworten konnten, die aber alle anderen ratlos zurückgelassen hätte.

Acht Stunden später bog Wiley mit seinem Escalade in Charlottes Einfahrt ein.

Cassi blieb auf der vorderen Veranda sitzen, scheinbar die Spätnachmittagssonne genießend. In Wahrheit wollte sie Wileys Ankunft beobachten. Sie war Expertin darin, Körpersprache zu lesen, vor allem bei Menschen, die sie gut kannte. Wiley jedoch behielt aus Gewohnheit die Kontrolle über Gesicht, Augen und Hände. Er war der geborene Pokerspieler. Doch Cassi hatte seinen Schwachpunkt entdeckt. Es war sein Gang.

In ihrem Hals bildete sich ein Kloß, während Wiley mit gereiztem Schritt über das Gras trampelte. Sie wusste, sie hatte seine Geduld auf die Probe gestellt, indem sie ihn bat, alles stehen und liegen zu lassen, um ohne Erklärung zu ihr zu fahren. Anscheinend hatte die Fahrt seine Gereiztheit nicht gemildert. »Danke fürs Kommen. Ich weiß, dass es … merkwürdig ist.«

»Du hast gesagt, es sei wichtig«, Wileys Worte klangen viel sanfter, als seine Körperhaltung wirkte, ein Anzeichen dafür, dass er sich bemühte. »Was ist passiert? Du warst am Telefon, wie soll ich sagen, ungewöhnlich nebulös.«

»Nebulös. Ich glaube, so hat mich noch nie jemand bezeichnet«, versuchte sie seine Stimmung aufzuhellen.

»Was ist jetzt die wichtige Angelegenheit, wegen der du mich nach Crisfield gerufen hast?« Wiley änderte seine Körperhaltung nicht.

»Komm rein«, bat sie. »Da ist etwas, das ich dir zeigen muss.«

Sie führte ihn in die Küche und zeigte auf vier Aktenordner, die sie versteckt unter Tischsets in der Anrichte gefunden hatte. Sie war sich sicher, dass sie einer der Hauptgründe waren, warum Odi das Landhaus mit einer Sprengfalle versehen hatte. Keinen Zweifel, dass sie auch den Laptop zerstören sollte, doch das wollte sie nicht ansprechen. Nach Ende des Countdowns hatte sie als Erstes die Sturmrollläden wieder in Gang gesetzt. Wie sie vermutete, hatte Odi sie mit einer falschen Sicherung ausgeschaltet. Leider hatte sie nicht das Versteck seiner Bombe finden können. Solange diese nicht entschärft war, würde sie den Computer wie das Ebolavirus behandeln.

»Was ist dadrin?«, fragte Wiley

Cassi schob ihm den Stapel rüber. »Sieh es dir an.«

Wiley trat einen halben Schritt zurück, nachdem er den obersten Ordner geöffnet hatte, als hätte er Angst, er könnte ihn beißen. Mark Drakes lächelndes Gesicht starrte ihn von einem glänzenden Blatt an. Diese Porträtaufnahme war Teil eines Artikels im Magazin *Car and Driver* mit dem Titel ›Drakes galantes Ross‹.

Wiley überflog den Artikel und las die Bildunterschrift unter dem Foto eines Autos vor, das nun in einer Garage der Forensikabteilung des FBI stand. »Als kugelsicherer Streitwagen, gezogen von 500 Pferden, ist Drakes maßgefertigter Bentley groß genug, um sechs Ritter und ihre Tafelrunde zu beherbergen.« Die nächste Seite zeigte, wie Drake vor seiner versaillesartigen Villa in den Bentley stieg. Wiley wollte schon weiterblättern, als ihm die vertrauten Gesichtszüge des Chauffeurs auffielen. Für Cassi war es offensichtlich, dass dieses Foto der Auslöser für Odis Attentatsplan war. Wiley schien zum gleichen Schluss zu kommen, denn er sagte: »Nicht zu fassen.«

Cassi sah zu, wie Wiley rasch durch die weiteren Seiten des Aktenordners blätterte, da er das Wesentliche bereits erfasst hatte. Der Rest enthielt weitere lobpreisende Homestorys aus ähnlichen Magazinen wie *Business Week, Inc.* oder *American Rifleman,* von denen jede weitere Fotos und brauchbare biografische Angaben enthielt.

Wiley legte den ersten Ordner beiseite und öffnete den zweiten. Ganz oben befand sich ein Artikel aus dem *Esquire* mit dem Titel ›Ein König und seine Schlösser‹. Direkt darunter eine Nahaufnahme von Mark Rollins, der auf vier Seiten von vier königlichen Residenzen flankiert wurde: eine Villa in Suffolk County, ein Penthouse in Manhattan, eine Ranch in Montana und ein Strandhaus an der Küste von Virginia. »Dieser Hurensohn.«

Cassi enthielt sich eines Kommentars. Sie wusste, dass die Mutter des Attentäters alles andere als eine Hure gewesen war.

Wiley schob die zweite Akte beiseite und hielt dann mit den Fingern über der dritten inne. Er schob sie ebenfalls zur Seite, als ihm offenbar die Bedeutung der Anzahl der Ordner aufging. Bisher hatte es erst drei Morde gegeben – abgesehen von Potchak, über den Odi nichts recherchieren musste. Bevor er den vierten öffnete, blickte er zu ihr auf. Cassis Kiefer verkrampfte sich, während sie nickte.

Ganz oben im Ordner lag ein Artikel aus dem *Rappahannock Record* mit dem Titel ›Zufluchtsorte Prominenter‹. Odi hatte einen Absatz in der Mitte mit einem roten Stift eingekreist. Norm Evans zufolge, dem Besitzer des Reedville Coffee Stop, ließ Direktor Proffitt keine Gelegenheit aus, den Kopf vom Großstadtsmog zu reinigen und seine Lungen mit der frischen Luft von Chesapeake zu füllen. Was laut Evans besonders für jene Wochenenden galt, an denen Direktor Proffitt zu einer Sonntagmorgen-Talkshow eingeladen war. »Es gibt nichts Besseres als einen Morgen in Chesapeake, um das Beste aus einem rauszuholen.«

Cassi spürte, wie ihr heiße Tränen über die Wangen liefen, während Wiley die Worte las. Als er schließlich aufblickte, hatte sie keine Ahnung, was sie sagen sollte.

»Ich bin also als Nächster dran?«, fragte Wiley.

Cassi nickte langsam.

Wiley reichte ihr ein Taschentuch, mit dem sie sich die Augen abtupfte. Bis zu diesem Moment hatte sie allein gearbeitet, nur vom Adrenalin unterstützt. Jetzt fühlte sie sich, als würde sie zusammenbrechen, im Wissen, dass Wiley da war, um die Welt um sie herum vor dem Zusammenbruch zu bewahren. Doch das war der falsche Zeitpunkt für Schwäche, also schloss sie die Augen und unternahm einen entschlossenen Versuch, sich zusammenzureißen. »Fitzpatricks Website erwähnte, dass du am Sonntag Gast bei PoliTalk sein wirst.«

Wiley nickte nüchtern. »Du glaubst also, der Attentäter wird auf Asgard hinter mir her sein?«

»Ja.«

»Warum ich? Ich leite keinen Konzern.«

Cassi hatte den ganzen Nachmittag damit verbracht, den Bluff durchzugehen und über diese Frage nachzudenken. Doch eine zufriedenstellende Antwort war ihr immer wieder entglitten wie eine Rauchwolke. Trotzdem wusste sie, dass ihre Schlussfolgerung stimmte, also machte sie ihr entsprechend weiter. Sein Motiv würde sich irgendwann schon offenbaren. »Ich bin mir nicht sicher, warum er hinter dir her ist, aber ich war es, die die Identität des Attentäters aufgedeckt hat. Weshalb es wohl meine Schuld ist.«

46

Baltimore, Maryland

Odi träumte von Schlangen. Er war zwischen ihnen gefangen, gelähmt in ihrer dunklen Mitte, während sie umherschlängelten und zischten. Seit seinem elften Lebensjahr, als eine Kornnatter sich in seinen Schlafsack geschlichen hatte, hatte er eine irrationale Angst vor Schlangen. Sie hatte ihn aufgeweckt, als sie über seine nackten Schenkel zu flüchten versuchte. Damals war sich sein müder Verstand erst nicht sicher, ob er sich das Gefühl nur eingebildet hatte oder nicht. Als sich die Bewegung aber wiederholte, lag er vor Angst wie gelähmt da, bis der schuppige Kopf nur wenige Zentimeter vor seiner Nase auftauchte und den Bann brach. Die anderen Pfadfinder fanden ihn am Fuße eines Hügels, immer noch um sich tretend und schreiend im Versuch, sich aus seinem durchnässten Schlafsack zu befreien. Auch 20 Jahre später konnte Odi noch immer ihr unaufhörliches Gelächter hören.

Heute kehrte dieser Traum, wie es Albträume so an sich haben, wieder in sein Bewusstsein zurück und spielte sich immer und immer wieder ab, begleitet von einem unablässigen Zischen, bis endlich ein Schmerz durch seine verätzte Schulter zog, der ihn schlagartig aufweckte. Das Erste, was er bemerkte, während sein Verstand versuchte, den Nebel zu durchdringen, war ein vertrauter Geruch. Sobald er ihn bemerkte, wurde alles klarer und seine Augenlider hoben sich wie Jalousien, die man mit einem Ruck öffnete. Er befand sich wieder im Chemielabor. Das Zischen war real, kam aber nicht von Schlangen, sondern von Gas.

Ein grünes Meer trat in seinen Blick. Kacheln. Er lag auf dem Bauch, seine linke Wange ruhte taub auf dem kalten Boden des Laboratoriums. Seine Arme waren hinter seinem Rücken gefesselt. Ayden.

Was seine Zwickmühle noch verkomplizierte, war, dass Odi nicht wusste, wo die Wahrheit endete und die Fiktion begann. Doch eines stand fest. Wieder einmal hatte man ihn verraten. Aydens Motivation war offensichtlich. Er wollte acht Liter von der Sahne. Odi kam sich unglaublich dumm vor, weil er erst einen Taserschock benötigt hatte, um die Wahrheit zu erkennen. Zweifellos hatte Ayden die Geschichte mit Sheila und dem Senatsausschuss nur erfunden, um dieses Ziel zu erreichen. Die große Frage lautete: Warum? Warum wollte Ayden ein ganzes Arsenal an Sahne haben? Er hatte von ihr erst vor wenigen Tagen erfahren. Da blieb kaum genügend Zeit, um einen großen Plan zu organisieren. Odi vermutete, dass Ayden die Sahne einfach improvisierend in ein schon bestehendes Rahmenwerk eingebaut hatte, doch das wirkte weit hergeholt. Oder Ayden hatte einfach die Nachfrage auf dem Schwarzmarkt nach einer solchen Waffe begriffen, woraufhin ihn die Gier über Nacht übermannt hatte. Acht Liter waren das Äquivalent zu 256 unsichtbaren Handgranaten. Bei dem Gedanken daran, was Leute wie bin Laden mit einem solchen Arsenal anrichten könnten, schauderte Odi.

Seine Gedanken kehrten zu Ayden zurück. Hinter seinen Taten musste mehr als nur Gier stecken. Ayden hatte seine Werte verraten. Er hatte sich gegen seinen Freund gewandt. Das passierte nicht innerhalb eines Tages. *Oder doch?*, fragte Odi mit Blick auf sich selbst.

Unangenehme Fragen schwirrten durch seinen Geist, und Odi versuchte sie schnell beiseitezuschieben, damit er sich auf die Gegenwart konzentrieren konnte. Auch wenn seine Hände auf dem Rücken gefesselt waren, spürte er doch seine gespreizten Beine und erkannte, dass diese frei waren. War Ayden nachlässig geworden, fragte er sich, oder deutete die Anomalie auf etwas anderes hin? Vielleicht befand sich Ayden noch im Raum.

Vorsichtig rollte Odi sich auf den Rücken, um einen besseren Blick auf seine Umgebung zu bekommen. Während seine Hände unter ihm lagen, hörte er ein sanftes metallisches Klicken. Ein Schauer lief ihm über den Rücken, während er erstarrte. Nichts erregte die Aufmerksamkeit eines Bombenentschärfers so sehr wie ein unerwartetes mechanisches Geräusch. Entweder hatte er sich gerade auf etwas Metallisches gerollt, das Ayden in der Mitte des Raumes platziert hatte, oder irgendeine Vorrichtung war an seine Arme gebunden. Beide Möglichkeiten führten zu einer schrecklichen Schlussfolgerung. Der Raum war eine mit Gas gefüllte Bombe, und er war der Auslöser.

Während er das Zischen des Gases über seinem Kopf wegfilterte, versuchte Odi das Geräusch gedanklich zu wiederholen. Er hatte ein hohles Klicken gehört, gefolgt von metallischem Kratzen auf Fliesen. Es war mysteriös, aber mysteriös war besser als das nur zu vertraute scharf machende Klicken eines Druckschalters – vermutlich.

Er überlegte, um Hilfe zu rufen, doch angesichts des Zischens könnte dies das Schlimmste sein, was er tun konnte. Wenn Ayden ihn mit einem Auslöser verbunden hatte, hatte er das vermutlich auch mit der Tür gemacht. Wenn irgendjemand als Reaktion auf sein Rufen hereinkam, bevor Odi das Gas abgeleitet hatte, würden er und sein guter Samariter in Flammen aufgehen.

Odi fasste seine Situation zusammen. Wenn er sich bewegte oder um Hilfe rief, würde sich das Gas entzünden und er einen grausamen Tod erleiden. Wenn er nichts tat, würde er ersticken, sobald das Gas den Raum ausfüllte. Das würde kein Gute-Laune-Tag werden.

Langsam hob er die Beine an, bis sie sich senkrecht zum Boden befanden. Dann, die Augen zu einer Grimasse zusammengekniffen, ließ er die Beine nach unten schnellen, sodass der Ruck der Bewegung ihn in eine aufrecht sitzende Position brachte, ohne die Hände zu benutzen.

Kein Knall.

Er blickte über die Schulter, um den Boden zu inspizieren, sah aber nichts als Kacheln. Das schränkte die Möglichkeiten ein. Langsam schob er seine Füße unter sich und stand auf, ganz darauf bedacht, seine Hände nicht zu bewegen. Auf Zehenspitzen schlich er zum Wandspiegel neben der chemischen Dusche. Stehend empfand er den Gasgeruch viel stärker und ihm wurde schwindelig. Er wusste, ihm blieb nicht viel Zeit, bevor er den Gasen erliegen würde.

Der Spiegel offenbarte, dass Ayden keine Bombe zwischen seine Arme gebunden hatte. Dafür etwas, das dem am nächsten kam: Mit Klebeband hatte er die beiden Bügel eines Gasanzünders an jeweils einem Handgelenk befestigt und dazu noch die Handgelenke zusammengebunden, was den Anzünder gespannt hielt. Wenn Odi seine Hände befreite, würde jene Spannung nachlassen, die die beiden Bügel des Gasanzünders zusammengedrückt hielt. Der Feuerstein würde über die Zündfläche kratzen und einen tödlichen Funkenregen auslösen. Odi stellte sich vor, wie sein Leben mit einem saugenden Wusch und einem schneidenden Bum enden würde.

Vielleicht wär's ja besser so, dachte er. Ausgleichende Gerechtigkeit. Das, was er dafür verdient hatte, acht Liter Sahne auf die Welt loszulassen, Unschuldige zu gefährden und seine Familie zu entehren. Eine Welle der Emotionen erfasste ihn. Er hatte zugelassen, dass man ihn benutzte, und dabei alle betrogen, die er kannte. Ein feuriger Tod wäre noch zu gut für ihn. Außerdem, wie oft hatte er Prometheus beim Bombenkommando überlistet? Ein Dutzend Mal? 50 Mal? Oder gar 100?

Während er in den Spiegel starrte, verschwanden seine suizidalen Gedanken so schnell, wie sie gekommen waren. Er war nicht hier, um den Ausweg des Feiglings zu nehmen. Apropos Ausweg, jetzt, wo er seine Zwickmühle verstand, war sein erster Impuls, die Tür zu öffnen und wegzurennen, um den zwischen seine Handgelenke gebundenen Zünder so weit wie möglich vom Gas wegzubekommen. Aber die Jahre als Bombenentschärfer hatten ihn darauf konditioniert, keinen übereilten Impulsen zu folgen. Er wandte den Blick zum Ausgang und entdeckte den Ausfallzünder sofort. Wie vorhergesehen hatte Ayden einen zweiten Gaszünder an der

Tür befestigt. Zum Glück würde es einfach sein, ihn zu entschärfen – sobald Odi seine Hände wieder benutzen konnte.

Seine Gedanken überschlugen sich förmlich, um eine Lösung zu finden, im Bewusstsein, dass ihm buchstäblich die Zeit davonzischte. Verlor er jetzt das Bewusstsein, würde er nie wieder aufwachen. Blieben ihm noch Sekunden? Minuten? Eine? Zwei? Fünf? Zehn? Es gab keinen Weg, das zu sagen. In einem Moment würde sein Kopf sich drehen, und im nächsten würde er umfallen. Wusch-bum.

Auch wenn er Hunderte von Bomben entschärft hatte, war Odi noch nie zuvor in einer gefangen gewesen. Teil des Mechanismus zu sein brachte ihm eine ganz neue Perspektive, was ihm aber nicht weiterhalf.

Er versuchte einen mentalen Schritt zurückzutreten, um die Bombe wie bei jedem anderen Entschärfungseinsatz zu analysieren. Das Ziel war das gleiche. Er musste den Zünder davon abhalten, das Wehrmaterial, also das Gas, explodieren zu lassen. Die Frage lautete, wie. Seine Hände konnte er nur sehr eingeschränkt einsetzen, und das Gas war überall. Er konnte keinen Draht durchschneiden oder einen Unterbrecher in eine Schaltung zwischen Zünder und Gas einsetzen.

Oder doch?

Darauf bedacht, keinen Druck auf seine Arme zu geben, ging Odi zur nächstgelegenen Arbeitsstation und schob sich rückwärts auf die Arbeitsplatte. Hier war der giftige Geruch am stärksten. Sein Schwindelgefühl nahm zu. Um wach zu bleiben, biss er sich fest auf die Zunge, während er seinen Rücken durchbog, seine Hände in ein Waschbecken senkte und mit dem Stöpsel den Abfluss verschloss. Während er nach dem Wasserhahn griff, schmeckte er Blut und seine Sicht verschwamm. Die Lösung lag in seinen Händen, doch es war zu spät.

Um ein paar Sekunden zu gewinnen, presste er ein Bein gegen den nächsten Gashahn und stoppte den tödlichen Strom. Als würde er eine irre Version von Twister spielen – nur ohne das Mädchen. Den Druck auf seinem Bein lassend, kämpft er sich nach vorn, damit seine gefesselten Hände den Wasserhahn erreichen und das kalte Wasser aufdrehen konnten.

Die Wartezeit, bis sich das Becken füllte, umfasste die längsten Sekunden seines Lebens. Seine Schulter brannte, sein Schädel pochte, seine Zunge blutete, seine Arme verkrampften und das Vergessen lag nur ein Zucken entfernt. Er nutzte die Zeit, um den Gashahn allmählich zuzudrehen, den er bisher mit seinem Bein blockiert hatte. Jetzt blieben nur noch 19 weitere.

Sobald das Wasser tief genug war, lehnte Odi sich zurück und tauchte die Hände bis zum Boden des Beckens. In dem Moment, in dem sich der Zünder unter Wasser befand, zog er seine Handgelenke auseinander. Als das Klebeband riss, hörte er, wie der Zündstein über die Zündfläche rieb, doch das Wasser setzte ihn außer Gefecht.

Trotz seiner Schmerzen vor Erleichterung seufzend, rollte er seine Handgelenke, um das Klebeband abzustreifen, wobei er einige Haare an seinen Unterarmen verlor. Gott, wie würde er nur aussehen, wenn das alles vorüber war? Dann lachte er über sich selbst. Alles außer Asche wäre okay.

Er warf den Gaszünder zurück ins Wasser und sprang auf den Boden. Odi brauchte keine Minute, um die restlichen Gashähne zu schließen. Noch ein paar weitere Sekunden, und er hatte den zerschlagenen Lüftungsschalter wieder instand gesetzt. Das Geräusch des Ventilationssystems über ihm war das schönste, das er je gehört hatte.

Nach 30 Sekunden, in denen er kräftig durchatmete und Sauerstoff in sich aufnahm, sprühte Odi den kompletten Inhalt eines Feuerlöschers auf den zweiten Zünder. Dann entfernte er ihn von der Tür und warf ihn zu seinem Gegenstück ins Wasser. Er schnappte sich seine Jacke vom Stuhl und spürte erleichtert das zusätzliche Gewicht darin. Er überprüfte seine Tasche und die Erleichterung nahm noch zu. Die Wasserflasche voll mit Sahne war noch da. Während er sie erblickte, entstanden in seinem Kopf schon seine nächsten Züge.

47

Das Grand Hyatt, Washington, D. C.

Während Ayden zusah, wie die Menge an jungen Männern um ihn herum zunahm und die Suite sich füllte, verspürte er ein warmes Gefühl. Diese Märtyrer glichen in keiner Weise jenen barbarischen, geistesgestörten, ignoranten Schurken, auf die die manipulatorischen Politiker und die sensationsgeile Presse mit gerümpfter Nase zeigten. Das hier waren adrette, gebildete Anführer mit kristallklaren Augen, die mit nüchternem Verstand zum Wohle der Allgemeinheit das ultimative Opfer brachten. Morgen würden all die Propagandatricks des

Establishments nach hinten losgehen. Diese Soldaten würde das Ministerium für Innere Sicherheit nicht kommen sehen.

Dennoch war sich Ayden darüber im Klaren, dass so viele Menschen aus dem Nahen Osten Aufmerksamkeit bei einer so nervösen Bevölkerung erregen würden. Also ließ Ayden im Hotel vorsorglich durchsickern, dass er ein Vorsprechen für kleine Nebenrollen in einem neuen Tom-Clancy-Film durchführte. Die Augen des Pagen leuchteten, als sie von der Platte mit Sandwiches zur Kameraausrüstung wanderten. »Wie aufregend. Wissen Sie, ich war einmal …«

»Also, jetzt wo ich Sie ins Vertrauen gezogen habe«, unterbrach Ayden ihn und wedelte mit einem Hunderter, »würde ich es begrüßen, wenn Sie Stillschweigen über unsere Anwesenheit bewahren. Heutzutage glaubt jeder, er könne schauspielern, und das Letzte, was wir brauchen, ist eine Schlange von Möchtegern-Tom-Cruises vor der Tür.«

Der Page ließ den Schein schneller verschwinden als ein Chamäleon sein Mittagessen. Dann verbeugte er sich und entbot ein unterwürfiges »Selbstverständlich«.

Ayden sah zur Menge und nickte. Arvins 24 Freiwillige waren in den letzten zwei Stunden in unregelmäßigen Intervallen eingetroffen und bevölkerten jetzt die 2000-Dollar-Suite des Hyatt. Statt einer düsteren Atmosphäre herrschte eher eine heitere Stimmung, aber Ayden konnte die unter der Oberfläche schwelende Anspannung fühlen. Diese Anspannung bei ihnen zu unterdrücken war die erste Hälfte seiner heutigen Aufgabe. Die andere war es, ihre Entschlossenheit zu zementieren.

Als er neben dem Granittresen gegenüber dem Wohnbereich Platz nahm, ebbten die Gespräche ab. Er rollte einmal die Schulter und legte los. »Wir sind Fremde, geeint durch unsere gemeinsame Hingabe an eine große Sache. Das macht uns zu Freunden. Freunde, bitte hört mich an, denn ich habe euch einiges zu enthüllen.« Gebanntes Schweigen erfüllte nun den Raum.

»Zu meiner Linken seht ihr einen Stapel mit Umschlägen, zu meiner Rechten«, wie in einer Zeremonie hob er ein schwarzes Tuch an, »100 Getränkeflaschen aus der Minibar. Vier für jeden von euch.« Ayden hielt einen der Leinen-Briefumschläge hoch und zog eine 50-Milliliter-Flasche Baileys Irish Cream hervor. »Das ist eure Mission und euer Mittel. Ich werde genau erklären, wie und wann die Irish Cream benutzt werden muss. Dann, nach dem Essen, wird jeder von euch ein Video aufnehmen, ein Video, das eure Familien für viele kommende Generationen stolz machen wird.«

48

Asgard Island, Chesapeake Bay

Während die Nordwind Asgard über eine Bucht mit unruhigem Seegang erreichte, ging Cassi nach draußen, um sich an die Reling zu stellen. Ein wenig Gischt traf sie im Gesicht. Es schmeckte eisig und sehr salzig – ihrer aktuellen Situation nicht ganz unähnlich.

Sie sah an der Jacht entlang bis zur Küstenlinie. Bei ihren vorherigen Besuchen hatte sie Wileys winzigen

Hafen nicht näher studiert. Dafür hatte es keinen Grund gegeben. Für die nächsten 24 Stunden aber würde Wileys Insel ihr Kampfgebiet sein. Als solches betrachtete sie es jetzt. »Erzähl mir von dem Hafen«, rief sie in die Kabine.

»Er kann Jachten bis zu einer Länge von 37 Metern aufnehmen«, rief Wiley zurück, die Stimme vom Wind gedämpft. »Die beiden zentralen Bootslifte sind stark genug, um ein 20-Meter-Boot komplett aus dem Wasser zu heben. Was normalerweise nicht notwendig ist, aber eine nette Option, wenn die See zu rau wird.«

Cassi wusste, dass sie den Bootslift jetzt nicht benutzen würden. Nach ihrer Vereinbarung würde Wiley nicht einmal den Motor abschalten. Er würde sie nur absetzen.

»Stimmt was nicht?«, fragte Wiley. »Du starrst so seltsam.«

»Nein. Ich muss nur eine taktische Perspektive einnehmen. Ist das die einzige Stelle, an der ein Boot sicher anlegen kann?«

»Ja. Die Felsen zerreißen dir den Rumpf, wenn du versuchst, woanders anzulegen.«

Cassi wurde bewusst, dass sie die Insel noch nie von der Ostseite aus gesehen hatte. Sie hatten sich immer von Virginia aus genähert. »Der ganze Inselumfang sieht also so aus: felsige Riffe, die aus dem Wasser ragen?«

»Ja. Geologisch gesehen ist Asgard eine felsige Bergspitze, die aus der Bucht ragt. Die Steilküste ist im Schnitt zehn Meter hoch, nirgendwo weniger als sechs.«

»Warum hast du dann den Pier hier gebaut? Warum nicht näher am Haus?«

»Das ist der am besten geschützte Ort leewärts der Insel.«

Cassi nickte und studierte die rauen Klippen. »Wenn ich das aus einer taktischen Perspektive betrachte, erinnert es mich irgendwie an Alcatraz.«

»Mein Großvater hätte dich für immer verstoßen, hätte er dich das sagen hören. Wir Proffitts ziehen es vor, diese Insel als Walhalla anzusehen.«

Ihre Neckereien wurden lockerer, da beide versuchten, die steigende Unbehaglichkeit der Situation – die Nervosität, die Schuld und, ja, die sexuellen Spannungen – zu überspielen. Sie unternahmen diesen vertrauten Ausflug nicht, um sich im Klee auf einem Felsvorsprung zu lieben oder küssend und Händchen haltend durch die Gärten zu schlendern. *Wir sind Kollegen auf einer Mission, sonst nichts*, wurde ihr bewusst. Das tat weh. »Wie groß ist der Umfang deines irdischen Himmels?«, fragte sie.

»Etwas über drei Kilometer. Die Insel deckt knapp einen Quadratkilometer ab, auch wenn sie nicht quadratisch ist. Wie meine Großmutter zu sagen pflegte, ist Asgard wie ein lächelnder Mund geformt.«

Oder ein böses Gesicht, je nach Perspektive, dachte Cassi. »Mit dem Hafen als Zähne?«

»Und dem Haus als Grübchen.«

Cassi betrachtete weiter den Hafen, während Wiley kunstvoll die 15-Meter-Jacht zu einem eisernen Anlegeplatz manövrierte. Das letzte Mal war sie mit Odi hier gewesen. Und auch dieses Mal würde Odi kommen, doch sie würde sich gegen ihn wenden.

Wiley trieb längsseits ans Dock und gab dem Zwillingsmotor einen Moment, sich umzukehren, dann stellte er ihn auf Leerlauf. Die Nordwind hielt an, als befände sie sich auf Rädern. »Bist du dir sicher, dass ich dich zurücklassen soll, Cassi? Ich würde lieber bleiben. Ich habe kein gutes Gefühl dabei, dich hier allein zu lassen.«

Die Frau in ihr sehnte sich danach, doch heute überwog die Agentin. »Ich bin mir sicher. Ich muss mich allein um ihn kümmern, von Angesicht zu Angesicht.«

Wiley schüttelte den Kopf. »Was, wenn er dir diese Chance nicht lässt? Was, wenn da oben eine Bombe wartet, wie die im Haus deiner Tante? Oder wenn er seinen Modus Operandi geändert hat und ein Scharfschützengewehr benutzt?«

Cassi blickte zur See hinab, um die Zweifel in ihren Augen zu verbergen. »Ich bin nicht nur seine Zwillingsschwester, Wiley. Ich bin auch Profilerin. Und überzeugt, dass Odi das nicht tun wird.«

»Wie kannst du dir da so sicher sein, wenn du nicht einmal seine Motivation kennst? Offensichtlich hat er sich verändert. Wer weiß, was ihm dort drüben zugestoßen ist. Vielleicht hört er Stimmen oder bekommt seine Befehle von einem Hund.«

Wiley spielte wirksam mit ihren Emotionen. Sie wusste, dass sie es professionell halten musste, sonst würde sie nachgeben. »Was auch immer seine Motivation ist, seine ersten Morde zeigen, wie persönlich es für ihn ist.«

»Das wissen wir nicht«, schoss Wiley zurück. »Ich bin kein Rüstungsunternehmer. Selbst wenn die anderen persönlich waren, könnte dieser hier anders sein.«

»Ich weiß deine Sorge zu schätzen, Wiley. Wirklich. Aber wir haben uns schon vor Stunden darauf geeinigt, und du hast mir versprochen, es mich auf meine Weise machen zu lassen. Ich werde jetzt das Boot verlassen. Und ich möchte dich nicht vor morgen um diese Zeit wiedersehen.«

49

Asgard Island, Chesapeake Bay

Odi spürte, wie das Adrenalin einsetzte, als die aufgehende Sonne die Klippen erklomm und goldene Strahlen durch die kugelsicheren Fenster sandte. Er wusste, es würde nicht mehr lange dauern. Wiley war ein Gewohnheitstier.

Um sich auf eine sichere Sache konzentrieren zu können, hatte Odi es aufgegeben, nach Aydens Gründen zu suchen, warum er die Sahne wollte. Einem Verräter wie Wiley konnte er es nicht gestatten, das zweithöchste Amt im Land anzutreten, doch er konnte auch nicht erwarten, ihn aufzuhalten – zumindest nicht mit politischen oder legalen Mitteln. Für solch konventionelle Maßnahmen war Wiley viel zu reich und mächtig. Zum Glück war Odi eher der unkonventionelle Typ – und er hatte immer noch seine Wasserflasche mit der Sahne.

Um seine Muskeln warm zu halten, beugte er sich vor, berührte seine Zehen und hielt die Spannung, bis er bis zehn gezählt hatte. Nachts heizte Wiley das Wohnhaus nicht. Was Odi nicht überraschte. Trotz seines Reichtums wirkte Wiley auf Odi wie der traditionelle sparsame Neuengländer, der Flanellpyjamas unter dicken Wolldecken trug. Der Gedanke war wirklich unangenehm, während der eigene Körper wund und kalt war wie Odis nach der Jetski-Fahrt letzte Nacht. Doch er beschwerte sich nicht. Er hatte einen langen Weg hinter sich, um diese finale

Phase zu erreichen. Nach Wochen voller Kämpfe hatte er nur noch eine Schlacht zu schlagen.

Durch den Spalt in der Schranktür betrachtete Odi das Zimmer genauer. Das hatte er in der Dunkelheit der Nacht nicht tun können. Wileys gewaltiges Arbeitszimmer sah genauso aus wie damals, als er mit Cassi hier zu Besuch gewesen war. Fenster an der Ostseite des Raums, ein langes Aquarium entlang der Westseite, ein 60-Zoll-Bildschirm an der hinteren Wand und eine Garnitur aus Ledermöbeln in der Mitte.

Am gegenüberliegenden Ende von Odis Versteck befand sich eine Bar in der einen Ecke und ein großer gläserner Schreibtisch in der anderen. Hinter dem Schreibtisch stand ein Plexiglaspult auf das Fenster gerichtet. Odi hatte Wiley nach der seltsamen Positionierung des Pultes gefragt. »Das hilft mir dabei, mich darauf zu trainieren, Ablenkungen zu ignorieren«, hatte Wiley erklärt. »Ein Schlüsselelement, um in der Washingtoner Politik zu überleben.«

Auf dieses Pult konzentrierte sich jetzt Odis Aufmerksamkeit. Es war der Köder, der die Ratte in die Falle locken sollte – und zwar bald, wie die Geräusche andeuteten. Die Rohre erwachten zum Leben. Er vermutete, dass Wiley duschte.

Neben dem marmornen Aschenbecher auf dem Beistelltisch entdeckte er eine große Fernbedienung, jene, die Wiley bei ihrem letzten Besuch benutzt hatte, um den Panikraum zu aktivieren. Er hätte sie als Vorsichtsmaßnahme verstecken sollen, wurde Odi bewusst, doch er wollte jetzt nicht riskieren, sie zu holen, da er wusste, dass Wiley wach war. Es spielte vermutlich sowieso keine Rolle. Es gab keinen Knopf, den man drücken konnte, wenn man eine Bombe im Bauch hatte – außer vielleicht Game Over.

Odi dachte immer noch über die Ironie nach, jemandem eine Falle in einem Panikraum zu stellen, als Wiley hereinkam. Das ging schnell, dachte er, aber Wiley war offensichtlich direkt aus der Dusche gekommen. Er trug einen Flanellpyjama mit schottischem Karomuster und eine dicke weiße Robe mit einer Kapuze, die ihn wie einen Preisboxer aussehen ließ, der in den Ring marschierte. Die Analogie wirkte angemessen, nahm er an. Das Pult war die Arena eines Politikers.

Ohne einen Blick auf den Schrank zu werfen, durchquerte Wiley das Zimmer und ging zum Pult, offenbar um für seinen anstehenden Auftritt bei PoliTalk zu üben. »Es ist mir eine Freude, zurück bei PoliTalk zu sein, Jim.«

Odi glitt lautlos aus seinem Versteck.

»Heute wäre ich gern der Überbringer guter Neuigkeiten«, fuhr Wiley fort, »doch aus meiner Perspektive sieht die Situation leider gar nicht rosig aus.«

Odi hob zwei Berettas, zielte auf Wileys Rücken und sagte: »In der Tat.«

Wiley erwiderte darauf nichts. Er erstarrte nur.

Odi dachte, er hätte ein Zittern entdeckt. »Schau mich an«, befahl er.

Langsam, ganz langsam drehte Wiley sich um, während er mit der linken Hand die Kapuze zurückzog. Als Erstes sah Odi das Aufnahmegerät, dann das Gesicht. Die Person im Bademantel war Cassi.

50

Asgard Island, Chesapeake Bay

»Komm schon, erschieß ihn«, flüsterte Stuart auf den Überwachungsmonitor starrend. »Erschieß den Dreckskerl.«

»Sie träumen wohl«, meinte Wiley, ohne die Augen abzuwenden. »Cassi wird niemals ihren Bruder erschießen. Es bestand die Möglichkeit, dass er ihr in den Rücken schießt, als er noch dachte, ich sei es. Dann hätten wir vielleicht wirklich Glück gehabt und zusehen können, wie er sich danach selbst erschießt, wenn er seinen Fehler bemerkt, wie bei Romeo und Julia, aber die Chance ist verstrichen. Jetzt ist es an uns.«

Sie hatten zugesehen, wie Odis Berettas aus seinen schlaffen Händen auf den Boden glitten, als Cassi einen 45er-Colt aus ihrer Bademanteltasche zog. Jetzt standen die Zwillinge einfach da, ihr flossen die Tränen, sein Mund stand weit offen, keiner wusste, was als Nächstes zu tun war.

Stuart sagte: »Sie gehen jetzt besser da rüber, bevor die beiden rausfinden, was wirklich los ist.« Aber Wiley war schon fort.

Während er aus der Tür der Überwachungskammer schlüpfte und den Flur entlangschlich, fragte Wiley sich, wie es so weit kommen konnte. Natürlich kannte er die Antwort. Als er den drei Marks versichert hatte, alles zu tun, was nötig war, hatte er einen faustischen Pakt geschlossen – seine Seele für das Oval Office – so wie sie.

Um die Ecke durch den Türrahmen spähend konnte er Odis Rücken und Cassis Kopf sehen. Sie umarmte ihren Bruder, doch den Colt hielt sie noch immer in der Hand.

Cassi entdeckte Wiley, als er das Zimmer betrat, und trat von ihrem Bruder zurück.

»Was ist los?«, fragte Odi, der ihr Gesicht genauer betrachtete, bevor er sich umdrehte.

»In deiner misslichen Lage konnte ich dich einfach nicht allein lassen«, kam Wiley Cassi zuvor. »Ich habe mir Sorgen gemacht. Aber ich bin froh zu sehen, dass ihr die Lage unter Kontrolle habt. Soll ich euch beide allein lassen?«

Bevor Cassi etwas sagen konnte, sprach Odi: »Erschieß ihn. Lass ihn nicht meine Waffen erreichen.«

Wiley lächelte beinahe, als er Odis Worte hörte. Als würde er aus Stuarts Drehbuch vorlesen.

Odis Pistolen lagen auf dem Boden vor dem Schrank. Einen Meter links von Wiley, und ganze sechs Meter von den Carrs entfernt. Wiley hob die Hände. »Hey, ich bin nicht derjenige, der hierhergekommen ist, um jemanden zu erschießen. Tatsächlich bin ich sogar der Einzige, der hier unbewaffnet rumläuft – und es ist mein Haus.«

»Hör nicht auf ihn, Cassi«, unterbrach Odi. »Er hat viele Menschen getötet, inklusive Derek, Flint und Adam.«

Mit ruhiger und gefasster Stimme sagte Wiley: »Du bist krank, Odi. Verrückt. Geistig verwirrt. Was ist dir dort drüben im Iran zugestoßen? Was haben sie dir angetan?«

Während er sprach, sah Wiley, wie Cassi zwischen ihnen beiden hin- und herblickte, ihr Gesicht eine Maske aus Kummer und Sorge. Ihre Unentschlossenheit spürend, hielt er ihr seine Hand hin und sagte: »Lass uns die Situation entschärfen. Wir wollen doch nicht, dass irgendjemand etwas Dummes tut.« Vorsichtig beugte er sich nach unten und ergriff die Läufe von Odis Berettas zwischen Daumen und Zeigefinger, ohne den Blick von Cassis Gesicht zu lassen. Langsam ging er zum Aquarium rüber und ließ die beiden Waffen hineinfallen. »Tut mir leid wegen der Waffen, Leute«, sagte er zu den Fischen. Die Berettas sanken rasch in dem einen Meter tiefen Wasser und klirrten gegen ein weißes Korallenriff am Grund.

»Warum setzen wir uns nicht alle hin und reden?«, schlug Wiley dann vor.

Cassi sah von Wiley zu Odi und wieder zu Wiley zurück. Sie blinzelte einmal und ging dann mit erhobenem Colt auf Wiley zu. Ihr Gesicht wirkte verquollen, ihre Augen bar jeden Ausdrucks. In diesem Moment wurde Wiley klar, dass er die Stärke der Liebe, die beide Zwillinge verband, unterschätzt hatte. Er hätte wetten können, dass Cassi lieber seiner Trauma-Opfer-Erklärung glaubte statt Odis tief verletzender Wahrheit. Diese Wette hätte er verloren.

Als Cassi immer näher kam, rasten Wileys Gedanken auf der Suche nach Alternativen. Er könnte aus dem Zimmer stürmen oder versuchen, ihr die Waffe abzunehmen, in beiden Fällen darauf setzend, dass sie ihn nicht erschießen würde. Während sie die Lücke zwischen ihnen beiden schloss, entschied er sich für Letzteres. Er wollte, dass dieser Schlamassel vorüber war. Kurz bevor er lossprang, wechselte Cassi den Colt in die linke Hand, den Lauf zwischen Daumen und Zeigefinger.

Odi brüllte »Nein!«, während Cassi den Colt hochhielt und dann ebenfalls den Fischen übergab. »Doch«, sagte sie und versuchte dabei eine ruhige Stimme zu bewahren. »Setzen wir uns.«

Während Wiley die drei Waffen anstarrte, die nutzlos auf dem Grunde des Aquariums lagen, verspürte er eine Welle der Erleichterung und einen euphorischen Schub. Er hatte gewonnen.

51

Asgard Island, Chesapeake Bay

Durch tränengetränkte Augen sah Cassi zu Odi hinüber, in Sorge, ihr Herz würde brechen. Zunächst noch wütend darüber, war sie jetzt froh, dass Wiley ihre Abmachung gebrochen hatte und früher zurückgekehrt war. Sie ließ die Waffe ins Aquarium fallen, wo sie neben denen von Odi landete, dann ging sie zum Sofa rüber. Wiley folgte ihr.

Odi erwiderte ihren Blick von der anderen Seite des Zimmers, sein Gesicht eine Maske der Verzweiflung. Unerklärlicherweise fühlte sie sich schuldig, gepaart mit einer Vorahnung. Mit schlurfenden Schritten ging er langsam zum Sessel, den Kopf tief gesenkt, der Inbegriff eines besiegten Mannes.

Im Bruchteil einer Sekunde veränderte er alles. Als Odi neben den Sessel trat, schnappte er sich den Marmoraschenbecher vom Beistelltisch und wirbelte ihn dabei wie einen Diskus herum. Er vollendete eine

Drehung und schleuderte den Stein direkt in die Mitte des Aquariums.

Die gewaltige Glasscheibe zerriss in ein Spinnennetz, während sich der Aschenbecher hindurchbohrte. Es gab ein vernichtendes Krachen, gefolgt vom Geräusch von tausend Litern Wasser, die zusammen mit hundert todgeweihten Fischen auf den beigefarbenen Teppichboden strömten. Cassi und Wiley schossen aus ihren Sitzen in die Höhe, während der lebendige Regenbogen sich hin und her wandte.

Odi tauchte zwischen den umherspringenden Fischen auf die nächstliegende Beretta zu. Cassi hörte einen Schuss, als die Pistole zwei Zentimeter vor Odis Hand in die Luft sprang. »Keine Bewegung, Carr«, rief eine neue Stimme aus dem Türrahmen. »Ich schieße nie daneben.«

Während Odi erstarrte, wandte Cassi sich der Stimme zu.

Stuart stand dort, von Kopf bis Fuß in Schwarz gekleidet. Abgesehen von seiner Handfeuerwaffe und dem begleitenden Knurren sah er genauso aus wie an dem Tag, an dem Wiley ihn zum Brunch mit in ihr Loft gebracht hatte. Während er sprach, blitzten seine dunklen Augen hinter der silbernen Brille mit kalter Intensität. »Legen Sie sich auf den Bauch, die Hände dabei auf den Rücken. Wenn Sie irgendwas Dummes versuchen, werde ich Ihrer Schwester eine Kugel verpassen.«

Cassi blickte von Stuart zu Odi und dann zu Wiley. »Wiley, was geht hier vor? Sag deinem Freund, er soll die Waffe weglegen.«

Wiley stand auf und ergriff die drei nassen Waffen auf dem Boden. »Tut mir leid«, sagte er, ohne ihr in die

Augen zu schauen. »Du hättest auf deinen Bruder hören sollen.«

Cassi wich das Blut aus dem Gesicht. Das Zimmer fing an, sich zu drehen. Das konnte nicht sein, Wiley konnte nicht … Wiley würde nicht … »Wiley …?«

»Ich hätte nicht gedacht, dass es so weit kommen würde. Dein Bruder ist ein wenig zu einfallsreich.« Wiley steckte sich die beiden Berettas an den Gürtel und bedeutete Cassi mit dem Colt, sich auf den Boden zu legen.

Cassi besaß nicht die Kraft, sich zu widersetzen. Stuart drückte ihr Gesicht in den durchnässten Teppich, während er ihr mit schwarzem Kabelbinder, den er aus seiner Tasche gezogen hatte, die Hände auf dem Rücken fesselte. Nur wenige Zentimeter vor ihren Augen schnappte ein sterbender Fisch nach Luft. Sie wusste genau, wie er sich fühlte.

Sie drehte den Kopf, um zu Odi zu blicken. Stuart hatte ihn auf die gleiche Weise gefesselt und auf dem Boden positioniert. Er war durchnässt und blutete aus einem Dutzend Schnitten, in manchen steckten noch Glassplitter des Aquariums. Schuldgefühle überkamen sie, während sie ihren Bruder fragte: »Welchen Einfallsreichtum meinen Sie?«

Odi sagte: »Ich bin ein Idiot gewesen. Man hat mich benutzt.« Er blickte zu Wiley hinauf. »Was für Pläne hast du mit dem Sprengstoff?«

»Welcher Sprengstoff?«, fragte Cassi, die gar nichts mehr verstand.

»Er spricht von den acht Litern seiner Spezialmischung, die er einem gemeinsamen Freund gegeben hat«, verriet Stuart, der Odis Rucksack hervorholte und öffnete. Dann zog er eine Flasche heraus, die mit einer milchähnlichen Flüssigkeit gefüllt war. »Worüber er sich aber wirklich Sorgen machen sollte, ist diese Flasche.« Er schüttelte die Flasche, Odi stöhnte. Dann zog Stuart einen langen Trichter hervor und Cassi sah, wie ihrem Bruder Tränen in die Augen stiegen. Seit dem Tag, an dem ihre Eltern gestorben waren, hatte sie Odi nicht mehr weinen gesehen. Der Anblick verwandelte ihre Wut in Angst.

»Ihr Bruder ist ein ganz bemerkenswerter Koch«, fuhr Stuart fort. »Ich denke, es ist an der Zeit, etwas davon zu kosten.«

52

Asgard Island, Chesapeake Bay

Odi würgte am Ende des Trichters, den Stuart ihm in den Hals zwang. Er wurde auf den Knien festgehalten, hinter ihm Wiley, vor ihm Stuart. Wiley hatte ihm ein Knie auf die Schulterblätter gepresst und zog ihn an den Ellbogen zurück, um ihn kampfunfähig zu machen. Währenddessen drückte Stuart sicherheitshalber einen Fuß auf Odis Schritt und bereitete sich vor, ihm die Sahne einzuflößen. Odi spürte, dass Stuart nur zu gern sein Gewicht verlagern würde, wenn er sich ihm widersetzte. Doch das hatte Odi nicht vor. Er hatte seinen Kampfgeist in dem Moment verloren, in dem Stuart seiner Schwester die halbe Flasche Sahne eingeflößt hatte. Er presste die Augen zusammen und lauschte dem Gurgeln der umgedrehten Flasche, während sein Magen den kalten, flüssigen Tod akzeptierte.

»Du arbeitest jetzt mit Ayden zusammen, nicht wahr?«, fragte Odi Wiley, sobald die Flasche leer war und der Trichter von seinem Mund zurückgezogen wurde. »Habt ihr von Anfang an zusammengearbeitet?«

»Nein, wir müssen Ihnen dafür danken, dass wir uns kennenlernten«, schaltete sich Stuart ein.

Odi ließ seinen Blick auf Wiley gerichtet. »Ich habe alles herausgefunden, alles bis auf eine entscheidende Frage.«

Wiley hob seine Augenbrauen.

»Warum hast du es getan? Du hast so viel mehr zu verlieren.«

»Lass uns einfach sagen, ich bin ein Held, der einen Krieg benötigt.«

Während Wiley sprach, sah Odi, wie Cassi ihn anstarrte, die Tränen flossen ihr in Strömen über die Wangen. Odi konnte sich nicht vorstellen, was sie jetzt fühlen musste. Vielleicht war die Sahne ein Segen. All ihre Sorgen würden in etwa 30 Minuten verschwinden.

Odi hatte die Sahne mit nach Asgard gebracht, um sie bei Wiley einzusetzen, weshalb er die Wendung der Ereignisse akzeptierte. Ein Teil von ihm dachte sogar, er hatte es verdient. Doch er konnte nicht akzeptieren, was Wiley seiner Schwester antat. Sie hatte Wiley nichts als Liebe und Hingabe gegeben. Und als Dank schwappte Sprengstoff für acht Granaten in ihrem Bauch herum.

»Der Plan, einen Anschlag auf den Senatsausschuss für die US-Streitkräfte zu verüben … Ist das echt oder ein weiteres Täuschungsmanöver?«, hakte Odi nach.

Wiley lächelte schief. »Oh, die Idee, die Ayden vorgeschlagen hat, ist absolut echt. Ich fürchte nur, dass unser gemeinsamer Freund dich bezüglich der Taktik in die Irre geführt hat.«

»Wie das?«, fragte Odi.

Wiley blickte zu Stuart rüber, der schweigend und mit ausdruckslosem Gesicht dastand, eine Waffe professionell in jeder Hand.

Stuart nickte, seine Botschaft war eindeutig. Da die Sahne in ihren Gegnern bereits gerann, konnte ihnen die Enthüllung ihrer Pläne nicht mehr schaden.

»Weißt du, welcher Tag heute ist?«, fragte Wiley, der sich wieder Odi zugewandt hatte.

»Der 12. Oktober«, unterbrach Cassi mit Gift in der Stimme.

»Exakt. Erst gab es den 11. September - 9/11 -, jetzt wird es den 12. Oktober - 10/12 - geben. Ganz wie der Prophet uns gewarnt hat.«

Odi hatte den Kalenderaspekt nicht bedacht, doch ansonsten war er nicht überrascht. »Es wird also noch größer, als Ayden es angekündigt hat? Größer als der Senatsausschuss? Was habt ihr vor, das gesamte Kapitol zerstören? Acht Liter Sahne sind eine Menge, aber nicht annähernd genug dafür.«

Wiley lächelte nun amüsiert. »Der Senatsausschuss wird sich heute Nachmittag nicht im Kapitol aufhalten. Sie kehren nach Hause zurück. Sie *fliegen* nach Hause.«

Ein eiserner Schraubstock schien sich um Odis Herz zu schließen und es zu zerquetschen. Seine Eltern waren am 11. September an Bord eines Flugzeuges gestorben. »25 Flugzeuge«, dachte er laut. »Das sind Tausende unschuldige Menschen.«

»Wir hoffen, 6000 zu erwischen - doppelt so viele wie an 9/11 -, rechnen aber eher mit etwa 5000. Vieles hängt davon ab, wo die Flugzeuge abstürzen. Auf jeden Fall wird es keine gute Werbung für Baileys Irish Cream sein.« Wiley hielt inne, um seinen eigenen Witz zu bewundern. »Oh, und nur um genau zu sein, es sind nur 24 Flugzeuge. Der Vorsitzende des Senatsausschusses Marshall fliegt nicht nach Hause. Er geht auf eine Kreuzfahrt. Der Senator fährt nach England, und zwar mit nicht weniger als der Queen Mary 2.«

Odi zuckte zusammen, kommentierte das aber nicht.

Wiley fuhr fort. »Es gibt ein operationales Detail, das dich bestimmt interessiert. Glaub es oder nicht, aber Ayden wird sich persönlich um Marshall kümmern. Er sieht es als Ehre an.« Wiley kicherte. »Tatsächlich wird Aydens Mission den Terrorismus auf eine ganz neue Ebene heben – eine elitäre Ebene. Welcher Ort könnte der Elite der Welt mehr zu Herzen gehen als die schickste Suite auf dem luxuriösesten Schiff der Welt? Die Queen Mary 2 mag nicht sinken, doch ein Terroranschlag an Bord wird die Reichen mitten ins Herz treffen und eine ganze Welle an Wahlkampfspenden auslösen.«

»Wie konntest du nur, Wiley? Wie konntest du nur so ein Monster werden?« Cassi spuckte die bitteren Worte durch einen Tränenschleier aus. »Du warst so ein guter Mann, ein anständiger Mann … Ich habe dich geliebt.«

»Liebe erfordert oft Opfer, meine Liebe. Die Antwort auf deine Frage lautet: Nur ein Mann, der seine Emotionen ganz unter Kontrolle hat, kann im Wahlkampf überleben. Das ist Teil des schikanösen Rituals. Um der Bruderschaft der Präsidenten beizutreten, muss man beweisen, dass man zu unaussprechlichen Taten fähig ist – und zwar aus gutem Grund. Mit all seinem Wohlstand und in seiner Lage kann es sich das amerikanische

Volk nicht erlauben, ein Staatsoberhaupt zu wählen, das zögert, wenn es darum geht, den roten Knopf zu drücken.«

Odi sah, dass Cassi etwas erwidern wollte, doch die Worte wollten nicht herauskommen – nur weitere Tränen.

»Wir werden euch jetzt verlassen«, fuhr Wiley fort und hob die Fernbedienung auf. »Stuart und ich haben noch viel zu erledigen. Genießt den Rest eures Lebens, ihr beiden.«

53

Ronald Reagan Washington National Airport

Aydens Anspannung stieg an, während er zusah, wie Amir den Anfang der Schlange vor der Sicherheitskontrolle erreichte. Polierte Schuhe, ein fescher marineblauer Anzug, eine rahmenlose Brille und eine platingraue Krawatte. Eine Ausgabe des *Wall Street Journals* verziert mit einem Aufkleber des Grand Hyatt komplettierte die Verkleidung. Doch der Scanner würde nicht den Mann betrachten …

»Ausweispapiere und Bordkarte bitte.«

Amir überreichte die geforderten Dokumente an den Beamten der Flugsicherheitsbehörde. *Lächerlich, wie oft man das tun muss,* dachte Ayden. Glaubten diese Bürokraten wirklich, dass Terroristen nicht online gehen und sich ein 90-Dollar-Ticket leisten konnten?

Der Führerschein aus Idaho, den Amir vorzeigte, war natürlich nicht echt. Eigentlich war es auch unwahrscheinlich, dass die Bordkarte benutzt wurde. Die 24 Märtyrer hatten am Tag zuvor über das Internet eingecheckt. Jeder hatte gleich drei oder vier aufeinanderfolgende Flüge unter verschiedenen Decknamen gebucht. Auch wenn Direktor Proffitt Ayden eine Liste der Ausschusssenatoren zur Verfügung gestellt hatte, konnten sich Pläne bekanntlich ändern, wenn Meetings länger dauerten oder unerwartet früh endeten. Mit mehreren Tickets wäre jeder Märtyrer bereit, mit seinem ihm zugeteilten Senator an Bord zu gehen, ganz gleich, welchen Flug dieser nahm.

Ayden beobachtete Amirs Fortschritte über die Schulter einer Dame in der Schlange zwischen ihnen. Sein Kollege war ein Musterbeispiel, agierte respektvoll, aber gelangweilt, während der Sicherheitsbeamte die oberflächliche Untersuchung abschloss. Dann legte er das erforderliche Dankeslächeln auf, als der Beamte ihn weiternickte wie einen Hund, dem man seinen Keks erlaubt.

Amir legte seine Tasche auf das Laufband des Scanners.

Die Dame, die sie in der Schlange voneinander trennte, trat unerwartet zur Seite, als ihr Handy klingelte. Plötzlich war Ayden an der Reihe. Während er Bordkarte und Führerschein überreichte, benötigte er all seine Willenskraft, den Blick von dem Kontrolleur fernzuhalten, der Amirs Tasche inspizierte.

Ayden hatte alle Miniflaschen mit Baileys Irish Cream sechsmal durch den Geschirrspüler laufen lassen, weshalb er sich sicher war, dass seine Agenten es mit ihren Taschen und Flaschen durch Zufallskontrollen mit Sprengstoffabstrichen schaffen würden.

Die Gepäckscanner könnten allerdings eine ganz andere Sache sein.

Odi hatte ihm versichert, die Sahne würde genauso gut einen Sicherheitsscanner passieren wie eine Flasche Milch. Genau das hatte Ayden vor seinen 24 Freunden wiederholt, doch seine verschwitzten Handflächen bewiesen jetzt, dass er durchaus seine Zweifel hatte. Es war doch sehr unwahrscheinlich, dass Odi auf dem neuesten Stand der Scannertechnologie war. Dieser Bereich veränderte sich zu rasant. Gestern hatte Ayden diese Bedenken noch beiseitegewischt, da ihm keine Wahl blieb. Doch jetzt, wo der Ball am Rollen war, bekam er weiche Knie.

Während Ayden durch den Metalldetektor ging, machte sein Herz einen großen Satz. Ein Sicherheitsbeamter hatte Amirs durchsichtigen Reisebeutel hochgehoben, nachdem dieser aus dem Scanner gekommen war. Ayden ging weiter, um sich hinter Amir zu stellen, und bemühte sich zu verstehen, was gesagt wurde, während er versuchte, seine Nervosität wie Ungeduld wirken zu lassen. Er wünschte, er hätte eine von den Diazepam-Tabletten genommen, die Arvin ihm für die Märtyrer gegeben hatte. Seine Nerven waren nicht für diese Art von Arbeit ausgelegt.

»Haben Sie irgendwas Ungewöhnliches hier drin?«, fragte der Sicherheitsbeamte, ohne dabei alarmiert zu klingen.

»Nein«, antwortete Amir, »nur Toilettenartikel … und, äh, mein Frühstück.«

Während der Flughafenkontrolleur die Tasche hochhielt, zeigte sich auf seinem Gesicht Begreifen. »Sie erwarten wohl einen harten Arbeitstag, was?«

»Wenn Sie wüssten«, antwortete Amir in bemerkenswert gelassenem Tonfall.

Der fette Typ, der vor Amir gerade seine Schuhe anzog, blickte zurück. Als er die Tasche voller Miniflaschen Baileys sah, nickte er anerkennend.

Amir schaltete schnell, musste Ayden nicht ohne Stolz zugeben. Er konnte auch gut mit Worten umgehen. Ayden hatte den Märtyrern nicht vorgegeben, was sie in den Abschiedsvideos sagen sollten, die jeder für eine Veröffentlichung in den nächsten Tagen aufgenommen hatte. Er hatte ihnen nur gesagt, sie sollten dem amerikanischen Volk erzählen, warum sie dafür ausgewählt worden waren. Arvin hatte betont, dass ihre Abschiedsvideos überzeugender wirken würden, wenn die Welt die nicht antrainierte Hingabe in ihren Augen sehen und die Ehrlichkeit in ihren Stimmen hören konnte. Wenn Ayden einen Text geschrieben hätte, würde er sich wie der von Amir lesen. Seine Argumente waren, zugegeben, eine Vereinfachung, doch das waren politische Momentaufnahmen immer. Er wischte sich eine Träne von den Wangen, als er an die Worte dachte, die der attraktive, gut rasierte Mann vor ihm in makellosem amerikanischen Englisch abgeliefert hatte …

»Meine Freunde und ich wollen nicht sterben. Ganz im Gegenteil, wir wollen das Gleiche wie Sie. Wir wollen das Leben unserer Kinder verbessern. Doch anders als bei Ihnen ist unsere Situation verzweifelt. Verzweifelt genug, um … dies hier zu tun.

Sie alle hegen ein tiefes Verlangen nach Weltfrieden. Das liegt Amerika im Blut. Das ist die Standardaussage in allen religiösen Predigten, politischen Wahlkämpfen und Schönheitswettbewerben. Doch trotz all eurer Mittel und Rhetorik, all eurer Versprechen und Möglichkeiten und all eurer Beispiele an individuellen und privaten Anstrengungen arbeitet eure Regierung aktiv dagegen.

Eure Politiker sind das Problem.

Unsere Aktion heute ist ein Ergebnis ihrer Inaktivität von gestern. Wir führen diese destruktive Tat aus in der Hoffnung, ein besseres Morgen zu erschaffen. Meine Kollegen und ich exekutieren die 25 Mitglieder des Senatsausschusses für die Streitkräfte der USA, um die Aufmerksamkeit auf ihre Verbrechen zu richten. Die amerikanischen Wähler verdienen es zu sehen, welch riesige Lücke zwischen den Versprechen dieser Politiker und ihren Taten liegt.

Sie sprudeln ihre Binsenweisheiten über das Christentum, die Demokratie, über Bildung und Weltfrieden nur so hervor wie ein Brunnen das Wasser – in großer Menge und mit viel Show, aber ohne Bedacht. Und dann schaufeln sie Milliarden durch die Hintertür in die Taschen ihrer kriegstreibenden Konzerne im Austausch für Wahlkampfspenden.

Wir hoffen, dass das Opfer, das heute gebracht wird, den guten Menschen von Amerika die Chance gibt, die Welt neu zu bewerten und sie nicht zu betrachten als ›wir‹ und ›sie‹ – wie die Politiker –, sondern als das, was sie wirklich ist: ein Volk unter Gott.«

54

Asgard Island, Chesapeake Bay

Mit offenem Mund sah Cassi zu, wie Odi vom Boden aufsprang, und erkannte umgehend die verzweifelte Tat eines Mannes, der nichts zu verlieren hatte. Sie erinnerte sich an den Satz aus Potchaks Video: Das einzige Gegenmittel zur Sahne ist der Tod. Da Odis Hände hinter seinem Rücken gefesselt waren, versuchte er, Wiley mit dem Kopf zu rammen. Cassi wollte sich ihm anschließen, doch bevor sie sich erheben konnte, sah sie Stuarts Beretta aufblitzen und hörte das Übelkeit erregende Knacken, wenn Metall auf Knochen traf, als er den Pistolenknauf auf Odis voranstürmenden Kopf schlug.

»Du Bastard!«, schrie sie.

Stuart drehte sich um und zielte mit der Beretta auf ihren Kopf.

Sie ignorierte den Pistolenlauf, der nur wenige Zentimeter vor ihrem Gesicht schwebte, und starrte Wiley verächtlich an. Er und Stuart zogen sich rückwärtsgehend aus dem Zimmer zurück. Während Wiley die Fernbedienung hob, schrie Cassi: »Wiley, um Gottes willen, mach das nicht!«

»Es ist bereits getan«, erwiderte Wiley. Dann gab er den Notfallcode ein und drückte den roten Panikknopf.

Die Tür knallte zu und Cassi hörte die Bolzen einrasten. Rollläden aus Titan senkten sich über die kugelsicheren Fenster. In wenigen Sekunden würde das Arbeitszimmer eine Festung sein. Zum zweiten Mal innerhalb von zwei Tagen war sie in einem Raum mit einer Bombe eingeschlossen. Wenigstens war sie dieses Mal nicht allein. Andererseits war sie selbst die Bombe. Flucht war also keine Option. Merkwürdigerweise empfand Cassi diese Tatsache als beruhigend.

Sie kämpfte sich auf die Füße und benutzte eine Schulter, um das Licht einzuschalten, während sich die Rollläden weiter senkten. Sie ging zu Odi hinüber und kniete sich neben ihn. Dort, wo Stuarts Pistolengriff ihn am Hinterkopf getroffen hatte, befand sich eine hässliche Beule, aber er atmete.

»Odi … Odi, wach auf … aufwachen. Ich brauche deine Hilfe.«

Er reagierte nicht.

Sie versuchte es erneut, diesmal lauter.

Immer noch nichts.

Sie stieß ihn energisch mit ihrem Knie an und wandte ihre Aufmerksamkeit dann dem Boden zu. Sie musste ein Stück Glas finden, scharf genug, um ihre Fesseln durchzuschneiden. Unglücklicherweise war das Aquarium wie eine Windschutzscheibe zersplittert. Es lag in tausend kleine Teile zerbrochen über den ganzen Boden verteilt. Sie wusste, dass es sich um eine Sicherheitsmaßnahme handelte, doch in ihrem Fall würde es mehr Schaden anrichten als verhindern. Die meisten Bruchstücke waren viel zu klein, um brauchbar zu sein. Nachdem sie einen toten Fisch mit ihrem Fuß beiseitegewischt hatte, entdeckte sie eine dreieckige Scherbe, die sich im dicken Teppich verkeilt hatte. Sie war eher rund als spitz und auf beiden Seiten weniger als fünf Zentimeter lang. Doch dieses hier war besser als alle anderen verfügbaren Stücke, also musste es ausreichen. Sie setzte sich auf den Boden und tastete mit den Fingern danach. Während sie es hochhob, drehte sie es, um beide Seiten zu betasten. Die Ränder waren nur mäßig scharf. »Kein Problem«, ermutigte sie sich selbst. »Du kannst die fehlende Schärfe mit Kraft ausgleichen.« Einige Sekunden später wusste sie, dass sie sich zu früh gefreut hatte. Es war zu klein und glitschig, um es kraftvoll zu umfassen.

Sie stand auf, ging zum Schreibtisch und lehnte sich so dagegen, dass das Glasstück nicht zu tief fallen würde, wenn sie es losließ. Während sie mit der Ecke am harten Kabelbinder kratzte, rief sie weiterhin Odis Namen. Sie wusste, dass er nicht in der Lage sein würde, ihr Schicksal zu ändern. Der Tod war das einzige Gegenmittel. Aber das war nicht der Punkt. Odi würde sich seinem Schicksal erhobenen Hauptes stellen wollen, mit zusammengebissenen Zähnen und weit geöffneten Augen. Da sie ihn in diese Lage gebracht hatte, schuldete sie ihm die Erfüllung seines letzten Wunsches. Was sie selbst betraf, wollte sie die Welt verlassen, wie sie sie betreten hatte: Hand in Hand mit ihrem Zwillingsbruder.

Beim Versuch, die Fesseln durchzuschneiden, verlor sie immer wieder den Griff um das Bruchstück. Jede Fummelei brachte ihr einen weiteren Schnitt in ihrer Handfläche oder am Handgelenk ein. Um das Ganze noch schlimmer zu machen, erschwerte das glitschige Blut die Arbeit weiter. Sie ignorierte den Schmerz und fuhr fort. Was hätte sie sonst tun können?

Nach zwei weiteren fruchtlosen Minuten gestand Cassi sich ein, dass ihr aktueller Ansatz zu nichts führen würde. Sie musste einen anderen Weg finden, ihre Hände zu befreien.

Sie erwog, sich die Handgelenke aufzuschneiden und sich zum Sterben neben ihren bewusstlosen Bruder zu legen – aber nur für eine Sekunde. Wiley hatte ihren Zorn geweckt. Sie wollte kämpfend abtreten. Sie wollte eine Notiz hinterlassen. Eine anklagende Botschaft aus dem Grab. Um das ordentlich zu machen, musste sie ihre Hände befreien.

Cassi drehte sich um und fing an, Wileys Schreibtisch nach etwas Scharfem abzusuchen. Der Tisch selbst war aus Glas, es gab also keine Schubladen. Sie warf einen Blick in seinen FBI-Bleistifthalter aus Zinn. Er enthielt ein Miniaturbreitschwert, das als Brieföffner diente. Ihre Hoffnung nahm zu, als sie sah, dass auch er aus Zinn bestand, einem weichen Metall. Sie warf den Bleistifthalter um und testete auf gut Glück seine Kanten. Sie untersuchte den restlichen verschütteten Inhalt. Es gab die übliche Anzahl an hölzernen Golfbleistiften und Kugelschreiber mit dem FBI-Logo. Ihr Blick blieb an einem einzelnen schimmernden Objekt hängen und sie verspürte einen Funken Hoffnung. Ein Nagelknipser winkte ihr vom Schreibtisch zu.

Der Versuch, das winzige Objekt mit rutschigen Fingern und gefesselten Händen hinter ihren Rücken zu bekommen, ging nur langsam voran. Seltsamerweise ließ es sie nach Atem ringen. Aber das war ihr egal. Es funktionierte. Der Nagelknipser bahnte sich seinen Weg durch das harte Plastik. Sie war auf halbem Weg durch, als ihr Blick von dem Kabelbinder zu ihren Händen schweifte. Der Anblick brachte den Schrecken der anstehenden Katastrophe zurück und sie stieß einen gutturalen Schrei aus. Trotz des Blutes konnte sie klar und deutlich sehen, dass ihre Fingerspitzen blau angelaufen waren.

55

Asgard Island, Chesapeake Bay

Der Schrei seiner Schwester ließ Odi schlagartig erwachen. Er sah in ihre Richtung und fragte: »Was ist passiert?«

Während er sprach, flogen Cassis Hände hinter ihrem Rücken hervor und ein glänzendes Objekt quer durchs Zimmer. Es klirrte in der Nähe seiner Füße auf den Boden. »Odi, Gott sei Dank, du bist wach. Stuart hat dich mit seiner Pistole k. o. geschlagen.«

»Direkt nachdem Wiley uns seine Pläne mitgeteilt hat«, sagte Odi nickend und wünschte sich, er könnte sich seinen Hinterkopf mit der Hand reiben.

»Und er hat uns deine Sahne trinken lassen«, bestätigte Cassi.

Die Dringlichkeit ihrer Lage traf ihn wie ein Hammerschlag. »Wie lange ist das her? Wie lange war ich ohnmächtig?«

»Ungefähr 15 Minuten, glaube ich. Sieh mich an.« Cassi hielt ihre blutigen Hände hoch und Odi sah die farblosen Fingerspitzen.

Sein Magen verkrampfte sich. Viel Zeit blieb ihnen nicht mehr. Der Sprengstoff schwitzte bereits, und sie hatten beide das Äquivalent zu acht Handgranaten geschluckt.

»Es könnte noch Hoffnung geben«, sagte er und versuchte die Worte optimistischer klingen zu lassen, als er sich fühlte. »Kannst du meine Hände befreien?«

Cassi sah ihn mit weit aufgerissenen Augen an, dann

schnappte sie sich den Nagelknipser vom Boden. Zehn Sekunden später waren Odis Hände frei.

»Wir müssen unsere Mägen leeren. Benutz deine Finger. Bring dich selbst zum Erbrechen.« Noch während er sprach, setzte Odi sich auf die Knie und steckte sich einen Finger, der, wie er bemerkte, noch nicht blau war, in den Hals. Der Würgereflex setzte schnell und stark ein. Sein Hals protestierte, sein Magen revoltierte. Den Schmerz ignorierte er. Sein Verstand leistete Überstunden, drehte sich so schnell wie sein Magen. Er wollte mit aller Macht 10/12 verhindern. Für diese Wiedergutmachung war er bereit, alles zu erdulden. Er strengte sich an, darüber nachzudenken, wie sie ein solches Wunder bewerkstelligen konnten, als ihm eine Idee kam. Er zog den Finger aus dem Mund und rief: »Warte!«

Offensichtlich verängstigt sah Cassi zu ihm rüber.

Odi erhob sich von den Knien und holte einen Plastikmülleimer aus dem Badezimmer.

Nachdem er den Inhalt auf dem Boden ausgeleert hatte, stellte er ihn vor ihr ab und sagte: »Übergib dich da rein.«

Cassi warf ihm einen komischen Blick aus den Winkeln ihrer blutunterlaufenen Augen zu, fragte aber nicht, warum.

In den nächsten Minuten stießen sie mehrfach mit den Köpfen über dem Eimer aneinander, doch schließlich kam nichts mehr hoch. Cassi hatte drei oder vier murmelgroße Brocken ausgeworfen, während Odis Auswurf eher milchigen Erbsen glich.

»Das war's. Mehr kommt nicht«, krächzte Cassi. »Ist es sicher, jetzt aufzuhören?«

Odi bezweifelte das. Es sah nicht aus, als hätten sie irgendwas erreicht, und es schien nur knapp ein halber Liter im Eimer zu sein, doch die Strafe für eine Fehleinschätzung würde drastisch ausfallen. »Lass es uns noch ein paarmal versuchen.«

30 Sekunden später sagte er: »Das reicht.«

»Ist es wirklich so einfach?«, fragte Cassi.

»Ich weiß es nicht. Wahrscheinlich nicht. Man benötigt nur ein paar Tropfen, um eine Bombe von kritischer Masse herzustellen. Jetzt ist die Zeit für Phase zwei gekommen.«

Odi zog einige durchsichtige Plastikschläuche aus den Trümmern des Aquariums. »Du musst ein Ende schlucken. Sobald du es in der Speiseröhre hast, werde ich es weiter runterdrücken und den restlichen Inhalt heraussaugen. Das wird höllisch wehtun, aber immer noch besser als die Alternative.«

Cassi wurde noch blasser, nickte aber stoisch. Seine Schwester war die Beste.

Die nächsten Minuten verschwammen zu einem ekligen, schmerzvollen Mischmasch. Odi entleerte Cassi, die daraufhin den Gefallen erwiderte. Unauffällig warf er immer wieder einen Blick auf ihre Finger und war beruhigt, zu sehen, dass es nicht schlimmer wurde.

Nachdem Phase zwei abgeschlossen war, rannte Odi zurück in das kleine Badezimmer und öffnete den Medizinschrank. Der enthielt Aspirin, Pflaster, Triaminic und Mylanta gegen Verdauungsprobleme. »Bingo.« Er schnappte sich die grüne Plastikflasche und schüttelte sie gut durch. Sie war fast voll. Er warf sie Cassi zu. »Trink das. Die Säure in deinem Magen beschleunigt die Reaktion. Keine Säure, keine Explosion. Für den Fall, dass wir doch nicht alles rausbekommen haben, sollte dies jede verbliebene Sahne neutralisieren.«

In der Zeit, die Odi benötigte, zu ihr zurückzugehen, trank Cassi die halbe Flasche. Dann reichte sie ihm das Verdauungsmittel. Odi stürzte den Rest runter und wischte sich die Lippen mit dem Handrücken ab.

»Was machen wir jetzt?«, fragte Cassi. »Wir stecken immer noch hier in Wileys Panikraum fest, von jeder Kommunikation abgeschnitten. 6000 Menschen werden sterben. Sag mir, dass du einen Plan hast.«

»Natürlich habe ich einen Plan, Schwesterherz. Deshalb haben wir uns in den Mülleimer erbrochen. Du kannst mir helfen, indem du mir ein paar Kaffeefilter besorgst. Da sollten welche unter der Bar liegen.«

Während sie danach suchte, nahm er die Kanne aus der Kaffeemaschine. Dann schnappte er sich den Mülleimer und stellte ihn in das kleine Waschbecken der Bar.

»Hier. Was kann ich noch tun?«, fragte Cassi.

Odi legte zwei saubere Filter in die Kanne und hob den Eimer an. »Du hältst die Filter, ich gieße aus.«

Die milchige Flüssigkeit schien ewig zu benötigen, um durch den Filter zu fließen. Während sie unten heraustropfte, beobachtete Odi Cassis Hände. Deren ursprüngliche Farbe kehrte in sie zurück. Seine hatten sich nie verändert. Auch wenn das kein empirischer Beweis war, sagte ihm seine Intuition, dass es sich um ein gutes Zeichen handelte. »Warum wäschst du dich nicht und benutzt die Pflaster? Um hier rauszukommen, wirst du deine Hände benötigen.«

»Okay«, sagte Cassi. »Aber wirst du mir erzählen, was hier vor sich geht, während ich das mache?«

»Deine Magensäure bringt den Sprengstoff dazu, wie Milch zu gerinnen. Während der Prozess voranschreitet, verbinden sich die Klumpen mit anderen, bis nur noch große Klumpen übrig sind. Die dann eine Kruste bilden. Die Kruste schwitzt eine Substanz aus, die für das Hämoglobin giftig ist. Deshalb laufen deine Extremitäten blau an. Indem wir den Säureblocker trinken, erhöhen wir den pH-Wert in unseren Mägen und halten die Reaktion auf. Jetzt müssen wir den pH-Wert nur noch so lange neutral halten, bis alles weiter in den Darmtrakt wandert, wo der pH-Wert zu hoch ist, um die Reaktion auszulösen.«

»Aber der Sprengstoff ist immer noch da?«, fragte Cassi mit Panik in der Stimme.

»Ja, aber es gibt dort nichts, das ihn entzünden könnte. Stell dir eine Handgranate vor, bei der der Sicherheitsstift noch steckt. Die kann man ohne Gefahr bei sich tragen.« Für einen kurzen Moment wollte Odi noch ergänzen, bloß nicht zu furzen, doch er hielt sich zurück. Nicht immer wusste seine Schwester seinen Humor zu schätzen.

Er benutzte einige weitere Filter, um den geronnenen Sprengstoff weiter auszutrocknen. »Habe ich das richtig in Erinnerung? Die Bolzen in der Tür fahren auf beiden Seiten in den Rahmen?«

»Das stimmt.«

Odi inspizierte den Türrahmen auf der Suche nach den Bolzen in den Spalten. »Aber nicht oben und auf dem Boden?«

»Ich glaube, nicht«, erwiderte Cassi. »Definitiv nicht auf dem Boden.«

»Hoffen wir, du hast recht. Es gibt nur zwei Lampen.«

»Hä?«

»Es gibt drei Arten, die meisten Sprengstoffe zu zünden: Chemie, Druck und Elektrizität.«

Während er sprach, nahm Odi eine Messinglampe vom Schreibtisch und ihr Gegenstück vom Beistelltisch. Er entfernte die beiden weißen Schirme, deren Halterungen und die Birnen. Dann räumte er alles andere von Wileys Schreibtisch und sagte: »Nimm das eine Ende in die Hand. Wir müssen den hier vor der Tür abstellen.«

Cassi half ihm, ohne zu fragen.

Sobald der Schreibtisch bündig vor der Tür stand, nahm Odi die Lampen und legte sie auf die Seite. Er ordnete die Sockel so an, dass sie direkt vor den Bolzen lagen. Dann bog er die Lampenschirme und benutzte sie als Stütze, um auf die richtige Höhe zu kommen.

Sobald er zufrieden war, teilte er den Sprengstoff in zwei Hälften auf und halbierte diese noch einmal. Cassi sah zu, wie er ein Viertel der kittartigen Masse zwischen Tür und Rahmen steckte, genau an die Stelle, wo sich die Bolzen befanden, sodass sie ein wenig hervorstanden. Als das erledigt war, nahm er die beiden leeren Lampensockel, steckte zwei Viertel der Masse hinein und ließ auch hier wieder etwas herausragen. Sobald er fertig war, legte er die Lampen auf dem Tisch ab und schob sie vorsichtig Richtung Tür, bis die Enden des Sprengstoffs fest dagegendrückten.

»Bring mir das Verlängerungskabel«, bat er Cassi und zeigte auf den Schreibtisch. Sie flitzte los, und kurz darauf steckte Odi beide Lampen in die Buchsen am Ende des Kabels. »Jetzt kommt der spaßige Teil.«

Vorsichtig, um keine der Lampen zu erschüttern, legte Odi die Verlängerungsschnur bis ins Badezimmer und bedeutete Cassi, zu ihm zu kommen. Sobald sie drinnen war, schob er die solide Tür über das Kabel und schloss sie. »Hock dich in die Ecke, sodass deine Knie die Brust bedecken, und halt dir die Ohren zu.« Cassi benötigte keine Erklärung. Sie beeilte sich, seiner Anweisung Folge zu leisten.

Odi hob den Stecker der Verlängerungsschnur an eine Steckdose und sah zu ihr rüber. »Hier kommt …«

56

Die SS Nordwind, Chesapeake Bay

Während seine Hände das Steuerrad der Jacht umklammerten, blickte Wiley nach unten. Keine weißen Knöchel, kein Zittern. Er hatte die Konfrontation auf Asgard durchgestanden, indem er sich sogar von den Zuckungen seines Herzens distanziert hatte. Er hatte seine Gefühle eingefroren, und sie mussten erst wieder auftauen. Trotzdem waren es die schwierigsten 15 Minuten seines Lebens gewesen. Doch ihm war klar gewesen, dass nur der Rückzug in eine unpersönliche Perspektive ihn da durchbringen würde, und seine Strategie hatte sich bewährt. *Er* hatte sich bewährt, ohne auch nur den Hauch einer Schwäche zu offenbaren, während Stuart an seiner Seite gewesen war.

Jetzt, wo es vorbei war und Cassis Blut an seinen Händen klebte, hätte er erwartet, dass ihm schlecht wurde. Er hätte erwartet, die Rückfahrt über der Reling zusammengekrümmt zu verbringen, während Stuart ihn angewidert ansah. Doch tatsächlich hatte er Lust auf ein kräftiges Frühstück. Von seinen Händen zurück auf das Festland blickend, verspürte er nur eines: Erleichterung.

Ermutigt durch seine Entdeckung erlaubte er seinen Gedanken, zum Tiffany-Kästchen zu wandern und zu dem Versprechen, das es enthielt. Es schien nur noch eine ferne Erinnerung zu sein, wie eine angenehme, aber doch fast vergessene Kindheitserinnerung. Er grübelte über diese unerwartete emotionale Wendung nach, suchte nach einer tieferen Bedeutung, während die Nordwind durch die Wellen schnitt. Als sie sich dem Hafen näherten, hatte er die Erklärung. Cassi hatte ihm seinen Traum verdorben. Dies hier sollte die magischste Zeit seines Lebens sein, eine Zeit der Selbsterkenntnis und des enormen professionellen Wachstums. Stattdessen hatte er in einer Zwickmühle des Zweifels gesteckt, beschwert von dieser nutzlosen Schuld. Jetzt, ohne Cassi, war er völlig unbelastet – frei, sich zu entfalten. Ihr Tod hatte eine gewaltige Last von seinen Schultern genommen. Die Vorsehung marschierte wieder einmal an seiner Seite. Er fühlte sich mächtig, zielstrebig und tapfer.

Nachdem er Cassi und Odi aus dem Weg geräumt hatte, erwartete ihn nun ein sanfter Seegang unter klarem Himmel – zumindest im metaphorischen Sinne. Kurz nachdem sie am Horizont aufgetaucht war, hatte sich die aufgehende Sonne hinter einer dicken Wolkenwand versteckt. Es wurde spürbar kälter.

Er sah den Dockjungen bereitstehen, bestrebt helfen zu können, und für eine Sekunde reisten seine Gedanken zu den Marines, die den Präsidenten beschützten. Er salutierte dem Jungen und schaltete den Motor ab. Während die Jacht tiefer in die Wellen sank, warf Stuart ihm einen merkwürdigen Blick zu. Er wusste, was Wiley eben gedacht hatte.

Dieser sah nun schnell auf seine dicke Titanuhr. Es war immer noch früh genug, um es rechtzeitig ins Büro zu schaffen.

Während er dem Dockjungen die Leine zuwarf, traf ihn ein schockierender Gedanke wie ein Blitz aus heiterem Himmel. Ihm entfuhr ein von Panik erfülltes »Scheiße!«.

Der Dockjunge sprang nach hinten.

»Was ist?«, fragte Stuart.

Wiley trat in die Kabine zurück und sprach mit leiser Stimme. »Können Sie mit dem Boot umgehen?«

»Ja. Warum? Was ist passiert? Was stimmt nicht?«

»Wir haben das Überwachungsvideo vergessen.«

Stuart sackte der Unterkiefer herab.

Wiley stampfte dreimal mit seinem Fuß auf das Deck. »Verdammt, verdammt, verdammt!« Er sah Stuart an. »Sie müssen zurück!«

»Okay.«

»Sie müssen sofort zurück nach Asgard und die Aufzeichnung holen!«

»Okay.«

»Das Video wird alles zeigen. Sie müssen es jetzt holen. Der Panikraum ist so konstruiert, dass er einen Angriff übersteht, doch wir haben eine Menge Sahne verwendet. Wenn irgendjemand die Explosion gehört oder den Rauch gesehen hat, könnte er die Küstenwache rufen, damit diese nachsieht. Sie müssen schneller sein. Zur Hölle, Sie müssen verschwunden sein, bevor die überhaupt auftauchen.«

»Okay, Wiley. Verschwinden Sie. Lassen Sie sich in Ihrem Büro blicken. Ich kümmere mich darum.«

»Das Aufzeichnungsgerät befindet sich direkt über dem Monitor, den wir betrachtet haben. Auf dem Regal an der Wand. Jeder Monitor hat seinen eigenen Rekorder. Am besten nehmen Sie alle DVDs mit, nur um sicherzugehen. Außerdem kann ich so behaupten, dass ich nie dazu gekommen bin, die Rekorder nachzufüllen, nachdem die letzten DVDs voll waren.«

»Mach ich.«

Wiley ergriff seine Reisetasche und sprang an Land. Dem Jungen gab er einen Zwanziger und sagte: »Du kannst jetzt gehen. Er fährt wieder raus.«

Während der Junge davonging, blickte Wiley zu seinem Mitverschwörer. »Kommen Sie nicht ohne dieses Video zurück, Stuart. Sie wissen, was mit Leuten wie uns im Gefängnis passiert.«

57

Asgard Island, Chesapeake Bay

Cassi schloss die Augen und hielt den Atem an, als Odi das Verlängerungskabel einsteckte. Sie hörte ein brutzelndes Geräusch durch die Badezimmertür und fragte sich, ob es das letzte war, das sie je hören würde. Eine Explosion hatte sie kürzlich erst überlebt. Waren zwei zu viel verlangt?

Odi verstärkte den Griff um ihre Schulter. Dann hörte sie ein ohrenbetäubendes Krachen. Trümmerstücke regneten herab. Es klang, als würde ein Riese Steine gegen die Wände werfen. Cassi vermutete, dass die

Steine in Wirklichkeit Glassplitter von Wileys Schreibtisch waren.

Odi hielt sie einige weitere Sekunden an Ort und Stelle, bis sich alles beruhigt hatte. Eine Rauchschwade kroch unter der Badezimmertür hindurch, während sie warteten. Cassi machte sich Sorgen, das Haus könnte Feuer fangen. Als hätte er ihre Gedanken gelesen, schüttelte Odi den Kopf. »Der Qualm ist nur ein Nebenprodukt der Explosion. Der ist ungefährlich.« Dann ließ er ihren Arm los, stand auf und öffnete die Tür.

Das Erste, was sie sah, war ein großes Loch in der Wand, wo sich die Tür befunden hatte. Ihr schauderte bei dem Anblick, so froh sie auch über ihn war. Die Bombe, die diese Verwüstung angerichtet hatte, hatte sich in ihrem Körper befunden. Nie wieder würde sie sich völlig rein fühlen.

Während sie sich umblickte, fühlte sie sich wie eine Evakuierte, die nach einem Hurrikan nach Hause zurückkehrte. Überall lagen unzählige kleine Streifen der schwarzen Ledercouch, die Wände waren übersät mit Pockennarben. Cassi sah zurück zur Badezimmertür. Glasstücke hatten sich wie Kuchenstreusel überall ins Holz gebohrt. Das Ergebnis sah aus wie eine Mischung aus moderner Kunst und mittelalterlicher Foltervorrichtung, auch wenn die Struktur der Tür nicht beschädigt war. Die Fenster hatten ebenfalls gehalten. Ihr wurde bewusst, dass sie ohne Odis Bombe niemals hätten entkommen können.

»Lass uns von hier verschwinden«, drängte Odi.

»Du liest meine Gedanken«, erwiderte Cassi. »Gib mir nur einen Moment, um Wileys nassen Schlafanzug gegen meine Klamotten zu tauschen.«

Während sie kurz darauf den Reißverschluss ihrer Jeans zuzog, kam Cassi ein Gedanke, der nicht warten konnte. Sie ergriff ihre Schuhe und rannte barfuß den Flur entlang bis zur Überwachungskammer. Sie riss die Tür auf und entdeckte sechs Flachbildmonitore nebeneinander an der Wand, von denen jeder ein anderes Zimmer zeigte. Sie fand den Rekorder für Wileys Arbeitszimmer und spulte das Video zurück. Bevor sie auf PLAY drückte, blickte sie in stillem Gebet nach oben. Der Monitor erwachte mit dem Bild von Odi zum Leben, der gerade den marmornen Aschenbecher in das Aquarium schmetterte. Das war besser als gut. Das war fantastisch. »Ich kann kaum glauben, dass sie das vergessen haben«, rief sie.

»Was?«, fragte Odi, der zu ihr gerannt kam.

»Schau es dir selbst an. Es ist alles hier. Alles, was sie uns angetan haben, wurde auf Video aufgezeichnet.«

Cassi setzt sich auf den Boden und band sich rasch die Schuhe. Als sie fertig war, blickte sie zu ihrem Bruder hinauf und ihr Lächeln verschwand. Er sah ganz bleich aus. »Was ist los?«, fragte sie, stand auf und ließ die DVD auswerfen.

»Das Video mag ja Wiley in die Pfanne hauen, aber es macht auch mein Alibi kaputt.«

»Dein Alibi?«

»Es beinhaltete, im Iran aus einem Koma aufzuwachen, sobald meine Mission abgeschlossen sein würde.« Während Odi sprach, malte er mit den Fingern Anführungszeichen in die Luft.

Cassi verstand. Sie blickte auf die DVD in ihrer Hand und dachte über die Situation nach. Sie hatte Odis vorangegangene Morde vorübergehend vergessen. »Wir denken uns später etwas aus. So verlockend es auch ist, Wiley und Stuart festzunageln, das ist jetzt nicht unsere Toppriorität. Sondern 10/12 zu verhindern. Aber dafür müssen wir von dieser Insel runter. Wie bist zu hergekommen?«

»Mit einem Jetski.«

»Passen da zwei Leute drauf?«

»Natürlich.«

Cassi lächelte. »Endlich haben wir mal Glück.«

Odi führte sie über den Rasen in die dem Anleger entgegengesetzte Richtung. Sie bewegten sich in lockerem Laufschritt und diskutierten dabei Strategien und die Ereignisse der letzten Wochen. Sobald sie die Wiese des Anwesens überquert hatten, betraten sie einen Herbstlaub abwerfenden Wald. Einige der Birken trugen noch immer goldene Blätter, doch die meisten Äste waren kahl. Es wirkte schön und unschuldig, das genaue Gegenteil von dem, wie sie sich fühlen sollte, und doch gab ihr das Zusammensein mit Odi irgendwie Hoffnung.

Nach etwa fünf Minuten blieb Odi abrupt stehen. Cassi bemerkte überrascht, dass der Wald direkt bis zum Klippenrand ging, und realisierte, dass dies kein Ort war, um blind draufloszurennen. Sie spähte über den Rand und entdeckte den Jetski weiter unten.

»Scheiße«, fluchte Odi.

»Was ist?«

»Die Schlüssel sind weg. Ich wollte sie schon mitnehmen, doch dann dachte ich, sie könnten konfisziert werden, wenn man mich schnappt, also ließ ich sie als Absicherung hier bei den Steinen zurück.« Er zeigte auf einen Felsen mit flacher Oberfläche. »Jetzt sind sie weg.« Er beugte sich vor und suchte das Gras um den Felsen herum ab. Cassi tat dasselbe. Nach einigen Minuten entschieden sie, dass es sinnlos war. Die Schlüssel waren verschwunden.

»Glaubst du, Wiley hat sie genommen?«

»Wenn er mich ankommen sah, hat er es wahrscheinlich getan. Aber das glaube ich nicht. Ich würde eher auf eine dieser Krähen setzen.« Er zeigte auf drei schwarze Gestalten auf einem nahe gelegenen Baum. »Ich dachte, ich wäre clever, aber wie es aussieht, wurde ich von einem Vogel überlistet.«

»Was machen wir jetzt?«

»Wir kehren zum Hafen zurück und warten auf die Küstenwache.«

»Warum denkst du, dass die kommt?«

»Ich werde schwimmen gehen.«

Cassi konnte nicht glauben, was ihr Bruder da vorschlug. »Das kannst du nicht. Du wirst erfrieren.«

»Ich habe einen Neoprenanzug, und die östliche Küste ist viel näher als die westliche. Sieht aus, als wär's nicht mehr als 'ne Meile.«

»Erzähl das den Haien.«

An jedem anderen Tag hätte Cassi Odis Plan absurd gefunden. Doch heute war er alternativlos. Nachdem sie gesehen hatte, wie er in den Wellen verschwand, ging sie zurück durch den Wald. Sie hörte jeden brechenden Zweig und all die raschelnden Äste, sah aber keine Eichhörnchen oder Vögel. Selbst die Krähen waren fort. Der Wald, der vor nur wenigen Momenten noch so erfrischend gewirkt hatte, fühlte sich nun tot an. Ihr war nur zu bewusst, wie allein sie war. Ein Gefühl, an das sie sich besser gewöhnen sollte. Der Mann, mit dem sie den

Rest ihres Lebens hatte verbringen wollen, sah einem Leben in Schande und im Gefängnis entgegen. *Tut er das wirklich?*, fragte sie sich und fröstelte plötzlich.

Cassi trommelte mit den Fingern auf der DVD in ihrer Tasche. Sie würde Wiley damit durchkommen lassen, wenn es der einzige Weg war, ihren Bruder zu retten. Keine Frage. Es sei denn … Cassi fragte sich, was sie in Wahrheit tun würde, wenn alles danach aussah, dass Wiley Vizepräsident werden könnte. Würde sie Odi opfern, um das zu verhindern? Sie müsste es. Nein, korrigierte sie sich selbst. Was sie tun musste, war einen Weg finden, Wiley aufzuhalten. Einen anderen Weg …

Sie ging am Haupthaus vorbei, ohne anzuhalten, direkt weiter zum Anleger. Nie wieder wollte sie einen Fuß in Wileys Haus setzen. Als sie auf den gepflasterten Weg trat, fragte sie sich, ob sie je verstehen würde, was wirklich geschehen war. Wileys Taten waren so weit entfernt von ihrem momentanen Begreifen, dass sie nicht wusste, ob ihr Verstand je solche Verdrehungen und Winkelzüge mitmachen könnte, um darin einen Sinn zu finden. Natürlich hätte sie dasselbe vor wenigen Stunden auch über Odi gesagt, und jetzt war klar, dass er einem rationalen Kurs gefolgt war. Doch wie auch immer, Wileys Fall lag anders, entschied sie. Er hatte gestanden.

Noch immer mit den Fingern auf die DVD trommelnd fragte Cassi sich, was Wiley von ihr fortgetrieben hatte. Von dem Leben, das sie hatten, einem Leben, das die meisten Menschen als perfekt erachtet hätten. Noch immer glaubte sie, dass er sie einmal wirklich geliebt hatte. Irgendein lebensveränderndes Ereignis musste aufgetreten sein. Um ihrer geistigen Gesundheit willen musste sie fest daran glauben. Sie verweigerte den

Gedanken, dass irgendetwas so Reales nur vorgetäuscht gewesen sein sollte. Sie vermutete, dass Stuart der Schlüssel dazu war, und fragte sich, wer er wirklich war. Eindeutig kein alter Freund vom College, wie Wiley ihn beim Brunch vorgestellt hatte. Vielleicht war er der korrumpierende Einfluss. Komme, was wolle, schwor sich Cassi, sie würde es herausfinden.

Während sie dem gepflasterten Weg zu den Treppen beim Anleger folgte, blickte sie über das Meer. Ein Boot näherte sich. War das schon die Küstenwache? Dann müsste Odi ein Weltklasseschwimmer sein. Aber er war schließlich vieles. Als sie genauer hinsah, machte ihr Herz einen Satz und rutschte ihr dann direkt in die Hose. Abrupt ließ sie sich flach auf den Boden fallen. Wiley kehrte zurück.

58

Chesapeake Bay

Odi konnte fühlen, wie das kalte Wasser von Chesapeake ihm das Leben entzog – trotz seiner Anstrengungen und seines Neoprenanzugs. Das Wasser der Bucht konnte nicht mehr als sieben Grad haben. Jedes Mal wenn er sein Gesicht nach einem Atemzug wieder ins Wasser tauchte, fühlte es sich an, als würde ihm jemand einen Keil zwischen die Augen schlagen. Wenigstens herrschten nur sanfter Wind und schwacher Wellengang – bisher. Der Himmel verdunkelte sich mit jeder Minute.

Sobald seine Muskeln sich aufgewärmt hatten und er an Geschwindigkeit gewann, stellte Odi seinen Körper auf Autopilot und versuchte sich auf seine Probleme und deren Lösung zu konzentrieren statt auf die tödliche Kälte. Und Probleme hatte er eine ganze Menge. Er musste Bombenanschläge auf 24 Flugzeuge und ein Kreuzfahrtschiff verhindern. Er musste Cassi retten. Er musste Ayden, Stuart und Wiley schnappen. Und das alles musste er innerhalb weniger Stunden schaffen. Und zwar ohne Geld, Transportmittel, Tarnung oder Waffen.

Während er versuchte, sich einen Plan zu basteln, bekam Odi eine Nase voll Meerwasser ab, als auf dem Schlachtfeld seines Verstandes ein weiteres Hindernis auftauchte. Was immer er tat, musste er tun, ohne dabei gesehen oder identifiziert zu werden. Keine Kleinigkeit. Cassi hatte ihm gesagt, dass Wiley eine Fahndung nach einem Terroristen herausgegeben hatte, der seiner Beschreibung entsprach und seinen Namen benutzte. Ein cleverer Zug, der verhinderte, dass Odi zur Presse oder einem Regierungsbeamten gehen konnte – zumindest heute. Und mehr Zeit hatte er nicht. Mit einem cleveren Zug hatte Wiley seinen Gegner isoliert und gezwungen, allein zu arbeiten.

Sich durch das eisige Wasser kämpfend sortierte Odi in Gedanken seine Prioritäten. Als Erstes benötigte er einen soliden Zeitplan. Wiley hatte angedeutet, dass die Bombenanschläge »heute Nachmittag« stattfinden würden. Das gab ihm Hoffnung. Wenn das stimmte, sollte ihm genug Zeit bleiben, um die Küstenwache zu rufen, damit diese Cassi retten konnte. Sie könnte dann das FBI benachrichtigen, um die Selbstmordattentäter aufzuhalten.

Um das Timing zu bestätigen, nahm Odi sich vor, den Plan des Senatsausschusses für die US-Streitkräfte aus dem Internet runterzuladen. Er würde auch den Plan der Queen Mary 2 überprüfen müssen, um zu sehen, wann sie New York verließ. Sobald Cassi die geplanten Anschläge gemeldet hätte, würde der Vorsitzende des Ausschusses entweder von der Queen Mary 2 evakuiert oder vom Secret Service beschützt werden. Doch Ayden würde das nicht wissen. Er würde immer noch das Schiff betreten. Also müsste auch Odi irgendwie an Bord gelangen. Ayden gehörte ihm.

Zweifellos hatte Ayden das Ticket unter falschem Namen gekauft. Diese Option blieb Odi nicht. Er hatte keine Zeit, einen falschen Ausweis mit dazu passender Kreditkarte zu erstellen. Ein passendes Set zu stehlen, fiel auch weg. Seine beste Chance, an Bord der Queen Mary 2 zu gelangen, wäre, einen Seemann zu überfallen und zu ersetzen.

Je mehr er darüber nachdachte, desto sicherer wurde er sich, dass ein Überfall der einzige Weg war. Es sollte nicht allzu schwierig sein, versuchte er sich selbst zu überzeugen. Er würde einfach nur in New York in der Nähe des Kreuzfahrtterminals warten und Ausschau nach einem weißen Mann mit einer Reisetasche der QM2 halten müssen. *Psst! Hey, Kumpel …*

Jetzt, wo er wusste, wie er die höchste Hürde überwinden könnte, überlegte er, wie er die unmittelbar nächsten Hindernisse angehen sollte. Er musste immer noch von der Chesapeake Bay nach Manhattan gelangen. Während Odi seine Optionen abwägte, spürte er, wie etwas über seinen Fuß strich. Das brachte ihn aus seiner Autopilot-Trance. Haie waren nichts Ungewöhnliches in diesen Gewässern. Er rief sich Cassis Warnung in Erinnerung, schob sie aber beiseite. Wie standen die Chancen? Man hatte ihn heute bereits getasert, zum Verbrennen in einer Gasexplosion zurückgelassen und mit flüssigem Sprengstoff gefüllt. Nach den Gesetzen der Wahrscheinlichkeit dürfte nicht auch noch ein Haiangriff dazukommen.

Er blickte auf, um seine Position zu bestimmen, und suchte die Wellen nach Flossen ab. Er war schon weiter geschwommen als gedacht. Die erste positive Überraschung des Tages. Noch ein paar gute Neuigkeiten mehr, und es herrschte wieder Gleichstand.

Odi konnte bereits die Häuser am Ufer ausmachen. Sie wirkten wirklich schön, viel schöner als Charlottes bescheidenes Landhaus. Während er weiterschwamm, begann sich in ihm ein Plan zu formen. Er veränderte leicht den Kurs und hielt auf die nächsten Behausungen in der Nähe der Bucht zu statt auf den leeren Parkplatz wie bisher. In schätzungsweise zehn Minuten würde er die Küste erreichen, um etwa acht Uhr. Einige der Einheimischen würden um diese Zeit ihre Häuser verlassen, um zur Arbeit zu fahren.

59

In der Nähe des Kreuzfahrtterminals, New York

Nachdem die Kellnerin endlich ihre Espressos abgestellt hatte und verschwunden war, wandte Ayden sich an Arvin: »Wie sind Sie ins Land eingereist?« Er hörte

Erleichterung und Überraschung in seiner eigenen Stimme und versuchte es zu verbergen, indem er in betont ruhigerem Tonfall präzisierte: »Ich meine, stehen Sie nicht auf einer Liste oder so?«

Der Iraner lächelte amüsiert. »Listen fangen nur Leute, die nicht wissen, dass sie draufstehen. Sobald man es weiß, gibt es kein Problem mehr.«

Ayden wollte das genauer wissen, fürchtete sich aber, Arvin zu fragen. Er wollte nicht naiv wirken. Trotz allem, was er bereits für Arvin erreicht hatte – Odi zu rekrutieren, ihn zu lenken, zu täuschen, zu unterstützen und ihn schließlich zu töten –, verspürte Ayden immer noch das Bedürfnis, sich gegenüber Arvin zu beweisen. Der Mann besaß ein unglaubliches Charisma.

Entweder hatte Arvin die Frage in seinem Gesicht gelesen oder er befand sich gerade in Dozierlaune, jedenfalls ging er plötzlich von sich aus weiter ins Detail. »Ich bin nach Toronto geflogen und von dort hierhergefahren.« Er grinste und schüttelte amüsiert den Kopf. »An der Grenze musste ich das Auto kaum verlangsamen, als ich mit meinem gefälschten Reisepass gewinkt habe. Wenn sie mich zurückgeschickt hätten, wäre ich nach Mexiko geflogen und hätte die Grenze mit Schleusern überquert.« Er nickte zum dunklen Stahlkoloss rüber, der im Hafen hinter ihnen ruhte. »Oder wenn mir danach gewesen wäre, die Grenze mit Stil zu überqueren, und es mir nichts ausgemacht hätte, einiges an Geld auszugeben, wäre ich auf eine Karibikinsel geflogen und hätte einen der Passagiere überzeugt, sich von mir auf dem Rückweg dieser Kreuzfahrt ersetzen zu lassen.«

Ayden nickte. Man hörte in diesen Tagen so viel über den Grenzschutz, dass er davon ausgegangen war, es würde schwerer sein, illegal in die USA einzureisen. »Also all der Hype um den Grenzschutz, die ganzen Überprüfungen der Bordkarten, die Maßnahmen vom Ministerium für Innere Sicherheit …«

»Ist alles nur Show. Hält die Steuerzahler ruhig, während die Wahlkampfspender fette Rüstungsaufträge erhalten.«

»Trotzdem«, hakte Ayden nach. »Ich verstehe immer noch nicht, warum Sie so ein hohes Risiko eingegangen sind, um persönlich zu kommen.«

Arvin griff über den winzigen Tisch und legte seine Hand auf Aydens Schulter. Dann blitzte ein Lächeln auf, das in Ayden Wärme auslöste. »Das ist dein großer Tag, Ayden. Ich bin stolz auf dich. Ein Waisenjunge mit iranischen Wurzeln wird die Welt verändern. Ich möchte sagen können, dass ich an 10/12 an der Seite von Ayden Archer war.«

Ayden sah, wie sich Tränen in Arvins Augen bildeten. Er blickte peinlich berührt nach unten.

»Ich habe von den anderen 24 gehört«, fuhr Arvin nach einer kurzen Pause fort. »Alle befinden sich in Position bei den ihnen zugewiesenen Gates. Keiner hatte Schwierigkeiten mit den Sicherheitskontrollen. Der Senatsausschuss tagt im Moment noch, daher solltest du in der Lage sein, an den Vorsitzenden heranzukommen, bevor seine Kollegen vom Himmel fallen. Und«, er drückte seine Handflächen aneinander, »es gibt noch mehr gute Neuigkeiten. Endlich habe ich weitere Details zu Marshalls Ernährungsgewohnheiten erhalten. Er trinkt täglich viele Liter Kaffee – mit viel Sahne und Zucker. Du musst die Sahne also nicht in eine Soße oder Suppe mischen.«

»Woher wissen Sie das denn?«

»Ein Freund von mir hat eine von Marshalls administrativen Assistentinnen verführt. Sie sind alle darauf trainiert, nichts Berufliches zu erwähnen, aber es ist nur natürlich, Witze darüber zu machen, dem Senator seinen Kaffee zu bringen. Sie sagte, dass alle eine frische Tasse Kaffee mitbringen, sobald sie in sein Büro gerufen werden. Eine Art ungeschriebenes Gesetz.«

Ayden nickte dankbar und Arvin schaltete einen Gang höher.

»Das ist für dich«, sagte Arvin und reichte ihm einen Umschlag und einen kleinen Aktenkoffer. »Im Umschlag befinden sich ein britischer Reisepass mit deinem Foto und ein passendes Ticket. Du hast die Kabine neben Marshall gebucht. Da ist auch eine Kreditkarte für etwaige Ausgaben.«

»Und der Aktenkoffer?«

»Der enthält die Uniform eines Schiffsstewards der Queen Mary 2. Eine Waffe habe ich für dich nicht – das wäre zu riskant –, aber du kannst eine Weinflasche oder einen Handtuchhalter benutzen, um den Stewart auszuschalten, der dem Senator und Mrs. Marshall das Abendessen bringt. Dann benötigst du nur die Sahne. Wie viel hast du davon?«

»Einen halben Liter.«

»Ausgezeichnet. Das reicht, um zwei kleine Kannen zu füllen und die Suppe zu würzen. Nur für alle Fälle.«

So wie Arvin das sagt, klingt es ganz einfach, dachte Ayden. Den Vorsitzenden des Senatsausschusses für die US-Streitkräfte umbringen, dein Auto waschen: ein und dasselbe. Er hoffte, Arvin hatte recht. Bald würde er es herausfinden.

60

Asgard Island, Chesapeake Bay

Cassi kauerte sich hinter einer in Form geschnittenen Hecke auf den Boden und beobachtete die Ankunft der Nordwind. Sie näherte sich viel zu schnell. Die Motoren jaulten auf und brachten das Wasser zum Kochen. In Reaktion darauf bockte die Jacht, doch es war zu spät. Cassi sah zu, wie sie mit einem tiefen Krachen knirschend gegen den eisernen Anleger schlingerte. Wiley war offensichtlich wütend – und hatte sich nicht im Griff.

Das Bild von Stuart, wie er Wiley zu dem zwang, was er getan hatte, blitzte in ihren Gedanken auf und dehnte sich zu einem Hoffnungsstrahl. Sie bemerkte, wie sie danach greifen wollte, und schüttelte schnell den Kopf, um sich zur Räson zu bringen. Sie war eine professionelle Psychologin, kein verliebter Teenager. Sie musste sich der Tatsache stellen, dass der Mann, den sie geliebt hatte, der Mann, der ihre Hoffnungen und ihre Träume verkörpert und ihr Herz erobert hatte, ein Wurm war.

Stuart sprang allein an Deck und ließ Cassi sich noch närrischer fühlen. Die Erkenntnis übermannte die Scham, und sie begriff die Lage. Sie hatten sich an das Überwachungsvideo erinnert.

Cassi fragte sich, ob Wiley auf der Jacht wartete, zu zermürbt von Schuldgefühlen, um sich zu bewegen, oder ob er zurück am Festland war. Traurigerweise würde sie auf Letzteres setzen. Wiley agierte jetzt ganz als Politiker. Er würde die Schmutzarbeit delegieren.

Sie kauerte weiter hinter der Hecke, bis Stuart an ihr vorbeigelaufen war, und betete, dass er sie nicht bemerkte. Dann schlich sie in geduckter Haltung bis zum oberen Ende der Treppe und sah hinunter zur Jacht. Alles schien ruhig, doch auf den Scheiben spiegelte sich das Sonnenlicht und machte es unmöglich zu prüfen, ob sich auch wirklich niemand auf der Brücke befand.

Sie ergriff das Geländer, zog sich über den Rand der Klippe und kletterte seitlich unter die Treppe, wo diese zwischen den Stufen hing. Unter ihren Füßen ragten in sechs Metern Tiefe spitze Felsen auf, doch in dieser Position würde sie von der Jacht aus niemand sehen können. Die neue Perspektive gewährte ihr andere Einblicke. Sie stützte ihre Füße ab und zog die Videoaufzeichnung aus ihrer Jackentasche. Sie küsste sie und drückte sie in eine Spalte zwischen der Oberseite der Klippen und der Unterseite der obersten Treppenstufe. Jetzt würde sie etwas zum Verhandeln haben, falls man sie schnappte. Wenn sie es nicht taten, könnte sie jederzeit zurückkehren und das Video holen. Es spielte ja wohl keine Rolle, ob die DVD nass wurde, oder?

Sie schob diese Sorge beiseite und arbeitete sich an der Unterseite der Treppe entlang, im Bewusstsein, dass Stuart jede Sekunde zurückkehren konnte. Die Stahlkonstruktion bot jede Menge Rohre und Gitter, um einigermaßen sicher voranzukommen. Wer immer die Treppe gebaut hatte, hatte das für die Ewigkeit getan. Am Fuße benutzte sie die Stützen des Anlegers, um sich über dem eiskalten Wasser zu halten. Zwischen den Pfosten lagen fast zwei Meter, weshalb sie zweimal beide

Beine ganz ausstrecken musste, um sie zu erreichen. Das brachte sie jedes Mal für etwa fünf Sekunden in eine furchtbar verwundbare Position, war aber besser als bei diesem Wetter nass zu werden. Armer Odi. Sie betete, dass er seine nasse Reise überleben würde – und die Küstenwache rief.

Außerhalb des Blickfeldes der Brücke zog sie sich auf den kalten, eisernen Anleger hoch und lauschte. Nichts zu hören außer Wasser, das gegen den Rumpf der Jacht schwappte und auf die Felsen krachte. Kein Zeichen von Wiley, was aber nicht bedeutete, dass er nicht da war. Sie fragte sich, wie viel Zeit ihr noch blieb. Stuart hatte ohne Zweifel inzwischen die Überwachungskammer erreicht. Mit dem System würde er weniger vertraut sein als Wiley, weshalb ihr das ein paar Minuten gab. Außerdem würde er die Spuren der Explosion bemerken, die die Tür zerstört hatte, und vielleicht würde er sich die Zeit nehmen, das genauer zu untersuchen. Sie fragte sich, ob er das Fehlen menschlicher Überreste bemerken und ihm klar werden würde, dass weder sie noch Odi die Explosion mit ihren Körpern verursacht hatten. Wenn das geschah, würde er direkt zur Jacht zurückrennen. Bei all dem Adrenalin, das durch ihren Körper rauschte, hatte sie ihr Zeitgefühl eingebüßt. Sie kroch auf die Rückseite der Jacht zu und zog sich selbst durch die Achterpiek. Nach einer weiteren Pause, um zu lauschen, schlich sie über den Niedergang, der zur Brücke führte. Dort kauerte sie für einen Moment und versuchte sich das Bild des Kabineninhalts in Erinnerung zu rufen. In Gedanken suchte sie nach einer Waffe. Wileys Fernglas fiel ihr ein. Er hatte eins von der schweren nautischen Sorte mit einem dicken Lederband. Sie versuchte, sich die Szene vorzustellen, ihre Bewegungen gedanklich durchzugehen. Sie würde durch die Tür stürmen, sich das Band schnappen und sich für einen schwungvollen Schlag drehen. Wenn Wiley dort wäre, könnte sie ihn bewusstlos schlagen, bevor ihm Zeit blieb zu reagieren – es sei denn, er würde sie erwarten. Wenn man sie zuvor entdeckt hatte, würde sie direkt in den Lauf einer Waffe rennen.

Cassi atmete tief durch und jagte dann mit dem Tempo einer verängstigten Katze die Stufen hinauf. Während sie in die Kabine platzte, schnappte sie sich das Fernglas am Lederband und setzte zur Pirouette an. Doch die Kabine war tatsächlich leer. Stuart war allein zurückgekehrt.

Nur um sicherzugehen, suchte sie die Brücke nach einer Pistole ab. Nichts. Eine Waffe hätte sie beruhigt, war aber nicht entscheidend. Sie würde Stuart auf der Insel zurücklassen.

Cassi hatte wenig Erfahrung damit, hinter dem Steuerrad der Jacht zu stehen, außer während ein paar spielerischer Minuten mit Wiley neben ihr. Doch sie machte sich keine Sorgen darüber, die Jacht zu beschädigen, das war ihr egal. Sie studierte die Steuerung für einen Augenblick, um sich wieder damit vertraut zu machen, und konzentrierte sich dabei auf den Antrieb und das Steuerrad. Dann drückte sie den Startknopf. Nichts.

Frustriert und mehr als nur ein wenig nervös betrachtete sie den Rest der Steuerelemente. Sie sah Bildschirme, Knöpfe und Hebel mit Beschriftung. Sie schlug auf das Steuerrad und verfluchte den Himmel. Wo befand sich nur der verdammte Knopf, um die Steuerung einzuschalten?

Dann erinnerte sie sich an das Funkgerät, und Hoffnung keimte in ihr auf. Sie könnte Hilfe rufen und um Anweisungen bitten, wie man das verdammte Boot zum Laufen bekam. Sie griff nach dem Mikrofon, fand aber nur Leere. Ihre Augen füllten sich mit Tränen, während sie auf die Halterung starrte.

Sie dachte an alles, was sie die letzte Stunde durchgestanden hatte: Wileys Verrat, Odis Sahne, das Gewürge, die Explosion. Dann dachte sie an Odi, der durch die eiskalten Wogen pflügte. Nach alledem konnte sie es sich selbst nicht gestatten, von so etwas Simplem wie der Suche nach einem Knopf aufgehalten zu werden.

Während Cassi ihre Optionen durchging und alle Hebel umlegte und Knöpfe drückte, entdeckte sie einen leeren Chromsockel rechts vom Steuerrad. Der Anblick ließ sie auf dem Kapitänsstuhl zusammensinken. Stuart hatte die Schlüssel mitgenommen. »Das Funkgerät und die Schlüssel«, murmelte sie. Was für ein penibler Mistkerl.

Frustriert lehnte sie sich im Kapitänsstuhl zurück, da hörte sie ein lautes Krachen nur wenige Zentimeter vor ihrem Gesicht. Sie hob den Blick und entdeckte auf der Windschutzscheibe ein Spinnennetz aus Rissen. In der Mitte hatte das Netz ein Loch. Die Agentin in ihr erkannte sofort das Einschussloch einer 9-Millimeter-Patrone – auch wenn es keine große Rolle spielte. Stuart war zurückgekehrt. Der Winkel der Sonneneinstrahlung musste sich geändert haben und es ihm erlaubt haben, sie von der Treppe zum Anleger aus zu sehen. Offensichtlich hatte er sich entschieden, sofort zu schießen. Vielleicht dachte er, sie würde Ersatzschlüssel bei sich haben.

Sie rollte sich vom Stuhl auf den Boden, während sie ein weiteres Krachen hörte und ein zweites Spinnennetz auf der Scheibe erschien. Er musste sich definitiv oben auf der Treppe befinden. Seine Absicht und seine Taktik waren unmissverständlich klar. Da sie keinen Schlüssel besaß, war das Boot für sie eine Todesfalle. Cassi blieb nur eine Option.

Sie sprang den Niedergang der Jacht mit einem Satz runter und rannte zum Heck. Währenddessen hob und senkte sie ihre Arme, um Sauerstoff in ihre Lunge zu zwingen. Sie wollte einen Blick zurückwerfen, um zu sehen, ob er sie entdeckt hatte, ob ihr gleich lebensbedrohliche Kugeln um die Ohren fliegen würden, doch sie wagte es nicht. Jede Millisekunde zählte. Ohne zu zögern, sprang sie mit all ihrer Kraft und dem Kopf voran über die Reling.

61

Asgard Island, Chesapeake Bay

Stuart hörte das Platschen und wusste sofort, was es bedeutete. Er nahm die letzten Stufen auf einmal und rannte das Dock entlang zum hinteren Ende der Jacht, den Finger um den Abzug gelegt. Cassi war nirgends zu sehen, und die wogende See lieferte keinen Hinweis. Er versuchte zu erraten, in welche Richtung sie schwimmen würde, in der Hoffnung, ihr den Weg abzuschneiden. Wenn er falschlag, würde sie von der Insel entkommen. Dann müsste er sie auf eigene Faust jagen. Was eine unerwartete Komplikation darstellte, wenn auch keine vollkommen unerfreuliche.

Stuarts Blick fuhr über das Deck. Odi hatte er nicht auf der Brücke gesehen, würde aber darauf wetten, dass auch er auf der Nordwind gewesen war. Vielleicht war er es noch immer. Ohne ein Lebenszeichen zu entdecken, wandte Stuart den Blick wieder auf das wogende Wasser. Er wusste, was er an ihrer Stelle getan hätte. Er hätte eine falsche Fährte gelegt. Hätte etwas Schweres über Bord geworfen und sich dann unter Deck versteckt, in der Hoffnung, seine Verfolger würden es nicht merken.

Er wirbelte zurück zur Hauptkabine und hob seine Beretta, sah aber nichts außer ein paar Seemöwen. Mit seiner Waffe frustriert winkend, versuchte er sie fortzuscheuchen. Sie ignorierten ihn. Er überlegte, eine zu erschießen, um seine Wut rauszulassen, aber nur für eine Sekunde. Noch nie hatte er sich von seinen Emotionen übermannen lassen. Und das hier war kein guter Zeitpunkt, um damit anzufangen.

Während er schnell das luxuriöse Gefährt untersuchte und alle möglichen Verstecke überprüfte, überdachte er seine Lage. Solange er nicht die Aufzeichnung vernichtete und Cassi zum Schweigen brachte, stand alles, was er bisher in seinem Leben erreicht hatte, auf dem Spiel.

Was würde sie als Nächstes tun?, fragte sich Stuart. Seine Gedanken kehrten zu Odi zurück. War Odi bei seiner Schwester oder woanders? Wenn er so darüber nachdachte, hatte er nur ein einziges Platschen gehört. Die Chance, im exakt gleichen Moment ins Wasser zu tauchen, stand äußerst gering. Vielleicht hatte Odi die Insel auf dem gleichen Weg verlassen, auf dem er gekommen war – seine Schwester entweder im Zorn zurücklassend oder nicht in der Lage, sie mitzunehmen. Letzteres erschien wahrscheinlicher, vermutlich war das Boot zu klein. Auf jeden Fall musste Stuart hoffen, dass sich die Videoaufzeichnung noch irgendwo auf Asgard befand. Wenn diese Mordszene je von der Insel gelangte, würde Stuart seinen Job, seine Karriere und seine Freiheit verlieren. Um das zu verhindern, musste er bei seinem Handeln Prioritäten setzen.

Er entschied sich, die Insel mit der Nordwind bei voller Geschwindigkeit zu umrunden, in der Hoffnung, Odi den Weg abzuschneiden. Wenn Odis Gefährt zu klein war, um Cassi mitzunehmen, würde es vermutlich auch nicht sehr schnell sein. Vielleicht nur ein Ruderboot. Hoffentlich. Stuart wurde bewusst, dass er eine Chance hatte, den unkaputtbaren Agenten zu schnappen, solange er sich beeilte. Sollte er sich geirrt haben und Odi befand sich auf der Insel, konnte er immer noch dorthin zurückkehren.

Nachdem er die Schlüssel mit einem zufriedenen Lächeln aus seiner Hosentasche gezogen hatte, eilte er zur Brücke und startete die kraftvollen Motoren. Ohne sich noch einmal umzudrehen, legte er den Rückwärtsgang ein und manövrierte die Nordwind aus der Bucht hinaus. Sein Fahrstil mochte nachlässig sein, seine Suche nach Cassi war es nicht. Während er die Jacht weiter fortlenkte, suchte er akribisch die Riffe der Umgebung ab, in der Hoffnung, das Aufblitzen eines Körpers oder eine huschende Bewegung zwischen den rutschigen Felsen zu entdecken. Sein Adrenalin schoss vorübergehend in die Höhe, als er dachte, einen Kopf auftauchen zu sehen, doch es war nur ein Kormoran. *Spielt keine Rolle,* tröstete er sich. Sie konnte nirgendwohin. Schon bald würde sie erledigt sein. Er drehte das Steuerrad und gab vollen Schub vorwärts in Richtung Odi.

Als er die Insel halb umrundet hatte, bemerkte Stuart, dass Asgard wie ein Halbmond geformt war, mit einem Hafen im Zentrum der gewölbten Seite. Sie lag Richtung Westen mit Blick auf Reedville, Virginia, wo er kurz zuvor Wiley abgesetzt hatte. Jetzt, da er sich zum ersten Mal auf der anderen Seite befand, sah er, dass das Festland gar nicht so weit entfernt lag. Seine Hoffnung sank. Die südliche Spitze der Delmarva-Halbinsel lag nur etwa eine Meile östlich. Selbst mit einem Ruderboot konnte Odi es schon längst geschafft haben.

Etwas Weißes sprang Stuart ins Auge, als er zurück nach Asgard blickte. Unweit vom Fuß der Klippen schwappte es auf und ab. *Wieder ein Vogel?*, fragte er sich. Nein, dafür sah es zu groß aus. Schnell suchte er den östlichen Horizont nach einem weiteren Boot ab und lenkte die Jacht dann in diese Richtung. Er nahm das Fernglas und richtete es auf das Objekt. Sein Herz machte einen Satz, als er den Jetski erkannte. Diese Entdeckung löste das Rätsel um Odis Ankunft auf der Insel und schloss seine Abfahrt aus. *Nur warum sind sie immer noch auf der Insel?*, wunderte er sich. Der Jetski hatte sogar zwei Sitze. Die Antwort kam ihm, als er die Jacht darauf zusteuerte. Odi musste den Jetski gestohlen und allen Treibstoff verbraucht haben. Die Carrs waren auf der Insel gestrandet. Und viel wichtiger, auch das Video.

Nur um sicherzugehen, jagte Stuart eine Kugel in die Zündung des Jetskis und eine weitere in den Tank. Lieber kein Risiko eingehen. Vielleicht hatte Cassi auf der Nordwind nach Treibstoff gesucht.

Er ließ den Motor der Jacht aufheulen und raste zurück zum Anleger. Dieses Mal beobachtete er mehr die Insel als das Wasser, das sie umgab. Er fühlte sich wie ein Ritter, der sich darauf vorbereitet, eine Burg zu stürmen. Zwar war er nur ein einzelner Mann, doch er besaß auch die einzige Waffe, und weder König noch Königin konnten den Wehrgraben überwinden.

Während er die südliche Spitze der Insel umrundete, entdeckte Stuart ein weiteres Fahrzeug. Als er sah, dass es ebenfalls auf den Hafen von Asgard zuhielt, war er froh, keine Munition an die Seemöwen verschwendet zu haben. Dann sah er die orangefarbenen Streifen, und seine Brust verengte sich. Das sich nähernde Boot gehörte zur Küstenwache.

Stuart ging seine Optionen durch. Sie liefen auf Kampf oder Flucht hinaus. Das Boot der Küstenwache war kleiner als die Nordwind, doch da es sich um das maritime Gegenstück zur Staatspolizei handelte, dürfte es zweifellos kraftvolle Motoren besitzen. Damit wäre Flucht der letzte Ausweg. Das passte Stuart gut. Er war ein Kämpfer. Er fragte sich, wie es den Carrs gelungen war, die Küstenwache zu rufen, und noch wichtiger, welche Informationen sie weitergegeben hatten. Konnten sie eine detaillierte Nachricht schicken oder nur ein simples SOS? Stuart wusste, welch gefährliches Wagnis es darstellen würde, die Küstenwache ohne genauere Kenntnisse abzufangen, doch ihm blieb keine Wahl. Wenn sie das Video hatten, war er im Eimer. Dann bliebe ihm nur noch der Gebrauch seiner Lieblingswaffe. Er würde auf seinen Listenreichtum setzen müssen.

Stuart raste mit der Nordwind, um die Küstenwache auf halbem Weg zum Anleger abzufangen, und schaltete die Motoren ab. Er befand sich eine Viertelmeile vor der Küste. Wenn die Seeleute Veteranen waren, würden sie das als militärisches Manöver erkennen. Um das auszugleichen, ging er an Deck, nahm eine natürliche Haltung ein und winkte. Körpersprache konnte in den nächsten Minuten entscheidend sein, seine wie auch ihre.

An Bord des anderen Schiffes befanden sich nur zwei Seeleute. Der Kapitän hatte dickes weißes Haar und ein ledriges Gesicht, sein junger Matrose hingegen rotes Haar und Sommersprossen. Beide Männer wirkten angespannt. Sobald sie sich in Hörweite befanden, begann Stuart seinen Köder auszuwerfen. Er blickte Sommersprosse an und fragte: »Sind Sie auf dem Weg nach Asgard?«

Sommersprosse antwortete, ohne sich an die Hierarchie zu halten, was Stuart erleichtert aufnahm. »Ja. Wir haben einen Anruf erhalten.«

Stuart hatte auf mehr Informationen gehofft. Diese Antwort war ihm zu vage. Jetzt musste er angemessen reagieren. »Ich bin froh, dass der Anruf durchgekommen ist. Unser Funkgerät hat den Geist aufgegeben.«

»Haben Sie angerufen?«

Schon besser, dachte Stuart. »Ich bin Stuart, der persönliche Assistent von Direktor Proffitt. Wir dachten, wir wären gestrandet. Doch wie Sie sehen können, haben wir die Jacht doch noch zum Laufen bekommen.«

»Ich erkenne die Nordwind. Eines der feinsten Boote in der Bucht«, rief der Kapitän. »Würde es Ihnen etwas ausmachen, wenn wir sie uns genauer ansehen?«

Die freundliche Miene des Kapitäns konnte Stuart nicht täuschen. In seinen Augen las er rein berufliche Absichten. Diese Kerle würden ein politisches

Schwergewicht wie Wiley mit Samthandschuhen anfassen, doch ihre Zurückhaltung würde Stuart nur bis zu einem gewissen Grad nutzen. Sie jetzt abzuweisen, wäre ein Fehler. Er konnte die Seeleute natürlich immer noch erschießen, aber nur als letzte Möglichkeit. Vom ersten unbeantworteten Funkspruch an würde man sie vermissen, und dann wäre die Kacke wirklich am Dampfen. »Sicher, kommen Sie an Bord.«

Kaum hatte er die Worte ausgesprochen, fielen ihm die Einschusslöcher auf der oberen Brücke ein. Wenn die Küstenwache sie sah, war das Spiel vorbei. Dann würde ihm keine andere Wahl bleiben als sie zu erschießen. Irgendwie musste er sie von diesem Teil der Jacht fernhalten.

Die beiden Seeleute berieten sich, und dann kletterte der Kapitän allein an Bord. Stuart fluchte leise. Jetzt wäre es doppelt so schwer, beide zu töten. »Es ist wichtig, dass einer von uns am Funkgerät bleibt«, erklärte der Kapitän und deutete mit einem Nicken in Richtung Sommersprosse.

Stuart streckte den Arm in einer einladenden Geste aus. »Bitte, fühlen Sie sich wie zu Hause. Sie ist eine wahre Schönheit.«

Er setzte sich auf die Treppe zur oberen Brücke, damit der Kapitän ihn bitten musste aufzustehen, falls er Zugang dorthin haben wollte. Dabei versuchte er entspannt zu wirken, als würde er darauf warten, dass der Kapitän seine informelle Besichtigungstour beendete und gelangweilt mit Sommersprosse plauderte. Der Kapitän benötigte weniger als zwei Minuten, auch wenn es wie eine Ewigkeit erschien. Als er sich näherte, fragte Stuart sich, ob er dem Kapitän anbieten sollte, ihm die obere Brücke zu zeigen, oder ob er besser darauf wartete, dass dieser von selbst fragte. Als der Kapitän zurückkehrte, versuchte Stuart dessen Miene zu deuten, scheiterte aber. Der wettergegerbte alte Hund behielt einen neutralen Gesichtsausdruck. Nach einem Moment des unangenehmen Schweigens stützte der Kapitän seine Hände auf die Hüften, seufzte und sagte: »Genau so möchte ich in Rente gehen.«

Stuart lächelte aufrichtig. Der Kapitän würde nicht das obere Ende der Treppe inspizieren. »Kann ich gut verstehen. Tut mir leid, dass wir Ihnen solchen Ärger verursacht haben. In Anbetracht von Mr. Proffitts beruflicher Tätigkeit reagieren wir manchmal etwas zu schnell panisch.«

»Wo ist Walter eigentlich? Auf dem Festland oder auf der Insel?«

»Sie meinen Wiley, nehme ich an. Den habe ich eben erst auf dem Festland abgesetzt.«

Diese Antwort entspannte den Kapitän sichtbar. »Was hat denn Ihr Problem verursacht? Haben Sie das herausfinden können?«

»Sicher. Ein Batteriekabel hatte sich gelöst. Wir klemmen es routinemäßig ab, wenn wir wissen, dass wir für mehr als zwei Wochen nicht mit ihr rausfahren. Beim letzten Mal hatten wir es wohl nicht wieder fest genug angeschlossen.«

Der Kapitän nickte. Anscheinend kam ihm das bekannt vor. »Bitte richten Sie dem Gouverneur beste Grüße von Captain Latimor aus.«

Stuart nickte.

Seine Anspannung ließ erst nach, als das Boot am Horizont immer kleiner wurde. Dann überprüfte er das Magazin seiner Waffe und fand es fast voll vor. Er lächelte. Noch genügend Munition, um ein Paar Carrs zu zerlegen.

62

Crisfield, Maryland

Odi hockte neben dem Hinterrad auf der Beifahrerseite eines glänzenden blauen Buicks und zwang sich, die Zähne vom Klappern abzuhalten, während er zusah, wie seine Zielperson die Haustür abschloss. Der rundliche Mann mittleren Alters trug in der einen Hand einen Kaffeebecher für unterwegs, auf dessen Deckel er einen Muffin balancierte, und in der anderen einen gewöhnlichen schwarzen Aktenkoffer. Unmotiviert schlurfte er mit dem stumpfen Blick alltäglicher Routine auf den Wagen zu. Acht Uhr morgens, und der arme Kerl war schon total gelangweilt. Odi würde das ändern.

Per Funkschlüssel entriegelte der Mann das Auto und hockte sich auf den Fahrersitz. Den Kaffeebecher stellte er im Halter ab, legte die Aktentasche auf den Beifahrersitz und den Muffin obendrauf. Ein Blaubeermuffin. Gerade als der Mann nach der Tür griff, um sie zu schließen, schlüpfte Odi auf den Rücksitz.

Als Odis Tür zufiel, schreckte der Mann hoch, als hätte ihn eine Mausefalle am Hintern erwischt. Überrascht schrie er auf.

»Guten Morgen«, grüßte Odi und versuchte freundlich zu klingen. »Wo fahren Sie hin?«

»Wer zur Hölle sind Sie?«

Odi wechselte in einen scharfen Tonfall. »Ich bin der Mann mit einer Waffe in Ihrem Rücken. Das war Ihre letzte Frage. Verstanden?«

Der Mann wandte den Blick nach vorn und nickte.

»Wie heißen Sie?«, fuhr Odi fort.

»Les.«

»Okay, Les, fahren wir zur Arbeit.«

»Sie wollen zu meinem Büro?«

»Keine Fragen«, erinnerte ihn Odi und presste seine Finger tief in die Polsterung des Fahrersitzes. »Keinen Mucks. Fahren Sie einfach los.«

Der Mann fuhr rückwärts die Einfahrt hinunter und lenkte den Buick Richtung Norden.

»Wo befindet sich Ihr Büro?«

»Laurel.«

»Liegt das auf dem Weg nach New York?«

Les zögerte, sagte dann aber mit schwacher Stimme: »Ja.«

»Der schnellste Weg?«

»Ja.«

»Wie weit ist es von hier bis Laurel?«

»Eine Stunde ungefähr.«

»Und New York City?«

»Vier bis sechs Stunden, je nach Verkehr.«

Odi nickte. »Tun Sie mir einen Gefallen, Les, und drehen Sie die Heizung voll auf. Ich habe mich leicht verkühlt, als ich in die Stadt geschwommen bin.«

Kommentarlos tat Les wie ihm geheißen. Er lernte schnell.

Schweigend betrachtete Odi die Straßenschilder, während Les seiner Routine folgte. Einige Meilen den

Highway 13 runter kamen sie an einem Schild vorbei, auf dem ›Laurel 25 Meilen‹ stand.

»Ich brauch Ihr Handy«, ließ Odi ihn wissen.

Les zögert eine Sekunde, bevor er in seine Brusttasche griff und ein iPhone hervorzog.

Odi nahm es an sich und sagte: »Ich werde Sie an Ihrem Büro rauslassen, muss mir aber leider Ihren Wagen borgen. Sie kennen nicht zufällig die Nummer der Küstenwache?«

63

Asgard Island, Chesapeake Bay

Cassi sah mit Schrecken zu, wie das Schiff der Küstenwache am Horizont verschwand. Sie verfluchte sich selbst. Wäre sie nur ein paar Sekunden schneller gewesen, hätte sie ihm ein Signal schicken können.

Nachdem sie sich aus dem eiskalten Wasser gezogen und zugesehen hatte, wie Stuart mit der Nordwind davonraste, war sie sofort ins Haus gerannt und hatte heiß geduscht. Sie hatte zu lange unter der Dusche geschwelgt, die Kälte und Anspannung unter dem heißen Wasser abspülend, während sich die Küstenwache genähert hatte und wieder fortgefahren war. Jetzt saß sie in einem anderen Albtraum gefangen – mit Stuart.

Die Nordwind befand sich noch immer auf See, im Leerlauf in der Bucht. Cassi sah zu, während sie ihre Lage überdachte. Im Wissen, ihren eigenen Bruder verhaften zu müssen, hatte sie erwartet, dass dies der schlimmste

Tag ihres Lebens würde. Wie sich herausstellte, war das nur der Anfang. Die Vorspeise. Ein Appetitanreger. Seitdem hatte ihr Liebhaber sie verraten, in einem Panikraum eingesperrt, gezwungen, eine Bombe zu schlucken, und sie zum Explodieren zurückgelassen. Sie hatte ihren Magen ausgepumpt, war eine Klippe hinuntergeklettert und einer Kugel ausgewichen. Dann war sie beinahe erfroren, während sie um ihr Leben schwamm – in der Angst, zwischen zerklüfteten Felsen erschossen zu werden. Und es war noch nicht einmal Mittag. Hätte sie doch nur etwas mehr Vertrauen in Odi gehabt, dann wäre vielleicht alles anders gekommen.

So schrecklich die Erlebnisse des Tages auch waren, und unabhängig von der Tatsache, dass all das sie ein Leben lang verfolgen würde, wusste Cassi, dass nichts davon im Moment von Bedeutung war. Sie musste das nächste 9/11 verhindern. Sie besaß Informationen, die Tausende Leben retten konnten. Und sie hatte keine Ahnung, wie sie sie weiterleiten sollte. Jede Wunschvorstellung davon, ohne Neoprenanzug ans Festland zu schwimmen, war in dem Moment verschwunden, in dem sie in das eiskalte Wasser der Chesapeake Bay tauchte. Die fünf Minuten, die sie benötigt hatte, Stuart zu entkommen, hatte sie überlebt, doch lange bevor sie es an die nächste Küste schaffen würde, hätte ihr die Unterkühlung das Leben aus den Knochen gesaugt.

Die Nordwind verspottete sie, machte sich über sie lustig, winkte ihr. Sie lag nur eine Viertelmeile entfernt draußen in der Bucht, könnte sich aber ebenso auf dem Mars befinden. Sie würde sie niemals erreichen. Oder doch? Könnte sie eine Viertelmeile in diesem Wasser überleben? Könnte sie dann trotz ihrer Unterkühlung noch heimlich an Bord klettern und Stuart überwältigen? Einen bewaffneten Mann? Sie schätzte, dass die Chancen tausend zu eins gegen sie standen. Vermutlich ankerte Stuart genau deswegen dort. Er wartete sicher nur darauf, sie herauszulocken. Doch welche Wahl blieb ihr schon? Sie konnte hier nicht in Sicherheit, aber schweigend rumhocken, während 24 Flugzeuge vom Himmel gebombt wurden. Das würde sie sich niemals vergeben. Lieber würde sie bei dem Versuch sterben.

»Lieber würde ich bei dem Versuch sterben«, wiederholte Cassi laut. Es war so banal, diese Worte zu äußern. Doch hätte sie wirklich den Mut dazu?

Während sie darüber nachdachte, erwachte die Nordwind brummend zum Leben und ersparte ihr diese Probe. Ihre Erleichterung verschwand so schnell, wie sie erschienen war, als Stuart die Jacht Richtung Anleger steuerte. Der Anblick erfüllte sie mit einer Mischung aus Hoffnung und Verzweiflung. Sie würde eine Chance erhalten, die 24 Flugzeuge zu retten. Sie musste Stuart nur die Schlüssel abnehmen, ohne dabei von ihm erschossen zu werden.

64

Die SS Queen Mary 2

Ayden sprang vom Türspion seiner Kabine zurück, als wollte dieser ihn beißen. Er konnte nicht glauben, was er sah. Schon aus der Entfernung hatte er die große Statur und den sicheren Gang erkannt. Jetzt, wo der Mann näher gekommen war, konnte Ayden auch das Gesicht identifizieren. Trotz der Brille und der zurückgekämmten Haare bestand kein Zweifel. Odi Carr lief den Flur entlang – direkt auf seine Kabine zu.

Wie war er freigekommen? Wie hat er mich finden können? Was hat er vor? Diese Fragen kamen Ayden umgehend. Die Antworten aber nicht. Ihm blieb keine Zeit dafür. Er musste handeln.

Er zog sich ins Badezimmer zurück, eine Champagnerflasche fest umklammert. Er versuchte nachzudenken. Geplant hatte er, dem Steward eins mit der Flasche überzuziehen, wenn dieser den Marshalls ihr Essen brachte. Konnte er das auch mit Odi machen? Wohl kaum. Mit einer verzweifelten Bitte hätte er den Steward in seine benachbarte Kabine gelockt – ihn dort k. o. gehauen, die Kaffeesahne mit seiner eigenen ersetzt und den Marshalls ihre Bestellungen selbst gebracht –, aber Odi würde er mit einer so simplen List nicht erwischen.

Ayden blickte auf seine Hand hinab und bemerkte, dass sie zu schwitzen anfing. Für einen Überraschungsangriff auf einen ahnungslosen Steward hätte die Champagnerflasche ausgereicht, doch gegen einen kampferprobten Veteranen wie Odi Carr wirkte sie lächerlich. Doch welche Wahl blieb ihm? Odi war zu ihm gekommen. Denk nach, Ayden. Denk nach! *Was würde Arvin tun?*, fragte er sich. Die Antwort kam, als hätte Gott sie ihm ins Ohr geflüstert.

Ayden riss das Bitte-nicht-stören-Schild vom Türgriff und steckte es zwischen Türrahmen und Schloss, wodurch er den Riegel unbrauchbar machte. Zufrieden, dass die Tür schon bei festem Klopfen aufschwingen würde, nahm er eine Polyesterdecke aus dem Schrank. Er faltete sie zur Hälfte und legte sie wie einen Teppich auf den Parkettboden – wie einen sehr rutschigen Teppich. Bei genauerer Betrachtung würde es nicht richtig aussehen, doch Odi würde den Möbeln der Kabine kaum Aufmerksamkeit schenken, wenn er das Zimmer stürmte. Ayden würde Odi den Teppich unter den Füßen wegziehen, bevor dieser merkte, dass er auf rutschigem Untergrund stand, und dann würde er ihm die guten Nachrichten mit der Flasche mitteilen.

Ayden kehrte ins Badezimmer zurück, hob die Champagnerflasche auf und war sich sicher, dass er keine Sekunde zu verschwenden hatte. »Komm schon, komm schon«, flüsterte er und wischte sich die verschwitzten Handflächen an der Hose seiner schwarzen Schiffsstewarduniform ab, während er die Flasche in die andere Hand nahm.

Doch das Klopfen kam nicht. Auch versuchte Odi nicht, einen Schlüssel zu benutzen. Ayden wartete und lauschte, in der Annahme, dass Odi dort draußen dasselbe tat. Nach einigen Augenblicken lockerte er seine Krawatte und hoffte, dass so mehr Blut ins Gehirn floss. Er wartete weiter. Nichts. Kein Ton zu hören. Schließlich hielt er es nicht mehr aus, er stieß die Tür auf und hob die Champagnerflasche hoch über den Kopf.

Der Flur war leer.

Er zog sich in die Kabine zurück, verwirrt, aber auch erleichtert, nicht gesehen worden zu sein. Dann wusste er es. Von wegen Gottes Geflüster. Odi wusste nicht, dass er hier war. Er war gekommen, um den Mann in der Nachbarkabine zu warnen. Er war gekommen, um Marshall zu warnen.

Ayden entschied sich, hinaus auf die Terrasse zu gehen. Von dort konnte er vielleicht sehen, ob in der Kabine des Senators die Hölle losbrach. Er wusste, dass dies ein kühner und riskanter Zug sein würde – denn Fenster funktionierten nun mal in beide Richtungen –, doch er vermutete, der Regen würde ihm Deckung geben. Wie auch immer, solange Odi sich an Bord befand, wäre alles riskant, was er tun würde. Außerdem trug er seine Uniform.

Er schnappte sich den schwarzen Regenschirm mit dem QM2-Logo aus dem Schrank und schlüpfte durch die Glasschiebetür hinaus.

Der Himmel war so dunkel wie zur Mitternacht, der Regen floss in Strömen. Ayden kümmerte es nicht. Er ging den gesamten Weg bis zum Rand und hockte sich mit seinem Rücken zum Geländer hin. Trotz des Wolkenbruchs konnte er dank des Lichts deutlich in Marshalls Kabine blicken. Durch die geteilten Vorhänge sah er das eine Ende eines Esstisches. Mrs. Marshall und eine Frau saßen dort, tranken Rotwein und plauderten fröhlich miteinander. Odi schien sich nicht im Inneren zu befinden. Und er schien auch keinen Alarm ausgelöst zu haben.

Das verwirrte Ayden. War es möglich, dass er sich Odi nur eingebildet hatte? Konnten ihm seine Augen einen Streich gespielt haben? »Nein«, murmelte Ayden. Er hatte keine Zweifel.

Auch wenn Odis Plan ihm ein Rätsel blieb, musste er trotzdem seine Taktik ändern. Vielleicht konnte er Marshall über Bord werfen. Er musste ihn nur alleine auf die Terrasse herausbekommen. Was wegen des Wetters nicht gerade einfach sein würde.

Während Ayden seine Möglichkeiten durchging, nagte ein weiterer Zweifel in seinem Unterbewusstsein.

Nach einigen Minuten wurde es ihm klar. Wenn Odi gekommen war, um Marshall zu retten, hatte er vermutlich auch die Behörden wegen der anderen Attentäter gewarnt.

Er sank unter dem Gewicht der Welt zusammen, bis sein Hintern auf dem nassen Deck ruhte. Der letzte Gedanke hatte ihm den Wind aus den Segeln genommen. Die extravagante Exekution aller 25 Mitglieder des Senatsausschusses hätte die Aufmerksamkeit der Welt über Monate auf sich gezogen, wenn nicht sogar für Jahre, so wie 9/11. Jetzt, da es womöglich nicht stattfand, fühlte Ayden sich, als würde er Hundertmillionen von Kindern im Stich lassen. Dieser Gedanke war mehr, als er ertragen konnte.

Verzweifelt suchte er die Ecken seines Verstandes nach einer Lösung ab. Doch er fand keine, sondern konnte nur zusehen, wie der Regen um ihn herum auf das Deck prasselte. Jeder Tropfen sandte eine kleine Fontäne in die Luft. *Würde das Ausschalten des Vorsitzenden allein genug Aufmerksamkeit erzeugen, auch wenn die restlichen Ausschussmitglieder überleben?*, fragte er sich. Die Antwort kam ihm umgehend. Nein. Um eine ähnliche Aufmerksamkeit wie beim 11. September zu generieren, benötigte er etwas Gewaltiges, etwas Persönliches. Für etwas Geringeres war die moderne Welt viel zu abgestumpft.

Hier, unter dem schwarzen Himmel im strömenden Regen sitzend, fühlte er sich so trostlos wie seine Umgebung. Die emotionale Achterbahnfahrt half auch nicht wirklich. Jahrelang hatte er darum gekämpft, etwas zu bewegen, jeden einzelnen Tag. Jeder Tag hatte ihm kleine Belohnungen in Form von winzigen, nach oben blickenden Gesichtern gebracht. Doch die Hoffnungslosigkeit des großen Ganzen hatte immer drohend über ihm geschwebt, so endlos wie die Menge vor seiner Kliniktür. Dann war Arvin in sein Leben getreten und hatte davon gesprochen, eine Welt zu erschaffen, in der die Starken den Schwachen halfen und die Reichen sich um die Armen kümmerten.

Arvin hatte Ayden die Hoffnung gegeben, tatsächlich die menschengemachten Leiden der Welt heilen zu können. Der Kipppunkt sei nahe, hatte er gepredigt, während seine Augen Ayden in ihren Bann geschlagen hatten. Die technologischen Mittel waren für die Menschheit zum Greifen nahe. Es bedurfte nur noch der richtigen Tat als Auslöser. Heute hätte er, Ayden Archer, das Gleichgewicht verändert. Heute hätte er die Tür zu einer besseren Welt aufgestoßen. Doch jetzt war alles, was vor wenigen Momenten noch sicher erschien, plötzlich ungewiss. Ayden zitterte vor Angst, er könnte die Kinder im Stich lassen.

»Nein«, entschied er laut. »Nicht ohne zu kämpfen.« Zumindest könnte er den Vorsitzenden ausschalten. Vielleicht fanden die anderen 24 auch einen Weg, siegreich zu sein – oder zumindest einige von ihnen. Sein Verstand raste. Ayden erspähte einen Hoffnungsschimmer. Er befand sich an Bord der neuen Queen Mary. Beinahe 3000 Mitglieder der Weltelite waren in seiner Nähe, dazu 1000 Besatzungsmitglieder – und er hatte eine Menge Sahne. Diese Kombination musste doch die Macht besitzen, die Aufmerksamkeit der Welt zu erregen. Ayden spürte es in seinen Knochen. Er musste nur nachdenken – nachdenken und dann handeln.

In Gedanken rannte er durch das Schiffssystem. Er kannte die Schiffskonstruktion praktisch auswendig. Er würde nicht den Flugzeugansatz wählen und das Schiff selbst in eine tödliche Waffe verwandeln. Das Schweröl, von dem das Schiff angetrieben wurde, würde nicht explodieren. Aber Kreuzfahrtschiffe gehören zu den größten und kompliziertesten Maschinen der Welt. Es musste einen anderen Weg geben …

Als Ayden schließlich die Lösung einfiel, war er durchnässt bis auf die Haut, doch es war ein grandioser, eloquenter und kühner Plan. Während seine Begeisterung wuchs, erinnerte er sich selbst daran, dass radikale Aktionen eventuell gar nicht notwendig waren. Er hatte keine Aufregung in der Kabine des Vorsitzenden gesehen. Also hatte Odi aus irgendeinem Grund offenbar noch keinen Alarm geschlagen. Vielleicht hatte er Angst vor dem Gefängnis. Oder er hatte es versucht, wurde aber ignoriert. Wie auch immer, nachdem er diese tolle Lösung gefunden hatte, erschien Ayden der ursprüngliche Plan sogar viel weniger ansprechend. Einfach nur den Vorsitzenden des Senatsausschusses zu töten, wirkte viel zu uninspiriert.

Die Frage, die er sich jetzt stellen musste, lautete: Besaß er den Mut dazu? Er entschied sich, die Antwort darauf erst einmal nach hinten zu schieben. Jetzt galt es herauszufinden, ob Plan A funktionierte.

Gerade wollte er aufstehen und zur Bar gehen, um CNN zu checken und seine Optionen abzuwägen, als er am oberen Rand seines Sichtfelds eine Bewegung wahrnahm. Er hob den Blick. Zwei Decks über ihm versuchte sich jemand abzuseilen. Um auf der Veranda der Marshalls zu landen.

Eine Woge der Befriedigung jagte durch Ayden, als er die Gestalt erkannte. Wieder einmal plumpste ihm Odi Carr direkt in den Schoß.

65

Die SS Queen Mary 2

Während er die weitläufigen Flure absuchte, versuchte Odi wie ein privilegierter Urlauber auszusehen, nicht wie ein Auftragsmörder. Doch so müde, wie er war, fiel ihm das immer schwerer. Aber er wusste, dass sich Ayden irgendwo in den Honigwaben dieser 13 Decks befand und seine Pläne schmiedete. Also würde er nicht aufhören.

Sein Plan, nach New York und an Bord des Schiffes zu gelangen, war aufgegangen, hatte aber einen hohen Preis von seinem Körper und seiner Seele verlangt. Der arme Schiffsingenieur Kostas Tzemos, dessen Identität er angenommen hatte, würde bald mit pochendem Schädel und einer fiesen Beule aufwachen. Odi schwor, es bei ihm und den anderen wiedergutzumachen. Er verfluchte sich bei dem Gedanken an diese wachsende Liste und schämte sich für die Leichtgläubigkeit, die die Wurzel dieses Übels war. Wie naiv er doch gewesen war, geblendet von seinem Rachedurst.

Odi war sich nicht sicher, wo das alles enden würde. Eine Stunde zuvor musste er überrascht zusehen, wie Senator Marshall mit seiner Frau das Schiff betrat. Er hatte damit gerechnet, dass sie die Reise absagen würden, nachdem Cassi Bescheid gegeben hatte. Und doch waren sie hier. Für ihre Anwesenheit gab es eine ganze Reihe von Erklärungen, das war ihm klar. Die wohl wahrscheinlichste war, dass sie einfach daran gewöhnt waren, mit Bedrohungen zu leben. Nach zwei Jahrzehnten im

Senat mit Hunderten von Drohungen pro Jahr wäre wohl jeder abgestumpft. Während er darüber nachdachte, erkannte Odi schnell den Vorteil von Marshalls Abgebrühtheit. Ohne die Marshalls an Bord würde er nach einer Nadel im Heuhaufen suchen. Jetzt besaß er einen Magneten für Ayden.

Während er ein weiteres Mal die Kabine der Marshalls passierte, dämmerte Odi, dass er sein Glück überstrapazierte. Bei seinem ersten Vorbeigehen stellte er überrascht fest, dass sie keinen Agenten des Secret Service auf dem Flur postiert hatten. Er wusste, dass zweifellos einer den Flur im Auge behielt. Entweder durch eine versteckte Kamera oder den Türspion der Kabine. Aber er hatte auch mit einem an prominenterer Stelle gerechnet. Das machte zwar einen weniger, dem er auffallen würde, während er die umliegenden Flure auskundschaftete, doch er würde trotzdem zum dritten Mal auf dem Radar des Secret Service auftauchen, indem er vor Marshalls Kabine erschien. Natürlich war das ein Fehler, besonders für jemanden mit einem Gesicht, nach dem landesweit gefahndet wurde. Doch ihm blieb keine Wahl.

Odi fuhr ein Rennen gegen die Zeit. Auch wenn die Reise nach Southampton sechs Tage dauern würde, musste er Ayden finden, bevor Mr. Tzemos aufwachte und Alarm schlug. Sobald das die Runde machte, würde seine Freiheit keine 20 Sekunden mehr währen. Er stellte sich vor, dass die Unterhaltung in etwa so ablaufen würde:

»Er ist ungefähr 30 Jahre alt, knapp über 1,80 groß, mit breiten Schultern, dichtem dunklem Haar, stahlgrauen Augen und – o ja – er hat meine Brille geklaut.«

»Hey, Lou, das hört sich wie die Fahndungsmeldung an, die wir vom FBI erhalten haben.«

»Sah er aus wie dieser Kerl, Mr. Tzemos?«, würde der Polizist fragen und ihm ein Foto von Odi hinhalten.

»Das ist er! Das ist der Dieb, der meinen Pass und meine Klamotten geklaut hat …«

Odis eigener Fahndungsstatus war nicht die einzige Komplikation, an die er dachte. Die Abgebrühtheit der Marshalls nagte an ihm. Wie vereinbart hatte er die Küstenwache gerufen und zu Cassi nach Asgard geschickt. *Haben sie meinen Anruf ignoriert?*, fragte er sich. Vermutlich nicht. *Könnte der Secret Service Cassis Warnung ignoriert haben?* Wieder lautete Odis Antwort: Nein. Die Bedrohung war zu ernst, und sie war eine FBI-Agentin. Odi schloss, dass seine Sorgen ein Ergebnis seiner Erschöpfung kombiniert mit einer übereifrigen Fantasie waren. Aber was wäre, wenn ihm zwei Leichen das Gegenteil beweisen würden?

Nachdem er das dritte Mal betont desinteressiert an der Kabine der Marshalls vorbeigegangen war, begab er sich zu einem Computerterminal und machte eine virtuelle Tour durch die Suite der Marshalls inklusive der Terrasse. Vor allem der Terrasse widmete er seine Aufmerksamkeit sowie den Fenstern und Türen. Dann konzentrierte er sich auf den Rest des Schiffes. Die Queen Mary 2 war gewaltig. Sie umfasste ein Gebiet von vier Häuserblocks und beherbergte 3900 Menschen. Solange nur ein Mann nach ihm suchte, konnte Ayden sich über Monate verstecken.

Während er sich von Fenster zu Fenster klickte, wurde Odi zunehmend nervös dabei, so lange von den Marshalls entfernt zu sein. Ayden hatte ihn hereingelegt. Vielleicht könnte er auch den Secret Service reinlegen. Trotzdem wusste Odi, dass das Wissen über die

Deckpläne des Schiffes unersetzbar war, sollte es zu einer Verfolgung oder einer Flucht kommen, oder wenn er sich verstecken musste. Er biss sich auf die Lippe, rollte die Schultern und entschied, sich zehn Minuten lang die Lagepläne des Schiffs einzuprägen. Nach 15 Minuten schob er eine Karte in seine Hosentasche und ging zum Deck elf.

Dort drückte Odi den Knopf, der die Schiebetür zur Promenade öffnete, und trat in den finstersten und nassesten Tag hinaus, an den er sich erinnern konnte. Nie zuvor hatte er ein solches Elend so perfekt eingefangen. Er ging ganz bis zum hinteren Ende von Deck elf und stand dort allein beim Whirlpool. Er blickte über den Rand. Die Terrasse des Balmoral Duplex Apartments der Marshalls winkte ihm zwei Stockwerke tiefer entgegen. Er stellte sich das schottische Anwesen vor, das der Kabine seinen Namen geliehen hatte, und beschloss, dass es an der Zeit war, die Burg zu stürmen.

Der Whirlpool mochte nur einen Meter tief sein, doch an der Reling neben ihm hing trotzdem ein Rettungsring. Odi prüfte die Länge des Seils. Der Atlantik toste 30 Meter unter ihm, und das Seil schien lang genug zu sein, um ihn zu erreichen. In der Gewissheit, nur 15 Meter davon zu benötigen, entfernte er die Rolle vom Haken. Das eine Ende band er zweimal um einen Pfosten und testete den Halt. Es fühlte sich sicher an. Er klemmte den Ring zwischen seine Beine und sprang über das Geländer.

Der Regen prasselte auf ihn ein und der Wind versuchte ihn aus dem Gleichgewicht zu bringen, doch Odi ließ sich nicht abschrecken. Ayden aufzuhalten war etwas, für das er sein Leben geben würde. Er seilte sich nur so weit ab, dass er durch das nasse Glas des Panoramafensters des Balmoral Duplex Apartments blicken konnte. Umgehend sah er die Kajütenleiter vor sich, die beide Stockwerke miteinander verband. Dahinter konnte er durch die offene Tür der Hauptkabine blicken. Den visuellen Ausschnitten nach wirkte das obere Stockwerk verlassen. So weit, so gut.

Er seilte sich auf halbem Weg zur Terrasse ab und hielt in dem toten Winkel zwischen Deck neun und zehn an. Er verbesserte seinen Griff um das Seil und wischte sich mit der freien Hand den Regen aus dem Gesicht. Die Tropfen versuchte er sich als erfrischend vorzustellen, doch in Wahrheit ließen sie ihn nur frösteln. Die Kälte der Chesapeake Bay steckte noch immer in seinen Gliedern. Was für ein Tag!

Während er seine nächsten Aktionen abwägte, betrachtete er seine Umgebung. Wenn die Marshalls zu Hause waren, würden sie sich direkt unter ihm auf der anderen Seite des Glases befinden. Dunkelheit und Regen mochten ihn vor ihnen verbergen, vermutlich aber nicht. Er befand sich zu nahe an der Scheibe. Also entschied er sich, von der Wand wegzuspringen. Das war die Art von Aktion, die seine Kollegen als mutig bezeichneten, doch er wusste, dass sie vor allem dumm war. Aber heute war nichts Besseres zu erwarten.

Er suchte sich einen Landeplatz aus und übte zweimal, seine Knie zu beugen, bevor er sich schließlich abstieß. Nahe beim Fenster zu landen war gefährlich, doch es gab noch eine schwerere Strafe dafür, zu weit nach unten zu geraten. Das Seil machte ein sirrendes Geräusch, während er in einem relativ kontrollierten Fall auf die von Pfützen übersäte Terrasse zuschoss. Zwei atemlose

Sekunden später landete er direkt zwischen zwei Liegestühlen auf seinen Füßen. Er verspürte das Bedürfnis, sich nach vorn zu beugen, ging stattdessen aber in die Hocke. Der Rettungsring befand sich noch immer zwischen seinen Beinen. Er deponierte ihn für seinen späteren Rückzug sicher hinter einem Liegestuhl.

Dann betrachtete er die Glasschiebetür drei Schritte vor sich. Die Marshalls waren dort. Seine Regensturmrumba war nicht vergebens gewesen. Das distinguierte Paar trank Rotwein und unterhielt sich angeregt mit einem anderen elegant gekleideten Paar. Sonst konnte er niemanden in der Kabine sehen. Odis Magen überschlug sich. Wo war der Secret Service? Entweder stimmte etwas ganz und gar nicht, oder es war alles in Ordnung. Vielleicht hatte man Ayden wirklich festgenommen.

Er kämpfte damit, die Nerven zu bewahren, und untersuchte die Situation genauer. Auf dem Esstisch vor den Marshalls standen mehrere Teller und Schüsseln. Sobald er sie entdeckte, wusste Odi, dass er sehen musste, was sich in ihnen befand. Sollte es etwas auf Sahne Basierendes sein, müsste er auf sehr unangenehme Art an die von Regen benetzte Schiebetür klopfen. Er entschied sich, näher ranzuschleichen.

Also legte er sich flach auf den Boden und robbte durch die Pfützen auf die Wand zu. Dann glitt er zur Seite, bis er am Rand der Vorhänge vorbei hineinspähen konnte. Als Erstes betrachtete er die Bewohner genauer und achtete dabei besonders auf die Farbe ihrer Fingerspitzen. Alle sahen in Ordnung und in Feierlaune aus. Mrs. Marshall präsentierte sich in einem Seidenkleid im selben Rot ihrer Fingernägel, ihre Begleiterin in einem Hosenanzug mit Dschungelmuster, goldenem Schmuck und dazu passenden Schuhen. Die Männer trugen beide dunkle Anzüge mit hellen Hemden ohne Krawatten. Ihre Heiterkeit stellte einen krassen Kontrast dar zur Sturzflut draußen und der Gefahr, in der sie schwebten.

Odi verstand es nicht. Wie konnten sie so gelassen sein? Er stand auf und wandte seine Aufmerksamkeit dem Tisch zu, sein Magen knurrte bei dem Anblick und erinnerte ihn daran, dass er seit 24 Stunden nichts mehr gegessen hatte – wenn man von der Sahne absah. Eine der Schüsseln, die ihm am nächsten stand, enthielt Erdbeeren, die ihm das Wasser im Mund zusammenlaufen ließen, die andere lockte ihn mit gemischten Nüssen. Weiter hinten lag ein knuspriges französisches Baguette auf einem Schneidebrett, daneben ein großes Stück reifer Briekäse. Während sein Magen knurrte, frohlockte sein Herz. Es bestand keine Chance, die Sahne dort irgendwo unterzumischen. Fürs Erste waren die Marshalls sicher.

Während er darüber nachdachte, an die Scheibe zu klopfen, um sich bestätigen zu lassen, dass man Ayden Archer tatsächlich geschnappt hatte, quietschte es rechts von ihm. Als er sich umdrehte, um sich das genauer anzusehen, stieß ihn jemand in den Magen und holte ihn von den Füßen in die Luft. Odi spürte, wie er über der Schulter seines Angreifers hing, doch sein erschöpfter Verstand benötigte eine Sekunde zu lange, um rechtzeitig zu reagieren. Bevor er sich zusammenreißen konnte, fiel er schon rückwärts durch den leeren Raum. Dieses Gefühl und ein flüchtiger Blick verschafften ihm umgehend Klarheit. Ayden hatte ihn einfach über Bord geworfen.

66

Asgard Island, Chesapeake Bay

Während das Boot der Küstenwache am Horizont verschwand und Stuart in den Hafen steuerte, lief Cassi zum Haus. Sie rannte wie noch nie zuvor in ihrem Leben. Wiley hatte ein paar Walkie-Talkies in der Garderobe neben der Eingangstür. Die brauchte sie. Sobald die Motoren der Nordwind zu hören waren, hatte sie die Details für einen verzweifelten Plan zusammengeschustert.

Sie schnappte sich die beiden Motorolas und war 90 Sekunden nachdem Stuart die Motoren angeworfen hatte, schon wieder aus dem Haus. Inzwischen würde er anlegen, vermutete sie. Während sie zum Garten rannte, testete sie die Batterien. Sie waren voll aufgeladen.

An der Südseite des Haupthauses befand sich ein üppiger, aufwendig angelegter Garten, der sich über ein halbes Hektar von der Veranda bis zu den Klippen ausdehnte. Laut Wiley hatten zwölf Generationen von Proffitts ihren Lebensabend damit verbracht, die Anlage zu pflegen. Da Wiley sich dieser Phase noch fern fühlte, hatte er einen Gärtner angestellt. Besonders im Sommer, wenn die Blumen sich in voller Blüte befanden und die Brunnen vor sich hin plätscherten, bot sich hier ein spektakulärer Anblick, doch selbst zu dieser Jahreszeit besaßen die uralten Obstbäume und das gepflegte Labyrinth aus Hecken eine gewisse Grazie. An diesem Morgen aber achtete Cassi auf nichts davon. Das hier war ein Kampfgebiet.

Sie brach durch ein überwinterndes Rosengestrüpp und ignorierte die protestierenden Dornen. Sobald sie die Mitte des Gartens erreicht hatte, steckte sie eines der Sprechfunkgeräte in das dichte Geäst eines rund geschnittenen Buschs.

Sie befestigte es in Brusthöhe und schätzte die Entfernung bis zur vorderen Ecke der Veranda auf ungefähr sechs Meter. Dann schaltete sie es ein, drehte die Lautstärke hoch, entfernte sich ein paar Schritte und sagte »Test«. Ihre Stimme war laut und deutlich zu vernehmen. Motorola baute tolle Geräte. Für einen Moment glaubte sie, dass es tatsächlich funktionieren könnte.

Sie drehte sich um und rannte zum hinteren Ende des Gartens, behielt dabei aber den Weg zum Hafen im Blick. Das zweite Funkgerät umklammerte sie mit ihrer linken Hand wie eine Rettungsleine.

Der Garten endete in einer dicken Reihe aus Hecken am Rande der Klippe. Wileys Vorfahren hatten sie vor Generationen gepflanzt, um Erosionen zu verhindern und sie als natürlichen Zaun zu nutzen. Dort angekommen legte sich Cassi auf den Boden. Dann spähte sie zurück über die sie umgebenden Büsche und entdeckte Stuart.

Er befand sich einige Hundert Meter entfernt und stapfte mit entschlossenem Schritt auf das Haupthaus zu. Auf Cassi wirkte er, als wäre an seiner Stirn ein unsichtbares Seil festgemacht, an dem ihn jemand vorwärtszog, dann wanderte ihr Blick zu seinen Händen. In beiden hielt er jeweils eine Beretta nach unten gerichtet. Man musste kein Psychologe sein, um diese Körpersprache zu deuten. Er war ein Mann mit einer Mission, und diese Mission war ihr Tod.

Sie steckte das Funkgerät in die Reißverschlusstasche ihrer Jacke und kletterte über den Klippenrand nach unten auf Wileys Jacht zu.

Schneller als es eine Person mit gesundem Menschenverstand für sicher erachtet hätte, bewegte sie sich über die rutschigen Felsen. Denn sie wusste, dass Stuart nicht mehr als fünf bis zehn Minuten benötigen würde, um festzustellen, dass das Haus leer war. Obwohl sie waghalsig über die gefährlichen Klippen hüpfte, brauchte sie mehr als fünf Minuten, um die Nordwind zu erreichen. Sobald sie sich an Bord befand, sammelte sie hastig die wenigen Werkzeuge ein, die sie für ihren Plan benötigte. Ihren ersten Halt machte sie am Schrank der Gästekabine, wo sie den Ping Driver hervorholte, mit dem Wiley alte Golfbälle in die Chesapeake Bay schlug. Als Nächstes lief sie ins Badezimmer zum Notfallkoffer, aus dem sie ein Drucklufthorn und medizinisches Klebeband nahm. Sie verstaute die Gegenstände nahe der Achterluke und rannte zwei Treppen hoch zur oberen Brücke. Dort schnappte sie sich das Fernglas von der Konsole des Kapitäns, hängte es sich um den Hals und benutzte dann die Fensterbank, um auf das Kabinendach zu klettern.

Auf dem weißen rutschigen Dach stehend, die Radarantenne neben ihren Knien, befand sich ihr Kopf fast zehn Meter über der Wasseroberfläche. Wenn sie sich streckte, wäre sie groß genug, um über die Klippe bis zum Haus sehen zu können. Das hatte sie richtig abgeschätzt. Zwei Sekunden später wurde Cassi aber bewusst, wie heikel ihr Spähposten war. Das Dach schwankte unter ihren Füßen und verstärkte jede kleine Welle. Nach einigen Minuten, in denen sie nach Stuart Ausschau hielt, merkte Cassi, dass sie mit ihrer vorherigen Einschätzung falschlag. Heikel war noch stark untertrieben. Jede unerwartete Windböe konnte ihr das Gleichgewicht rauben und sie über den Rand schicken. Ein Sturz, der ihr vermutlich das Genick brechen würde. Als sie ihren Plan ausgearbeitet hatte, war ihr dieses Risiko nicht in den Sinn gekommen. Doch sie würde jetzt nicht mitten im Rennen umsatteln. Sie besaß kein anderes Pferd. Sie würde es riskieren müssen, sich den Hals zu brechen. Das Leben der Passagiere in 24 Flugzeugen hing von ihr ab.

Sie fragte sich, welche ungewissen Gefahren noch auf sie warteten, hörte aber sofort wieder damit auf. Sie konnte es sich nicht erlauben, darüber nachzugrübeln. Weder ihre Gedanken noch ihr Blick durften jetzt abschweifen, nicht einmal für einen kurzen Moment. Wenn sie den Augenblick verpasste, in dem Stuart zur Vordertür herauskam, würde er sie wahrscheinlich zuerst entdecken und wie an einer Schießbude vom Dach der Jacht schießen. »Komm schon, Stuart«, murmelte sie durch die zusammengepressten Zähne. »Komm schon.«

In der Ferne hörte sie ein Motorboot und ihre Hoffnung stieg. Vielleicht kehrte die Küstenwache zurück. Es klang nach einem großen Boot. Aber sie konnte nicht riskieren, über die Schulter zu blicken, zumindest nicht, bis es näher gekommen war. Auch Stuart würde dem Geräusch nachgehen. Also beobachtete sie weiterhin die Vorderseite des Hauses und ließ ihren Blick zwischen den Fenstern, der Veranda, dem Garten und der großen grünen Tür hin und her zucken. Alles wirkte ruhig. Langsam wurde sie nervös. Hatte sie ihn verpasst? Cassi wusste, dass dann alles aus wäre. Sie stand hier wie eine Zielscheibe.

Das Geräusch des fernen Motors veränderte sich und drängte das sich nähernde Boot wieder in den Vordergrund ihrer Gedanken. Der Klang war jetzt irgendwie verzerrt. Wurde es etwa langsamer? Nein, es war der Dopplereffekt. Das Motorboot fuhr weiter an der Insel vorbei und entfernte sich. Cassi wollte sich gerade umdrehen, um zu sehen, ob eine Möglichkeit bestand, dem Kapitän ein Signal zu geben, als sie Stuart entdeckte.

Zunächst wirkte er mehr wie ein Schatten als wie ein Mensch, ganz in Schwarz und mit wildem Blick. Sie hielt das Fernglas mit ihrer linken Hand auf ihn gerichtet, während sie mit der rechten nach dem Walkie-Talkie griff. Sie hob es an die Lippen und drückte den Knopf. »Stuart.«

Sie sah, wie er auf ein Knie ging und sich nach links drehte. In einer einzigen flüssigen Bewegung zielte er mit beiden Pistolen, dann hörte sie die Schüsse. Als sie das Funkgerät zurück an die Lippen brachte, wurde die Nordwind von der Bugwelle des vorbeifahrenden Schiffes getroffen. Die schwankende Bewegung erwischte sie unvorbereitet. Sie verlor das Gleichgewicht und wedelte mit den Armen, um es auszugleichen, aber ohne Erfolg. Mit einem Bild von spitzen Felsen und kaltem Wasser unter sich stolperte Cassi über den Rand.

Sie sah einen weißen Blitz, fühlte ein scharfes Stechen im linken Oberarm und hörte ihn brechen wie einen berstenden Baseballschläger. Dabei fiel sie noch einige Meter tiefer und landete mit einem dumpfen Krachen auf dem Rücken. Sosehr sie auch unter Schock stand, gelang es Cassi doch, ihre rechte Hand auf den Mund zu pressen und den Schrei abzudämpfen.

Für einen Moment wiegte sie sich vor und zurück im Versuch, den Schmerz zu lindern. Sie erkannte, dass sie auf dem Hauptdeck lag, sechs Meter tiefer als noch einen Augenblick zuvor. Sie benötigte eine Sekunde, um zu erfassen, was geschehen war. Sie war gefallen und seitlich auf die Reling zur Hafenseite gekracht, die ihr den Oberarm gebrochen hatte. Zum Glück war sie zurück auf das Deck geprallt statt in das eiskalte Wasser der Bucht zu stürzen. Selbst in ihrer Qual wusste Cassi, welches Glück sie gehabt hatte, so zu landen. Wäre sie mit Kopf, Nacken oder Rücken aufgekommen, wäre sie tot gewesen.

Noch immer versuchte sie, einen Schrei zu unterdrücken und ihren Blick auf das Funkgerät zu konzentrieren. Und nur darauf. Es lag zwei Meter entfernt weiter achtern auf dem Deck. Sie schlängelte sich in diese Richtung, als wäre es eine Wüstenoase, ihr gebrochener Arm sandte bei jeder Bewegung brennenden Schmerz aus. Sie dachte an das Feuer, das 24 Flugzeuge umhüllen würde. Dieses Bild gab ihr Kraft. Nach einigen Sekunden, die wie Stunden erschienen, umfassten ihre Finger das Walkie-Talkie. Sie atmete tief ein und hob es an die Lippen.

67

Die SS Queen Mary 2

Odi hörte die tosende See und das Pochen seines Herzens. Er roch Fliederparfüm, Zigarrenrauch und Messingpolitur. Spürte Tausende Regentropfen. Nichts konzentriert den Verstand und schärft die Sinne so, wie durch leeren Raum zu fallen.

Als die Reling über ihm verschwand, drehte er sich schneller als eine fallende Katze, bewegte sich mit Reflexen, die er in Hunderten Fallschirmsprüngen konditioniert hatte. Etwas Rotes trat in sein Blickfeld und löste eine primitive Reaktion aus. Seine Arme streckten sich wie ganz von selbst, bevor die Erinnerung an ein Rettungsboot in seinen Gedanken aufblitzte. Seine Fingerspitzen nahmen Kontakt zur Oberfläche auf, so glitschig und abgerundet, dass seine Hände einfach abrutschten. Seine Panik wuchs. Sein Fall beschleunigte sich weiter. Er wusste, dass nur noch die Kante eines Kanisters zwischen ihm und seinem feuchten Grab lag. Odi krümmte seine Finger zu Fleischerhaken, gewillt, sie nicht zu beugen. Einen Augenblick später trafen sie auf die Kante.

Dankbar und verwundert starrte Odi auf seine Hände hinauf, als sie sich an die Tülle klammerten, die beide Kanisterhälften verband. Währenddessen bewegten sich seine Beine weiter, als das Bewegungsmoment sie unter den gewaltigen Kanister zog. Den Bruchteil einer Sekunde später riss der Aufprall der Beine seine rechte Hand los. Mit nur vier Fingern über dem Abgrund baumelnd spürte Odi, wie die Schwerkraft ihn nach unten zog und der prasselnde Regen von oben nachhalf. Er schwankte nach außen und erhaschte einen Furcht einflößenden Blick auf das tobende schwarze Wasser sieben Decks weiter unten. Angst trieb seine linke Hand an, verwandelte sie in Stein. Schwungvoll, aber geschmeidig brachte er seine rechte Hand nach oben neben ihre Schwester.

Nur 30 Sekunden nachdem Ayden ihn über die Reling geworfen hatte, ließ sich Odi wieder auf die sichere Seite fallen. Seine Hände zitterten, während er dort auf dem regendurchnässten Deck kauerte und sich sammelte. Auch wenn er sich für den Moment in Sicherheit befand, war er erschöpft und erschüttert. Er starrte durch die Reling auf das bodenlose Wasser hinab, in dem Wissen, dass er ein weiteres Mal hätte tot sein sollen. Dann wanderte sein Blick zu dem gewaltigen hervorstehenden Kanister hinauf, der sein Leben gerettet hatte. Seine rote Unterseite rutschig vom Regen, die Tropfen liefen über die Oberfläche, gepeitscht vom Sturm.

Odi wusste, dass sein Überleben ein Wunder war. Er fühlte sich vom Finger Gottes berührt. Es war nicht an ihm, die Intervention des Allmächtigen zu hinterfragen. Odi verstand. Gott hatte eine Aufgabe für ihn, und Odi wusste, was es war.

Er schüttelte das Wasser, so gut es ging, von sich ab und bürstete sich das nasse Haar zurück. Kostas' Brille war ins Meer gefallen, doch an diesem Punkt spielte das kaum noch eine Rolle. Um Ayden aufzuhalten, musste Odi an die Öffentlichkeit treten. Er musste sein Alibi aufgeben.

68

Die SS Queen Mary 2

Ayden spielte mit dem Kondenswasser auf seinem kühlen Bierglas und wartete auf die Nachrichten. Bisher gab es noch nichts über drohende Terroranschläge, und jetzt, nachdem Odi tot war, würde es solche Meldungen auch nicht mehr geben. Er blickte auf die Uhr und lächelte. Die Flugzeuge waren in der Luft. Und er selbst befand sich nur wenige Momente davon entfernt, die Welt zu verbessern; nur wenige Momente davon entfernt, die Kinder zu retten. Wenn die Bombenattentäter an Bord gestiegen waren, wenn sie den Mut besaßen, die Sahne zu schlucken, und wenn diese funktionierte, wenn, wenn, wenn …

Er nahm einen Schluck von seinem Bier und blickte sich in dem modernen Nachtclub an Bord des größten Schiffes um, das je über die sieben Weltmeere gekreuzt war. Club G32 war nur schummrig beleuchtet, aber mit grellen Möbeln ausgestattet. Farbenfrohe Scheinwerfer bewegten sich ziellos umher und pulsierten und flackerten zur hypnotischen Musik. Warum er Club G32 hieß, wusste Ayden nicht, und es interessierte ihn auch nicht. Sein einziges Interesse galt der Wand mit TV-Bildschirmen, von denen einer auf CNN eingestellt war. Doch obwohl er nur wenige Schritte entfernt saß, konnte er den Ton durch die plärrende Musik hindurch nicht hören. Er wusste, dass sich das bald ändern würde. Schon bald würde die Welt ganz Ohr sein und er könnte eine Stecknadel fallen hören.

Bei der Meldung zum ersten explodierten Flugzeug würde jemand den Ton aufdrehen. Beim zweiten zerfetzten Flugzeug würde es sogar der taube DJ mitbekommen und die Musik ausschalten. Beim dritten würden alle mit offenem Mund auf die Berichte starren, die dann die Bildschirme ausfüllten. Deshalb war Ayden ins G32 gekommen, statt es in seiner eigenen Kabine zu schauen. Er wollte die Entstehung einer neuen Welt nicht allein bezeugen. Seltsamerweise wünschte er sich, Odi könnte hier sein, Odi und Arvin.

Doch er war allein, und das war auch in Ordnung. Er konnte sich sowieso nicht mehr als ein paar Minuten des Feierns erlauben. Vor ihm lag immer noch Arbeit. Sobald sich das Muster abzeichnete – dass nur Flugzeuge mit Mitgliedern des Senatsausschusses betroffen waren –, würde Marshalls Telefon läuten. Dann würde er Kaffee bestellen. Dann würde der Vorsitzende seine Sahne erhalten. Dann würde …

Ein rotes Banner erschien auf dem CNN-Bildschirm. Ayden starrte auf das willkommene Wort: Terroranschläge. Er stand auf und bewegte sich einige Zentimeter näher an den Bildschirm. Unten befand sich ein Knopf für die Lautstärke. Er drehte sie auf.

»… mehr als ein Dutzend Flüge. Auch wenn es noch an Einzelheiten fehlt, hat CNN gerade eine Amateuraufnahme erhalten. Wir müssen unsere Zuschauer warnen, dass sie verstörendes Bildmaterial enthält.« Bei der Vorstellung, die ersten Bilder zu sehen, grinste Ayden von einem Ohr bis zum anderen. Nicht wegen dem, was sie zeigen, sondern wegen dem, was sie repräsentieren würden. Er fragte sich, was für eine Aufnahme es sein würde. Ein Blitz am Himmel? Eine herabfallende Wolke? Ein rauchender Krater? Oder alles zusammen?

69

Asgard Island, Chesapeake Bay

Wie ein zusammengeknüllter Haufen lag Cassi auf dem Deck der Jacht ihres ehemaligen Liebhabers und betete, dass sich dessen geheimnisvoller Komplize noch immer auf der Veranda befand. Sie schrie ins Walkie-Talkie. »Stuart, Sie sind zu spät. Odi ist schon fort. Er ist an Land geschwommen – im Neoprenanzug mit einer wasserdichten Tasche. Raten Sie mal, was sich dadrin befindet.«

Es war nur eine kurze Nachricht, aber sie musste reichen – das hoffte Cassi. Als Stuarts Antwort kam, war es nicht das, was sie erwartet hatte. »Ich war es, müssen Sie wissen. Nicht Sal. Kein Unfall. Ich habe auf Ihnen wie auf einer Violine gespielt. Ich …«

Sie schaltete das Funkgerät ab. Stuart konnte so viel trollen, wie er wollte, sie würde seinen Köder nicht schlucken. Es beunruhigte sie nicht, dass die Bombe in der Kindertagesstätte eine Falle gewesen war. Der Vorfall war so nebensächlich im Vergleich zu dem, was jetzt vor ihr lag.

Sie erlaubte sich ein langes Stöhnen. Ihr linker Arm schmerzte extrem. Sie drehte ihren Kopf und benutzte den rechten Arm, um ihr T-Shirt vom Körper wegzuziehen. Sie inspizierte den Schaden. Ihr Arm sah wie eine Strumpfbandnatter aus, die eine Maus verschlungen hatte. Die Schwellung war enorm, aber konzentriert. Ihr Oberarm war offensichtlich sauber durchgebrochen. Der Knochen bohrte sich nicht durch ihre Haut, und so, wie die Blutergüsse aussahen, schienen ihre Venen und Arterien intakt zu sein. Sie würde es überleben. Doch sie wünschte sich, so optimistisch auch in Bezug auf die Passagiere der 24 Flugzeuge sein zu können, deren Leben von ihrer Leistung in den nächsten Minuten abhing.

Sie erlaubte sich ein letztes Schluchzen, dann stählte sie ihren Willen und sagte: »Es reicht.«

Mit ihrer rechten Hand versuchte sie ihren linken Arm ruhig zu stellen und rollte sich auf die Füße. Heiße Schmerzwellen strahlten sporadisch von ihrem zerschmetterten Arm aus. Doch sie tat ihr Bestes, um es zu ignorieren. Die Schmerztabletten im Erste-Hilfe-Koffer, den sie zuvor geplündert hatte, lockten sie wie das Lied der Sirenen, doch ihr blieb keine Zeit für solche Ablenkungen. Stuarts Suche im Garten würde nicht ewig dauern. Sobald er sich überzeugt hatte, dass sie sich nicht mehr dort befand, würde er begreifen, dass sie ihn nur ablenken wollte. Dann würde er sofort zum Boot zurückkehren. Und sie musste bereit sein.

Sie stolperte nach hinten, wo sie ihre Utensilien verstaut hatte – den Golfschläger, das Drucklufthorn und das Klebeband.

Sobald sie sich auf dem harten Anleger befand, jagte jeder Schritt Schockwellen ihr Rückgrat hinauf und in ihren gebrochenen Arm hinab, wo sie explosionsartig detonierten. Sie sah zur Treppe des Anlegers hoch und zuckte zusammen. Jede dieser 36 Stufen stellte eine eigene Hürde des Schmerzes dar, die es zu überwinden galt. Cassi klemmte den Golfschläger zwischen die Zähne und nahm sie in Angriff. Im Augenwinkel sah sie weißes Licht aufblitzen und spürte, dass sie dabei war, das Bewusstsein zu verlieren. Dennoch lief sie weiter. Sie konnte nicht anders als sich vorzustellen, wie der gebrochene Knochen über Nervenenden knirschte und Fleisch zerschnitt. Dennoch lief sie weiter. So qualvoll es auch war, sie wusste, dass das Schlimmste erst noch kam. Aber sie lief weiter. »24 Flugzeuge voller Menschen«, spornte Cassi sich an und wiederholte immer wieder: »24.«

Doch 18 Treppenstufen später musste sie anhalten. Schweiß strömte ihr über das Gesicht. Ihr Herz pochte mit 200 Schlägen pro Minute, und ihr Arm war so angeschwollen, als würde er gleich explodieren. Sie atmete tief durch und ging weiter, zählte jede Stufe als gewonnene Schlacht. Als sie weit genug oben war, spähte sie über den Klippenrand. Stuart war nirgendwo zu sehen. Erleichterung überkam sie wie eine warme Welle. Ihre Anstrengungen waren nicht umsonst gewesen. Die Passagiere besaßen noch immer eine Chance – wenn sie sich beeilte. Stuart würde jede Sekunde auftauchen. Er wusste, dass sie die Jacht wollte.

Sie nahm den Golfschläger aus dem Mund, legte ihn auf die vierte Stufe unterhalb des oberen Treppenendes und stellte zufrieden fest, dass die Stützstreben des Treppengeländers den hervorstehenden Schlägerkopf verbargen.

Sie holte das Drucklufthorn hervor und rollte das medizinische Klebeband ab. Dann blickte sie nach unten, um noch einmal durchzuatmen, und sah, dass sich zwischen ihren Füßen eine Schweißpfütze bildete. *Das ist es,* dachte sie, *jetzt gibt es kein Zurück mehr.*

Sie riskierte es, noch einmal über die oberste Stufe zu spähen, und sah ihn. Stuart verließ gerade den Garten und lief genau in ihre Richtung. Sie zuckte zurück, ignorierte den Schmerz. Sie wusste nicht, ob er sie gesehen hatte. Aber an diesem Punkt spielte das auch keine Rolle mehr.

Mit Kinn, Knien und ihrer gesunden Hand positionierte sie die Papprolle über dem Knopf des Drucklufthorns. Dann drückte sie das Klebeband nach unten. Das Horn trötete los. Zwar hatte sie das Geräusch erwartet, aber nicht, dass es so beängstigend laut sein würde. So schnell, wie ihre Extremitäten es zuließen, versuchte sie die Papprolle am Horn festzubinden, doch ein Luftstrom erfasste ihre Jacke, und das Horn rutschte ihr aus der Hand. Reflexhaft griff sie mit ihrem linken Arm danach. Flammen brachen um ihren Nacken herum aus und ein blendender Blitz verschlang ihre Augen. Doch sie fing das Horn. Stuart befand sich nur noch wenige Sekunden entfernt. Da konnte sie jetzt nicht schlappmachen. All ihre Willenskraft bemühend, wickelte sie die Papprolle mit dem Klebeband um das Drucklufthorn, bis es fest saß. Dann stieg sie vier Stufen hinab und zielte auf das Dach der Jacht. Sie warf das Horn wie eine Handgranate in hohem Bogen durch die Luft.

Sobald das Geschoss ihre Hand verlassen hatte, ignorierte es Cassi. So oder so, die Würfel waren gefallen. Während das Horn durch die Luft flog, kletterte Cassi unter dem Geländer hindurch unter die Treppenstufen. Endlich wurde der Schmerz von ihren Endorphinen verdrängt. Ihr Körper wusste, dass es jetzt um Leben oder Tod ging. Sie hörte, wie das Horn klappernd auf dem Kabinendach landete, während sie ihren Arm nach dem Golfschläger ausstreckte. Sie folgte dem Geräusch des Horns, während es über den Rand des Daches rutschte und auf dem Hauptdeck landete, wo es weiterhin ein gedämpftes Wehklagen ausstieß. Stuart würde jetzt rennen, so schnell er konnte, im Glauben, sie würde einem vorbeifahrenden Boot ein Signal geben.

Sie reckte sich, um nach sich nähernden Schritten zu lauschen. In diesem Moment wurde ihr bewusst, dass ihre Ohren noch immer von dem dichten Tröten des Drucklufthorns dröhnten. Panik stieg in ihr auf. Wenn sie nicht hören konnte, wie Stuart sich näherte, war sie verloren. Sie schloss die Augen und versuchte, ihre Atmung zu kontrollieren, während sie sich auf nichts anderes als ihre Ohren konzentrierte. Schon besser.

Angelschnur! Dieser Gedanke kam ihr völlig ungebeten. Sie hätte eine Angelschnur verwenden sollen. Jetzt war es zu spät.

Noch bevor ihre ramponierten Ohren das dazugehörige Geräusch hörten, spürte sie das Vibrieren auf der Treppe. Die Muskeln in ihren Schultern spannten sich an. Sie hatte nur einen Versuch und den Bruchteil einer Sekunde, um die Sache durchzuziehen. Misslang er, würde Stuart sie aus nächster Nähe erschießen. Und die Passagiere von 24 Flugzeugen würden sterben. Zerschlagener Körper oder nicht, sie hatte sich noch nie so bereit gefühlt.

Sein Fuß trat hart genug auf die oberste Stufe, um sie scheppern zu lassen. In der Millisekunde, in der sie den zweiten Schritt hörte, der drei Stufen weiter unten aufkam, sprang sie auf. Sie schob den Golfschläger entlang der Geländerstützen aufwärts, bis die Handläufe an beiden Seiten seinen weiteren Aufstieg blockierten. Der Stiel des Schlägers spannte sich jetzt über die Treppe und erzeugte eine nicht nachgebende Stolperfalle. Cassi wappnete sich.

70

Die SS Queen Mary 2

Triefend nass und mit wildem Gesichtsausdruck zog Odi einige fragende Blicke auf sich, während er durch die Flure rannte und die Treppe hinunter zu Deck drei. Als er das große Atrium betrat, huschte sein Blick auf der Suche nach einem Telefon umher.

Links von ihm polierte eine Barkeeperin Gläser. Sie versuchte, munter zu wirken, auch wenn sie offensichtlich total gelangweilt war. Zu seiner Rechten saß eine Schiffsstewardess über eine Karte gebeugt und half einem älteren Paar bei dessen Plänen für einen Landgang. Bis auf sie und ein halbes Dutzend trauriger Seelen, die Geld in dudelnde Glücksspielmaschinen warfen, war niemand sonst hier.

Die Barkeeperin warf ihm einen seltsamen Blick zu – halb lächelndes, halb fragendes Starren –, sagte aber nichts. Odi wandte ihr den Rücken zu und nahm den Hörer eines Tischtelefons ab.

»Schiffsvermittlung. Wie kann ich Ihnen helfen?«

»Die Balmoral Duplex bitte.«

»Einen Moment bitte.«

Nach dreimaligem Läuten begrüßte eine weibliche Stimme Odi. »Hallo.«

»Guten Abend, Mrs. Marshall. Würden Sie den Hörer bitte an einen Agenten des Secret Service weiterreichen?«

Mrs. Marshall antwortete nicht sofort. Sie zögerte, dann sagte sie: »Einen Moment.«

Odi hörte das knirschende Geräusch eines Telefonhörers, der von einer Hand abgedeckt wurde, gefolgt von gedämpften Stimmen.

»Wer ist da?«, fragte eine Stimme. Eine Stimme, die Odi erkannte.

»Guten Abend, Senator. Mein Name ist Odi Carr. Ich bin ein Special Agent vom FBI. Befindet sich ein Agent des Secret Service bei Ihnen?«

»Wenn Sie sind, wer Sie behaupten, Agent Carr, dann sollten Sie die Antwort darauf kennen.«

»Ich weiß, dass Sie normalerweise nicht bewacht werden, Senator, aber heute Abend sollte es angesichts der Bedrohung anders sein.«

»Ich werde immer bedroht, und bin doch noch hier. Heute Abend ist das nicht anders.«

Odi fühlte, wie die Wände um ihn herum immer näher kamen. Das bestätigte seine schlimmsten Befürchtungen. Entweder hatte man Cassi nicht geglaubt oder sie war gar nicht erst durchgekommen. Immerhin hatte Ayden noch nicht den Senator erwischt. Oder doch? Hatte sich die Stimme des Senators angespannt angehört? Odi war sich nicht sicher. »Ich rufe Sie in einer Minute wieder an, Senator.« Ohne auf eine Antwort zu warten, legte Odi auf.

Er rannte die Treppe sechs Stockwerke hinauf und ignorierte dabei weiteres Gemurmel und Starren. Er hoffte, dass die dadurch generierte Körperwärme ihn trocknen würde. Und er wünschte sich, dass er eine Waffe hätte.

Auf dem gesamten Weg hielt er weiterhin nach Ayden Ausschau, wusste aber nicht, was er tun würde, wenn er ihn sähe. Wie einen Hund angreifen, vermutete er.

Sobald er die Kabine der Marshalls erreicht hatte, stellte er sich neben die Tür. Er hob die Hand, um zu klopfen, hielt dann jedoch inne. Wenn Ayden dort drin war, würde er ihn sofort erschießen. »Dann soll es so sein«, murmelte Odi. Ihm blieb keine Wahl.

Er klopfte.

»Wer ist da?«

Odi erkannte die Stimme des Senators. »Senator, hier ist Special Agent Carr.«

»Halten Sie Ihren Ausweis vor den Türspion, Agent Carr.«

»Ich bin undercover, Senator. Ich habe keinen Ausweis dabei. Und ich habe auch keine Waffe, Sir.« Odi trat zurück, hob die Arme und drehte sich langsam um sich selbst. »Senator, es ist sehr wichtig, dass wir miteinander reden. Tausende Leben hängen davon ab – auch Ihr eigenes.«

Der Senator öffnete die Tür. In der Hand hielt er eine mit Nickel verzierte halbautomatische Pistole und auf dem Gesicht trug er einen Ausdruck, der verdeutlichte, dass er keine Angst hatte, sie zu benutzen. »Sie haben 60 Sekunden.«

71

Die SS Queen Mary 2

Ayden umfasste sein schwitzendes Bierglas mit beiden Händen, als er zusah, wie das Bild vom Nachrichtensprecher zu der Amateuraufnahme wechselte. Seine erste

Reaktion war Überraschung. Das Video stammte aus dem Inneren eines Flugzeugs. Die Sauerstoffmasken hingen runter und flatterten, während ein Wind von Hurrikanstärke durch die Kabine tobte. Die Sahne musste die Hülle durchbrochen haben, auch wenn auf dem Bildschirm kein Loch zu erkennen war.

Das Bild wackelte hin und her, die Kamera wurde offensichtlich von einer zitternden Hand gehalten. So weit keine Überraschung, dachte Ayden. Da schwenkte die Kamera von den Sauerstoffmasken nach links über mehrere vorgebeugte Menschen hinweg bis zu einem bulligen Kerl mit Bürstenhaarschnitt. Er saß dem Handybesitzer am nächsten und hatte ihm den Rücken zugewandt. Rhythmisch zuckte sein Ellbogen immer wieder nach hinten. Auch wenn die Sicht durch seinen sich wiegenden Rücken versperrt wurde, bestätigte das knirschende Geräusch seine unsichtbaren Bewegungen. Er schlug jemandem ins Gesicht. Nach einem Dutzend Schlägen hörte er auf. Der bullige Typ stand auf und hievte sich eine schlaffe Gestalt über die Schulter. Trotz der blutigen Nase und der Blutergüsse erkannte Ayden das Gesicht des bewusstlosen Khalid. Er fühlte sich, als hätte man ihm in den Magen getreten. Sie hatten einen seiner Bombenattentäter erwischt.

Die Kamera schwenkte weiter und zeigte eine offene Ausgangstür und den Erdboden einige Tausend Meter tiefer. Der bullige Typ näherte sich ihr und legte Khalid davor ab. Ein anderer Passagier ergriff Khalids Hände, während der bullige Typ die Füße packte. Dann wurde es bis auf den peitschenden Wind ganz ruhig in der Kabine und die beiden stämmigen Passagiere warfen Khalid hinaus ins Freie. Sobald Khalids Körper auf den

Luftstrom traf, verschwand er außer Sicht hinter dem Flugzeug. Eine Flugbegleiterin schloss die Tür und die Passagiere jubelten.

Das Bild wechselte zurück zum Nachrichtensprecher, und Ayden spürte, wie er den Boden unter den Füßen verlor. »Diese bemerkenswerte Szene ereignete sich nur wenige Minuten nachdem die Behörden erfahren hatten, dass ein Passagier eine Bombe verschluckt hatte, die explodieren sollte, bevor das Flugzeug landen konnte. Quellen aus dem Ministerium für Innere Sicherheit bestätigten, dass Selbstmordattentäter 24 Flugzeuge als Ziel ausgewählt hatten. In 14 weiteren Fällen konnten die Bomben – versteckt in Flaschen von Baileys Irish Cream – konfisziert werden, bevor sie scharf gemacht wurden. Bisher liegen uns keine Berichte darüber vor, dass eine der anderen neun Bomben explodiert wäre. Ich wiederhole …«

Ayden wandte den Blick ab und sah, dass sämtliche Bildschirme jetzt von sprechenden Köpfen ausgefüllt wurden. Er trat einen Schritt zurück und auf den Echsenhautstiefel eines Mannes mit fassförmigem Bauch. Der Mann bemerkte es nicht mal. Wie bei allen anderen im Raum wurde seine ganze Aufmerksamkeit von einem Bildschirm beansprucht. Alle im G32 hatten sich den Fernsehern zugewandt und die Menge schloss sich immer enger um ihn. Ayden brach in Panik aus. Er drehte sich zu den sprechenden Köpfen zurück und versuchte sich zusammenzureißen. Jetzt musste er entscheiden, was dies bedeutete.

Die Schlussfolgerung traf ihn wie ein Felssturz. Die Anschläge auf den Senatsausschuss waren ein Fehlschlag. Es würde keine große öffentliche Untersuchung geben. Die Videos der Märtyrer würden nie gesendet werden. Das Verteidigungsbudget würde nie öffentlich auf den Prüfstein gestellt werden. Eine Milliarde Schwerter würden nicht zu Pflugscharen geschmiedet werden. Nichts würde sich ändern. Er hatte die Kinder im Stich gelassen.

Ayden fühlte sich plötzlich weit älter als 39. Arvins Worte fielen ihm wieder ein, während er auf die deprimierenden Berichte auf den Bildschirmen starrte. »Ich möchte sagen können, dass ich an 10/12 an der Seite von Ayden Archer war.« Ayden schämte sich. Er konnte seine neue Lage mit einer Reihe von Neins zusammenfassen. Nein, er hatte kein Geld. Nein, er hatte keinen Job. Und nein, von heute Abend an hatte er auch keine Freunde mehr. Er hatte Odi eliminiert, aber nicht früh genug.

Seine Depression steigerte sich so weit, bis er sie nicht mehr ertragen konnte. Eine bessere Welt war ihm zwischen den Fingern zerronnen. Der alten konnte er sich nicht mehr stellen. Gerade als er bereit war, über Bord zu springen, fiel ihm sein Alternativplan wieder ein. Die Hoffnung nahm die Last von seinem Herzen. Er fühlte sich wie wiedergeboren, als er sich durch die Menge schob. 10/12 konnte noch immer 9/11 übertreffen.

72

Asgard Island, Chesapeake Bay

Kaum hatte Cassi den Golfschläger in der Krümmung des Geländers verkeilt, spürte sie, wie sich der Stiel bog, und sie hörte Stuarts überraschten Aufschrei. Sie ließ den Schläger los und steckte den Kopf unter der Treppe hervor, genau richtig, um seinen nun in der Luft hängenden Körper fallen zu sehen. Stuart musste gesprintet sein, da seine Flugbahn ihn weit über den Fuß der Treppe hinausbrachte. Mit dem Gesicht voran prallte er auf den eisernen Anleger, seine Arme brachen durch die Wucht wie Zweige. Ein fleischiges Klatschen und ein Übelkeit erregendes Brechen von Knochen erreichten Cassis Ohren zusammen mit einem furchtbaren Schreien, das sich in ein qualvolles Heulen verwandelte. Stuart war ein harter Kerl, dachte Cassi, aber kein Gegner für geschmiedetes Eisen. »Das ist für Masha und Zeke«, zischte sie mit grimmiger Zufriedenheit.

Sie betrachtete Stuarts Hände, um sicherzugehen, dass er keine der Berettas hielt, dann zog sie sich zur Treppe zurück. Seine Schmerzen zu sehen machte es ihr leichter, die eigenen zu ignorieren. Mit langsamen, bedachten Schritten stieg sie die Treppe hinab. Stuart sah so hilflos wie ein kleines Kätzchen aus, doch sie hielt trotzdem den Golfschläger schlagbereit über ihrem Kopf, nur für den Fall. Sie wollte nicht wie eines dieser Mädels aus den Filmen enden.

Ihre Augen sogen die Szene förmlich in sich auf, während sie weiter hinabstieg. Beide Unterarme von Stuart standen in grotesken Winkeln ab, als wäre er mit einem weiteren Gelenk auf die Welt gekommen. Diese Illusion zerbrach nur einige Sekunden später, als Stuart sich wand und ein weißer Knochen die schwarze Wolle seines Pullovers aufriss wie die Sense von Gevatter Tod.

Cassi stand über ihm, den Schläger bereit. Sie sah ihm in die Augen und lächelte.

Mit einer Anstrengung, die enorme Willenskraft zeigte, brachte Stuart sein Wehklagen unter Kontrolle und murmelte: »Du Fotze. Du Fotze, du Fotze, du Fotze …« Auf dem Bauch liegend zappelte er dabei in hilfloser Wut. Als Cassi nichts erwiderte, flachten seine Worte zu einem Stöhnen ab.

Sie senkte den Golfschläger. Er stellte keine Bedrohung mehr dar. Er schien nicht in der Lage zu sein, den Kopf zu bewegen, blickte aber weiter mit einem trüben Auge zu ihr hinauf. Sie unterdrückte den Impuls, es mit dem spitzen Ende des Schlägers auszustechen, und legte ihn stattdessen ab. Mit ihrer unverletzten Hand griff sie in seine rechte Hosentasche. Nachdem sie den Jachtschlüssel gefunden hatte, zog sie ihn heraus und schüttelte ihn am Ring. Dann stieg sie über Stuarts zerschmetterten Körper und sprang auf den Bug der Jacht.

Stuart gelang es, den Kopf zu drehen, sodass er sie im Blick behalten konnte. Anscheinend war er nicht gelähmt, bemerkte Cassi. Auch gut. Er öffnete den Mund und sah aus, als wollte er etwas Cleveres sagen. Aber er schien weder die Schlagfertigkeit noch die Energie zu besitzen. Er schwieg.

Im krassen Kontrast dazu wusste Cassi genau, was sie sagen wollte. »Sie können den Rest Ihres Lebens in einer winzigen Zelle verbringen, oder Sie rollen ein paar Zentimeter nach rechts und ertrinken. Mir ist das scheißegal. Mit Ihnen bin ich fertig.«

73

Die SS Queen Mary 2

Sobald Odi den Maschinenraum betrat, riss er eine Brandaxt von der Wand. Auf die eine oder andere Art würde alles hier enden. Schummriges Licht erhellte die blassgrünen Wände. Die Luft war dick vom Geruch nach Diesel und Schmieröl. Die Temperatur betrug mindestens 30 Grad. Bei dem Lärm der Motoren fiel es Odi schwer, einen klaren Gedanken zu fassen. Die einzige positive Überraschung, die auf dieser Seite der versiegelten Tür lag, war die Abwesenheit der Arbeiter. Die Techniker mussten alles per Fernsteuerung vom Maschinenraum aus überwachen. »Umso besser.«

Mit Kostas' ID-Karte, die noch nicht gesperrt worden war, hatte sich Odi Zugang zu den unteren Decks verschafft. Er war sich nicht sicher, wie Ayden in diesen verbotenen Bereich gelangt war, doch er wusste, dass sich sein verräterischer Freund hier befand. Er spürte es in den Knochen.

Zweimal hatte er versucht Ayden in die Kabine der Marshalls zu locken, indem er zwei Kannen Kaffee bestellte. Doch seine Nemesis war nicht aufgetaucht, und beide Male war ganz normale Kaffeesahne mitgeliefert worden. Daraus schloss Odi, dass etwas Größeres bevorstand. Er brauchte nicht lange, um darauf zu kommen, was es war. Oder zumindest, wo es stattfinden würde. Auf einem Schiff lief »größer« vor allem auf einen Bereich hinaus.

Den Senator zu überzeugen, dass er seine große, glänzende Pistole senkte und ihn gehen ließ, war nicht ganz so einfach gewesen.

Sie hatten einige sehr intensive Minuten miteinander verbracht, während Senator Marshall seine Geschichte prüfte. Nach drei Fragen des Verhörs wusste Odi, dass der Vorsitzende des Senatsausschusses für die US-Streitkräfte ein hervorragendes technisches Verständnis für Waffen besaß. Anscheinend las er tatsächlich die Berichte und blieb während der Sitzungen wach. Als ihm das klar wurde, änderte Odi sofort seine Taktik und gab eine detaillierte Erklärung ab, wie seine Erfindung funktionierte. Irgendwann zwischen den chemischen Prozessen der Sahne und des Geständnisses ihres Erfinders konnte er Marshall überzeugen.

Daraufhin setzte dieser sich umgehend telefonisch mit dem Ministerium für Innere Sicherheit in Verbindung und gab seine Marschbefehle durch.

»Die Senatoren aus dem Streitkräfte-Ausschuss fliegen in diesem Moment alle nach Hause«, erklärte Marshall. »Die Flugzeuge, in denen sie sich befinden, haben Bomben an Bord. Das sind sehr spezielle Bomben, also hören Sie gut zu. Sie sind in kleinen Flaschen von Baileys Irish Cream versteckt. So wie es aussieht, trägt jeder Terrorist vier davon bei sich. Während Sie sofort alle Flugzeuge eine Notlandung machen lassen, müssen Sie die Air Marshalls an Bord dazu bringen, eine Ansage über die Lautsprecher zu machen. Alle Passagiere sollen diese vier Flaschen suchen. Wenn die

Baileys gefunden werden, bevor sie getrunken wurden, ist alles in Ordnung. Wenn nicht, wird die Situation komplizierter.«

Odi nickte, während der Senator sprach, und versicherte ihm, dass er alles richtig verstanden hatte.

»Sobald der Inhalt einer oder mehrerer Flaschen Irish Cream geschluckt wurde, verwandelt sich die Person, die ihn getrunken hat, in eine sehr starke chemische Bombe – mit einem Countdown von weniger als 30 Minuten. Wenn das Flugzeug nicht innerhalb von zehn Minuten nach dem ersten Schluck gelandet werden kann, muss die Person, die sie getrunken hat, während des Flugs aus dem Flugzeug geworfen werden.«

Es gab eine Pause, als der Minister für Innere Sicherheit nachfragte, ob er gerade richtig gehört hatte.

Der Senator sagte: »Ich habe hier den Mann, der die Bombe gebaut hat. Er sagt, es gibt keinen anderen Weg. Und ich glaube ihm. Wenn die Flaschen nicht gleich gefunden werden oder sich leer im Müll befinden, muss nach einem Passagier Ausschau gehalten werden, dessen Fingerspitzen blau anlaufen. Dieses Symptom ist das Warnsignal, taucht aber erst kurz vor der Detonation auf. Das bedeutet, sobald man auf dieses Anzeichen stößt, bleiben nur noch wenige Sekunden zum Handeln. Wenn man die blauen Finger sieht, muss man die Person sofort aus dem Flugzeug schaffen, oder alle sind verloren. Lassen Sie den Air Marshall die Cockpittür öffnen und den Mistkerl direkt in Allahs Arme werfen.«

Trotz allem, was er und der Senator in der nächsten Stunde im TV gesehen hatten, behielt Marshall Odi unter Arrest. Der Minister für Innere Sicherheit hatte ihn über die Fahndungsmeldung informiert. Nachdem weder Ayden noch die Sahne auftauchten, hatte Odi jedoch darauf bestanden, Ayden zu jagen.

Als er schließlich aufstand und zur Tür ging, hatte der Senator ihn nicht erschossen.

Fünf Minuten später fuhr Odis Blick auf der Suche nach Ayden über einen Dschungel sich bewegenden Metalls. Aufgrund der knappen Zeit konnte er sich nicht den Luxus erlauben herumzuschleichen. Er musste die Gänge entlanglaufen, auch auf die Gefahr hin, beschossen zu werden. Er hatte keine Zweifel, dass Ayden ihn sofort erschießen würde. Er hoffte, dass sein ehemaliger Freund keine Waffe besaß.

Das strahlende Flackern einer Leuchtfackel einige Dutzend Schritte vor ihm und sechs Meter zur Linken erregte Odis Aufmerksamkeit. Es kam von der anderen Seite eines eisernen Tanks in der Größe eines U-Boots. Als Odi die Beschriftung las, fluchte er innerlich. Aydens Ziel war der Thermalölkessel des Schiffs.

Odi besaß genügend mechanisches Wissen darüber, wie Schiffe angetrieben wurden, da er Petroleum-Chemie bis zum Abwinken studiert hatte. Das Schweröl, das sie benutzten, war bei Zimmertemperatur nicht reaktiv. Es war das grobe Äquivalent zu Asphalt. Um Schweröl in den brennbaren Antriebsstoff zu verwandeln, den Schiffe zum Fahren verwenden können, musste es präpariert werden, indem man es über viele Stunden bei einer Temperatur um die 300 Grad in flüssige Form brachte. *300 Grad,* wiederholte Odi zu sich selbst. Das könnte hässlich werden.

Er spähte um die Ecke des Thermalölkessels und entdeckte Ayden dort. Er saß in dem schmalen Betriebsgang zwischen dem Kessel und der Schiffshülle. Merkwürdigerweise war eine seiner Hände mit einer

Handschelle an ein Zulaufrohr gekettet. In der anderen hielt er eine brennende Leuchtfackel. Er war gerade dabei, sie anzuzünden.

Odi trat halb aus der Ecke hervor.

»Hallo, Odi. Hast du entschieden, dich mir anzuschließen? Ich fürchte, ich habe die ganze Sahne selbst getrunken, aber wenn du dich dicht neben mich setzt«, er zuckte mit den Schultern, »macht es wohl keinen Unterschied.«

»Ich steh nicht so auf Selbstmord.«

»Das ist kein Selbstmord. Das ist eine Mission der Gnade. Die Tausenden, die heute sterben, werden Millionen Leben retten.« Während er sprach, zog er den Schlüssel zu den Handschellen hervor, platzierte ihn feierlich auf seiner Zunge und schluckte ihn.

Odi erblickte einen manischen Ausdruck in den Augen seines ehemaligen Freundes. Er wusste nicht, was er sagen sollte.

Wie sich zeigte, war Ayden noch nicht fertig. »In ein paar Minuten wird die Queen Mary 2 in Titanic 2 umgetauft werden, wenn sie mit ihren 3900 Seelen sinken wird. Sicher, einige werden auf Rettungsbooten überleben. Aber angesichts der Geschwindigkeit, mit der sie untergehen wird, werden das keine 1000 sein. 10/12 wird 9/11 immer noch übertreffen. Wenn die Medien das Wrack sichten, wird sich die Aufmerksamkeit der Welt endlich jenen Themen zuwenden, die wirklich wichtig sind. Das Geld wird folgen.«

»Du wirst nur dich selbst töten, Ayden«, erwiderte Odi kopfschüttelnd. »Das Schweröl wird nicht explodieren.«

Ayden schnaubte. »Sagt der Mann, der die Sahne erfunden hat. Dein Denken ist erstaunlich konventionell.

Ich rechne nicht damit, ein Loch in den Schiffsrumpf zu reißen, auch wenn die Möglichkeit durchaus besteht – ich habe einen halben Liter geschluckt. Nein, mein Freund, ich werde eins hineinbrennen.« Ayden winkte mit einer Fackel.

»Einen halben Liter!«, entfuhr es Odi, nicht in der Lage, sich zu beherrschen. Das könnte tatsächlich ein Loch in den Rumpf reißen, wenn der Kessel die Energie der Bombe richtig ablenkte. Aydens Magen enthielt jetzt das newtonsche Äquivalent von 16 Handgranaten. Odi verweilte gedanklich bei dem Bild, bis ihm wieder der letzte Teil von Aydens Satz einfiel. Er rechnete damit, ein Loch in den Rumpf zu brennen. Odi dachte laut nach: »Wenn du explodierst, wirst du die Seite des Thermalölkessels aufreißen. 40.000 Liter superheißes Schweröl werden herausströmen, auf die Leuchtfackeln treffen und sich entzünden. In dieser Menge wird das Öl bei einer Temperatur von 1600 Grad brennen. Eisen schmilzt bei 1500 …«

Ayden blickte zu ihm auf und lächelte. Dann hielt er seine Fackel an die Spitze einer weiteren, die ebenfalls aufflammte. Das zusätzliche Licht enthüllte Aydens blaue Fingerspitzen.

Als würde er Odis Gedanken lesen, schüttelte Ayden seinen rechten Arm, die Handschelle klapperte gegen das Rohr. »Tut mir leid. Aber ich gehe nirgendwohin.«

»Mir tut es auch leid«, gab Odi zurück und ließ Ayden seine rechte Hand sehen. »Aber ich muss darauf bestehen.«

Ayden sackte der Unterkiefer nach unten, als Odi die Axt hob.

74

PoliTalk Studio, Washington, D. C.

Wiley war der König der Welt. Heute Abend würde er seine Stellung als erster Ansprechpartner in Sachen Terrorismus genau in dem Moment zementieren, in dem der Terrorismus in den Fokus der amerikanischen Aufmerksamkeit zurückkehren würde. Sein Einzug ins Weiße Haus wäre dann nur noch ein Katzensprung.

Fitzpatrick hatte ihn für die Aufzeichnung eines Profil-Interviews in eine Spezialausgabe von PoliTalk eingeladen. Fitzpatrick würde es am Sonntag verwenden, während seiner Vergleichsanalyse der beiden Bewerber für das Ticket zur Präsidentschaftskandidatur. Er wurde langsam die bevorzugte Quelle für die Wahlberichterstattung, und das passte Wiley ganz hervorragend.

Soeben hatten sie eine 20-minütige Aufnahme am Stück beendet und Fitzpatrick gab gerade mit der Hand das Zeichen, die Aufnahme zu stoppen, da zuckte seine andere Hand zu seinem rechten Ohr. Während er den Neuigkeiten lauschte, die über seinen Ohrhörer reinkamen, begann Wileys Handy zu vibrieren – wie aufs Stichwort. Sobald der blasse Ausdruck auf Fitzpatricks Gesicht seine Vermutung bestätigt hatte, schaltete Wiley heimlich sein Telefon aus. Er musste den Anruf nicht entgegennehmen, um die Nachricht zu verstehen.

»Es gibt eine Eilmeldung zu terroristischen Anschlägen«, gab Fitzpatrick weiter, von seinen gerade hingekritzelten Notizen aufblickend. »Sind Sie damit einverstanden, live auf Sendung zu gehen?« Sein Gesicht war voller Erwartung.

Das war natürlich kein Zufall. Wiley hatte alles genau getimt, seine Reden bereits vorbereitet und seine Botschaft formuliert. Die Proffitt-als-Vizepräsident-Kampagne würde in die Stratosphäre starten. Das Zusammenspiel der Ereignisse war wunderschön. Er würde nicht einmal Überraschung bei den Bildern von explodierenden Flugzeugen und brennenden Leichen vortäuschen müssen. Das war der Angriff, den der Prophet vorhergesagt hatte. Er gab Fitzpatrick eine Friss-oder-stirb-Antwort. »Wenn Sie mir den Rücken freihalten, halte ich Ihren frei.«

Wiley wusste, dass Fitzpatrick es hassen würde, seine Boxlizenz auch nur für eine Stunde abzugeben, doch ihm blieb kaum eine Wahl. Den Direktor des FBI zu diesem Zeitpunkt live im Studio zu haben, konnte ihn zu einem Nachrichtensprecher bei einem der großen Networks machen, wenn nicht sogar zu einer Legende. Dennoch fand Wiley, dass Fitzpatrick ein wenig zu schnell »Einverstanden« sagte. Nur Sekunden später wusste er, warum.

Die Selbstmordattentate waren gescheitert.

Eine Stunde lang musste Wiley dort sitzen und selbstbewusst und zufrieden dreinschauen, während Amateurvideos zeigten, wie ein Air Marshall nach dem anderen Aydens Attentäter stoppte. Allerdings fiel es Wiley nicht schwer, diese Schlacht zu seinen Gunsten zu drehen, trotzdem wusste er hinter seinen aufblitzenden Zähnen und den strahlenden Augen, dass ihn dieser PR-Sieg den Krieg kosten könnte. Damit Terrorismus bei den Wahlkampfthemen an erster Stelle stand, mussten die Menschen Angst haben. Diese Videos beruhigten sie nicht nur, sie stürzten das ganze Land in einen euphorischen Freudentaumel, als hätte es den Superbowl gewonnen.

»Tja, Ihre Vorhersagen sind eingetroffen, Direktor. Der Spitzname Prophet hat sich bewahrheitet. Und was noch beeindruckender und wichtiger ist als Ihre Fähigkeit, diese Anschläge vorauszusagen, ist Ihr Erfolg dabei, sie zu vereiteln. Laut unseren Berechnungen haben sich etwa 3800 Personen an Bord der 24 Flugzeuge befunden. Sie haben sie alle gerettet – ganz zu schweigen von ihren Familien und etwaigen Kollateralschäden am Boden, die verhindert wurden. Morgen um diese Zeit werden die meisten Amerikaner zum Himmel geblickt und verstanden haben, dass ohne Wiley Proffitt ein Flugzeug auf sie hätte stürzen können. Bitte nehmen Sie meine Glückwünsche und meinen persönlichen Dank entgegen.«

Wiley wollte gerade etwas zum Wert von Teamarbeit und den Gefahren, unachtsam zu werden, sagen, als Fitzpatrick einen Finger an seinen Ohrhörer drückte. »Wir bekommen gerade eine weitere Eilmeldung herein – ebenfalls ein Amateurvideo.« Er zeigte auf den Plasmaschirm des Studios. »Dieses Video wurde vor wenigen Minuten an Bord von Cunards luxuriösem Kreuzfahrtschiff Queen Mary 2 aufgenommen, während es mit 100 Seemeilen von New York Richtung England fuhr. Wie die anderen Videos, die wir Ihnen heute Abend gezeigt haben, wurde es per Handykamera aufgezeichnet und uns übermittelt. Wir bitten, die schlechte Auflösung und wacklige Qualität zu entschuldigen – die Aufnahmen wurden während des Laufens gemacht. Wenn Sie sie sehen, werden Sie verstehen, was ich meine.«

Der Monitor schnitt von Fitzpatrick zu einer Szene mit einem Mann, der mit Teppichboden ausgelegte Treppen hinauflief. Auf der Schulter trug er einen anderen Mann, aus dessen Handgelenk Blut spritzte. Seine Hand war offensichtlich abgetrennt worden. Der Kamerawinkel versuchte sich auf das Opfer zu konzentrieren, das wiederum versuchte, die Blutung an seinem Stumpf zu stoppen. Was zum Scheitern verurteilt war, sein Stöhnen wurde deutlich leiser. Wiley erkannte Ayden.

Der rennende Mann brüllte »Aus dem Weg!« und »Platz da!«, während der Amateurfilmer immer wieder »O mein Gott« rief.

Man hörte Flüche und Schreie, während sich die Menge aus Kleidern und Anzügen teilte. Die hüpfende Kamera blieb dem rennenden Mann dicht auf den Fersen, als er die Schiffspromenade betrat. Ohne anzuhalten warf er seine einhändige Geisel über die Reling, begleitet vom Keuchen des Publikums im Studio und auf dem Video. Aydens Schreie schwollen an und wieder ab, während die Kamera seinem Fall folgte. Dann verlor ihn die Kamera in den tosenden Wellen.

Der Kameramann schwenkte zurück auf das Gesicht des Täters und alles wurde still. Wiley gefror das Blut in den Adern, als die Kamera heranzoomte. Er blickte in die Augen eines toten Mannes.

Kaum hatte sich die Kamera auf das Gesicht des keuchenden Odi gerichtet, ertönte über die Lautsprecher ein von Wasser gedämpfter Knall. Die Kamera wirbelte herum und zeigte eine Fontäne aus Seewasser. Ayden war gut 100 Meter hinter dem Schiff explodiert, doch die Detonation war immer noch stark genug, um gehört und gespürt zu werden.

Die Regie schaltete wieder auf Fitzpatrick zurück, der gespannt wartete. »Wie wir gerade erfahren haben, befindet sich der Vorsitzende des Senatsausschusses für die Streitkräfte, Senator Lawrence Marshall, an Bord dieses Schiffes und war vermutlich das Hauptziel des Attentäters. Können Sie uns dazu etwas sagen, Direktor Proffitt?«

Wileys Gedanken rasten bei maximaler Drehzahl auf das Licht zu, das er am Ende des Tunnels sah. Für einige Sekunden saß er reglos da, während die Kamera auf ihn gerichtet blieb. Schließlich nickte er, als hätte er eine Entscheidung getroffen, und blickte in die Linse. »Also, jetzt wo die Katzen alle aus dem Sack sind, kann ich Ihnen noch einige Details dazu geben, ohne die laufenden Operationen und unschuldige Leben zu gefährden. Ihre Vermutung, dass Senator Marshall das Ziel gewesen ist, trifft zu. Tatsächlich waren alle 25 Mitglieder des Senatsausschusses für die amerikanischen Streitkräfte die Hauptziele der heutigen Angriffe. Die Terrororganisation Al-Qaida wird vor nichts zurückschrecken, um die Verteidiger der Freiheit zu töten. Der Mann, dem Sie gerade dabei zusehen konnten, wie er einen Selbstmordattentäter über die Reling der Queen Mary 2 warf, ist FBI Special Agent Odysseus Carr. Agent Carr und seine Schwester Cassandra Carr haben undercover an einer streng geheimen Operation gearbeitet, um eine ganz spezielle Al-Qaida-Zelle zu bekämpfen. Aufgrund einer potenziellen Infiltration beim FBI war ihre Mission so geheim, dass das Bruder-Schwester-Team ausschließlich und direkt für mich gearbeitet hat.« Wiley legte eine Pause ein, um diese Fakten wirken zu lassen.

»Sie erinnern sich sicher daran, dass die Geschäftsführer dreier Rüstungskonzerne im letzten Monat ermordet wurden.« Wiley hielt drei Finger an der rechten

Hand hoch. »Das war das Werk derselben Terrorzelle. Diese Operationen wiesen auf Insiderwissen hin, wie der Anschlag auf unsere Gesandten im Iran. Um die Risiken einer weiteren undichten Stelle bei dieser Mission oberster Priorität zu vermeiden, habe ich exklusiv mit einigen Einsatzkräften zusammengearbeitet, von denen ich wusste, dass ich ihnen vertrauen konnte. Während wir die Morde also undercover untersucht haben, brachte Agent Carr in Erfahrung, dass ein neues 9/11 vor der Tür stand. Unglücklicherweise kam er nicht nahe genug an den Strippenzieher der Terroristen heran, um Genaueres zu erfahren. Um das Vertrauen der Terroristen zu gewinnen, habe ich Agent Carr auf die Fahndungsliste des FBI gesetzt. Diese List war erfolgreich, wenn auch nur knapp. Technisch gesehen war diese Operation ein durchschlagender Erfolg, doch wie Sie gesehen haben, kamen wir fast zu spät. Wir müssen noch besser werden.«

»Wahnsinn, absoluter Wahnsinn«, begeisterte sich Fitzpatrick. »Ich danke Ihnen für Ihre beispiellose Offenheit, Direktor. Sehr erfrischend.«

Wiley nickte und entspannte sich, als sich in seinem Inneren ein warmes Gefühl ausbreitete. Er hatte es geschafft! Er hatte den Scheißegeruch mit dem süßesten Parfüm vertrieben, und der Geruch würde niemals nachlassen. Niemand konnte einen so strahlenden Erfolg vermiesen. Nur politische Fehlschläge nahm man genauer unter die Lupe. Natürlich würde es jene beim FBI geben, die ein falsches Spiel vermuteten, doch die würden es nicht wagen, ihn jetzt infrage zu stellen oder mit dem Finger auf ihn zu zeigen. Dieser Coup gab Wiley die Macht, seine Gegner mit einem Fingerschnippen seines glücklichen Händchens zu kastrieren.

Alles, was er jetzt noch tun musste, um die Schlüssel zum Weißen Haus zu bekommen, war, die Carrs für sich zu gewinnen. Das sollte nicht allzu schwierig werden. Er hatte Odi mit den Morden an den Firmenchefs in der Hand. Außerdem würde seine Geschichte die beiden zu nationalen Helden machen. Nur ein Idiot würde das ausschlagen. Teufel auch, er könnte Cassi jetzt sogar heiraten, wenn er wollte. Sogar Stuart könnte jetzt keine Einwände gegen eine solche Heldin als First Lady vorbringen. Niemand könnte sie angreifen, ohne alle an Wileys Sternstunde zu erinnern.

Diese Gedanken kamen Wiley so schnell und wild, dass er vorübergehend vergaß, dass er sich live im Fernsehen befand. Als er sich drehte, um sich wieder auf Fitzpatrick zu konzentrieren, erblickte er Cassi, die in einer Ecke des Studios stand. Seine Eingeweide verflüssigten sich, als sich ihre Blicke trafen. Während er versuchte ihre Absichten von ihrem Gesichtsausdruck abzulesen, hielt Cassi eine DVD hoch.

»… glauben Sie nicht auch?«, fragte Fitzpatrick.

Wiley zwang sich, seine Aufmerksamkeit wieder auf seinen Gastgeber zu richten. »Tut mir leid, könnten Sie die Frage bitte wiederholen?«

»Es ist gut zu sehen, dass Sie auch nur ein Mensch sind. Ich habe mich gefragt, ob Sie sich nach den heutigen Ereignissen mit dem Vizepräsidentenamt begnügen wollen. Vielleicht sollten Sie in Betracht ziehen, Präsident Carver herauszufordern.«

Hinter Fitzpatricks Schulter winkte Cassi mit der DVD und präsentierte ihm mit der anderen Hand den Daumen, der nach unten zeigte – auch wenn sich ihr Arm in einer Schlinge befand.

Im Bruchteil einer Sekunde traf Wiley eine Entscheidung – nicht dass er eine große Wahl hatte. Er wandte sich wieder Fitzpatrick zu. »Nein, nein. So ehrgeizig bin ich nicht. Tatsächlich habe ich den Präsidenten heute schon darüber informiert, dass ich für überhaupt kein Amt kandidieren werde.«

»Wirklich!« Der unerschütterliche Fitzpatrick war sichtlich schockiert.

Cassi nickte, winkte aber immer noch mit der verdammten Aufzeichnung. Die Nachricht war eindeutig: Sie wollte mehr.

Wiley verspürte den unwiderstehlichen Drang, sie zu erwürgen, doch er musste dort sitzen bleiben und fürs Fernsehen freundlich wirken. Er dachte an alles, was er geopfert hatte, seit er zugestimmt hatte, alles zu geben. Er dachte an Potchak, Drake, Rollins und Abrams. Er dachte an die Jacht auf dem Chesapeake, die Hütte am Lake Maroo, das Krankenhaus im Iran und die Kindertagesstätte in Baltimore. Er dachte an Stuarts schmieriges Lächeln, Cassis gequälten Blick und Odis brillante Sahne. Er dachte an die Air Force One, das Weiße Haus und das Siegel des Präsidenten. All seine Träume sah er vor seinen Augen aufblitzen, und er sah seine Zukunft in der Dunkelheit verschwinden. Er blickte direkt in die Kamera. »Ja. Tatsächlich habe ich mich entschieden, dass diese letzte Operation der krönende Abschluss meiner Karriere sein soll. Bei dem gleichen Treffen habe ich den Präsidenten darüber informiert, dass ich meinen Posten beim FBI aufgeben werde. Dies war mein letzter Tag auf dem Stuhl des Direktors.«

Epilog

Sechs Wochen später, Arlington, Virginia

»Sind Sie sicher, dass wir hier richtig sind?«, fragte Odi den Fahrer der Regierung, während er die fremde Fassade eines rötlich-braunen Sandsteinhauses betrachtete.

»Ja, Sir, das ist es. Nummer 21.«

»Was ist hier?«

»Ich weiß auch nicht mehr als Sie, Sir«, erwiderte der Fahrer.

Odi stieg aus der schwarzen Lincoln-Limousine und zog seine Reisetasche vom Sitz. Das Sandsteinhaus sah deutlich einladender aus als das Safe House in Maryland, wo man ihn für 40 Tage weggesperrt hatte, während er geduldig darauf wartete, dass die hohen Tiere über sein Schicksal entschieden. Aber äußere Eindrücke konnten täuschen. *Ist das Angebot nur ein Trick?*, fragte er sich. Würden sie ihn ausschalten?

Während er dort auf dem von Ulmen flankierten Bürgersteig stand und zusah, wie der Lincoln fortfuhr, wurde ihm bewusst, dass er sich zum ersten Mal, seit er Ayden vom Deck der Queen Mary 2 geworfen hatte, wieder allein im Freien aufhielt. Es fühlte sich gut an. Was immer die Zukunft brachte, er würde sie mit offenen Armen empfangen.

Er schloss die Augen und ließ die Spätnachmittagssonne für einen Moment auf sein Gesicht scheinen. Sechs Wochen lang hatte er vor sich hin gebrütet, frustriert darüber, wie langsam die Mühlen der Bürokratie mahlten. Dann ging es plötzlich ganz schnell. In einem

Moment hatte er noch in seiner Zelle gesessen und im anderen erhielt er einen Überblick über seine neuen Aufgaben. Fünf Minuten später saß er auf dem Rücksitz der Limousine.

Als er die Hand nach der Klingel von Nummer 21 ausstreckte, fielen seine Augen auf die Messingplakette neben der Tür. Er lächelte zufrieden. Jetzt verstand er.

Eine großmütterlich aussehende Dame mit lebhaften Augen öffnete die Tür. »Guten Tag, Odysseus. Mein Name ist Mary. Bitte kommen Sie rein.«

Mary führte ihn in ein gemütliches Wohnzimmer ganz in gelben und grünen Farben. Er setzte sich in einen weichen Lehnstuhl an einen Kaffeetisch gegenüber einer attraktiven Frau seines Alters. Sobald Mary verschwunden war, fragte die Frau: »Da Sie alleine sind, nehme ich an, Sie haben auch einen Termin bei der Frau Doktor?«

Odi kicherte bei dieser Bemerkung in sich hinein. »Sozusagen.«

»Sie ist ganz wunderbar. Mein Stephen hatte die schlimmsten Albträume und«, sie senkte die Stimme, »hat ins Bett gemacht. Sie hat ihn in nur drei Sitzungen geheilt. Ich wollte schon damit aufhören zu kommen, doch da hat Stephen einen Wutanfall bekommen. Er freut sich sogar auf die Gespräche. Können Sie sich das vorstellen? Ein Sechsjähriger, der sich auf die Gespräche freut? Als ich ihn das erste Mal hierherbrachte, schrie er noch Zeter und Mordio. Ich bin übrigens Melanie.« Sie hielt ihm die linke statt der rechten Hand hin. Odi verstand dieses exzentrische Verhalten, als er den nackten Ringfinger sah.

»Odi. Es freut mich zu hören, dass Sie so zufrieden sind. Genau genommen …«

Die dicke Holztür am Ende des Zimmers flog auf und ein Junge mit karottenrotem Haar stürmte herein und unterbrach Odi. Als Stephen seine Mutter umarmte, trat Cassi durch die Tür. Sie strahlte.

Odi entschuldigte sich und ging ins neue Büro seiner Schwester. Sobald die Tür geschlossen war, umarmten sie sich.

»Ich kann nicht glauben, dass du das FBI verlassen hast, Schwester, aber ich bin froh, dass du es getan hast. Du siehst toll aus.«

»Ich fühle mich großartig. So gut wie seit Jahren nicht. So gut wie seit Mums und Dads Tod nicht mehr.«

Odi hob fragend eine Augenbraue.

»Mein Leben dreht sich jetzt um Mitgefühl – nicht um Hass. Aber genug von mir. Wie sieht es bei dir aus? Die Isolation muss schrecklich gewesen sein. Aber ich wusste, du stehst das durch, so hart, wie du bist.« Sie trat zwei Schritte zurück, um ihn voll in Augenschein zu nehmen. »Du siehst gut aus, großartig sogar.«

»Ich konnte mir die Zeit in einem kleinen Fitnessraum vertreiben.«

»Man hat mir versichert, dass man sich um dich kümmert, aber mehr hat man mir nicht verraten. Dann hat mich der neue Direktor gestern persönlich angerufen und mir mitgeteilt, dass ihr euch zu beiderseitiger Zufriedenheit einigen konntet. Ich weiß diese Geste durchaus zu schätzen, hätte mir aber Genaueres gewünscht.«

»Beiderseitiger Zufriedenheit, was?«, grübelte Odi. »Schätze, das stimmt wohl. Ich kann nicht sagen, dass ich mich mit deren Entscheidung komplett wohlfühle, aber ich habe zugestimmt, weil dem Land auf diese Weise schließlich am besten gedient ist.«

»Das hört sich fragwürdig an.«

»Ayden erhält nachträglich die Schuld für meine Morde. Sie werden die Geschichte vom unglücklichen Tod seines Vaters als Motiv veröffentlichen und versuchen, den Ball flach zu halten. Und um mich völlig reinzuwaschen, bekomme ich vom Präsidenten die Medal of Freedom verliehen, für meine Undercoverarbeit – und einen neuen Job.«

»Kannst du mir sagen, was es ist?«

Odi nickte. »Ich befehlige eine Gruppe von hoch technologisierten Einsatzkräften, die Schwachstellen in der nationalen Verteidigung identifizieren und schließen soll.«

»Das ist wunderbar, Odi. Ich freue mich für dich.«

Cassi bedeutete ihm, sich zu setzen, dann fragte sie: »Was passiert mit deiner Sahne?«

»Das war die größte Hürde und gleichzeitig meine beste Karte. Für 'ne Weile habe ich mir Sorgen gemacht, sie würden mich verschwinden lassen, um so auch sie loszuwerden. Am Ende kam ich zu dem Schluss, dass sie einen solchen Ansatz als kurzsichtig ansehen würden. Wenn ich die Sahne herstellen kann, kann es auch jemand anderes. Also arbeite ich jetzt mit Experten aus der Industrie daran, einen Weg zu finden, sie zu entdecken und zu neutralisieren. Aydens Kontakt im Iran weiß, dass die Sahne existiert, aber er kennt keine technischen Details, weshalb wir die Ortungsausrüstung bis dahin fertig haben sollten, bevor er oder jemand anderes in der Lage sein wird, sie nachzubauen.« Er schüttelte ungeduldig den Kopf.

»Aber genug von mir. Während meiner Isolation hatte ich null Zugang zu Nachrichten, und meine Bewacher haben keine einzige Frage beantwortet, wenn sie nicht ihren Zwecken diente. Ich bin also so neugierig wie ein Pfadfinder im Bordell. Da ich sehe, wie gut es dir geht, fange ich direkt mit der großen Frage an. Was ist mit Wiley?«

Ein Schatten huschte über Cassis Gesicht, verschwand aber umgehend wieder. »Offiziell heißt es, er sei für einen längeren Urlaub in Übersee – irgendwas von einer Reise nach Norwegen und Schottland, um seine Wurzeln zu erforschen. Mehr weiß ich auch nicht.«

»Glaubst du das?«

Cassi zuckte mit den Schultern. »Ich versuche, nicht an ihn zu denken.«

»Und Stuart?«

»Der wird in der Presse kaum erwähnt, und seine Verbindung zu Wiley überhaupt nicht. Unterm Strich: Er ist ertrunken. Ein Fischer hat seine Leiche gefunden. Beide Arme waren heftig gebrochen und die Autopsie stellte einen zertrümmerten Rücken fest. Die Polizei von Reedville nimmt an, dass er von einer Klippe auf die Felsen gestürzt ist und seine Leiche hinaus in die Bucht gespült wurde.«

»Irgendwas sagt mir, dass du es besser weißt.«

»Manche Dinge bleiben besser unausgesprochen.«

»Verstehe«, ließ Odi das Thema fallen. »Dann erzähl mir von deiner neuen Praxis. Wie läuft es? So wie es aussieht, wohl großartig.«

»Absolut. Ich würde dir liebend gerne mehr erzählen, aber jetzt gerade kann ich nicht.«

»Was heißt, du kannst nicht?«

Cassi errötete. »Ich muss echt los, Odi. Ich habe ein Date.«

timtigner.com

Tim Tigner begann seine Karriere in der sowjetischen Spionageabwehr bei den US Army Special Forces, den Green Berets. Er studierte Psychologie in Frankreich, Radiologie in England und Philosophie in Griechenland. Heute lebt er mit seiner Frau Elena und ihren beiden gemeinsamen Töchtern als freier Schriftsteller in Nordkalifornien.
Seine literarischen Vorbilder sind Robert Ludlum, Ken Follett, John Grisham, Lee Child und Vince Flynn.

Tim Tigner bei FESTA:
Preis der Zeit
Betrayal – Der Verrat